William Wharton · Die letzten Liebenden von Paris

William Wharton

Die letzten Liebenden von Paris

Roman

Aus dem Amerikanischen
von Felix Bärenreutter

Kabel

Titel der amerikanischen Originalausgabe:
LAST LOVERS
Farrar, Straus and Giroux, New York

Für meine Frau Rosemary

Umschlag: Theodor Bayer-Eynck
Titelillustration: William Wharton
Gesamtherstellung: Clausen & Bosse, Leck
ISBN 3-8825-0259-6

1 3 5 7 9 10 8 6 4 2

Diese Geschichte spielt
zwischen April und November 1975
in Paris

Glauben heißt sehen.
W. W.

1

ZACK!! Plötzlich finde ich mich auf allen vieren auf dem Asphalt neben einer Bank vor der Diderot-Statue auf dem kleinen Platz am Boulevard Saint-Germain, gegenüber von der Kirche Saint-Germain-des-Prés.

Meine kostbaren dreizehn Farbtuben sind über den ganzen Platz verstreut. Meine Superstaffelei für hundert Francs, um die ich auf dem Marché d'Aligre gefeilscht habe, ist ein einziges Durcheinander, ein Bein untergezogen und eines auswärts gestellt wie bei einem lahmen Kamel, das im Sandsturm aufzustehen versucht.

Mist! Genau das kann ich nicht brauchen. Ich halte noch einen Pinsel in der Hand. Er ist abgebrochen. Zum Glück ist die Leinwand nicht auf die, nennen wir es Butterseite gefallen. Es könnte also schlimmer sein.

Dann merk ich's erst. Eine alte Dame in Rot kniet neben mir. Wir müssen aussehen wie zwei angejahrte Clochards auf der Jagd nach einer Zigarettenkippe, die gerade jemand weggeworfen hat. Meine erste Reaktion besteht darin, daß ich mir sage, die Dame ist schuld an dem ganzen Malheur; warum paßt sie nicht auf, wo sie hintritt, verdammt noch mal?

Also fange ich an, immer noch auf den Knien und bemüht, die Dame zu ignorieren, die Tuben einzusammeln, bevor ein anderer Idiot drauftritt. Das wäre eine echte Schweinerei, bunte Fußstapfen durchs Quartier Latin, gelbe, grüne, rote. Ich krabble ein Stück weiter, hebe meine Leinwand auf und lehne sie gegen die Bank. Offenbar kein ernsthafter Schaden. Nächstes Mal werde ich mich hinter dieser Bank verschanzen und vor komischen alten Mädchen in roten Kostümen sicher sein.

Schließlich gehe ich zu ihr. Sie sitzt inzwischen auf ihrem Allerwertesten und befummelt das eine Knie. Ihre Strümpfe sind zerrissen. Das Knie blutet, und sie leckt an ihrem Finger und reibt damit drüber, so ähnlich wie eine Katze. Aber sie schaut nicht ihr Knie an, sondern mich.

»Est-ce que vous êtes peintre, Monsieur, artiste-peintre?«

Heiliger Bimbam, was soll ich denn sonst sein? Ein Geometer, der Saint-Germain-des Prés vermißt, damit wir sie in der Wüste für einen arabischen Fürst nachbauen können, der dann prompt eine Moschee daraus macht?

Ich bücke mich und versuche, meine Staffelei wieder geradezukriegen, verlängere das umgeknickte Hinterbein, drehe vorsichtig an dem einen Seitenbein, das schief und krumm raussteht. Anscheinend ist nichts kaputt. Gott sei Dank. Dies könnte das Ende meiner verhalten blühenden Karriere als Maler sein. Oder meiner aufgepfropften, das kommt der Wahrheit wohl näher.

»Oui, Madame, je suis peintre, artiste-peintre.«

»Ach, und außerdem sind Sie Amerikaner. Das ist hochinteressant.«

Dann sehe ich das Stöckchen. Es ist weiß. Ich komme mir vor wie der letzte Trottel. Das ist die Art von unsensiblem, unaufmerksamem Verhalten, die mein größtes Problem ist. Ich gehe neben der alten Dame auf die Knie.

»Est-ce que je peux vous aider?«

Sie blickt, so scheint es, durch mich hindurch. Ich merke erst jetzt, daß sie in fließendem, praktisch akzentfreiem, sehr britischem Englisch gesprochen hat.

»Aha, Sie haben meinen Stock gesehen. Ich höre es an der Veränderung Ihrer Stimme. Ja, Sie können mir helfen. Würden Sie mich bitte auf die Beine ziehen? Wenn ich versuchen wollte, selbst aufzustehen, müßte ich mein Gewicht wieder auf die Knie verlagern, und das wäre recht schmerzhaft.«

Sie streckt ihre Hände aus. Ich ziehe sie behutsam auf die Beine. Das heißt, sie zieht sich selbst hoch und nimmt meine Hände als Stütze. Für so ein altes Mädchen hat sie viel Kraft in den Armen.

Ich bücke mich, lese ihr Stöckchen auf, gebe es ihr. Sie bürstet sich mit der Gründlichkeit eines blinden Menschen ab – überall, weil sie nicht weiß, wo sie schmutzig ist. Dann schwingt sie das Stöckchen nahe beim Boden in Halbkreisen um sich selbst, wie ein Radarscanner.

Ich sehe, was sie sucht: eine Handtasche, fast ein Schulranzen. Sie liegt zwei Meter weiter. Ich gehe hin und hebe sie auf. Dann trete ich in die Radarschwünge der alten Dame und berühre ihre Hand, halte ihr die Tasche entgegen, damit sie sie fassen kann.

»Ah, Monsieur. Manchmal ist es schwierig, blind zu sein. Ich danke Ihnen für Ihre Freundlichkeit. Es tut mir sehr leid, daß ich in Sie hineingelaufen bin. Oder muß es heißen, daß ich mit Ihnen zusammengerannt bin? Wie auch immer, es tut mir leid. Sie müssen wissen, ich habe meine kleinen heimlichen Wege, auf denen kaum ein Risiko besteht, daß ich gegen etwas oder jemanden stolpere, und Sie waren mitten in einem. Ich habe nicht mit Ihnen gerechnet, Sie haben mich überlistet.

Sie müssen sehr leise arbeiten, Monsieur, sonst hätte ich Sie gehört. Natürlich machen die Autos dort einen großen Lärm.«

Sie zeigt mit ihrem Stöckchen zum Boulevard Saint-Germain.

»Aber ich hätte Sie eigentlich riechen müssen, den wunderbaren Geruch von Terpentin. Ja, ja, man wird alt, es ist hart, sich das klarzumachen.«

»Vielleicht weht der Wind aus der falschen Richtung.«

Sie nimmt den Kopf ein wenig zurück und sieht mir lächelnd in die Augen, das heißt, sofern ein blinder Mensch jemandem in die Augen *sehen* kann.

»Ah, ein Amerikaner mit Humor. Das ist hochinteressant. Das habe ich nicht erwartet – eine angenehme Überraschung. Dabei scheint mir, daß es im Leben nicht mehr allzu viele angenehme Überraschungen gibt.«

Jetzt merke ich, daß die alte Dame nicht ganz in Rot ist, oder jedenfalls nicht mehr. Sie trägt zwar ein rotes Pillbox-Hütchen von der Art, die Jackie Kennedy in Dallas trug – nur eben rot, nicht rosa –, dazu einen kräftig weihnachtsmannroten Rock, Pullover und Mantel. Aber jetzt ist der Mantel mit mehreren Farben von meiner Palette gesprenkelt. Die müssen bei unserer Havarie oder Kollision, was immer es gewesen sein mag, an die alte Dame geraten sein.

»Pardon, Madame, Sie haben Farbe am Mantel. Wenn Sie jetzt stillhalten, kann ich sie mit meinem Terpentin entfernen. Wenn ich's lasse und die Farbe trocknet, kriegen Sie sie nie wieder weg.«

»Bildet sie ein schönes Muster, die Farbe an meinem Mantel? Wenn ja, möchte ich, daß sie bleibt. Es wäre doch wunderhübsch, einen handbemalten Mantel zu haben, das Werk eines amerikanischen Künstlers in Paris, n'est-ce pas? Wäre das nicht aufregend, obwohl ich es nicht sehen könnte?«

»Leider, Madame, leider ist es nur ein Geschmier aus gebrannter Siena, lichtem Ocker, Krapprot und einem Hauch von Ultramarin. Selbst im Salon de Mai würde man das nicht für eine gelungene Komposition halten.«

Normalerweise bin ich nicht so flapsig. Vielleicht liegt es daran, daß ich im Moment nicht oft dazu komme, englisch zu sprechen, und die Freiheit meiner Muttersprache genieße. Aber ich glaube, es liegt eher an dieser Frau. Ich möchte unser Spiel mit Worten fortsetzen, das praktisch ein Flirt ist.

Oder es liegt daran, daß ich spüre, auch sie ist einsam und will mit jemandem reden.

»Dann wäre es vielleicht das beste, Monsieur, wenn ich den Mantel ausziehe, damit Sie Ihr spontanes Kunstwerk entfernen können. Immerhin wird mich dann einen Tag oder zwei der Geruch von Terpentin begleiten, ein Souvenir unserer Begegnung. Ich glaube, das gefiele mir.

Ich bin mir sicher, es wird besser sein, als in eine Galerie zu gehen. Dort fühle ich mich immer so unerwünscht. Manche Maler scheinen zu finden, es sei eine Beleidigung, wenn ein blinder Mensch ihre Bilder anstarrt; vielleicht ist es auch eine. Ich suche nur etwas, das ich gerne sähe. Nach dem zu schließen, was mir meine Schwester Rolande erzählt hat, würde es keinen großen Unterschied machen, wenn ich sehen könnte; ich versäume nicht viel. O ja, manchmal hat es seine Vorteile, blind zu sein.«

Sie knöpft ihren Mantel auf und schüttelt ihn ab. Sie ist schlank und gepflegt. Ich trete hinter sie und helfe ihr aus dem Mantel. Währenddessen nimmt sie ihr Stöckchen und ihre Tasche von der einen Hand in die andere.

»Werden Sie nicht frieren, Madame? Ich kann Ihnen meine

Jacke leihen, aber die ist fast vollständig mit Farbe beschmiert. So was würde der Salon vielleicht nehmen.«

»Nein danke, ich glaube nicht, daß ich frieren werde. Ich gehe jetzt zu der steinernen Bank zu Monsieur Diderots Füßen. Dorthin wollte ich gerade, als wir uns so jählings begegnet sind – nein, das ist wohl nicht der richtige Ausdruck. Wie ließe sich das in Ihrer Sprache besser sagen, Monsieur?«

Sie sieht mir wieder in die Augen, ich schwöre es. Vielleicht ist sie nur teilweise blind oder tut so, als sei sie's, und hat aus irgendeinem Grund Freude daran, mit einem weißen Stöckchen durch die Gegend zu laufen. Vielleicht ist sie nicht mal Französin. Sie spricht besser englisch als die meisten Briten und Amerikaner, die ich kenne, so korrekt, mit einem so differenzierten, durchdachten Wortschatz.

»Würden Sie ›erfreulicherweise‹ akzeptieren, Madame?«

»Wunderbar. Ein Amerikaner mit Humor und galant obendrein. O ja!«

Sie geht rasch davon, direkt auf die Statue zu, klöppelt nicht mit ihrem Stöckchen und läßt sich ihre Blindheit durchaus nicht anmerken. Kein Wunder, daß sie mit mir zusammengestoßen ist. Wenn sie da auch ein solches Tempo draufhatte, kann man es nur erstaunlich nennen, daß wir's beide überlebt haben. Beim Fußball hätte ihr der Schiedsrichter die rote Karte gezeigt.

Ich schaffe es, meine Sachen komplett einzusammeln. Außer einem Kratzer auf der Palette und dem abgebrochenen Pinsel ist alles okay. Ich breite den Mantel der alten Dame auf der Bank aus und fange an, ihn mit Terpentin zu reinigen.

Gestern habe ich da, wo ich wohne, in der Nähe der Place de la Bastille, drei Handtücher auf dem Müll gefunden. Sie waren verschlissen, aber als Mallappen sind die Dinger ideal. Ich habe sie in 30 × 30 cm große Stücke gerissen. Ich arbeite hier mit einem meiner besten Lappen.

Das Problem besteht darin, die Farbe nicht mehr zu verteilen als nötig und sie trotzdem abzukriegen. Ich werkle an die zehn Minuten, für jede Farbe eine neue Ecke Stoff. Als ich fertig bin, sind die Flecke weg bis auf die dunklen feuchten Spuren des Terpentins.

Es ist Vorfrühling. Die Kastanien treiben Blätter oder Blättchen, biegsam, gerade aus der Knospe, noch keine Blüten. In dem berühmten Lied ist vom April in Paris die Rede, von den blühenden Kastanien und so weiter, aber tatsächlich kommen die Blüten meistens erst im Mai. Heute ist der 9. April, und obwohl die Sonne scheint und ich malen kann, ohne daß die Farben und meine Finger erstarren, muß die alte Dame ohne ihren Mantel frieren. Ich sehe ihn mir zum Abschluß noch mal an.

Dann schaue ich zu ihr hinüber. Um Himmels willen, die ist ja voller Tauben! Auf ihren Schultern sitzen welche, auf ihrem Kopf, auf ihrem Schoß, und eine hält sie wahrhaftig in der Hand. Wie, verdammt noch mal, kann eine Blinde Vögel fangen?

Ich eile hinüber. Als ich näher komme, fliegen die meisten Tauben auf und davon. Nur ein paar ziehen sich auf den Boden zurück und warten zu Füßen der alten Dame ab, was passieren wird.

Ich für meinen Teil kann Tauben nicht ausstehen, und wenn sie die Tierchen so auf sich *sitzen* läßt, habe ich meine Zeit und mein Terpentin mit der Entfernung der Flecken verschwendet. Sie wird von oben bis unten mit Taubenscheiße vollgekleckert sein – also, kommt's da noch auf ein paar Tupfen Ölfarbe an? Tauben, verdammt, das sind doch Ratten mit Flügeln, nichts weiter!

Sie wendet sich mir zu, als ich noch knapp drei Meter von ihr entfernt bin.

»Ah, ich habe Besuch von dem amerikanischen Maler. Machen Sie sich keine Sorgen, meine gefiederten Gefährten werden zurückkommen, wenn sie wissen, daß Sie ein Freund von mir sind.«

Bin ich also zum Freund befördert worden. Entspricht das dem französischen *ami*? Was die Tauben betrifft, so will ich nur nicht, daß sie mich oder mein Bild vollscheißen.

»Ich habe die Farbe von Ihrem Mantel entfernt. Der Geruch wird ziemlich bald verschwinden. Ich hoffe, er stört Ihre Tauben nicht.«

Es kann nicht schaden, wenn man versucht, nett zu sein. Die alte Dame steht auf, und ich helfe ihr in den Mantel. Sie zieht ihn um ihre Schultern, fühlt mit beiden Händen nach, ob der Kragen richtig sitzt, macht die Knöpfe zu. All das tut sie mit leichten, fließenden Bewegungen, ohne Hast. Sie blickt mich an. Ich kann nichts Krankes an ihren Augen erkennen. Sie sind ungetrübt; ich sehe keinen grauen Star, keinen Schleier. Sie machen auf mich den Eindruck vollkommen gesunder Augen, regelrechte Fenster zur Seele.

»Würden Sie sich bitte eine Weile zu mir setzen, Monsieur le Peintre? Ich habe nicht oft Gelegenheit, mit jemandem zu sprechen, geschweige denn mit einem amerikanischen Maler.«

Sie setzt sich. Ich nehme neben ihr Platz. Die steinerne Bank ist kalt. Ich merke, daß sie auf einem kleinen aufblasbaren Kissen sitzt. Sie greift in ihre Tasche und zieht noch eines heraus. Es ist zu einem kleinen, vielleicht zigarrengroßen Päckchen zusammengerollt.

»Auf dem können Sie sitzen. Sie sollten es auch, sonst bekommen Sie Nierenschmerzen.«

Gott, sie hört sich an wie meine Mutter! Und es scheint, daß sie trotz ihrer Blindheit nicht nur »sehen«, sondern auch Gedanken lesen kann. Ich komme mir etwas albern vor, aber ich blase das Kissen auf und schiebe es unter meinen Hintern. Es ist bequem, hält die Kälte ab und ist natürlich weicher als der harte Stein. War eine gute Idee von ihr.

Es ist einer jener Tage, an denen es warm ist, solange die Sonne scheint. Wenn sie aber hinter den weißen und dunklen Wolken verschwindet, die sich gegenseitig überlagern, kommt gleich ein frischer Wind auf, und es wird kalt. Im Moment strahlt die Sonne hell und erleuchtet diese schönen französischen Wolken – die Art, die die Impressionisten malten und die ich noch nie woanders gesehen habe. Hoffentlich bringe ich eines Tages den Mut auf, mich ernsthaft an ihnen zu versuchen.

Die verdammten Tauben sind wieder da. Ich störe sie offenbar nicht; es ist, als gäbe ihnen die alte Dame zauberischen Schutz. Sie widmet sich ihnen, und ich schaue zu. Es ist das Seltsamste, was ich je gesehen habe.

Sie hat eine Werkzeugtasche aus Leder zum Zusammenrollen dabei – so ähnlich wie die Taschen, in denen Mechaniker ihre Schraubenschlüssel verwahren, nur kleiner. Die liegt jetzt aufgeklappt neben ihr auf der Bank, nicht auf der Seite, wo ich sitze, sondern auf der anderen. In der Tasche stecken winzige Scheren, zwei Pinzetten, Metallspießchen, Zahnstocher, Stöckchen, deren Enden mit Watte umwickelt sind wie Q-Tips, Fläschchen, die nach Alkohol riechen, und mehrere Miniaturfeilen. Auch eine Flasche Antiseptikum ist dabei.

Ich weiß nicht, wie sie das macht, aber sie streckt einen Finger aus, ohne Futter, nur den Finger, und ein paar dieser durchgedrehten Tauben flattern abwärts und wollen darauf landen. Sie sucht sich einen Vogel aus, indem sie behutsam die Hand über seinem Rücken wölbt. Der Vogel zieht den Kopf ein, und sie greift zu. Sie entfächert vorsichtig einen Flügel und streicht mit dem Finger drüber, befühlt die Federn. Wenn eine einen Knick hat, versucht sie, sie geradezubiegen, und wenn die Feder restlos schief ist, reißt sie sie schnell aus, überprüft die Papille und träufelt mit einem Q-Tip Antiseptikum drauf.

So tastet sie den ganzen Vogel ab. Die Tauben scheinen es zu genießen, wie manche Leute eine schwedische Massage. Sie schlagen nicht mit den Flügeln, um wegzukommen – keine Panik, sie sind völlig entspannt und lassen es sich gefallen. Dann nimmt sich die alte Dame die Füße vor, tastet nach Schuppen, denke ich mir, glättet rauhe Stellen mit einer ihrer Miniaturfeilen, schneidet die Krallen, wenn es nötig ist, macht sie sauber, wäscht den ganzen Fuß. Ich wollte, jemand würde sich so um mich kümmern. *Ich* würde nicht auf die Statuen meiner Wohltäter scheißen.

Ein Vogel hat eine Gelenkentzündung an den Zehen. Sie reinigt die wunde Stelle, tastet nach Schwellungen, tut Alkohol und Antiseptikum drauf.

Wenn sie mit einer Taube fertig ist, greift sie flink in einen der zehn kleinen Beutel, die sie neben sich aufgereiht hat. Sie wählt Körner aus, als seien es Vitamintabletten und verfüttert sie an den Vogel, der eben in Arbeit war. Dieser plustert sich auf, inspiziert sich mit dem Schnabel, überprüft, was mit ihm gemacht wurde.

Er frißt ihr buchstäblich aus der Hand. Dann gibt sie ihm

einen graziösen Schwung. Meistens fliegt er auf, zieht ein paar Kreise und landet schließlich auf Monsieur Diderot, um sich auszuscheißen. Die bevorzugten Stellen sind die Feder in seiner Hand, die Hand selbst und sein Kopf.

Der ganze Diderot ist voller Tauben. Es sitzen sogar noch mehr auf ihm als auf der alten Dame, aber er ist ja auch zehnmal größer. Über der dunkelgrünen Patina seiner Bronze liegt eine dicke Kruste aus weißer Vogelscheiße.

Ich beobachte die Abfertigung von fünf, sechs Tauben. Ich bin so fasziniert, daß ich nicht mal ans Weitermalen denke. So was habe ich wirklich noch nie erlebt. Als ich an der Highschool war, hatte ich Kanarienvögel, und ich hörte sie sehr gerne singen. Tauben dagegen machen die ganze Zeit nur diese gurgelnden Geräusche – man könnte sich erbrechen, wenn man ihnen eine Weile lauscht. Aber ich muß zugeben, ich habe noch nie gesehen, daß jemand mit Vögeln so umgeht wie die alte Dame.

Während sie sich um die Tauben kümmert, spricht sie mit mir. Meist stellt sie Fragen. Sie vernachlässigt die Vögel kein einziges Mal, aber gelegentlich »sieht« sie mich an und lächelt. Wahrscheinlich errät sie an meiner Stimme, meinem Geruch oder irgend etwas, wo meine Augen sind. Ich habe den Eindruck, sie macht das, damit mir nicht mulmig ist wegen ihrer Blindheit. Aber mir *ist* mulmig, ich kann's nicht ändern, ich habe immer noch keine Ahnung, wie sie es schafft, mir direkt in die Augen zu sehen. Es ist unheimlich.

»Sind sie schon lange in Paris, Monsieur le Peintre?«

»Ja, fast fünf Jahre.«

»Aber Sie haben einen starken amerikanischen Akzent. Nach so vielen Jahren müßten Sie im Grunde besser französisch sprechen.«

O Gott, ich habe doch kaum mehr als fünfzehn französische Worte zu ihr gesagt. Ich wußte nicht, daß es *so* schlimm ist.

»Offenbar habe ich kein Ohr für Sprachen, Madame. Ich bemühe mich zwar, Französisch zu lernen, aber es fällt mir schwer. Immerhin spreche ich jetzt schon wesentlich besser als vor einem Jahr.«

Sie konzentriert sich auf eine Schwungfeder, die lose ist und entfernt werden muß.

»Dann haben Sie also gute Augen. Nun, und ich habe gute Ohren. Wir wüßten viel von der Welt, wenn wir sie gemeinsam erleben könnten. Kaum ein Mensch nutzt die Gaben, die er hat. Erst wenn er eine von ihnen verliert, erkennt er die anderen und lernt, sie zu schätzen.«

Eine lange Pause tritt ein, während sie behutsam die Feder ausreißt und Antiseptikum auf die Papille träufelt.

»So, Orlando, jetzt ist es besser. Du kannst rascher vor den Autos davonfliegen, und bald wird dir eine neue Feder wachsen.«

Sie wendet sich wieder mir zu und lächelt.

»Ich hoffe, es stört Sie nicht, daß ich mit meinen Tauben spreche. Ich habe einen Namen für jede, und sie sind meine einzigen Freunde. Als alte blinde Frau ist man doch manchmal recht allein.«

»Ich habe auch schon mit Tauben gesprochen, Madame. Manchmal sind sie die einzigen Lebewesen, mit denen ich reden kann.«

Ich sage der alten Dame nicht, daß ich die Tauben meistens verwünsche, wenn sie plötzlich in Massen hinter mir abheben, während ich versuche, mich auf ein Bild zu konzentrieren. Da könnte man glatt einen Herzinfarkt kriegen.

»Aber ich kenne sie nicht so gut wie Sie, Madame. Wenn ich mit ihnen rede, ist es wie ein Selbstgespräch, bei dem ich nichts erfahre. Tauben waren mir nie so vertraut wie Ihnen.«

»Nun, Monsieur, ich komme seit dreißig Jahren jeden Tag hierher und bleibe von 10 Uhr morgens bis zum Mittagsläuten. Die Tauben im Schwarm – sie wechseln, aber der Schwarm hat Bestand. Auch die Jungtauben und die, die von einem anderen Schwarm kommen und sich diesem anschließen, kennen mich. Sie müssen wissen, Tauben gehören zu den freundlichsten, zutraulichsten, friedlichsten Geschöpfen der Erde. Ich bin mir sicher, daß sie sich einander mitteilen, sprechen können auf eine besondere Weise, aber so angestrengt ich auch lausche, ich habe ihre Sprache nie gelernt. Trotzdem können wir Menschen viel von ihnen lernen. Zum Beispiel, wie wir leben sollen.«

Da ich oft draußen bin, laufen mir alle möglichen Bekloppten über den Weg, aber das ist vielleicht mein dickster

Fisch, eine blinde alte Dame, die mit Tauben sprechen möchte, weil sie ihr sagen können, wie die Menschen leben sollen.

Andererseits habe ich eine Art sechsten Sinn für die wirklichen Irren entwickelt. Und diese Frau gehört nicht zu ihnen. Abgesehen von ihrem Taubenfimmel und von ihrer Blindheit kommt sie mir normaler, klarer, intelligenter vor als alle Leute, mit denen ich seit langer Zeit zu tun hatte.

Aber jetzt juckt es mich auch, mit meinem Bild weiterzumachen. Ich will die Frau mit reinmalen. Am Sockel des Denkmals. Ich könnte im Vordergrund eine kräftige Farbe brauchen, und das Rot ihres Kostüms wäre ein wunderbarer Kontrast zum Grün der Bäume in der Anlage neben der Kirche. Ich habe bereits beschlossen, Monsieur Diderot mit einigen Freiheiten zu behandeln – nur Andeutungen der Bronze, ein paar Tauben, und die Zielstrebigkeit, mit der er sich zu der Kirche jenseits der Straße neigt.

»Ich glaube, ich sollte wieder an die Arbeit gehen, Madame. Das Licht ändert sich schnell, und ich möchte heute noch mit der Untermalung fertig werden.«

»Was malen Sie? Die Kirche?«

Ich kann mich immer noch nicht daran gewöhnen, daß sie blind ist. Wenn sie so etwas sagt, kommt es mir fast so vor, als wollte sie mich verkohlen, aber das ist mir schon oft passiert – allerdings mit Menschen, die sehen konnten. Ich sitze vor einem Motiv, das mich interessiert, gebe es meiner Meinung nach recht gut wieder, und sie stehen da, schauen sich völlig verwirrt um und fragen mich schließlich, was ich da male. Das kann mich die Wände rauf und runter treiben. Es ist auch nicht das Beste für mein Selbstbewußtsein.

Erst dachte ich, die Leute wollten mich auf den Arm nehmen, aber nein, Sehen ist eben nicht ihre Stärke, genauso wie ich offenbar nicht in der Lage bin, Französisch zu lernen. Aber bei dieser Frau verhält es sich anders; sie ist wirklich blind. Sie weiß bloß, daß ich neben Monsieur Diderot stehe. Ich könnte auch das Café dort oder das Hôtel Madison malen.

»Ja, Madame. Aber nicht nur die Kirche. Auf der linken Seite des Bildes ist die Diderot-Statue. Dann blicke ich auf den

Boulevard Saint-Germain mit dem Drugstore und dem Deux Magots und dann zur Rue Bonaparte. In der Mitte ist der Kirchturm, rechts das Kirchenschiff mit dem Brunnen. Im Vordergrund ist die kleine Anlage und davor der Boulevard mit der Bushaltestelle.«

Sie läßt von ihren Tauben ab und hört mir zu. Sie schließt die blinden Augen – wie ein sehender Mensch die seinen zumacht, um sich etwas vorzustellen.

»Sie beschreiben all das sehr gut, ich sehe es im Geist vor mir. Ich wollte, ich könnte auch Ihr Bild sehen. Ich habe mein Leben lang in diesem Stadtteil gewohnt. Ich glaube, Sie sind ein guter Maler, weil ich das Gefühl habe, daß Sie ein guter Mensch sind. Besten Dank dafür, daß Sie meinen Mantel gereinigt und mir Gesellschaft geleistet haben. Ich hoffe, Sie sind glücklich mit Ihrem Bild, wenn es fertig ist.«

Noch während sie spricht, beginnen die Glocken von Saint-Germain-des Prés mit ihrem schönen, volltönenden Geläute. Die ersten Klänge und das Crescendo, wenn sie schneller ausschwingen, sind so tröstlich. Ja, die Glocken gehören zu den Dingen, die ich in Paris lieben gelernt habe. Nicht weit entfernt höre ich das tiefere Geläut, mit dem die Glocken von Saint-Sulpice den Mittag begrüßen, zum so wichtigen Déjeuner der Franzosen rufen.

Die alte Dame hat ihre Scheren, Feilen und so weiter zusammengepackt. Sie steckt ihre kleinen Futterbeutel weg. Dann holt sie eine große Tüte aus ihrer Tasche und streut Körner auf den Boden. Sie wendet sich mir zu.

»So merken die Tauben nicht, daß ich gehe, und es ist weniger hart für sie. Sagen Sie, Monsieur, sind auch kleine Vögel bei den Tauben?«

Ich schaue. Vor den Tauben schießen Spatzen hin und her und holen sich ihren Teil.

»Ja, es sind Spatzen da.«

»Streiten sich die Tauben mit ihnen um das Futter?«

Ich sehe nach, und sie tun es nicht. Sie drängeln sich zwar, um an die Körner ranzukommen, aber es gibt kein großes Schnabelgehacke, weder untereinander noch zwischen ihnen und den Spatzen.

»Nein, sie streiten sich nicht. Sie lassen die Spatzen nehmen, was sie wollen.«

»Sehen Sie, Monsieur – wir können viel von den Tauben lernen.«

Und damit greift sie zu ihrem Stöckchen, steht auf und streckt mir die Hand entgegen. Ich schüttle sie ihr.

»Werden Sie morgen hier sein und an Ihrem Bild arbeiten?«

»Ja, wenn es nicht regnet und wenn es nicht zu kalt ist.«

Die alte Dame hebt den Kopf, dreht ihn nach rechts und nach links wie ein Jagdhund, der Witterung nimmt.

»Nein, morgen wird es so sein wie heute. Ich hoffe, Sie hier zu sehen.«

Ich beobachte, wie sie kehrtmacht und rasch davongeht. Ihr Stöckchen gebraucht sie nur ab und zu. Sie hat gesagt, sie werde mich »sehen«. Es muß seltsam sein, als blinder Mensch wie ein Sehender zu sprechen.

Ich widme mich wieder meinem Bild. Ich deute an, wo ich die alte Dame reinmalen will. Ich muß sie noch fragen, ob sie damit einverstanden ist. Sie würde es zwar nie erfahren, aber es scheint mir trotzdem das Rechte zu sein. Das gehört zu den Lektionen, die ich langsam, aber sicher lerne. Was dem einen moralisch und logisch vorkommt, kann sich dem anderen als furchtbarer Übergriff darstellen. Ich wollte, ich hätte das schon früher gewußt. Ich werde die alte Dame morgen fragen, bevor ich anfange, sie reinzumalen.

Ich arbeite mehrere Stunden an der Untermalung. Meistens geht es mir schneller von der Hand, aber bei den paar Ölbildern, an denen ich mich bisher versucht habe, mußte ich entdecken, daß Mängel in der Zeichnung oder in der Komposition, die in einem frühen Stadium akzeptabel, ja unsichtbar sein können, geradezu schrill werden, wenn sich das Bild dem Abschluß nähert. Ich bemühe mich, solche Fehler zu vermeiden.

Trotzdem spüre ich bereits, daß ich mit diesem Bild dieselben Probleme haben werde wie mit den anderen. Obwohl die Zeichnung *stimmt*, also nicht nur genau ist, sondern gut, obwohl die Farben und Formen lebendig erscheinen, ist keine *Spannung* da. Ich bin offenbar nicht in der Lage, die starken Gefühle, die ich empfinde, was mein Motiv, Paris, das Leben angeht, in meinen Bildern auszudrücken. Es fehlt etwas; eine Mauer aus Furcht, aus Bangigkeit steht zwischen mir und dem, was ich sagen möchte. Auch Arroganz ist im Spiel. Anscheinend will ich nicht aus mir herausgehen, mich fallenlassen, ein Teil des Bildes werden. Vielleicht kommt das von selbst, wenn ich mehr Übung habe und mich nicht mehr so sehr mit technischen Problemen herumschlagen muß; ich hoffe es jedenfalls.

Gegen 17 Uhr ist das Licht zu schwach geworden. Ich habe das Gefühl, daß die Untermalung fertig ist. Wenn sie die Nacht über trocknet, dürfte die Oberfläche gerade richtig für das Impasto sein, den dickeren Farbauftrag. Ich werde mit dem Himmel anfangen, es mal probieren mit den sich ständig verändernden Wolken.

Eines Tages würde ich gern naß in naß malen, von der Untermalung gleich zum Impasto übergehen. Rembrandt und andere große Niederländer haben so gearbeitet, auch einige Italiener.

Ich packe zusammen, hänge das Bild auf die Rückseite meiner Kiste und mache mich auf den Heimweg. Ich könnte mit dem 86er-Bus fast bis vor die Haustür fahren, aber ich laufe gern durch Paris. Das war mir selbst in den schlimmsten Tagen ein Halt. Außerdem sind die Busse um diese Zeit voll, und man beschmiert leicht jemanden mit Farbe, mag es auch nur eine dünne Untermalung sein.

Ich gehe den Boulevard Saint-Germain hinunter, über den Pont Sully und den Boulevard Henri IV. zur Bastille. Dann laufe ich die Rue de la Roquette entlang und biege in eine schmale Straße, die Rue Keller. Zu Fuß dauert das ungefähr eine Dreiviertelstunde. Die Malkiste ist so leicht, daß ich kaum was von ihr merke. Mein Abendessen wird mir heute wirklich schmecken.

Ich komme in die Passage des Taillandiers, die Straße, in der ich wohne. Es ist noch früh, der elektrische Türöffner noch nicht angestellt. Ich drücke mich ohne Schwierigkeiten an der *loge de concierge* vorbei. Ich kenne den Namen eines Malers hier im Haus, und wenn mir die Concierge dumme

Fragen stellt, werde ich sagen, ich wollte ihn besuchen. Tatsächlich habe ich den Mann noch nie gesehen und hoffe, daß es dabei bleibt.

Ich nehme Escalier C, die Treppe, die am wenigsten benutzt wird. Um diese Zeit sind die meisten Handwerker – Drechsler und Tischler – schon nach Hause gegangen. Ich steige leise, aber lässig bis ganz nach oben, als gehörte ich hierher, wobei ich mit einem bedeutungslosen Schlüsselbund klimpere, laufe an der letzten legitimen Tür vorbei, steige noch eine Treppe höher und komme durch eine schwere Feuertür auf den Dachboden.

Dort gibt es kein Licht. Ich suche meine versteckte Taschenlampe, finde sie, knipse sie an und taste mich den schmalen Flur mit den Speicherräumen entlang bis zu dem, den ich als meinen betrachte, obwohl ich nur ein Hausbesetzer bin. Ich greife nach dem Schlüssel, den ich über der Tür versteckt habe, und sperre sie auf.

Der Geruch von altem Staub, von trockenem Holz, von abgestandener Luft – er heimelt mich an. Ich stelle meine Kiste mit dem Bild am hinteren Ende des Raumes ab. In die schräge Decke ist ein Dachfenster mit Metallstrebe eingelassen. Ich stoße es auf, um zu lüften. Ich verdecke die Ritzen in der Tür mit einem alten Vorhang, damit kein Licht durchscheint, und zünde zwei Kerzen an. Ich nehme mein Bild von der Kiste und stelle es zwischen die Kerzen. Ich schaue mich um und sehe, nichts ist von seinem Platz verrückt. Ich glaube, es ist Jahre her, daß jemand anderer als ich in diesem Raum war. Ich weiß nicht mal, welche von den Tischlereien unten ihn als Rumpelkammer benutzt.

Ich ziehe meine Bahn Schaumgummi und meinen Schlafsack von den Sparren herunter, wo ich sie tagsüber verstecke. Ich hole meinen kleinen Gaskocher und eines von den großen Einmachgläsern mit meinen Gemüsevorräten. Ich krame meine Flasche Wein und das halbe Baguette vor, mit dem ich zwei Tage auskomme. Ich esse nur einmal am Tag, und ich habe einen Bärenhunger. Ich war kurz davor, den Tauben ein paar Körner zu klauen.

Dann mache ich den Kocher an und wärme meinen Gemüseeintopf in einem alten Pott auf. Ich schnappe mir meinen Löffel, den ich hinter einem Stützpfosten verwahre, und gieße mir Wein ein – ich gönne mir jeden Tag ein kleines Glas. Die Flasche Vin de table für sechs Francs muß eine Woche reichen. Neben den Kosten fürs Malmaterial machen dieser Wein, das Gas, die Baguettes und die Kerzen den größten Teil meiner Ausgaben aus.

Ich sitze in der zunehmenden Dämmerung beim Schein der Kerzen und esse langsam meine Portion Eintopf. Ich, der ich mein Leben lang ein Fleisch- und Kartoffelfresser war, bin notgedrungen Vegetarier geworden. Anfangs habe ich das bedauert, aber jetzt, nach mehreren Monaten, glaube ich manchmal, ich könnte ein Steak oder einen Hamburger nicht mehr runterkriegen. Ich fühle mich auch wesentlich besser. Aber das liegt vielleicht am Joggen.

Ich betrachte das Bild. Bei diesem Licht und fern vom Motiv sieht es besser aus. Wahrscheinlich werde ich heute nacht im Traum *nicht* malen. Die Idee, *Ölbilder* zu malen, ist insgesamt und vor allem im Hinblick auf die Kosten der reine Wahnsinn, aber ich bin süchtig danach. Ich weiß nicht, wie ich die Dinger je für soviel Geld verkaufen soll, daß ich die Ausgaben für Farbe und Leinwand wieder reinkriege oder gar ein paar Francs verdiene. Wenn ich mich wieder aufs Zeichnen und Aquarellieren beschränken muß, wird es mir so vorkommen, als seien mir beide Beine abgehackt worden. Aber notfalls tue ich auch das, um mir meine Freiheit zu erhalten.

Ich habe die Malkiste für billiges Geld gekauft. Sie ist eine echte zusammenklappbare Staffelei aus Hartholz, mit Schwalbenschwanzverbindungen und Messingbeschlägen, mindestens fünfzig Jahre alt und damit älter als ich. Sie ist innen nicht mit Metall ausgekleidet wie die neueren Fabrikate, aber sie ist stabil und trotzdem leicht. Alles da, was man braucht – Platz für Farben, Palette, Pinsel, Terpentin, Firnis, Öl, Mallappen und Raum für die Leinwand, jede Leinwand bis zum Format 25 F. Die Kiste ist überdies mit Farbe beschmiert und hat ein Flair von Authentizität. Ich finde es schon aufregend, damit zum Malen rauszugehen. Ich laufe dahin und fühle mich im Einklang mit Monet, Pissaro, Cézanne, Sisley, ein echter Freilichtmaler, ein Pleinairist.

Beim Farbenkauf habe ich gründlich nachgedacht. Ich habe einen Laden in der Nähe aufgetan. Er heißt HMB und ist kein Shop für Künstlerbedarf, sondern ein richtig bodenständiges Geschäft, das Farben und Lacke für die Handwerker hier in der Gegend führt. Das Material kostet ungefähr halb so viel wie anderswo. Ich habe mich für gute, aber nicht zu teure Farbe entschieden. Ich habe versucht, mich auf die billigsten Farbtöne zu beschränken, Farbtöne, die bei insgesamt sechs Preisgruppen unter 1 oder 2 aufgelistet sind. Erst mal Titanweiß und Elfenbeinschwarz. Das waren meine Lieblingsfarben, als ich studierte und davon träumte, Maler zu werden.

Dann habe ich Erdfarben gekauft: gebrannte Siena und Siena natur, gebrannte Umbra und lichten Ocker. Dann habe ich mir Blau zugelegt, eine Tube Ultramarin hell. Das waren schon mal sieben Farben. Um mit nicht allzugroßen Kosten meine Palette zu erweitern, habe ich Ultramarinviolett dazugenommen, das billigste Violett. Dann Chromgelb und Chromorange, beides als Ersatz für Kadmiumfarben, die Preisgruppe 6 sind. Dann Krapprot. Als Grün habe ich Saftgrün gewählt. Zu guter Letzt habe ich gepraßt und mir als dreizehnte Farbe das teure Gölinblau geleistet. Es wäre ein verdammt schwieriges Unterfangen, den Pariser Himmel ohne dieses Blau zu malen.

Als Pinsel habe ich Borstenpinsel genommen, 4er, 8er, 10er und, o Luxus, einen Haarpinsel, und nicht irgendeinen, sondern einen Rotmarder No. 6. Der allein kostet 42 Francs, und davon kann ich normalerweise zwei Wochen *leben*.

Ich mache mir meinen Firnis selbst aus Dammarharz, das ich bei HMB kaufe. Dort kaufe ich auch weiße Anstreichfarbe in Eimern zum Grundieren der Leinwände, ebenso Terpentin und Leinöl, immer gleich literweise.

Wirklich teuer ist die Leinwand. Ich habe meinen halben Gesamtetat verbraucht, indem ich in einem Laden, der Leinwände für Maler führt, eine große Rolle Rohleinwand kaufte. Hier oben auf dem Dachboden klaue ich mir Bretter für Keilrahmen. Ich nagle die Leinwände mit einem Hammer und Blauköpfen auf. Den Hammer habe ich in einer Mülltonne an der Straße gefunden. Der Stiel ist abgebrochen, aber das macht nichts.

Die Leinwand spanne ich mit den Fingern. So kriege ich sie straff genug. Ein Problem war, wann ich die Leinwände am besten auf die Keilrahmen nageln und den Leim für den Grund erhitzen sollte. Da am Wochenende praktisch niemand im Haus ist und auch die Concierge am Sonntag geht, kam ich zu dem Schluß, dies sei der geeignetste Tag. Das Hämmern macht Krach, und der Leim stinkt zum Himmel.

Ich habe den ganzen letzten Sonntag gearbeitet, das heißt, nachdem ich auf dem Marché d'Aligre – der Marktbetrieb war inzwischen eingestellt – mein Gemüse und etwas Obst eingesammelt hatte. Die Leute werfen alles weg, was nur ein bißchen angegammelt ist. Ich kochte meinen Wocheneintopf, spannte zur selben Zeit Leinwände und machte Leim.

Ich baute fünf Keilrahmen und grundierte die Leinwände mit zwei Schichten Anstreichfarbe. Ich zog sie schön straff, und jetzt sind sie in den Sparren verwahrt. Ich entschied mich für die französischen Standardformate. Zwei waren 15er und drei 25er, etwa 60 × 90 cm. Die Leinwand, an der ich gerade male, ist die erste von den größeren. Die 15er hatten mich frustriert, sie waren zu klein. Ich werde noch Kolossalschinken produzieren, das sehe ich schon; ich verdiene nur leider kein Geld.

Trotz meiner Billiglösungen bin ich bald pleite, wenn ich nicht einen Weg finde, diese verdammten Bilder zu verkaufen. Ich schätze, daß ich in jede fertige Leinwand hundert Francs investiert habe. Reiner Materialwert, meine Zeit und Mühe nicht gerechnet. Das bedeutet, ich müßte pro Bild mindestens dreihundert Francs einnehmen. Es gibt nicht allzu viele Leute, die mit solchen Summen in der Tasche rumlaufen, schon gar nicht, um sie für Bilder von einem absoluten Nobody auszugeben. Aber die Touristen kommen bald. Wahrscheinlich werde ich im Sommer was verkaufen. Ich *muß*.

Aber ich will mich nicht beklagen. Bisher ist alles ganz

anständig gelaufen, und ich fühle mich großartig. Ich weiß, es wird gut ausgehen. Ich habe den Eindruck, daß mein Leben trotz allem wieder einen Sinn hat.

Das Schlimmste ist die Einsamkeit. Ich versuche, sie abzublocken, aber sie überfällt mich immer wieder. Ich versuche auch, reinlich zu sein. Einmal in der Woche gehe ich in das öffentliche Bad neben der Polizeiwache beim Marchè d'Aligre. Ich wasche den ärgsten Dreck von mir ab und stampfe auf meinen Kleidern herum, damit ich sie sauberkriege. Dann wringe ich sie aus, stopfe sie in einen Plastikbeutel und hänge sie hier auf dem Dachboden zum Trocknen auf. Ich habe eine zweite Garnitur, die ich trage, wenn ich gebadet habe. Trotzdem sehe ich ziemlich pennermäßig aus. Vielleicht liegt es an meinem Bart. Ich stutze ihn, weil er einen gepflegten Eindruck machen soll, aber wenn man gestampfte statt gebügelte Kleider trägt und einen Bart hat, wirkt man wohl oder übel wie ein Clochard, da kann man noch so reinlich sein. Es ist kein Vergnügen, sich jeden Morgen zu rasieren, wenn man kein warmes Wasser hat. Rasierklingen würden meine Ausgaben zusätzlich in die Höhe treiben, und außerdem mag ich meinen Bart inzwischen. Er nimmt den MBI-Fluch von mir, weist mir die Richtung, die ich meine und in die ich den Rest meines Lebens gehen will.

Ungefähr einmal im Monat bringe ich meine Kleider in den Waschsalon. Ich stopfe sie alle in die Waschmaschine bis auf einen Trainingsanzug, den ich von Hand wasche. Dann tue ich sie in die kleine Schleuder. Mit dem Trocknen kostet das Ganze siebzehn Francs. Aber danach rieche ich ein paar Tage wie ein Engel. Meine T-Shirts sind strahlend sauber, und meine Jeans haben fast Bügelfalten.

Als ich fertiggegessen habe, blase ich die Kerzen aus und starre eine Weile aus dem Dachfenster. Ich spiele immer wieder mit dem Gedanken, raufzusteigen und den Dreck zu beseitigen, damit ich den Himmel sehen kann, aber ich möchte den Menschen, dem mein Zuhause wirklich gehört, nicht darauf bringen, daß ich hier oben bin, also lasse ich's lieber. Das Wetter ist jetzt gut genug, da kann ich nachts das Fenster aufmachen und die Sterne betrachten, wenn sie denn scheinen. Ich weiß aus Erfahrung, wie weit es offenstehen kann, ohne daß es reinregnet.

Vor dem Einschlafen denke ich daran, daß ich morgen bei American Express vorbeischauen will. Mal sehen, ob Post von Lorrie und den Kindern gekommen ist. Außerdem möchte ich ihnen schreiben, daß es mir gutgeht und daß ich Fortschritte mache mit der Malerei.

Träumerei

Er riecht so anders als die meisten Männer, und das ist nicht nur das Terpentin. Seine Stimme – manchmal klingt sie gelassen, aber es liegt auch Unruhe darin. Dies ist ein trauriger Mann, ein einsamer Mann. Ich halte ihn für einen guten Maler.

Es war sehr freundlich von ihm, sich zu mir zu setzen. Monsieur Diderots Füße hatten heute einen schimmeligen Geruch. Ob es am Regen lag? Der Geruch war stärker als sonst.

Ich glaube kaum, daß Monsieur le Peintre meine Tauben mag. Es war aus seiner Stimme herauszuhören. Ich habe gespürt, daß ihm unbehaglich war. Ich muß ihn lehren, die Tauben so zu lieben wie ich. Ich hoffe, er kommt morgen wieder. Ich rieche sein Terpentin noch, obwohl mein Mantel im anderen Zimmer hängt.

Ich hoffe, daß ich nicht zu dreist war. Ich finde so selten Menschen, mit denen ich reden kann, die nicht ständig an meine Blindheit denken. Das ist ihre *Blindheit. Sie tun mir oft leid, die Leute, die in der Welt leben müssen und nicht außerhalb von ihr leben können wie ich. Das ist sicher hart für sie.*

2

Ich wache beim ersten Morgenstrahl auf. Ich ziehe meine Joggingsachen an: Shorts, T-Shirt, Trainingsanzug. Das Beste, was ich mitgenommen habe, als ich ging, waren meine zwei Paar Laufschuhe. Da hatte ich sie schon mindestens drei Jahre und war noch kein einziges Mal damit gelaufen. Mir wird angst und bange bei dem Gedanken, daß sie eines Tages verschlissen sind. Die Dinger kosten fünfzig Dollar. Jetzt benutze ich das eine Paar für alle Gelegenheiten und das andere nur fürs Joggen.

Ich stehle mich aus der Haustür. Um diese Zeit ist noch niemand wach außer Müllmännern und algerischen Straßenfegern. Ich wärme mich auf, laufe die Avenue Ledru-Rollin hinunter und über die Seine zum Quai am linken Ufer. Ich jogge durch den kleinen Park dort und den Skulpturengarten.

Ich bleibe auf dem Quai, selbst wenn ich Treppen rauf und runter rennen muß. Ich nehme die Stufen schnell, immer zwei auf einmal. Ich möchte, daß mein Blut richtig blubbert. Ich laufe bis zum Pont Alexandre III. und wieder über die Seine. Das Licht ist jetzt stärker, und es geht los mit dem Frühverkehr. Ich jogge nicht gern, wenn es zu sehr nach Abgasen riecht.

Ich laufe am rechten Ufer zurück in Richtung Bastille. Der Verkehr wird immer dichter. Ich jogge die Rue de la Roquette entlang und durch die Rue Keller nach Hause. Das Ganze dauert nur eine Stunde, aber es macht mich hellwach. Durch die Tür zu kommen, ist kein Problem, die Concierge schläft bis halb acht. Ich bin schweißgebadet, als ich leise die Treppe zu meinem Versteck hinaufrenne, wie üblich immer zwei Stufen auf einmal.

Ich ziehe meinen Trainingsanzug aus und hänge ihn an einen Haken hinter der Tür. Ich werfe meine klatschnassen

Shorts und das ebenso nasse T-Shirt über die Leine hinter den langen Brettern an der Rückwand des Raumes. Ich strecke mich auf dem Boden aus, bis mir das Wasser nicht mehr runterläuft. Ich besitze ein Stück Teppich, das ich im Abfall des Teppichgeschäfts an der Ecke Rue de Charonne / Avenue Ledru-Rollin gefunden habe. Ich liege flach drauf, kriege wieder Luft und versuche, mich zu entspannen.

Nach ungefähr fünf Minuten fange ich mit hundertmal Aufsetzen aus der Rückenlage plus Tiefenatmung an. Dann mache ich ein paar Yogaübungen. Zum Abschluß kommen fünfzig langsame Liegestütze.

Ich glaube, ich war mein ganzes Leben nicht so gut in Form, jedenfalls nicht mehr seit der Highschool. Ich tue auch gut daran – ich habe nichts im Hintergrund, keine Sozialversicherung, keine Krankenversicherung, und MBI ist für mich gestorben. Ich *muß* gesund sein. Das Tolle ist, daß es soviel Spaß macht, in Form zu bleiben.

Als ich mit dem Leben auf der Straße begann – das ist jetzt fast ein Jahr her –, war ich auf dem absteigenden Ast. Ich aß nicht richtig, hielt mich nicht sauber, goß mir jeden Abend eine Flasche Rotwein rein, damit ich schlafen konnte, und ehe ich den Kopf schütteln konnte, ohne daß es weh tat, war's schon Mittag. Ich war auf dem besten Weg, ein *echter* Clochard zu werden. Kaum zu glauben, wie schnell man verkommen kann, wenn einem alles egal ist.

Ich prasse heute und gönne mir mein Sonntagsfrühstück, obwohl erst Donnerstag ist. Zumindest glaube ich, daß Donnerstag ist. Ich habe mir den Knust meines Baguette von gestern aufgehoben und tunke ihn in den Kaffee, den ich auf meinem Kocher gemacht habe. Luxus pur. Ich lehne mich gegen den Schlafsack und betrachte mein Bild. Ich möchte unbedingt daran weiterarbeiten. So wie der Himmel aussah, als ich gelaufen bin, hatte die alte Dame recht. Wir werden wieder einen schönen Tag haben, einen Maltag.

Ich verstecke alles und mache schnell Katzenwäsche mit dem Wasser, das ich in Weinflaschen verwahre. Seife habe ich nicht. Ich lasse meinen Schlüssel und meine Taschenlampe an ihrem Ort verschwinden und steige die Treppe hinunter. Vor 8 Uhr fängt hier niemand richtig mit der Arbeit an. Alles okay. Die Tür der Concierge ist auch noch zu.

Als ich draußen bin, steht die Sonne schon höher am Himmel. Ihr schräg einfallendes Licht läßt alles klar und strahlend erscheinen. Man hört die üblichen Pariser Morgengeräusche: Müllwagen, in den Rinnsteinen gluckerndes Wasser, Tauben, die gurren und in der schmutzigen Brühe baden. Dann beobachte ich, wie sie zum Himmel aufsteigen. Ich nehme an, der Schwarm hier haust im Turm von Sainte-Marguerite. Ich denke an die alte Dame und das, was sie über Tauben gesagt hat. Eine hirnrissige Idee. Allerdings muß ich zugeben, daß die Tauben in der Luft phantastisch aussehen, und ich werde sie als zusammenhaltendes Element einsetzen, als Verbindung zwischen Himmel und Erde.

Gegen halb neun bin ich vor dem Motiv. Ich stelle meine Kiste ab, setze mich auf die Bank und nehme in mich auf, was ich malen will. Es auf mich einwirken lassen gehört zu den Dingen, die ich lernen möchte. Ich bin zu aggressiv, tue dem Motiv zuviel Gewalt an. Nicht daß ich es verändere, aber ich versuche, es mir anzueignen, statt mit ihm zu verschmelzen. Ich atme tief, bemühe mich um Entspannung, um eine Art Urvertrauen. Ich habe zu viele Jahre hinter mir, in denen es einem vorgehalten wurde, wenn man sich beim Entspannen, beim »Zeitverplempern« erwischen ließ. Jeden Tag tobte ein Kampf und Krampf darum, wer als erster im Büro war und wer als letzter ging. Und ich merkte es nicht mal. Aber das passierte nicht nur mir, das passierte uns allen.

Als die Turmuhr neun schlägt, bin ich mittendrin. Ich habe meine Staffelei ein bißchen weiter links aufgebaut als gestern. Dort wird niemand mit mir zusammenstoßen, und ich kann meinen Firnis und mein Terpentin auf der Bank abstellen.

Ich fange mit dem Himmel an, trage ihn dick zwischen den Bäumen auf, über den Dächern. Ich habe den Himmel gerne fertig, bevor ich beim Rest des Bilds die Lichter aufsetze. Dann ist er oben, wo er mir nicht in die Quere kommt und nicht verschmiert wird.

Ich bin gerade bei der Kirchturmspitze, als die alte Dame

lautlos hinter mir auftaucht. Ich fahre zusammen. Ich habe sie weder gehört noch ihre Nähe gespürt.

»Ah, Monsieur le Peintre, Sie sind da. Das ist gut. Sind Sie glücklich mit Ihrem Bild an diesem schönen Tag?«

Sie streckt mir ihre Hand entgegen. Die meine ist relativ sauber, nur mit etwas Blau und lichtem Ocker bekleckst. Ich wische sie rasch an meinem Mallappen ab, bevor ich ihre ergreife.

»Oh, es wäre kein Malheur, wenn Sie ein wenig Farbe an meine Hand brächten, Monsieur. Ich würde es spüren und könnte sie mit einem Papiertaschentuch abwischen.«

Die alte Dame lächelt. Ich überlege mir, woher sie's wußte. Natürlich – die Verzögerung, mit der ich ihr die Hand gegeben habe. Daran hat sie gemerkt, daß ich male.

»Ja, Madame. Bisher läuft es gut mit dem Bild. Ich male gerade den Kirchturm vor dem Himmel.«

»Dann müssen Sie sich fühlen wie eine Taube, die dort hinaufflіegt. Manchmal, wenn ich einschlafe, stelle ich mir vor, ich sei eine Taube in den Lüften, den Glocken und dem Himmel nahe, hoch über den Bäumen und den Straßen. Das ist wunderschön.«

Die alte Dame macht eine kleine Pause.

»Und wissen Sie was? Ich träume oft davon. Im Traum kann ich sehen. Ich sehe ganz Paris unter mir, schimmernd, leuchtend in zauberischem Licht. Im Traum bin ich nie blind. Ist das nicht interessant?«

Doch. Und es verrät mir etwas. Nämlich daß die alte Dame nicht immer blind war oder daß sie gerne lügt, was ebenfalls interessant ist. Ich male weiter. Sie steht immer noch neben mir.

»Monsieur le Peintre, könnte ich vielleicht ein Arrangement mit Ihnen treffen?«

O Mann, was kommt jetzt? Ich trete von meinem Bild zurück, behalte den Pinsel aber in der Hand. Ich bin bereit, in Stellung zu gehen. Ich sehe es schon vor mir, auf der ersten Seite des *Le Soir*:

Amerikanischer Maler greift blinde alte Dame mit Pinsel an: Verhaftet

Das Ganze natürlich auf Französisch.

»Sie müssen wissen, ich kenne jeden Vogel in meinem Schwarm – es sind sechsundvierzig. Aber ich kenne sie nur vom Fühlen, und ich möchte gerne wissen, wie sie aussehen. Welche Farbe sie haben, welche Zeichnung, welche Streifen und Punkte. Da Sie Künstler sind, im Sehen geübt, könnten Sie sie mir beschreiben.«

Die alte Dame verstummt. Ich warte. Was nun? Sie hat von einem Arrangement gesprochen. Wird sie mir Geld anbieten?

»Wenn Sie das für mich tun, Monsieur, werde ich heute mittag ein sehr gutes Essen für Sie zubereiten. Ich kann Ihnen versichern, daß ich eine exzellente Köchin bin. Wie ich schon sagte – wenn wir die eine Gabe verlieren, werden andere Sinne stärker. Mein Geschmacks- und Geruchssinn sind sehr gut ausgeprägt. Ich glaube, mein Esssen wird Ihnen schmecken.«

Wer könnte da nein sagen? Es bedeutet zwar, daß ich heute nicht mehr viel malen werde, aber ich bin nicht in Eile und habe gewiß auch nichts anderes vor.

»Ich wohne dort drüben, hinter der Statue von Monsieur Diderot, in der Rue des Ciseaux, Nummer 5, erster Stock. Auf dieser Etage gibt es nur eine Tür. Wenn Sie kommen, brauchen Sie bloß zu klopfen.«

Sie macht wieder eine Pause und wartet. Ich kenne die Rue des Ciseaux. Es ist eine Straße, in der sich ein Restaurant ans andere reiht. Ich hätte nie gedacht, daß dort jemand wohnt.

»Selbstverständlich, Madame. Es wäre mir eine Freude, Sie wieder mit Ihren Tauben zu beobachten, und wenn Sie dies wünschen, wäre es mir auch ein Vergnügen, mit Ihnen zu Mittag zu essen. Besten Dank.«

»Ich habe zu danken, Monsieur. Ich hoffe, Sie halten mich nicht für zu dreist, aber es bedeutet mir viel, und ich werde es genießen, jemanden zum Déjeuner zu haben, mit dem ich englisch sprechen kann.«

Ich male weiter. Ich meine, daß ich mir ihre Blindheit zunutze machen kann, aber sie merkt es sofort. Wahrscheinlich am Geräusch meiner Pinsel.

»Ja, malen Sie nur, bis Sie es für richtig halten aufzuhören – vielleicht wenn Sie das schöne Licht auf dem Turm eingefangen haben. Ich werde auf Sie warten.«

Und damit wendet sie sich ab. Ich male weiter an der Spitze und am Stein des massigen Turms. Die Worte der alten Dame, eine Taube zu sein und dort hinaufzufliegen, die Offenheit des Himmels, die Wucht des Turms – all das strömt, so scheint es, in mich ein. Ich male mit mehr Kraft und gleichzeitig mit einer neuen Sensibilität. Es ist erstaunlich, wie eine Idee das Sehen beeinflussen kann.

Ich male noch fünfzehn Minuten oder eine halbe Stunde, und es ist gute Arbeit, mit die beste, die ich je geleistet habe. Dann lege ich meine Pinsel aus der Hand, gehe zu ihr und setze mich neben sie.

Sie wendet sich mir zu, lächelt mich an, wie es ihre Art ist – still und fast heiter.

»Ich hoffe, ich habe Sie nicht an einem wichtigen Punkt unterbrochen. Ich weiß Ihre Hilfe sehr zu schätzen. Ich habe mich um noch keine der Tauben gekümmert, aber wie Sie sehen, warten sie auf mich.«

Und tatsächlich wimmelt es in ihrer Umgebung von Tauben. Es ist verblüffend, daß weder Spatzen noch andere Vögel kommen. Aber wenn ich's mir recht überlege, sind wohl nur Tauben zahm genug, um die Nähe von Menschen zu suchen. Entweder sind sie sehr dumm oder wirklich sehr zutraulich, wie die alte Dame behauptet.

Sie öffnet ihre Tasche und holt ihre Sachen heraus. Das ist eine Art Zeichen. Sie streckt ihren Finger aus, und zwei Vögel fliegen heran; der eine landet, also dreht der andere ab. Sie hält ihre Hand über den ersten.

Für eine Taube sieht dieser Vogel seltsam aus, dunkles Rauchgrau mit angedeuteten Tupfen auf dem Rücken. Die Brust ist etwas heller, an den Beinen hat er ein paar fast weiße Federn. Der Schnabel ist gelblich, mit einem blauen oder violetten Streifen, und die Füße sind von dunklem, leicht gelbstichigem Rosa, beinahe lachsfarben. All das beschreibe ich der alten Dame, während sie sich den Vogel vornimmt und Schuppen von seinen Zehen abfeilt.

»Dieses Weibchen ist nicht mehr jung. Sie muß über fünf Jahre alt sein. Sie heißt Nicole und gehört schon lange zum Schwarm. Sie hat mindestens fünfzehnmal gebrütet, und die meisten von ihren Jungen sind jetzt erwachsen. Einige haben den Schwarm verlassen. Sie wird dünn mit der Zeit, und ich glaube kaum, daß sie dieses Jahr öfter als einmal brütet. Ihrer Beschreibung nach ist sie kein besonders schöner Vogel, oder? Dabei dachte ich immer, sie sei einer der hübschesten. Ich vermute, was wir an einer Taube für schön halten, ist nicht unbedingt das, was die Tauben schön finden. Vielleicht ist es manchmal das beste, blind zu sein. So kann man die Dinge erkennen, wie sie wirklich sind, ohne dadurch blind gemacht zu werden, wie sie sich dem Auge darbieten.«

Sie läßt Nicole behutsam fliegen, und ein anderer Vogel landet auf ihrer Hand. Ein fast weißer, nur da und dort unregelmäßig blaugrau gezeichnet. Er ist groß, mit einem Hauch von schillernder Farbe um den Hals. Er hat schön rosige, fast schuppenlose Beine und bläuliche Krallen. Ich beschreibe ihn, so gut ich kann.

»O ja. Ich hatte immer das Gefühl, er müsse weiß sein. Er ist so herrisch, obwohl er noch kein Jahr alt ist.

Er gehört fast immer zu den ersten, die zu mir kommen, nicht weil ihm etwas fehlt, sondern weil er gierig nach den Körnern ist, die ich verteile.«

Sie gibt dem Täuberich seine Körner, und er pickt sie ihr rasch aus der Hand. Sie läßt ihn fliegen, brüsker als vorhin Nicole.

Ich beschreibe jeden Vogel, der kommt. Es dauert über eine Stunde. Ich habe Spaß an dem Versuch, die Tauben genau zu charakterisieren. Es hat etwas von dem sorgfältigen Sehen während des Malens. Aber ich will auch wieder an die Arbeit.

»Nun, Monsieur le Peintre, ich glaube, mehr kommen heute nicht. Zwei sind ausgeblieben. Vielleicht sind sie bei einem anderen Schwarm. Oder ihnen ist etwas zugestoßen. Es ist schrecklich, wie viele Tauben in dieser Stadt von Autos getötet werden. Sie halten

nie an, und so werden die Tauben überrollt und gehen kläglich zugrunde. Das sollte verboten sein.«

Ich sage der alten Dame nicht, wie die Vögel ihre Farben zu verlieren scheinen und ihre Federn unter den Reifen zerfleddern, bis sie schließlich im Asphalt verschwinden. Binnen eines Tages kann sich eine Taube auf einer belebten Straße in ein Nichts verwandeln.

»Ich werde jetzt gehen und unser Essen zubereiten. Ich erwarte Sie ungefähr zehn Minuten nach Beginn des Mittagsläutens. Sie können Ihre Kiste mitbringen und auf dem palier *oder im Flur abstellen. Wie Sie wollen.«*

Sie neigt den Kopf ein wenig, womit ich in Gnaden entlassen bin, und fängt an, ihre Sachen zusammenzupacken. Ich kehre zu meinem Bild zurück. Es ist noch besser, als ich's in Erinnerung hatte. Ich male jetzt die lange Fassade des Kirchenschiffs fertig, versuche, die Farbe des Steins zu variieren – mit Schatten, mit Patina, mit Licht, das durch die Bäume fällt –, und kämpfe gleichzeitig darum, daß das Ganze nicht auseinanderfällt. Ich fange auch mit den Bäumen im Gegenlicht an. Wenn ich eine Farbe habe, von der ich glaube, daß sie sich an einer anderen Stelle gut machen würde, setze ich sie dorthin. Die Diderot-Statue muß sorgfältig, aber locker gemalt werden. Ich bringe einen Abglanz von der Farbe des Himmels auf die Taubenscheiße und die oxidierte Bronze. Ich habe das Gefühl, daß ich in das Bild eintrete. Die Zeit vergeht wie im Flug.

Dann höre ich die Glocken läuten. Ich weiß nicht mehr, wann es angefangen hat, ich war so weit fort. Ich packe rasch meine Kiste, stecke die Firnis- und Terpentinflaschen in meine Jacke, mache im Schnellverfahren die Pinsel sauber. Ich schaue mich um, sehe nach, ob ich etwas vergessen habe. Nein. Ich gehe zur Rue des Ciseaux und das Gefälle dieser kleinen Straße in Richtung Rue du Four hinunter.

Links finde ich die Nummer 5. Es ist ein altes Gebäude mit schiefen Mauern. Das Treppenhaus ist sehr eng, und ich muß das Bild auf meinen Rücken nehmen, damit ich um die scharfe Biegung komme. Im ersten Stock unterm Schaltkasten ist ein Platz, wo ich Kiste und Bild abstellen kann. Ich klopfe.

Die Tür wird prompt geöffnet.

»Ich habe Sie die Treppe heraufkommen hören. Sie mußten anhalten, weil das Bild so groß ist, daß es nicht ohne weiteres um die Ecke geht. Habe ich recht?«

Ich nicke. Dann merke ich, daß ich sprechen muß. Es dauert seine Zeit, bis man sich an den Umgang mit blinden Menschen gewöhnt.

»Ja. Ich habe die Ecke fast abgeschlagen.«

Ich trete ein. Die Wohnung ist hübsch, aber dunkel. Sie geht nach dem Hof. Der alten Dame macht die Dunkelheit natürlich nichts aus. Obwohl alles aufgeräumt ist – kein Durcheinander, jedes Möbel an seinem Platz –, bröckelt der Verputz von der Decke, haben sich die Tapeten von der Wand gelöst und hängen in Bahnen da, ist vieles schmuddelig vom ständigen Anfassen.

Die Teppiche sind abgetreten. Die Verwahrlosung der Wohnung ist ein seltsamer Gegensatz zu dieser gepflegten Frau und ihrem liebevoll gedeckten Tisch.

Um es noch schlimmer zu machen, hängen an den beiden Fenstern, die sich zum dunklen Hof hin öffnen, verschlissene grüne Vorhänge, die im Lauf der Jahre zu gelblichen Streifen verblaßt sind. Ich sehe fünf Türen. Sie führen wohl zu anren Zimmern. Die alte Dame trägt eine Schürze, und sie lächelt.

»Bitte, wenn Sie sich die Hände waschen wollen oder sonst ein Bedürfnis haben – die Toilette und die Salle d'eau sind dort drüben.«

Ich bin tatsächlich furchtbar schmutzig, sowohl von meiner ganzen Lebensweise als auch, weil ich gerade vom Malen komme. Ich verbeuge mich (unsichtbar), lächle (unsichtbar) und sage zum Ausgleich danke. Ich laufe zu der Tür, auf die die alte Dame gewiesen hat.

Ich trete ein, schließe die Tür und stelle fest, daß es auf der Toilette stockfinster ist. Ich öffne die Tür wieder, um den Lichtschalter zu suchen. Ich knipse ihn an. Kein Licht. Ich sehe nach oben und entdecke, daß dort eine Leitungsschnur mit grünem Metallschirm und Glühbirne hängt. Ich schraube die Birne aus der Fassung. Ich kann durch das klare Glas erkennen, daß sie durchgebrannt ist.

Ich orientiere mich, schließe die Tür, hebe die Klobrille, stelle mich über die Kloschüssel und lasse es rinnen. Da ich weiß, die alte Dame hat hypersensible Ohren, pinkle ich gegen die Seite der Schüssel, um kein Geräusch zu machen. Hoffentlich geht nichts über den Rand. Ich spüle und öffne die Tür. Zum Glück habe ich alles in die Schüssel gekriegt.

Dann trete ich in die Salle d'eau, einen Raum mit Handwaschbecken – nur kaltes Wasser – und Badewanne, eine jener Wannen, die aus emailliertem Metall sind und auf Löwenfüßen stehen.

Wieder kein Licht. Ich spare mir die Mühe, auf den Wannenrand zu steigen und die Glühbirne zu inspizieren. Ich denke mir, wenn ein blinder Mensch jahrelang allein lebt, sind entweder sämtliche Birnen durchgebrannt, weil sie an waren, ohne daß dieser Mensch es gemerkt hat, oder der Glühfaden verdirbt irgendwie und geht kaputt, sobald jemand den Schalter anknipst.

Diesmal lasse ich die Tür offen, während ich mir die Hände wasche. Die Wanne hat Kalt- und Warmwasser, und darüber hängt ein altmodischer Boiler. Ich gäbe ein mittelgroßes Aquarell darum, eine halbe Stunde in einem Schaumbad weichen zu dürfen. Statt dessen säubere ich mich am Becken, so gut es geht. Der Spiegel darüber ist mit einer dicken Schicht aus Schmutz und Fliegendreck überzogen, also kann ich mich nicht sehen. Nicht daß ich ungeheuer interessiert daran wäre. Ich möchte nur feststellen, ob ich Farbe im Gesicht habe. Ich halte meine Pinsel oft zwischen den Zähnen, nicht sehr profimäßig, aber ich tu's nun mal, und dadurch kommt man leicht zu bunten Bäckchen.

Ich verlasse die Salle d'eau. Die alte Dame eilt geschäftig zwischen der Ecke in der Küche, wo sie kocht, und dem Tisch, an dem wir essen werden, hin und her, als wüßte sie gar nicht, wie es ist, blind zu sein. Ich frage mich, ob die Glühbirnen im Eßzimmer funktionieren. Ich mache jede Wette, daß es in der ganzen Wohnung keine einzige heile Glühbirne gibt.

Die alte Dame zeigt mir, wo ich Platz nehmen soll, und ich setze mich. Blütenweiße Stoffservietten liegen auf dem

Tisch, und als Hors d'œuvre stehen dort Coquilles Saint Jaques. Diese Haute cuisine habe ich x-mal bei unseren Arbeitsessen mit Franzosen genossen. Es war fast absurd, lauter köstliche Speisen und unmögliche Preise, aber ich mußte ja nicht aus meiner eigenen Tasche bezahlen. Was wir alle ausgaben, war ALG, anderer Leute Geld.

Wir aßen oft im Coq Hardi, knapp fünfzehn Autominuten von meinem Büro entfernt, und in diesem Lokal wurden wir praktisch von Hand gefüttert, neben jedem stand ein Kellner und teilte aus – das passende Besteck und diverse Delikatessen. Nach der ganzen Hätschelei waren Summen fällig, von denen ich heute ein halbes Jahr leben könnte.

Aber das hier in diesem dunklen, schäbigen Zimmer ist ein guter Anfang. Die alte Dame hat sich umgezogen und trägt jetzt einen dunkelblauen Pullover mit weißer Bluse und dunkelblauem Rock. Trübes Licht fällt durch das Fenster hinter ihr und bescheint ihr Haar. Sie hat es in Zöpfen um ihren Kopf gewunden. Es sieht fast wie eine Krone aus.

»Bon appétit, Monsieur le Peintre. Ich hoffe, die Muscheln werden Ihnen schmecken.«

»Auch Ihnen bon appétit, Madame. Sie werden mir bestimmt schmecken. Muscheln sind eine meiner Lieblingsvorspeisen.«

»Ich bin Mademoiselle.«

»Okay, Mademoiselle. Bon appétit.«

Wir essen langsam und bedächtig. Dies sind mit die besten Coquilles meines Lebens. Kammuschelfleisch, eine weiße Sauce, Pilze und Armagnac. Auch kleine Krabben sind dabei, jede ungefähr so groß wie ein Fingernagel. Ich frage mich, wie die alte Dame das macht.

»Malen Sie schon lange, Monsieur?«

»Oh, das ist eine komplizierte Geschichte, Mademoiselle. Ich habe vor vielen Jahren Kunst studiert und bin dann Geschäftsmann geworden, war für eine amerikanische Firma tätig, erst in den Staaten, dann hier in Frankreich, und jetzt male ich wieder.«

»Sie haben sich zur Ruhe gesetzt?«

»Ja, so könnte man es nennen, aber eigentlich ist mir, als

hätte ich nach langer Unterbrechung gerade mit der Arbeit angefangen.«

Sie schweigt. Ich möchte das nicht unbedingt vertiefen. Es tut immer noch verdammt weh. Mir fällt wieder ein, daß ich bei American Express nach der Post sehen und selbst einen Brief schreiben wollte. Ich werde es kurz vor Geschäftsschluß machen.

Um das Thema zu wechseln, könnte ich meine Idee, sie mit aufs Bild zu bringen, ansprechen. Aus irgendeinem Grund habe ich das vor mir hergeschoben.

»Mademoiselle, hoffentlich haben Sie nichts dagegen – ich würde Sie gerne in mein Bild mit hineinmalen, wie Sie mit Ihren Tauben auf der steinernen Bank vor Monsieur Diderots Statue sitzen.«

Die alte Dame war gerade dabei, ihre Gabel zum Mund zu führen. Jetzt hält sie inne. Sie legt die Gabel aus der Hand und tupft ihre Lippen sorgfältig mit ihrer Serviette ab. Sie »sieht« mir in die Augen, und ich merke, daß ihr die Tränen kommen.

»Ich danke Ihnen sehr. Es würde mich beglücken, auf Ihrem Bild zu sein. Mit das schlimmste an der Blindheit ist die Empfindung, daß einen niemand wahrnimmt. Die meiste Zeit fühle ich mich schrecklich unsichtbar. Monsieur, es wird mir eine große Freude sein, wenn ich weiß, daß ich auf Ihrem Bild bin, überhaupt sichtbar bin auf dieser Welt, die ich nicht mehr sehen kann.«

Sie blickt auf den Tisch nieder und wischt sich mit ihrer Serviette die Augen aus.

Ich hatte keine Ahnung, daß es ihr soviel bedeuten würde. Normalerweise werde ich bei so was nervös. Manchmal, wenn ich ein Aquarell malte, baten mich Leute, sie mit reinzunehmen, und ich war immer sicher, daß es das Bild ruinieren würde. Die Darstellung von Menschen ist nicht meine Stärke. Was wohl hauptsächlich daran liegt, daß ich auf diesem Gebiet wenig Übung habe. Aber da die alte Dame nicht sehen kann, wird sie's nie erfahren, und ich kann es locker angehen. Wie sehr ich sie auch verpfuschen mag, es spielt keine Rolle. Wenn's zu schlimm wird, kann ich sie sogar übermalen. Aber ich bin froh, daß ich es zur Sprache gebracht habe.

Die alte Dame steht auf und räumt ohne einen Fehlgriff

meinen leergegessenen Teller und die kleine dreizinkige Gabel ab. Dann geht sie in die Küche. Ich rieche etwas Herrliches, das dort auf dem Herd köchelt. Hoffentlich ist es kein halbrohes Rindfleisch – die meisten Franzosen bestehen ja darauf, daß Gebratenes so zubereitet werden muß. Ich weiß nicht, ob ich das nach meiner Umgewöhnung auf die vegetarische Lebensweise vertragen würde.

Aber nein, es ist wieder eines meiner Lieblingsgerichte. Sie muß Gedanken lesen können. Escalope á la créme champignons, zart durchgebraten, die Sahnesoße mit demselben Armagnac abgeschmeckt wie die Muscheln, wodurch beide Gerichte miteinander harmonieren. Dazu gibt es Pommes frites allumetes und weißen Spargel. Ich komme wirklich gut weg bei unserem Arrangement. Dafür beschreibe ich ihr gern jede Taube in Paris.

Und es ist angenehm, mit ihr zusammenzusein, so gut und so kultiviert zu speisen. Wir essen, sprechen darüber, plaudern über Tauben, über meine Malerei, nichts allzu Schwergewichtiges. Ich weiß, sie ist neugierig, was mich betrifft, aber sie ist eine echte Dame, also keine bohrenden Fragen. Manchmal kann das dornig sein mit Frauen, besonders mit Amerikanerinnen. Sie quetschen einen über alles aus, bevor man sie auch nur ein bißchen kennt.

Als wir mit dem Kalbsschnitzel fertig sind, trägt sie Obst und Käse auf. Perfekt auch das. Wie soll ich mich je wieder an meinen Gemüseeintopf gewöhnen?

Anschließend gibt es Kaffee, und sie geht zu einem hohen Schrank, steigt auf einen kleinen Hocker und holt eine verstaubte Flasche heraus. Sie wischt die Flasche ab und stellt sie auf den Tisch.

Der Kaffee ist natürlich exzellent. Wir trinken ihn in kleinen Schlucken. Sie wendet ihren Blick über den Tassenrand hinweg zu mir.

»Sagen Sie, Monsieur, ist in dieser Flasche tatsächlich eine Birne?«

Es handelt sich um eine von jenen verrückten Poire-William-Flaschen, und die hier sieht so aus, als sei sie *das* Original überhaupt, so staubig ist sie, so alt.

»Ja, da ist eine Birne drin.«

»Dies ist das letzte, was uns mein Vater geschickt hat, bevor er starb. Meine Schwester Rolande bestand darauf, daß wir nie davon tranken, daß wir die Flasche im Schrank verwahrten – zum ehrenden Andenken.«

»Das war sehr pietätvoll von Ihrer Schwester.«

»Monsieur, ich möchte heute mit Ihnen von dieser Flasche trinken. Sie steht schon zu lange da; es wird Zeit.«

Nun, das muß sie entscheiden. Ich persönlich mag diesen Likör sehr gerne. Wenn er gut abgelagert ist, schmeckt man tatsächlich das grobkörnige Fruchtfleisch, die dicke Schale der Birne, und der Likör auf dem Tisch ist bestimmt gut abgelagert, ich glaube sogar, daß ein bißchen davon verdunstet ist.

»Das ist sehr freundlich von Ihnen, Mademoiselle. Aber sind Sie sicher, daß Sie diesen Likör nach all den Jahren trinken wollen?«

»Ja, absolut.«

Sie blickt mich wieder an mit ihren klaren Augen, die nicht sehen können.

»Wissen Sie, wie die Birne in die Flasche kommt, Monsieur?«

Ich habe noch nie darüber nachgedacht. Ich weiß, man kann ein Ei in Essig legen, und es dann, wenn es weich ist, durch den Hals einer Flasche kriegen, wo es wieder hart wird, aber ich glaube kaum, daß man das auch mit einer Birne machen kann.

»Nein, Mademoiselle, ich habe keine Ahnung.«

»Man wartet, bis die Blüte am Birnbaum von der Biene befruchtet worden ist. Dann stülpt man eine Flasche über die Blüte und bindet die Flasche am Baum fest. Die Birne wächst in die Flasche hinein.

Wenn sie reif ist, wird der Stiel abgeschnitten, die Flasche vom Baum genommen, mit Birnenschnaps aufgefüllt und mit einem Korken verschlossen. Die Birne bleibt drin und kann nicht heraus. Ist das nicht eine wunderhübsche Idee, obwohl es so traurig ist?«

Sie steht auf und geht mit raschem Schritt zu einer Schublade. Sie holt einen Korkenzieher heraus und gibt ihn mir.

»Wären Sie wohl so liebenswürdig, Monsieur, die Flasche zu

öffnen? Dann werden wir diesen Likör trinken, der über fünfzig Jahre auf uns gewartet hat.«

Während ich den Korkenzieher reindrehe, läuft sie zum Schrank und kommt mit zwei kleinen Gläsern wieder. Winzige Amoretten, die in einem Blätterkranz herumtollen, sind in sie eingeätzt. Die alte Dame beobachtet – scheint zu beobachten –, wie ich die Flasche entkorke. Ich schnuppere. Das Aroma erfüllt den ganzen Raum. Ich reiche ihr die Flasche.

»Würden Sie bitte eingießen, Mademoiselle? Ich weiß, eigentlich tut das der Mann, aber dies ist eine so besondere Gelegenheit, daß Sie der Mundschenk sein sollten.«

Sie nimmt die Flasche. Beim Eingießen hält sie die Daumenkuppe gegen den inneren Rand des Glases, und sobald der Likör ihren Daumen berührt, setzt sie die Flasche ab. Darauf wäre ich nie gekommen. Aber ich nehme an, ich hätte mir auch so etwas einfallen lassen, wenn ich blind wäre.

Als sie eingeschenkt hat, stellt sie behutsam die Flasche ab. Sie hebt ihr Glas und sieht mir in die Augen.

»Würden Sie mir bitte, bevor wir trinken, Ihren Namen sagen, Monsieur? Ich möchte nicht unhöflich sein, aber es scheint mir richtig, daß wir wenigstens soviel voneinander wissen.«

Das ist völlig normal. Aber ich glaube, seit einem Jahr hat mich niemand mehr nach meinem Namen gefragt. Ich hatte fast vergessen, daß ich einen habe.

»Ich bin die meiste Zeit meines Lebens Jack genannt worden, Mademoiselle. Mein eigentlicher Name ist John. Aber im vergangenen Jahr habe ich mich dann Jean genannt. Ich finde, das klingt besser.«

»Ihr amerikanischer Name gefällt mir – Jack, wie Jack the Ripper, der englische Schwerverbrecher. Aber darf ich Sie Jacques nennen? Ich weiß, auf englisch bedeutet das James, aber ich würde Sie nun einmal gerne so nennen.«

»Darf ich auch Sie nach Ihrem Namen fragen, bevor wir diesen köstlichen Likör trinken?«

»Sagen Sie bitte Mirabelle zu mir, Jacques.«

»Aber das kommt mir so unhöflich vor, Mademoiselle, ich meine, Mirabelle. Wie lautet Ihr Familienname?«

»Das spielt keine Rolle. Ich werde Jacques zu Ihnen sagen, und

Sie werden Mirabelle zu mir sagen. Sie müssen wissen, Jacques, es gibt auf der ganzen Welt keinen Menschen mehr, der mich Mirabelle nennt. Meine Schwester war der letzte, und sie ist seit fünfzehn Jahren tot. Ich möchte nicht, daß Mirabelle, die Idee von Mirabelle stirbt. Bitte, Jacques, nennen Sie mich Mirabelle.«

Wieder hat sie Tränen in den Augen. Wir stoßen miteinander an. Die Gläser haben den Klang von reinem Kristall. Ich weiß, daß ich jetzt etwas sagen muß.

»Auf uns beide, auf Mirabelle und Jacques, auf diesen wunderbaren Tag, auf die Träume unserer Vergangenheit.«

»Und auf die Träume unserer Zukunft.«

Sie trinkt, und ich trinke mit. Es ist unglaublich. Noch nie habe ich so etwas gekostet. Es ist, als seien die Birnen konzentriert, destilliert, im Geschmack verstärkt worden, bis nur noch die reine Essenz übrig blieb. Wir trinken mit kleinen Schlucken, schließen die Augen, lassen uns von der Wärme durchströmen, schlagen dann gleichzeitig die Augen auf und lächeln. Das kann nur Zufall sein. Mirabelle könnte ihr Lächeln nicht auf meines abstimmen, und ich weiß, daß ich nicht versuche, das meine auf ihres abzustimmen, jedenfalls nicht mit Absicht. Sie hält das Glas vor ihre Brust.

»Es ist, als lebte mein Vater wieder. Ich spüre, höre ihn fast. Ich danke Ihnen für diesen wunderbaren Augenblick, Jacques.«

Wir trinken aus, und ich verkorke die Flasche wieder. Jeder Schluck war die Erfahrung einer anderen Welt.

»Jacques, ich werde den Rest dieser Flasche mit niemand anderem trinken als mit Ihnen. Ist es zuviel verlangt, wenn ich Sie bitte, morgen wieder zum Déjeuner zu kommen?«

Ich antworte nicht gleich. Ein Teil von mir möchte sich auf keinen Menschen einlassen, und sei es auch nur eine alte blinde Dame. Aber ein anderer Teil will mit ihr zusammensein. Ich spüre, wie das Eis in mir bricht.

»Nein, Mirabelle, es ist nicht zuviel verlangt, und ich danke Ihnen. Aber erst müssen Sie den Test bestehen.«

Sie beugt sich vor, offensichtlich verwirrt.

»Morgen müssen Sie mir die Farbe und Zeichnung jeder Taube beschreiben, die zu Ihnen kommt. Zeigen Sie mir, was Sie heute gelernt haben.«

Mirabelle lächelt.

»Ich habe viel gelernt, Jacques. Sie werden staunen.«

Wenig später stehe ich auf, gehe aus der Wohnung, nehme auf dem Treppenabsatz meine Malkiste an mich und verlasse das Haus. Mirabelle bringt mich zur Tür. Sie hat mein Angebot, ihr beim Abräumen und Geschirrspülen zu helfen, abgelehnt.

»Nein danke, Jacques. Ich möchte diese Zeit für mich allein haben, damit ich die Freude, die wir hatten, nachschmecken kann. Es wäre auch falsch, wenn Sie an einem so schönen Tag hier drinnen blieben. Sie müssen doch Ihr Bild fertigmalen. Leben Sie wohl einstweilen. Au revoir.«

Als ich die Treppe hinuntersteige, lächle ich über meinen neuen Namen, Jacques. Ich weiß nicht mal, ob ich ihn richtig buchstabieren kann.

Mir bleiben noch zwei Stunden zum Malen. Ich habe Schwierigkeiten mit der Straße im Vordergrund und der rechten unteren Ecke. Ich spiele mit dem Gedanken, an der Bushaltestelle einen Bus reinzumalen, aber das wäre ein Verstoß gegen meine Idee von dem, was ich wiederzugeben versuche. Ich will auch keine Autos mit reinnehmen. Was ich wiederzugeben versuche, ist ein überzeitliches Paris, ein Paris, das immer dazusein scheint und in einem anderen Sinn nie existiert hat. Ich bringe also keine Autos ins Bild, keine Fernsehantennen, keine Motorräder, nicht mal Fahrräder. Wenn ich Menschen reinmale, halte ich sie vage, damit ihre Kleidung nicht über kurz oder lang altmodisch wirken kann.

Außerdem habe ich folgendes herausgefunden: Wenn ich eine Figur reinmale, sehen die Leute das Bild, egal wie hart ich daran gearbeitet habe, nur in Relation zu dieser Figur. Das habe ich bei meinen Aquarellen gemerkt. Ich baute eine vollständige Komposition auf, Häuser mit Schatten und Fensterläden, Schornsteine vor dem Himmel, alles sehr räumlich. Dann machte ich den Fehler, in eines der Fenster eine Frau zu malen, die Wäsche aufhängte. Die Leute schauten sich das Bild an und nannten es *Frau beim Wäscheaufhängen*. Aber sie kauften so was eher, als wenn keine Menschen drauf waren.

Mit diesem Bild wird es ähnlich laufen. Niemand wird der

Versuchung widerstehen können, den Himmel, die Bäume, Saint-Germain-des-Prés, das Deux Magots, Diderot und die gesamte Komposition zu ignorieren; es wird *Frau in Rot mit Tauben* heißen. Aber ich denke, damit kann ich leben.

Ich bewältige meine Schwierigkeiten mit der rechten unteren Ecke mehr oder weniger mit den Schatten, die die Bäume in der Anlage werfen, und mit dem Kopfsteinpflaster, das es hier gab, bevor es zuasphaltiert wurde. Es ist nicht die beste Lösung, aber es ist die einzige, die mir einfällt.

Ich kratze meinen Namenszug und das Datum mit dem Pinselstiel in die noch feuchte Farbe. Beides ist fast unsichtbar, nur eine Andeutung. Dann drehe ich das Bild um, gebe ihm den Titel *Mirabelle und Diderot*, datiere und signiere es. Mirabelle paßt wirklich gut rein. Es ist so, als hätte sie immer an diese Stelle gehört.

Als ich meine Sachen zusammenpacke und mich auf den Heimweg mache, ist die Sonne von der Kirchenfassade weggewandert. Morgen werde ich noch eine von meinen 25F-Leinwänden in Angriff nehmen. Ich bin zwar nicht sicher, welches Motiv ich wähle, aber ich weiß, es wird nahe bei dem Ort sein, an dem ich heute gemalt habe. Beim Zeichnen und Aquarellieren habe ich entdeckt, daß jedes Stadtviertel seine besonderen Eigenschaften hat und daß ein Bild oft zum anderen führt. Ich glaube fast, ich werde es mit der Place Furstenberg versuchen. Das ist ein schöner Platz, den ich schon dreimal aquarelliert und mindestens vier-, fünfmal gezeichnet habe. Wenn meine Lage verzweifelt war, konnte ich immer ein Aquarell oder eine Zeichnung von der Place Furstenberg verkaufen, und die Dinger haben mir Spaß gemacht, denn dieser Platz ist eine echte Herausforderung in seiner Schlichtheit. Hier kommen auch ziemlich viele Touristen vorbei. Eine Touristenfalle ist die Place Furstenberg allerdings nicht.

Ich schaue kurz vor Toresschluß bei American Express vorbei. Es ist keine Post für mich da. Ich ziehe einen zusammengefalteten Bogen Papier und einen Umschlag aus meiner Jacke und schreibe mit meinem Zeichenbleistift einen Brief von mittlerer Länge. Ich versuche, das Bild zu schildern, mit dem ich gerade fertig geworden bin, und berichte auch von Mirabelle. Ich schließe mit der Versicherung, daß es mir gut geht, aber daß sie mir alle fehlen. Ich schreibe »Liebe Grüße« darunter und schicke den Brief an Lorries neue Adresse.

Als ich am nächsten Morgen nach meinem Lauf auf dem Weg durch die Stadt bin, merke ich, daß ich mich darauf freue, Mirabelle zu sehen. Nicht nur auf ihr köstliches Essen, sondern auch darauf, mit ihr zusammenzusein, ihre Kraft und Vitalität, ihre Fürsorge und Empathie zu spüren.

Der Tag ist schön. Mehr Sonne und weniger Wolken als gestern, aber es sind immer noch ein paar da, die gemessen durch den Himmel schwimmen.

Ich trage meine übliche Malkluft, eine auseinanderfallende, vielfach gestopfte Jeansjacke, die ich für zwanzig Francs auf dem Flohmarkt gekauft habe. Mein grünkariertes Wollhemd habe ich nicht drunter angezogen. An dem Hemd fehlt über die Hälfte der Knöpfe, und es ist warm. Bei meinem Morgenlauf habe ich gemerkt, daß ich es heute nicht brauchen werde. Vielleicht brauche ich nicht mal die Jacke. Paris gibt uns einen kleinen Vorgeschmack darauf, wie der Frühling sein wird, der richtige Frühling.

Dann bin ich vor dem Motiv und beschließe, die Place Furstenberg von der ansteigenden Seite aus zu malen, links von der Straße, die auf sie zuführt. Ich postiere mich praktisch *auf* dem Platz, weil ich möchte, daß die Lampen in seiner Mitte das Zentrum meines Bildes sind, eine Art Drehpunkt, um den herum der Rest ausschwingt; ich hätte gerne so was wie ein Karussell-Gefühl.

Ich mache eine sorgfältige Vorzeichnung. Es ist verblüffend, daß man etwas mehrmals malen kann, und es wird immer wieder anders. Ich bin dabei, Farbe für die Untermalung auf die Palette zu drücken, als ich daran denke, wie die Zeit vergeht. Ich habe keine Uhr. Ich habe sie auf dem Nachttisch in unserem Schlafzimmer liegenlassen, als ich vor über einem Jahr meine Sachen packte, und so frage ich jemanden, der gerade vorbeikommt, wie spät es ist. Fünf vor zehn.

Ich klappe meine Kiste zusammen und laufe zu dem Platz

vor Saint-Germain-des-Prés. Ich blicke über die Straße, und da sitzt Mirabelle auf ihrer Bank. Ich will sehen, wie nahe ich mich anschleichen kann, ohne daß sie's merkt. Ich passe auf wie ein Luchs. Wenn jemand zuschaut, könnte er meinen, ich sei tatsächlich eine Art Jack the Ripper, auf alte Damen spezialisiert, weil ich praktisch auf Zehenspitzen gehe. Aber bevor ich auf zwei Meter an Mirabelle herangekommen bin, wendet sie sich mir zu und lächelt.

»Ich dachte schon, Sie kämen nicht, Jacques. Ich wußte, Sie waren nicht hier, und ich war enttäuscht. Es ist sehr freundlich von Ihnen, daß Sie doch noch kommen.«

»Es war der Geruch, nicht? Sie haben gerochen, daß ich komme. Ist es so, Mirabelle?«

Sie lächelt, holt ihr zweites aufblasbares Kissen aus der Tasche und gibt es mir.

»Nein, an Ihrer Malkiste klimpert etwas, wenn Sie laufen. Es hört sich an wie Metall, das gegen Holz schlägt. Erst danach habe ich Sie gerochen.«

»Rieche ich so penetrant? Das heißt, wie rieche ich überhaupt?«

»O Jacques, Sie wollen all meine kleinen Geheimnisse erfahren... Nun denn. Sie riechen natürlich nach Terpentin, und Sie riechen ein wenig nach Transpiration, weil Sie sich so sehr konzentrieren. Außerdem riechen Sie nach...«

Mirabelle macht eine kleine Pause.

»Sie riechen nach Mann. Nicht nach Tabak wie mein Vater und manch andere Männer, auch nicht nach den Parfümen, die viele Männer heutzutage nehmen.

Nein, Sie haben einen ganz besonderen Geruch. Ich kann ihn nicht beschreiben, aber er gefällt mir. Was am ehesten an ihn herankommt, ist der Geruch von Pferden.«

Ich habe mein Kissen aufgeblasen und nehme neben Mirabelle Platz.

»Ich sollte besser nicht so nahe bei Ihnen sitzen. Ich wußte nicht, daß ich so stinke.«

»Nein, Jacques, ich mag es, wenn Sie nahe bei mir sitzen. Vergessen Sie nicht, ich rieche Sie gern. Ihr Geruch ist sehr gesund, sehr würzig.

Wollen wir jetzt mit dem Test anfangen? Ich werde meine Tauben berühren und Ihnen dann sagen, wie sie aussehen, nicht wahr?«

»Ja. Aber ich habe nur Spaß gemacht, Mirabelle. Das ist unmöglich.«

»Wir werden sehen.«

Mirabelle streckt ihren Finger aus, und eine Taube, die in der Nähe gewartet hat, landet darauf. Mirabelle nimmt sie, dreht sie um, betastet sie.

»Diese Taube ist hellbraun mit zwei dunkelbraunen Streifen auf den Flügeln. Sie hat gelbere Augen als die meisten, und ihre Beine sind hübsch persimonrot. Sie haben diesen Vogel bewundert und gesagt, für eine Taube sähe er fast akzeptabel aus. Habe ich recht?«

Ja, sie hat recht. So recht, daß sie mir Einzelheiten beschreibt, von denen ich nichts mehr wußte.

»Ich kann's nicht glauben, Mirabelle. Kommen Sie, versuchen Sie es noch einmal.«

Ein anderer Vogel flattert auf Mirabelles Finger. Diesmal ist es eine ziemlich große, blaugraue, gewöhnlich aussehende Taube mit dunklen Streifen auf den Flügeln. Mirabelle streicht ihr über den Hals und massiert ihre Füße und Beine. Dann blickt sie mich an.

»Diese Taube ist blaugrau und hat zwei fast schwarze Streifen auf jedem Flügel. Am Hals sieht man einen schillernden Ton, ähnlich wie bei einem Täuberich. Sie hat hellrosa Füße und Augen so dunkel wie Bernstein – nein, dunkler noch.«

Wir gehen den ganzen Schwarm durch. Der einzige Ausfall bei der perfekten Wiedergabe dessen, was ich Mirabelle gestern beschrieben habe, ist eine kleine graue Taube. Mirabelle sagt mir sofort, als sie sie berührt, daß sie nicht weiß, wie dieser Vogel aussieht. Sie weiß aber, es ist eine von den Tauben, die gestern ausgeblieben sind, und vermutet, sie brüte vielleicht schon.

Eine Stunde ist vergangen, und ich möchte jetzt mit der Untermalung beginnen.

»Wo sind Sie heute, Jacques?«

»Auf der Place Furstenberg. Ich male sie von der Hangseite aus, mit der Rue Jacob am Ende.«

»O ja. Das ist ein wunderschöner Platz. Ich habe dort als Kind oft Ball gespielt. Es ist einer meiner besonderen Orte.«

»Wie meinen Sie das? Ist die Place Furstenberg einer Ihrer Lieblingsplätze?«

»Das auch, aber noch viel mehr. Es ist etwas kompliziert. Gehen Sie jetzt zum Malen, und ich werde es Ihnen nachher erzählen. Auch ich muß jetzt gehen und unser Déjeuner zubereiten.«

Und damit fängt Mirabelle an, ihre Sachen zusammenzupacken.

Es gehört zu den seltsamsten Aspekten daran, wenn man mit blinden Menschen zusammen ist, daß man selbst irgendwie verschwindet, sobald sie nicht mehr mit einem sprechen. Ich stehe da, beobachte Mirabelle noch ein paar Sekunden und gehe dann zurück über den Boulevard. Ich bin immer noch verblüfft darüber, daß sie all die Tauben so genau beschreiben konnte. Wie kommt eine alte Dame zu einem so phantastisch guten Gedächtnis?

Auf der Place Furstenberg bin ich bald ins Malen vertieft. Es scheint keine fünf Minuten zu dauern, da läuten die Glokken vom Saint-Germain-des-Prés. Ich habe den Himmel und die linke Seite des Platzes mit den kahlen Bäumen angelegt. Das ist fast die schönste Zeit beim Malen – noch kommt es einem so vor, als sei alles möglich.

Wir speisen wieder köstlich. Mirabelle hat kleine Tournedos mit frischen grünen Bohnen und Pommes Dauphine gemacht. Diesmal merke ich, daß sie offenbar noch während des Kochens aufräumt, denn es herrscht keine Unordnung in der Küche, alles außer den absolut nötigen Töpfen, Pfannen und sonstigen Geräten weicht in warmem Wasser im Spülbecken.

Dann fragt Mirabelle, wo ich wohne. Ich berichte ihr von meinem Dachboden, wie ich koche, woher ich mein Essen bekomme, vom Joggen, von so ziemlich allem, was mein jetziges Leben betrifft, bis hin zum Gestank des Leims und dem Krach, wenn ich hämmere. Ich versuche, es möglichst humorvoll zu erzählen. Wenn man's recht bedenkt, ist es nämlich verdammt komisch.

Mirabelle starrt mir in die Augen.

»Aber warum leben Sie so? Was wollen Sie im Winter tun, wenn es kalt wird?«

»Ich habe den vorigen Winter heil überstanden, und da hatte ich keinen Dachboden. Diesen Winter werde ich mir noch eine Decke auf dem Flohmarkt kaufen. Das genügt.«

Wir sind fertig mit Essen. Mirabelle steht auf, nimmt sich ihren Hocker und holt die Poire William aus dem Schrank. Ich will ihr helfen, aber dann lasse ich's. Sie ist so flink – da komme ich nicht mit. Als sie auf dem Hocker steht, sich streckt und den einen Fuß leicht anhebt, sehe ich, daß ihre Beine so dünn sind wie die eines jungen Mädchens von dreizehn oder vierzehn Jahren. Dann kommt sie an den Tisch zurück. Ich weiß, wo die Gläser sind, und hole sie. Mirabelle gibt mir die Flasche.

»Würden diesmal bitte Sie einschenken, Jacques? Ich möchte mich ein kleines bißchen verwöhnt fühlen.«

Sie setzt sich und kreuzt die Beine. Ich ziehe den Korken aus der Flasche. Wieder erfüllt das Aroma von Birnen den Raum, und Mirabelle atmet tief ein. Ich gieße die Gläser dreiviertelvoll. Das eine gebe ich Mirabelle, das andere nehme ich, und wir stoßen an.

»Auf Jacques, einen der besten Maler der Welt.«

»Woher wollen Sie das wissen, Mirabelle?«

»Sie meinen, weil ich blind bin? Das meiste von dem, was ich weiß, weiß ich, weil ich blind bin. Und so weiß ich auch, daß Sie ein guter Maler sind.«

»Okay. Auf Mirabelle, die beste blinde Kunstkritikerin der Welt. Mögen alle Kritiker ein so profundes Kunstverständnis haben.«

Wir trinken. Ich erinnere mich an etwas.

»Mirabelle, Sie haben die Place Furstenberg einen Ihrer besonderen Orte genannt. Wie meinen Sie das? Sie sagten, Sie würden es mir erklären.«

Mirabelle trinkt noch einen Schluck. Sie senkt den Kopf und blickt dann zu mir auf.

»Sie müssen wissen, Jacques, ich bin nicht richtig blind.«

Mirabelle sieht mir direkt in die Augen. Ich wundere mich

nicht. Ich frage mich nur, warum sie so tut, als sei sie blind. Warum sie mit mir zusammengerannt ist, sich weh getan hat.

»Ich habe gesunde Augen und gesunde Nerven, die das, was meine Augen sehen, zum Gehirn leiten können.«

Mirabelle macht eine kleine Pause.

»Aber meine Seele läßt es nicht zu, daß ich sehe. Ich leide an hysterischer Blindheit. Ich habe alles versucht, aber seit ich vierzehn Jahre alt bin, kann ich nicht mehr sehen.«

»Sie meinen, Sie sehen mich nicht vor sich? Sie sehen dieses Zimmer nicht? Was sehen Sie denn?«

»Nur die Bilder in meinem Geist. Ich habe meine eigene Welt, und die sehe ich vor mir, aber das sind alles alte Bilder, Bilder aus meiner Kindheit. Viele Ärzte haben versucht, mir wieder zum Sehen zu verhelfen. Meine Schwester ist mit mir zu Psychiatern und anderen Spezialisten gegangen. Ich bin etliche Male hypnotisiert worden. Aber ich kann trotzdem nicht sehen. Manchmal glaube ich, ich werde es nie wieder können.

Unter anderem sollte mir zum Sehen verhelfen, daß ich mich an gewisse Stätten meiner Kindheit erinnerte, an Orte, die ich geliebt hatte. Ich sollte an diese Stätten gehen, die Augen schließen und versuchen, mich auf alles zu besinnen, was damals war. Dann sollte ich die Augen aufschlagen und hoffen, daß ich die reale Welt sah. Aber ich sah sie nicht.

Ich habe zweiundzwanzig Orte dieses Stadtteils im Kopf. Sie sind so etwas wie Bildpostkarten, die ich mir vor Augen führen kann, vor die Augen der Seele. Ich bin viele Jahre an diese Orte gegangen und habe mich konzentriert, habe versucht, irgend etwas zu sehen, aber nichts geschah. Die Place Furstenberg ist einer jener Orte.«

»Was ist passiert, Mirabelle? Wie kam es? Das ist ja schrecklich.«

»Für Sie vielleicht. Aber nicht für mich. Die Ärzte sagten, ich könnte nicht sehen, weil ich es im tiefsten Herzensgrund nicht wollte. Weil ich Angst hätte.«

»Wovor, Mirabelle?«

»Vor dem, was ich sehen würde. Ich habe gelernt, mich an meiner Welt zu freuen. Ja, es ist beschwerlich, blind zu sein, aber es ist auch sehr tröstlich.«

»Mein Gott, was ist passiert? Warum haben Sie Angst?«

Mirabelle trinkt wieder einen Schluck und hält das Glas an ihre Brust.

»Vielleicht ein andermal, Jacques. Jetzt würde ich gerne über etwas Wichtigeres mit Ihnen reden.«

Was kann wichtiger sein als der Grund für Mirabelles Blindheit? Ich warte.

»Ich möchte, daß Sie mich porträtieren. Sie haben mich in Ihr Bild aufgenommen, und das war mir ein großer Trost. Jetzt habe ich das Gefühl, nicht nur in der Innenwelt zu existieren, der Welt meiner Phantasie, sondern auch in der Außenwelt. Bitte porträtieren Sie mich.«

Das habe ich nicht erwartet. Es ist mir peinlich. Ich nippe von meiner Poire William und überlege mir, was ich sagen soll, wie ich ablehnen kann, ohne Mirabelle zu verletzen.

»Ich bin kein Porträtist, Mirabelle. Schon als junger Mann, als Student, habe ich versucht, Porträts zu malen. Aber ich konnte es nicht, und ich glaube kaum, daß ich's jetzt plötzlich kann.«

»Das mag sein, aber mit diesem Bild brauchen Sie es niemandem recht zu machen als Ihnen selbst. Ich kann Sie nicht kritisieren. Ich weiß doch nicht einmal, wie ich aussehe! Ich möchte nur, daß Sie ein Bild malen, das etwas darüber aussagt, wie Sie mich sehen, mich empfinden. Es würde mir viel bedeuten.«

»Aber das ist teuer, Mirabelle. Ich würde Sie mit Vergnügen gratis malen, nur würde ich das Bild dann behalten wollen.«

»Sie können das Bild auf jeden Fall behalten. Aber Sie dürfen es nicht gratis malen. Ich möchte, daß Sie mir den üblichen Preis berechnen. Dies ist ein Auftrag.«

»Es wäre mein erster, Mirabelle. Aber Sie machen sich keinen Begriff von den Kosten. Wenn ich genug zum Leben haben will, muß ich für jedes Bild dreihundert Francs verlangen.«

»Dreihundert Francs zahle ich nicht.«

Damit bin ich aus der Tinte. Sie hat eben keine Ahnung. Aber ich sehe sie jetzt anders. Ich sehe sie als Bild. Ich würde sie tatsächlich gern porträtieren. Ich möchte ihre innere

Ruhe, ihre Vitalität und Beherztheit malen, sofern sich all das mit bildnerischen Mitteln darstellen läßt. Es würde bedeuten, daß weiteres Geld den Bach runter- und weitere Farben draufgingen, aber noch habe ich ein paar Francs, und im Sommer käme dann das Geld von den Touristen. Vielleicht laufe ich sogar zum Montmatre und spiele mit den anderen den Affen im Malerzoo; ich bin sicher, daß ich dort was verkaufen kann.

»Jacques, ich muß mindestens tausend Francs zahlen. Wenn Sie wollen, zahle ich auch mehr.«

O verdammt, ich bin nicht aus der Tinte! Jetzt sitz' ich erst richtig drin! Mirabelle steht auf und gleitet dahin auf ihre besondere Art, nicht indem sie die Füße nachzieht, sondern indem sie sie kaum vom Boden hebt, vorfühlt mit ihnen, als schöbe sie sie bei jedem Schritt in Pantoffeln. Sie geht wieder zum Schrank. Was wird sie diesmal hervorzaubern?

Sie holt ein Metallkästchen mit Emailbildern von einem Bord. Sie klappt den Deckel auf, greift hinein und tastet herum. Sie zieht einen, dann zwei Fünfhundertfrancscheine aus dem Kästchen. Sie klappt es zu, stellt es wieder in den Schrank und kommt zum Tisch zurück.

»Jetzt wissen Sie, wo die blinde alte Dame ihr Geld versteckt. Sie versteckt es nicht vor sich selbst.«

Mirabelle hält mir die Scheine entgegen. Ich will sie nicht nehmen.

»Warten Sie, bis ich mit dem Porträt fertig bin, Mirabelle. Das ist doch komplett verrückt.«

»Nein. Es wäre komplett verrückt zu warten, bis das Bild fertig ist. Ich würde das Geld doch nur in diesem Kästchen verwahren, wo es sinnlos herumliegt. Sie können Farben damit kaufen. Das ist weitaus vernünftiger.«

Mirabelle hält mir nach wie vor die Scheine entgegen. Sie hat mir die ganze Zeit in die Augen gesehen. Ich nehme das Geld. Irgendwo hat sie ja recht.

»Wenn ich auf die Place Furstenberg komme – darf ich dann in Ihrer Nähe bleiben? Ich werde Sie nicht stören. Ich möchte nur spüren, wie Sie malen, möchte wissen, daß Sie sehen, woran ich mich bloß erinnern kann. Wäre Ihnen das recht?«

Okay, aber wie will sie's zur Place Furstenberg schaffen? Da muß sie nämlich über den Boulevard Saint-Germain, und der ist breit und verkehrsreich – nicht unbedingt die Art Straße, die eine blinde alte Dame überqueren sollte.

»Sie können mit mir kommen. Ich helfe Ihnen über den Boulevard.«

»Nein danke, erst muß ich hier aufräumen. Sie würden staunen, wie gut ich meinen Weg finde. Ich gehe in Paris, wohin ich will. Am Boulevard höre ich auf die Füße der anderen. Wenn sie anfangen, sich über die Straße zu bewegen, gehe ich mit. Es gibt auch immer jemanden, der einer alten Dame mit weißem Stöckchen seinen Arm reicht.«

Also ziehe ich alleine los. Das Licht müßte jetzt ideal sein. Mir wird klar, daß ich an zwei Bildern zugleich arbeiten muß, wenn ich mehrere Tage fürs Malen brauche. Dann empfiehlt sich eine Leinwand fürs Morgenlicht und eine für den Nachmittag. Die tausend Francs kommen mir sehr gelegen. Allein schon, weil ich Material brauche.

Ich bin seit über einer Stunde zugange, als ich zur Seite blicke, und da sitzt Mirabelle auf einem kleinen Klappstuhl. Sie lächelt.

»Oh, jetzt sehen Sie mich erst. Ich bin schon eine Weile hier, aber Sie waren so sehr mit Sehen beschäftigt, daß Sie es nicht gemerkt haben. Manchmal macht einen Sehen blind. Ist das nicht interessant?«

Ich fange eben an, die Kugeln der großen Laterne in der Mitte des Platzes zu malen. Ich schwöre, daß jede eine etwas andere Farbe hat. Wenn man nicht genau hinschaut, möchte man meinen, sie seien alle rein weiß, aber das stimmt nicht. Die eine hat ein leicht bläuliches Weiß, die andere ein grünliches, die dritte einen Hauch Gelb und die vierte eine Spur von Violett. Ich erzähle es Mirabelle. Sie schließt die Augen, als wollte sie sich auf die Bilder in ihrem Inneren konzentrieren. Wir schweigen eine Weile.

»Jacques, würde es Sie stören, wenn ich darüber spreche, was ich hier im Geist vor mir sehe, wenn ich mich an meine Kindheit erinnere?«

»Nein. Das würde mir gut gefallen.«

»Nun denn. Ich erinnere mich daran, daß der Platz wie ein großes Zimmer war. Die Bäume bildeten ein Dach. Zu beiden Seiten der Laterne standen Bänke, und dort saß ich oft und betrachtete die Kugeln, drehte den Kopf hin und her, um zu sehen, wie sich mein Spiegelbild in ihnen bewegte. Damals waren die Mauern grau, und wenn Sonnenlicht auf sie fiel, leuchteten sie fast weiß, nicht viel anders als die Wolken zwischen den Blättern.

Die Straße zur Rue Jacob schien sehr lang zu sein. Wir fuhren sie auf Rollschuhen hinunter, und wir spielten dort mit Reifen. Es gab sehr wenig Autos und viele Pferde. Nicht alle Straßen waren gepflastert. Die Fenster standen meistens offen, und davor waren Blumen und Leinen, an denen Wäsche hing – wie Schmetterlinge vor dem Grün der Bäume.

Zu bestimmten Zeiten hatten die Bäume purpurne Blüten, die später abfielen, und wir sammelten sie in unseren Röcken und bewarfen uns damit. Das war eine wunderschöne Zeit.«

Mirabelle hält inne. Ihre Augen sind immer noch geschlossen. Sie hat eine solche Frische, eine so traumhafte Intensität in das gebracht, was ich vor mir habe, daß ich plötzlich feststelle, ich nehme einige von ihren Gefühlen in mein Bild hinein. Da ist, was meine Augen sehen, was meine Seele sieht, die Vision des Malers, und da ist die Vision von Mirabelles Seele. Es verhält sich ähnlich wie mit den Tauben am Himmel über Saint-Germain-des-Prés. Ich fliege in Mirabelles Träumen, male ihre Sehnsucht.

Sie spricht weiter, davon, wie es früher war, und es scheint mir sehr viel realer als die Wirklichkeit.

Dann denke ich fast, daß ich selbst erblinde. Aber ich merke gleich, es wird nur dunkel. Ich habe keine Ahnung, wie spät es ist. Das Bild ist beinahe fertig. Ich hätte nie geglaubt, daß ich an *einem* Tag so weit kommen würde. Und es ist gut. Alles geht zusammen; mehr noch, es drückt die Gefühle aus, die ich Paris und Mirabelle entgegenbringe – in mancher Hinsicht auch ihre Gefühle als junges Mädchen und als alte Frau.

Ich packe meine Sachen zusammen. Mirabelle hat Körner für die Tauben dabei. Viele von dem Schwarm, der im Turm von Saint-Germain-des-Prés haust, kommen hierher und picken das Futter auf, das ihnen Touristen und andere Menschen streuen. Als meine Kiste gepackt ist, lehne ich mich an die Mauer neben der Stelle, wo Mirabelle sitzt. Ihr kleiner Klappstuhl ist wirklich toll. Ich wollte, ich hätte auch einen, manchmal kriege ich vom Stehen einen müden Rücken. Mirabelle wendet sich mir zu.

»Ich spüre, daß es kühler wird. Dämmert es schon? Haben Sie deshalb Ihre Farben eingepackt?«

»Ja, Mirabelle.«

Sie sitzt immer noch da. Die Tauben umwimmeln sie wieder. Es ist Abend, und ich nehme an, um diese Zeit meldet sich bei ihnen der Paarungstrieb, denn zwei, drei Täuberiche balzen, wie es jeder kennt, haben sich aufgeplustert, bewegen den Kopf auf und ab, schleifen Federn nach, daß es nur so rauscht, und trippeln in kleinen Kreisen.

»Sind sie bei ihrem Liebestanz, Jacques?«

»Ja, Mirabelle. Ich glaube, kein Lebewesen auf Erden verbringt mehr Zeit mit der Balz als Täuberiche.«

»Tauben sind fürs Leben verheiratet, das wissen Sie doch, oder? Die Täuberiche tanzen vor fast jedem Weibchen, aber sie sind fürs Leben verheiratet.«

»Das hat mir schon mal jemand gesagt, nur ist es schwer zu glauben. Wäre aber hübsch, wenn es stimmen würde.«

»Es stimmt, Jacques. Haben Sie je gesehen, daß sich Tauben vor aller Augen paaren wie Hunde und Katzen?«

»Nein, nie. Vielleicht haben Sie gar nicht so unrecht damit, Mirabelle, daß die Menschen von den Tauben lernen können, wie man leben soll.«

»Die Täuberiche flirten nur mit den Weibchen, zeigen ihnen, daß sie sie mögen und bewundern. Ich finde es so schön. Es ist mir eine Freude, wenn ich ihr Gurren höre, das Scharren ihrer Füße auf dem Boden, das Rascheln ihres Gefieders. Ihr Tanz ist so bedeutungsvoll. Er ist leidenschaftlich und dennoch absichtslos.«

Mirabelle blickt zu mir auf in der blauen Dämmerung.

»Sie müssen wissen, Jacques, es gibt nicht genug Liebe auf der Welt, wahre Liebe, die die Geschöpfe einander näherbringt, ihnen zeigt, daß sie wichtig und wertvoll sind. Manchmal glaube ich, die Tauben sind die letzten Liebenden von Paris.«

Mirabelle steht auf, und ich helfe ihr, den kleinen Stuhl zusammenzuklappen. Ich lege ihn auf meine Kiste. Ich halte ihr meinen Arm entgegen, und sie hängt sich ein.

»Jacques, darf ich Sie ins La Palette in der Rue de Seine einladen? Das ist ein Künstlerlokal. Ich war über zehn Jahre nicht mehr dort. Bitte bringen Sie mich hin. Es wäre mir ein solches Vergnügen, die Atmosphäre dort zu spüren, das Stimmengewirr zu hören.«

Ich bin Dutzende von Malen an diesem Café vorbeigekommen, aber nie reingegangen. Meine Finanzen erlauben es nicht, daß ich in Cafés herumsitze. Hoffentlich bringe ich Mirabelle nicht dazu, ihre Ersparnisse zu verprassen. Das wäre nicht fair.

»Wenn Sie unbedingt wollen, Mirabelle, dann lassen Sie uns gehen. Aber ich muß zahlen. Ich bin ein reicher Mann. Ich habe tausend Francs in der Tasche.«

Ich lächle sie an, weiß, daß sie's nicht sehen kann, aber ich fühle mich gut dabei.

Sie hält sich fester an meinem Arm, klammert nicht, sondern hängt sich nur ein bißchen mehr ein. Es ist ein wunderschöner Abend, und wir dürften, wie wir so ins La Palette schreiten, ein recht auffälliges Paar sein. Wir suchen uns einen Tisch im hinteren Teil des Lokals und bestellen einen Cointreau. Das ist, so scheint es, der perfekte Abschluß eines guten Arbeitstages. Es wird mich mehr kosten als ein ganzes Wochenbudget, aber es lohnt sich.

Mirabelle hat alle Antennen ausgefahren. Ich sehe es an ihrem fast ekstatischen Gesichtsausdruck. Sie nimmt vermutlich sehr viel mehr von der Umgebung wahr als ich. Ich schließe die Augen und versuche, so zu erleben wie sie. Unterdessen kommt der Cointreau. Ich weiß, daß er da ist, ohne die Augen aufzuschlagen. Das Aroma von Orangen breitet sich aus. Ich frage mich, ob ich es auch mit offenen Augen gerochen hätte.

»Ist das nicht herrlich, Jacques?«

Mirabelle betastet das Cognacglas mit ihren spitz zulaufenden, zierlichen Fingern und läßt den Cointreau kreisen.

»Ich empfinde alles so stark, daß es fast wie Sehen ist.«

Wir stoßen miteinander an. Es ist lange her, daß ich Cointreau getrunken habe, und er schmeckt mir. Nicht so gut wie die Poire William, aber gut genug für einen Frühlingsabend.

Wir nippen und lauschen. Ich beobachte das Kommen und Gehen der jungen Leute, wie sie flirten, herumalbern. Warum meinen Künstler, daß sie sich ständig in Szene setzen müssen? Wahrscheinlich macht gerade das sie zu Künstlern. Sie wollen, *müssen* gesehen werden. Wahrscheinlich wird jemand, der alle Liebe und Anerkennung bekommt, die er braucht, nie etwas produzieren. Er ruht in sich selbst. Und diese Ruhe wäre das Ende der Schriftsteller, Dichter, Maler, Sänger, Musiker, auch der Politiker, der meisten Leute, die dazu beitragen, daß die Welt sich dreht, oder die sich zumindest um Kommunikation zwischen den Menschen bemühen.

Es ist dunkel, als ich Mirabelle nach Hause bringe. Sie lädt mich ein, noch mit nach oben zu kommen, aber ich habe keine große Lust, in einem stockfinsteren Zimmer zu sitzen. Ich werde ein paar Glühbirnen kaufen müssen, wenn ich mich je längere Zeit in Mirabelles Wohnung aufhalten will.

Ich habe einen wunderbaren Heimweg, tippe an der Haustür die Codenummer ein, die ich bei anderen abgeschaut habe, schleiche mich leise die Treppe hinauf und mache es mir gemütlich. Ich betrachte mein Bild im Kerzenlicht und esse eine Kleinigkeit zu Abend. Bei all der Schlemmerei zu Mittag werde ich meinen Eintopf diese Woche nicht aufkriegen.

Träumerei

Ich finde mich so dreist. Ich frage mich, ob er das auch findet, aber er bedeutet mir soviel. Er muß eine Vorstellung von meinen Gefühlen haben.

Ich bin verwirrt. Zu wissen, wie meine Tauben aussehen, hat mir etwas genommen. Ich habe mir eingebildet, meine Liebe zu ihnen würde wachsen, aber sie ist geringer geworden. Ich hätte es mir denken können. Ich glaube, er ist davon überzeugt, daß ich kindisch bin, weil ich meine Tauben mit Namen nenne, aber sie waren so lange meine einzigen Gefährten. Ich hoffe, es stört ihn nicht, daß ich Jacques zu ihm sage. Er kann nicht wissen, daß mein Vater so hieß.

Ich habe etwas Negatives gespürt, als er in meine Wohnung trat. Ist sie so schmutzig, so verwahrlost? Ich werde ihn fragen. Aber ich muß langsam vorgehen. Es war gewagt, ihn zu bitten, daß er mich malt. Jetzt bin ich froh darum. Ich wollte etwas Gemeinsames, eine Möglichkeit, ihn in meiner Nähe zu haben.

Ich glaube, was ich koche, schmeckt ihm. Ich bin so froh, daß ich ihn gefunden habe. Es ist wunderschön, meine Birne in der Flasche mit jemandem zu teilen.

3

Am nächsten Vormittag male ich das Bild von der Place Furstenberg fertig. Mir scheint, ich habe alles im Griff. Die Anordnung, für die ich mich gestern entschieden habe, erweist sich als tragfähig, nun da ich zu den mehr beschreibenden Elementen übergehe. Ich halte den Eindruck des Lichts, das durch die Bäume strömt und auf die Pflasterung des Platzes fällt, mit einer Fülle von Farben fest. Das Bild steht irgendwo zwischen Impressionismus und einer für mich neuen Sehweise, einer sehr persönlichen, wie sie Vincent van Gogh hatte.

Ich arbeite den ganzen Vormittag. Dann spüre ich Mirabelle hinter mir.

»Ich merke, Sie sind glücklich über Ihr Bild, Jacques. Die Glokken läuten. Werden Sie das Déjeuner mit mir einnehmen, und können wir dann mit dem Porträt beginnen?«

Woher weiß sie, daß ich glücklich bin? Gehen »positive Schwingungen« von mir aus? Ich kratze meinen Namenszug in die rechte untere Ecke. Ich nehme die Leinwand von der Staffelei und schreibe den Titel drauf, *Place Furstenberg*, datiere und signiere auf der Rückseite. Ich bin fast in Versuchung, »Jacques« zu schreiben.

»Ja, ich bin sehr glücklich über das Bild. Aber ich glaube kaum, daß ich mit dem Porträt anfangen kann. Ich habe keine zweite Leinwand mit. Ich habe nicht geahnt, daß ich mit diesem Bild so schnell fertig werde. Ich wollte, Sie könnten es sehen. Es ist das beste Bild, das ich bis jetzt gemalt habe, und Sie haben mir sehr dabei geholfen.«

»Danke. Es bedeutet mir viel zu wissen, daß ich Ihnen eine Hilfe sein konnte. Verstehen Sie, was das für einen blinden Menschen heißt?«

Mirabelle macht ein sehr ernstes Gesicht. Dann lächelt sie plötzlich und »blickt« kurz auf ihre Füße.

»Können Sie nicht hier in der Umgebung eine Leinwand kaufen? Die Geschäfte haben, glaube ich, noch nicht geschlossen.«

»So eine Leinwand ist sehr teuer, Mirabelle. Eine fertige von der Größe, die ich brauche, auf Keilrahmen aufgezogen und grundiert, kostet wahrscheinlich mehr als hundertfünfzig Francs.«

Mirabelle nimmt zweihundert Francs aus ihrem Portemonnaie.

»Hier, Jacques. Kaufen Sie eine fertige Leinwand. Wir wissen nicht, wie lange ich noch auf der Welt bin und gemalt werden kann. Ich werde zu schnell älter. Und ich möchte möglichst bald gemalt werden, solange ich noch verhältnismäßig jung bin.«

»Okay. Ich gebe Ihnen das Geld nachher wieder, wenn ich die tausend Francs gewechselt habe. Geht das in Ordnung?«

»Wenn Sie unbedingt wollen ... Aber jetzt müssen Sie sich beeilen, sonst hat kein Geschäft mehr offen. Ich werde nach Hause gehen und unser Essen zubereiten. Es ist zum größten Teil fertig, aber ein paar letzte Kleinigkeiten sind noch daran zu machen. Ich erwarte Sie dann bei mir.«

Mirabelle wendet sich ab. Der nächste Laden für Künstlerbedarf ist gleich um die Ecke, nicht weit vom La Palette entfernt, wo wir unseren Cointreau getrunken haben. Ich beschließe, die Kiste auf dem Platz stehenzulassen. Ich tue das Bild wieder auf die Staffelei. Niemand wird es klauen in den paar Minuten, die ich fort bin. Ich renne los, die zweihundert Francs zusammengeknüllt in der Hand.

Die Glocken läuten noch, als ich beim Laden ankomme, und er hat offen. Die Leinwand, feine Qualität auf einem guten Keilrahmen, 20 F, kostet hundertneunzig Francs. Ich habe zwar im Moment für meine Verhältnisse viel Geld, aber wenn ich so weitermachen würde, wäre ich binnen kurzem reif fürs Armenhaus.

Ich sause zu meiner Kiste zurück, und alles ist okay. Ein gutangezogenes französisches Paar betrachtet das Bild. Der Mann fragt mich, ob ich es verkaufen will.

Einerseits ja. Andererseits nein. Der Mann ist ganz schön hartnäckig. Ich packe unterdessen meine Sachen in die Kiste. Als der Mann mein mieses Französisch hört, schaltet er auf

Englisch um, gutes britisches Englisch mit starkem französichem Akzent.

»Sie müssen doch blendend im Geschäft sein, Monsieur. Haben Sie eine Galerie, in der wir weitere Werke von Ihnen sehen können?«

»Nein, ich habe keine Galerie.«

»Aber Sie sind Profi, nicht wahr? Das Bild ist von ausgesucht guter Qualität.«

»Danke.«

Ich beantworte die Frage nicht. Vermutlich bin ich Profi, aber ich würde mich nicht so bezeichnen. Es klingt mir zu sehr nach Preisboxer oder Hure. Das französische Wort *Amateur* bedeutet »Liebhaber«. Und ich glaube, daß ich eher Amateur bin, zumindest was die Malerei betrifft.

»Wieviel würden Sie für Ihr Bild verlangen, Monsieur? Es gefällt meiner Frau und mir sehr gut.«

Am besten nenne ich dem Mann einen so gesalzenen Preis, daß ihm die Lust vergeht. Ich bin sicher, er denkt, das sei hier wie auf dem Montmartre, wo Bilder für praktisch nichts verkauft werden.

»Das Bild kostet eintausendfünfhundert Francs, Monsieur. Ich muß auch von was leben.«

Der Mann greift in sein Sakko, zieht eine dunkle, mattglänzende Lederbrieftasche heraus und fächert drei Fünfhundertfrancnoten auf. Er reicht sie mir.

Ich könnte mich in den Hintern treten. Ich hatte nicht genug Zeit, mich an diesem Bild zu freuen. Aber lieber Gott, fünfzehnhundert Francs – damit komme ich durch den ganzen Sommer.

Ich nehme das Bild von der Staffelei und halte es auf Armeslänge, werfe einen letzten Blick darauf. Ich habe das Gefühl, auch einen Teil von Mirabelle zu verkaufen. Ich gebe dem Mann das Bild.

»Seien Sie vorsichtig, Monsieur. Es ist noch naß. Dauert mindestens eine Woche, bis es trocken ist.«

»In Ordnung. Wir lieben diesen Platz und danken Ihnen dafür, daß Sie uns das Bild verkauft haben. Sie sind ein großes Talent.«

Und damit entfernt sich das Paar samt unserem Bild. Sie trägt einen weißen Pelzmantel und weiße Strümpfe mit eingewebtem Muster, dazu Schuhe von gebrochenem Weiß. Ihr Haar ist perfekt frisiert. Er sieht so aus, als könnte er Ministerpräsident von Frankreich sein.

Ich bin hin und her gerissen. Ich muß es Mirabelle erzählen. Ich habe *unser* Bild verkauft. Wie sie das wohl findet? Ich nehme die Malkiste auf den Rücken und mache mich auf den Marsch zu ihrer Wohnung. Die neue Leinwand trage ich in der rechten Hand. Jetzt bin ich ziemlich spät dran.

Ich stelle die Kiste auf dem Treppenabsatz ab. Die Tür ist offen. Ich klopfe an und trete ein. Mirabelle ist in der Küche.

»Ich dachte schon, Sie kämen nicht mehr. Setzen wir uns. Ich habe Crêpes mit Pilzen und Käsesauce gemacht.«

Ich gehe noch schnell auf die Toilette. Dann wasche ich mir im Bad die Hände, lasse wieder die Tür offen, damit Licht hereinkommt. Ich habe ein paar Blatt Klopapier aus der Toilette mitgenommen und mache sie naß. Ich versuche, den Schmutz und Fliegendreck vom Spiegel abzuwischen. Aber das sitzt alles sehr tief. Ich schaffe es, einen Kreis in der Mitte des Spiegels freizulegen, gerade groß genug, daß ich mich sehen kann. Ich habe mich schon lange nicht mehr aus der Nähe betrachtet. Ich sehe nicht so schlimm aus, wie ich dachte. Nein, ich sehe definitiv jünger aus als vor zwei Jahren. Wenn ich nicht soviel Grau im Bart hätte, könnte ich glatt für vierzig durchgehen.

Ich setze mich zu Tisch. Mirabelle legt mir und sich drei schöne Crêpes vor. Sie riechen köstlich. Ich schließe die Augen und nehme ihren Duft in mich auf. Ich werde mir das noch angewöhnen, und ehe ich mich versehe, bin ich selbst blind.

»Mirabelle. Ich muß Ihnen etwas sagen.«

»Das Geschäft für Künstlerbedarf hatte schon geschlossen, und Sie konnten keine Leinwand mehr kaufen.«

»Schlimmer.«

Es führt kein Weg daran vorbei. Ich muß es ihr gestehen.

»Ich habe *unser* Bild verkauft, das Bild von der Place Furstenberg.«

Mirabelle sitzt schweigend da und sieht mich an. Sie reicht mir eine Flasche Weißwein zum Öffnen, einen Pouilly-Fumé. Ich drehe den Korkenzieher rein.

»Das ist doch ausgezeichnet, Jacques. Sie sagten, um von etwas zu leben, müßten Sie Bilder verkaufen. Die Place Furstenberg können wir jederzeit wieder malen. Ich habe sie ganz im Kopf.«

Und plötzlich bin ich erleichtert. Mirabelle hat recht. Ich kann den Platz wieder malen. Ich werde ihn noch besser malen. Ich hatte nicht genug Selbstvertrauen. Und ich habe wahrhaftig zweitausendfünfhundert Francs, die tausend von Mirabelle und die fünfzehnhundert von dem französischen Paar. Ich lange in meine Tasche und hole die tausend Francs heraus.

»Hier, Mirabelle, nehmen Sie die. Ich brauche sie jetzt nicht mehr. Sie müssen nur die Leinwand zahlen, und das haben Sie bereits getan. Wir sind quitt.«

Mirabelle weicht vor dem Geld zurück, als wäre es eine Schlange.

»Nein, Jacques. Ich habe Ihnen einen Auftrag gegeben. Mir wäre nicht wohl dabei, wenn Sie dieses Geld nicht nähmen. Bitte, tun Sie es fort. Ich kann es riechen. Es riecht säuerlich wie alles Geld – eine Mischung aus Schmutz, billigem Parfum, Taschenbüchern und Schweiß. Bitte, tun Sie es fort, sonst vergeht mir der Appetit.«

Ich stecke das Geld wieder ein.

»Okay, wir können uns später noch darüber unterhalten. Einstweilen will ich diese herrlichen Crêpes essen und diesen wunderbaren Wein trinken.«

Ich hebe mein Glas, und es gibt nur eine winzige Verzögerung, bis Mirabelle merkt, was ich tue.

»Ja, Jacques, trinken wir auf den Verkauf Ihres schönen Bildes. Ich habe gewußt, daß Sie ein sehr guter Maler sind. Sie sollten Ihre Bilder für viel mehr Geld verkaufen. Sie verkaufen sie zu billig.«

»Ich habe jetzt mehr Geld, als ich brauchen kann, Mirabelle. Wenn man etwas nur tut, um Geld zu scheffeln, verdirbt es einem das Leben, das weiß ich genau. Ich bin froh über dieses Geld, aber es darf nicht der *Grund* dafür werden, daß ich male.«

»Sie werden nie allein des Geldes wegen malen, Jacques, es sei

denn, Sie wären hungrig und verzweifelt. Und bevor es dahin kommt, können Sie bei mir wohnen.«

Wir trinken. Der Wein ist trocken und genau richtig temperiert. Er hat einen nachhaltigen Rosinengeschmack, aber er ist leicht und fast moussierend. Es wird Zeit, das Thema zu wechseln.

»Woher haben Sie Ihre köstlichen Weine, Mirabelle?«

»Von Rolande. Sie hat im Ministère des Finances gearbeitet und zu Weihnachten immer eine Kiste Wein geschenkt bekommen. Wir haben kaum welchen getrunken, und so liegen noch viele Flaschen im Keller. Ich bin froh, daß ich sie mit Ihnen teilen kann. Ich glaube, Rolande wäre auch froh. Wenigstens hoffe ich das.«

Nach dem Wein gibt es ein wunderbares Soufflé. Ich habe gehört, daß es verteufelt schwer sein soll, ein Soufflé richtig hinzukriegen, und diese blinde alte Frau hat eines gemacht, das mit zu den besten gehört, die ich je gegessen habe. Mirabelle ist immer wieder erstaunlich. Ich ertappe mich dabei, daß ich sie verstohlen betrachte. Im Kopf habe ich schon angefangen, sie zu malen.

Zum Abschluß trinken wir wie üblich unsere Poire William. Wir nähern uns der Neige. Ich frage mich, was Mirabelle mit der Birne machen will, wenn nichts anderes mehr in der Flasche ist.

Sie räumt den Tisch ab und gießt zwei Tassen Kaffee ein. Ich beobachte, wie sie flink und anmutig das Geschirr in die Küche trägt, es ins Spülwasser gleiten läßt, es abwäscht und in ein Abtropfgestell gibt. Es ist so beruhigend wie Musik, ihr zuzusehen. Ich weiß, daß ich nicht mit ihrer tänzerischen Leichtigkeit Schritt halten kann, darum bleibe ich sitzen und berichte ihr von den Leuten, die das Bild gekauft haben. Ich erzähle mit der Art distanzierter Hochstimmung, die ich empfunden habe, und es klingt so lustig, daß wir beide lachen. Mirabelle kommt aus der Küche und trocknet sich die Hände ab.

»Sind Sie jetzt bereit für mein Porträt, Jacques?«

»Ja. Ich hole erst mal meine Kiste und die Leinwand vom Treppenabsatz. Ich werde Sie, glaube ich, vor dem Fenster malen, damit ich genug Licht habe.«

Ich gehe zur Wohnungstür. Ich zerre die Leinwand und die Kiste rein und schließe die Tür. Das Zimmer hat nur zwei Fenster zum Hof, also nicht viel Licht. Aber das Schlimmste sind die verschlissenen, zu zwei Dritteln zugezogenen Vorhänge. Sie verdunkeln das ganze Zimmer.

»Mirabelle, darf ich die Vorhänge aufmachen oder vom Fenster nehmen? Ich kann kaum was sehen.«

»Die Vorhänge! Ich hatte sie ganz vergessen. Sie müssen mit mir im Finsteren gesessen haben, Jacques. Warum haben Sie nichts gesagt?«

Zum ersten Mal einschließlich des Zusammenpralls mit mir und ihres Sturzes wirkt Mirabelle verlegen.

»Oh, ich konnte genug sehen, um zu essen. Aber wenn ich Sie malen soll, brauche ich mehr Licht.«

»Dann nehmen Sie die Vorhänge bitte ab. Niemand schaut hier herein.«

Ich trage den Hocker, auf den sich Mirabelle gestellt hat, um an die oberen Borde im Schrank ranzukommen, ans Fenster. Ich steige drauf und entdecke, daß der Mechanismus zum Aufziehen der Vorhänge hoffnungslos klemmt. Ich lüpfe das Ding von seinem Haken und steige damit zu Boden. Die Vorhänge sind völlig eingestaubt und so brüchig, daß sie unter meinen Fingern reißen.

»Ich glaube, die sind hinüber, Mirabelle. Soll ich sie irgendwohin legen?«

»Nein. Fort damit. Wenn ich diesen Staub rieche, ist mir, als wäre ich schon tot. Tun Sie die Vorhänge bitte auf den palier. *Ich werde sie später zur Mülltonne bringen.«*

Ich steige wieder auf den Hocker, um die Vorhänge vom anderen Fenster abzunehmen. Dasselbe wie eben: alles verklemmt und verrostet, der Stoff eingestaubt und verschossen, kurz vorm Zerbröseln. Ich trage die Vorhänge zur Wohnungstür und deponiere sie auf dem Treppenabsatz.

»Ich nehme sie mit runter, wenn ich nach Hause gehe, Mirabelle.«

Dann sehe ich mir die Fenster an. Sie sind so dreckig wie der Spiegel im Bad. Aber ich werde sie jetzt nicht putzen. Draußen ist es mild. Vielleicht kann ich sie öffnen.

»Stört es Sie, wenn ich die Fenster aufmache, Mirabelle? Dann kommt frische Luft herein. Wenn Sie frieren, können Sie vielleicht noch einen Pullover überziehen.«

»Ja, gut. Was soll ich denn tragen auf diesem Porträt?«

»Dasselbe wie jetzt, den dunkelblauen Pullover und die weiße Bluse.«

»Sind meine Haare ordentlich?«

Mirabelle befühlt ihren Kopf, steckt Haarklemmen und -nadeln um.

»Sie sehen wunderbar aus.«

Ich hole einen der Stühle vom Tisch und stelle ihn so, daß das Licht zu drei Vierteln auf Mirabelles Gesicht fallen wird. Das gibt genug Halbschatten, aber nicht zuviel. Ich werde auch die dunkleren Partien gut erkennen.

»Soll ich mich jetzt setzen?«

»Noch nicht. Vielleicht möchten Sie den Abwasch zu Ende machen, während ich meine Staffelei aufstelle und mich vorbereite.«

Ich habe bemerkt, daß im Spülbecken noch ein paar Pfannen weichen.

Ich verkeile das lange Hinterbein meiner Malkiste unterhalb des Fensters. Ich will genug Licht auf der Leinwand haben. Gleichzeitig soll sie mir nicht die Sicht blockieren. Ich möchte, daß die Augenhöhe des Porträts meiner eigenen entspricht und ungefähr der von Mirabelle. Ich werde sie in anderthalbfacher Lebensgröße malen. Wenn ich die 20F-Leinwand als Querformat nehme, müßte sie gerade schön ausgefüllt sein.

Als Mirabelle sich auf den Stuhl setzt, bin ich bereit. Ihr Kopf soll mehr nach links, zum Licht, und es soll so aussehen, als würde sie mich mit ihren blinden Augen betrachten. Ich frage mich, ob ihr Blick, wenn ich sie male, leer wirken wird – mir kommt es nicht so vor. Ich habe einen zweiten Stuhl vom Tisch vor meine Kiste gestellt. Ich stehe auf und gehe zu Mirabelle hinüber. Ich lege meine Hände auf ihre Wangen und drehe ihr Gesicht so, daß der Lichteinfall genau richtig ist. Ich glaube, ich berühre ihr Gesicht zum ersten Mal.

Wenn ich mich nicht täusche – ich habe ja nur wenig Erfahrung mit der Porträtmalerei –, bittet man Leute, die einem Modell sitzen, sich irgendeinen Gegenstand auszusuchen und ihn zu fixieren. Aber in diesem Fall ist das natürlich nicht möglich. Und Mirabelle liest wieder mal Gedanken.

»Ich kann meinen Kopf ganz stillhalten, weil ich weiß, wo Sie sind.«

Die Vorzeichnung mit Kohle machen und Fixativ draufsprühen, wie man es mich vor langen Jahren gelehrt hat – das mag ich nicht. Ich nehme lieber einen Bleistift dazu und korrigiere mit einem weichen Radiergummi. Also, ich fange an und konzentriere mich mindestens eine Viertelstunde darauf, Mirabelles Gesicht anzulegen, das richtige Verhältnis zwischen Kopf, Körper und Hintergrund herauszuarbeiten. Ich möchte sie ziemlich weit oben auf der Leinwand haben, aber nicht zu dominant. Ich muß etliche Male radieren, bis ich die Proportionen habe, die ich will.

»Bitte sagen Sie mir, wie ich aussehe, Jacques. Niemand schaut mich an, und wenn es Leute gibt, die es doch tun, so verschweigen sie es mir. Ich habe Rolande oft gefragt, wie ich aussehe, aber sie sagte immer nur, ich sei ganz passabel, und manchmal, wenn sie böse mit mir war, sagte sie, ich sei hübscher, als mir guttäte. Aber das ist lange her.

Ich kann mit den Fingern ertasten, daß ich älter werde. Es scheint nichts zu geben, womit man es aufhalten kann. Das ist wohl natürlich, nicht wahr?«

Mirabelle legt eine Pause ein. Ich versuche, mich zu konzentrieren, die Vorzeichnung richtig hinzukriegen – was redet sie da?

»Habe ich graue Haare, Jacques?«

Das wird hart für sie, aber ich möchte ehrlich sein. Ich schaue von der Leinwand auf, blicke Mirabelle an.

»Nein, Mirabelle, Sie haben weiße Haare. In Ihren Augenbrauen sind noch ein paar dunkle, aber die auf Ihrem Kopf sind praktisch weiß.«

»Ach, du liebe Zeit! Aber ich habe es schon geahnt. Vor zwanzig Jahren spürte ich, daß einige von meinen Haaren starr und widerspenstig wurden. Ich nehme an, das waren die ersten weißen.

Jetzt sind sie alle starr und widerspenstig. Sie müssen wissen, die Vorstellung, daß ich weiße Haare habe, fällt mir schwer. Ist das nicht töricht? Ich bin einundsiebzig Jahre alt und wollte fast nicht glauben, daß ich graue Haare habe. Ich komme mir wie eine Närrin vor.«

»Wir schauen uns alle nicht genau an, Mirabelle, selbst dann nicht, wenn wir sehen können. Vielleicht ist das auch das beste. Es hilft uns dabei, unsere Illusionen zu bewahren.«

Mirabelle ist eine Weile still. Ich arbeite an ihren Augen und ihrer Nase. Sie hat eine sehr schöne schmale, gebogene Nase mit leicht geblähten Nüstern. Ihre Augen sind groß und stehen ziemlich weit auseinander. Es ist so schwer zu begreifen, daß sie blind ist.

»Ja, Sie haben recht. Vielleicht verwehre ich es mir deshalb zu sehen. Aber habe ich Falten im Gesicht? Würden Sie mir etwas darüber sagen? Ich möchte es wissen.«

Es fällt mir schwer, mich zu konzentrieren, weil das noch nicht der Teil von Mirabelles Gesicht ist, an dem ich arbeite. Ich merke schon, es wird sich zum Problem auswachsen, sie zu malen. Ich lehne mich zurück und betrachte sie.

»Ja, Mirabelle, Sie haben Falten. Genauso wie ich. Ich bin neunundvierzig, also habe ich natürlich Falten. Ohne die wäre kein Gesicht besonders interessant.

Sie haben eine wunderbare Konzentrationsfalte über der Nasenwurzel, ein bißchen nach links versetzt, und genau daneben eine kleinere. Dann haben Sie vier Denkfalten, die in unregelmäßigen Abständen quer über die ganze Stirn verlaufen. Links überschneiden sich zwei davon. Auch an den Augen haben Sie Falten, vor allem Lachfalten. Sie lächeln nämlich oft, Mirabelle, wußten Sie das?

Dann führen Falten von Ihrer Nase zum Mund. Das sind die tiefsten. Sie laufen an den Mundwinkeln vorbei bis zum Kinn. Das sind die sichtbarsten Falten in Ihrem Gesicht, aber nicht die wichtigsten.«

Mirabelle ist immer noch still. Ich arbeite an meiner Vorzeichnung weiter. Wieder sehe ich besser dadurch, daß ich ihr etwas erklärt habe.

»Und welche Falten habe ich noch?«

Diesmal höre ich nicht auf zu zeichnen.

»Falten, die sich mit dem allmählichen Erschlaffen der Haut einstellen, kleine Falten wie Kreuzschraffuren. Die verraten nicht viel über einen Menschen – sein Wesen, sein Denken. Sie kommen automatisch, wenn man älter wird.«

Ich spreche nicht von den Falten, die ich gerade zeichne, den Falten, die direkt in die Oberlippe laufen, Falten der Schrumpfung des Gesichts, bei den meisten das auffälligste Altersmerkmal. Hoffentlich stellt mir Mirabelle jetzt keine Fragen mehr.

»Bin ich häßlich, Jacques?«

Das fragt sie mit sehr leiser Stimme.

»Nein, Mirabelle, Sie sehen gut aus. Ich bin sicher, daß Sie ein sehr hübsches Mädchen und eine bezaubernde junge Frau waren. Ich bin stolz und glücklich, Ihr Porträt malen zu dürfen.«

Ich kann das sagen, weil ich es ernst meine. In Mirabelles Gesicht, ihrer Stimme und ihren Bewegungen liegt etwas Geheimnisvolles, beinahe Kindliches, das ihre einundsiebzig Jahre fast Lügen straft. Vielleicht läßt Blindheit die Menschen nicht so schnell altern. Vielleicht war Mirabelle behütet vor einem großen Teil der Unruhe, der Intensität, der Anspannung des normalen Großstadtlebens. Jedenfalls hat sie etwas seltsam Frisches, Ursprüngliches, Reines.

»Glauben Sie, jemand könnte mich mögen, Jacques? Seien Sie bitte ehrlich.«

Was für eine Frage! Ich mache die Kontur der Wangen fertig, bevor ich antworte.

»*Ich* mag Sie, Mirabelle. Sie sind einer der feinsten, intelligentesten, sensibelsten und interessantesten Menschen, denen ich je begegnet bin. Ich habe Freude an Ihrer Gesellschaft. Ich habe das Gefühl, ein besserer Mensch zu sein, wenn ich mit Ihnen zusammen bin. Ist Ihre Frage damit beantwortet?«

Ich schwindle übrigens nicht.

»Danke, Jacques.«

Womit das hoffentlich abgehakt wäre.

»Ich habe mich falsch ausgedrückt. Ich meine, ob mich jemand

richtig lieben kann, körperlich – faire l'amour, verstehen Sie? Glauben Sie, daß es einem Mann möglich ist, so zu empfinden?«

Da bleibt mir glatt die Spucke weg. Vielleicht tue ich so, als hätte ich's nicht gehört. Aber die Frage war zu eindringlich, ich muß darauf antworten.

Ich lehne mich zurück, sehe Mirabelle an, sehe die Vorzeichnung an. Ich erkenne allmählich, daß im Körper dieser alten Frau ein junges Mädchen gefangen ist. Es kommt mir so traurig vor wie ihr die Geschichte mit der Birne in der Flasche.

»Ich halte es für denkbar, Mirabelle. Sie sind eine sehr attraktive ältere Frau. Es liegt nur an Ihrer Blindheit, daß Sie nicht genug Gelegenheit haben, Kontakt mit Männern aufzunehmen. Ich bin sicher, ein intelligenter Mann Ihres Alters würde eine Beziehung mit Ihnen haben wollen, auch eine intime.«

Ich beuge mich vor, um weiterzuarbeiten. Es erstaunt mich, wie verlegen ich bin. Dann platzt Mirabelle wieder mit etwas heraus.

»Als ich noch jünger war, dreißig Jahre alt, wollte ich ein Kind haben, Mutter sein. Ich dachte, wenn ich ein Kind hätte, würde ich mir vielleicht so sehr wünschen zu sehen, daß ich es wieder könnte. Ich war mir sicher, wenn ich nur Gelegenheit dazu hätte, würde ich einen Mann finden, der trotz meiner Blindheit bereit wäre, der Vater meines Kindes zu sein. Wir brauchten nicht zu heiraten, wir brauchten uns nicht einmal wiederzusehen, all das kümmerte mich nicht. Ich wollte nur ein Kind haben, mein *Kind.*

O hätte ich Sie damals gekannt, Jacques! Aber da waren Sie noch ein kleiner Junge und haben in Amerika gelebt. Ach, diese Dinge können so schwierig sein.

Rolande war entsetzt. Sie sagte, das sei unmoralisch. Sie sagte, ich sei nicht in der Lage, für ein Kind zu sorgen, ich sei nicht einmal in der Lage, für mich selbst zu sorgen. Sie werde alle Verantwortung tragen müssen. Und so sprach ich nicht mehr davon, aber ich dachte noch oft daran.«

Mirabelle hält inne, lächelt, »sieht« mich an.

»Und jetzt ist es zu spät. Ich bin noch Jungfrau, Jacques, und ich möchte nicht als Jungfrau sterben. Ich habe das Gefühl, daß ich sehr

wohl leidenschaftlich lieben kann, aber ich hatte nie Gelegenheit dazu. Das scheint mir ungerecht.«

Tränen rollen über Mirabelles Wangen. Ich bin dem nicht mehr gewachsen. Sie tut mir leid, aber gleichzeitig komme ich mir bedrängt vor. Ich versuche, meine Hand stillzuhalten, während ich Mirabelles Kinn zeichne.

Ich höre auf damit. Wir starren uns in die Augen. Mirabelle kann mich natürlich nicht sehen, und ich sehe sie nicht als Modell. Ich sehe sie, glaube ich, zum ersten Mal als Frau.

»Ich weiß, daß Sie ein guter und freundlicher Mensch sind, Jacques, ein Mensch, dem ich vertrauen kann, sonst würde ich nicht so zu Ihnen sprechen. Ich muß mich über mich selbst wundern. Bitte verzeihen Sie mir.«

»Da gibt's nichts zu verzeihen, Mirabelle. Es ist bestimmt furchtbar für Sie, so einsam zu sein. Aber ich muß Ihnen etwas sagen. Ich bin verheiratet. Ich habe Kinder, und ich liebe sie und meine Frau. Obwohl ich jetzt von ihnen getrennt lebe, fühle ich mich verantwortlich für sie.«

Mirabelle schweigt lange. Sie weint nicht mehr. Ich widme mich meiner Leinwand. Die Vorzeichnung fängt wieder an, lebendig zu werden. Ich hätte nicht gedacht, daß ich angesichts der emotionalen Belastung, die ich empfinde, weiterarbeiten kann.

»Es tut mir leid, Jacques. Das wußte ich nicht. Wir wissen so wenig voneinander. Ich möchte Ihnen von mir erzählen, während Sie mich zeichnen. Sie verdienen es, Bescheid zu wissen.«

Rolande konnte schließlich ihre Reifeprüfung machen und bekam eine Stelle im Ministère des Finances, weil unser Vater im Krieg gefallen war. Sie hat ihr ganzes Leben dort gearbeitet.

Sie hatte einen Freund, den sie liebte. Er arbeitete auch im Ministerium, aber er war verheiratet und hatte Kinder. Er konnte Rolande nicht heiraten, und sie konnte auch nicht heiraten, weil es mich gab.

Wir lebten hier, in der Wohnung unserer Familie, all die Jahre zusammen. Wir hatten nie ein sehr enges Verhältnis. Das lag am Altersunterschied, an meiner Blindheit und auch daran, daß wir völlig verschiedene Menschen waren.

Rolande war nicht glücklich. Ihre Arbeit langweilte sie, und außer ihrem Freund hatte sie nichts, was ihr Freude machte. Ich weiß nicht, wieviel Freude sie in späteren Jahren an ihm hatte. Sie sprach nie mit mir darüber. Wir sprachen ohnehin nicht viel miteinander. Sie behandelte mich wie ein Kind.

Ich füllte meine Tage aus, indem ich mich um den Haushalt kümmerte, so gut es ging. Ich kochte. Ich begann, mich meiner Tauben anzunehmen. Ich lernte Sprachen, erst mit Hilfe von Schallplatten, dann mit Hilfe von Tonbändern.

Rolande blieb gewöhnlich am Abend zu Hause. Sie las Zeitung oder hörte Radio, später sah sie auch fern. Manchmal ging sie ins Kino oder traf sich mit ihrem Freund. An schönen Abenden spazierten wir dann und wann gemeinsam über den Boulevard.

Als Rolande fünfundfünfzig war, setzte sich ihr Freund zur Ruhe und zog mit seiner Frau aufs Land. Er war zehn Jahre älter als Rolande. Das war sehr hart für sie.

Rolande ist vor fünfzehn Jahren an einem Schlaganfall gestorben. Da war sie gerade bei der Arbeit und hatte nur noch ein paar Monate bis zur Pensionierung.

Seitdem lebe ich alleine. Manchmal kommen Leute von der Securité Sociale vorbei, um nachzusehen, ob es mir gutgeht. Ich beziehe Hinterbliebenenrente, weil mein Vater im Krieg gefallen ist. Ich habe noch eine Rente, weil ich blind bin. Rolande hat mir ihr Geld vermacht, die Wohnung gehört mir, und so bin ich wohlversorgt.

Im Laufe der Jahre habe ich Wege gefunden, mir die Zeit zu vertreiben. Ich nehme mich der Tauben an, das wissen Sie schon. Dann habe ich vor zwanzig Jahren mit Yoga und Meditation ange-

fangen, obwohl Rolande dagegen war. Beides gibt mir viel Trost, und dank meiner Blindheit erreiche ich höchste Stufen der inneren Ruhe.

Ich habe weiterhin Sprachen gelernt. Die Mairie an der Place Saint-Sulpice hat eine wunderbare Platten- und Tonbandsammlung, die mir dabei hilft. Ich leihe mir auch über die Bibliothèque Nationale Tonbänder aus. So habe ich Englisch, Italienisch, Deutsch und Spanisch gelernt. Ich kann auf der Straße verstehen, was die Touristen sagen, und das ist mir eine Freude.

Ich liebe die Musik und kenne die Werke vieler Komponisten des siebzehnten, achtzehnten und neunzehnten Jahrhunderts. Besonders interessiere ich mich für Barockmusik.

Ich habe nie Braille gelernt, die Blindenschrift, denn ich denke immer noch, daß ich im Grunde nicht blind bin und eines Tages wieder sehen werde.

Wie gesagt, ich liebe die Musik. In Rolandes ehemaligem Zimmer steht ein Cembalo, und ich habe eine große Tonbandsammlung mit Aufnahmen von mir. Das ist meine Passion. Ich spiele nicht konzertreif, aber doch recht gut. Ich spiele, schneide es mit und höre es mir an. So kann ich mich ständig verbessern. Ebenso halte ich es mit den Sprachen. Ich höre mir die Lektionen an. Dann spreche ich und versuche, meine Aussprache zu vervollkommnen. Dann höre ich mich selbst an. Ich glaube, in meinem Leben habe ich mich öfter sprechen gehört als jeden anderen Menschen. Ist das nicht seltsam, Jacques?

Aber ich bin sehr einsam. Ich möchte Ihnen eine Geschichte erzählen, die Ihnen eine Vorstellung von meiner Einsamkeit geben wird.

Als ich gelernt hatte, mit den Tauben so zu verfahren, daß sie mir vertrauten und zu mir kamen, häkelte ich kleine Rollen, die ich über ihre Beine streifen konnte. In die Rollen steckte ich Zettel, auf denen folgendes stand:

Ich sitze jeden Tag von 10 Uhr morgens bis 12 Uhr mittags vor der Diderot-Statue. Wenn Sie Lust haben, sich mit mir zu unterhalten, dann kommen Sie bitte zu mir. Ich trage einen roten Mantel und einen roten Hut.

Diese Nachricht gab ich über zehn Jahre all meinen Tauben mit, und niemand kam. Ich dachte mir, vielleicht seien die Tauben zu scheu, und die Leute könnten sie nicht festhalten. Vielleicht kamen auch ein paar Menschen, sprachen mich aber nicht an, als sie sahen, daß ich blind bin. Ich weiß es nicht. Ich sagte Rolande kein Wort davon. Es war mein Geheimnis.

Eines Tages saß ich alleine auf der Bank. Da merkte ich, daß ein Mann auf mich zukam. Er hatte einen sehr starken Männergeruch, fast wie ein Clochard. Er tippte mir auf die Schulter.

›Hier, Madame, ich glaube, das sind Ihre.‹

Mit seinen rauhen Händen faßte er meine Hand. Er drehte sie um und tat etwas hinein: mehr als fünfzig von meinen kleinen gehäkelten Rollen. Die Zettel waren noch drin. Die Rollen fielen auseinander, so alt waren sie. Das Papier war brüchig geworden, und als ich versuchte, die Zettel auseinanderzufalten, zerrissen sie.

Der Mann setzte sich neben mich. Er war sehr freundlich. Er erzählte mir, daß er die Glockentürme der Pariser Kirchen saubermache. Die Hauptkirchen sind alle zehn Jahre an der Reihe. Er schrubbt die großen Eichenbalken, an denen die Glocken hängen, und reibt sie mit Leinöl ein. Er schmiert den Läutemechanismus, untersucht die Glocken auf Sprünge und andere Mängel, wechselt abgenutzte Teile aus. Er reinigt den ganzen Glockenturm. Das tut er schon seit dem ersten großen Krieg, und er freut sich auf seine Pensionierung. Er erzählte mir vieles.

›Madame, die Pariser Tauben sterben meistens hoch oben in den Glockentürmen. Sie werden so schwach, daß sie nicht mehr fliegen können. Sie rollen sich zusammen und sterben auf den großen Glokkenbalken. Manchmal fege ich Hunderte von Taubenskeletten und Unmengen von Federn in Säcke und trage sie fort.

Im Turm von Saint-Germain-des-Prés habe ich heute bei den toten Tauben all die kleinen Rollen gefunden. Ich habe eine aufgemacht und den Zettel gelesen. Dann habe ich hinuntergeschaut und Sie gesehen. Und nun bin ich hier.‹

Er wollte nicht mit mir nach Hause zum Déjeuner kommen, aber er packte seinen Henkelmann aus und aß auf der Bank neben mir zu Mittag. Er sei verheiratet, sagte er, und habe zwei Kinder. Die Kinder wohnten jetzt in Südfrankreich. Wenn er pensioniert sei, würden seine Frau und er auch dorthin ziehen.

Er aß mehrere Tage neben mir auf der Bank zu Mittag, während er den Turm saubermachte. Am Glockenstuhl mußte ein großes Winkeleisen ersetzt werden, und es dauerte eine Weile, bis ein neues geschmiedet war.

Zum Abschied schenkte mir der Mann den Turmschlüssel. Er sagte, für den Fall, daß ich einmal hinaufsteigen und erleben wollte, wie es sei, auf alles herabzuschauen. Er sagte, er werde längst in Pension sein, wenn es wieder an der Zeit sei, den Turm sauberzumachen.

Er wußte, daß ich blind bin, aber ich glaube, er begriff nicht, was das bedeutet. Er war nicht die Art Mensch.

Ich habe den Schlüssel über zehn Jahre in meiner Besteckschublade verwahrt, aber ich bin nie auf den Turm gestiegen. Das wäre alleine zu schwierig und zu gefährlich gewesen. Vielleicht möchten Sie einmal auf den Turm. Es gibt von dort aus sicher vieles zu malen. Wenn Sie mich mit hinaufnähmen – das würde mir gut gefallen.

Nun wissen Sie etwas von mir, Jacques. Ich glaube, seit Rolandes Tod habe ich mit niemandem über diese Dinge gesprochen. Es ist eine seltsame Geschichte, nicht wahr?

Ich bin auf meine Art recht zufrieden gewesen. Es mag verschroben sein, ziellos Sprachen zu lernen, aber ich habe Freude daran. Manchmal kann ich auch Touristen helfen, die sich verlaufen haben. Dann verstecke ich mein weißes Stöckchen hinter dem Rücken und tue so, als sei ich nicht blind. Das liegt wohl an meiner Eitelkeit.

Verstehen Sie mich ein wenig, Jacques?

Wenn nicht, kann ich es Ihnen nicht verdenken. Ich weiß manchmal selbst nicht, was ich will. In letzter Zeit kommt mir mein Leben öd und leer vor. Ich habe das Gefühl, daß etwas zu Ende geht und daß ich nur eine Zuschauerin war, die nichts sah. Ich nehme nicht teil am wirklichen Leben. Ich stehe immer draußen und blicke mit meinen blinden Augen nach drinnen.

Klage ich zuviel? Menschen, die klagen, mag ich nicht. Es ist so leicht, nur an seine eigenen Probleme zu denken und die Sorgen und Nöte anderer für unwichtig zu halten.«

Seit Mirabelle mit ihrer Geschichte begonnen hat, habe ich nicht mehr zeichnen können. Ich drücke die Farben, die ich für die Untermalung brauche, auf die Palette. Ich bin erschüttert.

Mirabelles Geschichte ist so furchtbar, so unbegreiflich. Ich sehe sie an und bin bewegt wie seit Jahren nicht mehr.

Ich stehe auf und gehe zu ihr; ich sinke auf die Knie. Sie legt ihre Hand auf meinen Kopf.

»Es tut mir so leid, Mirabelle. Außer Ihrer Blindheit zeigt sich nichts von dem, was Sie erlitten haben. Sie haben eine so positive Einstellung, Sie leben so, als sei nichts passiert. Wie schaffen Sie das?«

»All das ist lange her, Jacques. Ich habe es Ihnen nur erzählt, damit Sie mich begreifen. Ich wollte nicht, daß das, was mich so macht, wie ich bin, zwischen uns steht. Ich hoffe, es bringt uns einander näher.«

Ich stehe auf und blicke Mirabelle an.

»Fühlen Sie sich stark genug, mir noch eine Weile zu sitzen, oder sollen wir's für heute genug sein lassen? Ich glaube, ich kann Sie jetzt, nachdem Sie mir von sich erzählt haben, sehr viel besser malen. Ich sehe sogar diese Wohnung anders mit dem Wissen von dem guten Leben, das Sie als Kind hier geführt haben, von Ihrem Leiden, von der langen Zeit, die Sie alleine gewesen sind. Es hätte mir klar sein sollen, aber ich habe nicht gründlich genug darüber nachgedacht. Das ist eins meiner schlimmsten Probleme, Mirabelle – ich kann Dinge wissen, ohne sie zu fühlen.«

»Haben Sie genug Licht zum Malen, Jacques? Ich würde gerne noch eine Weile mit Ihnen so zusammenbleiben wie jetzt.«

Ich gehe zu meiner Kiste zurück und schaue mich um, betrachte Mirabelle. Sie kommt mir so klein, so zerbrechlich, so einsam vor. Ich habe nur ihre Kraft gekannt, ihre Beherztheit, ihre unglaublichen Fähigkeiten, aber jetzt scheint mir, daß ich sie wesentlich besser kenne.

Ich beginne mit dem Hintergrund, wähle ein mit Krapprot abgetöntes Blau. Ich wollte ihn ursprünglich in warmen Farben halten – gebrannte Umbra und gebrannte Siena. Jetzt weiß ich, das wäre falsch. Das sind nicht die Farben der

Blindheit, der Einsamkeit. Sie strahlen zuviel Freundlichkeit aus, zuviel Intimität, und das würde das Bild verlogen machen. Jetzt weiß ich, dieser Teil von Mirabelle muß in sie hineingemalt werden. Er gehört nicht in den Hintergrund. Sie muß sich in ihrer Lebendigkeit von der Kälte abheben, die sie erfahren hat.

»Jacques, Sie haben von Ihrer Frau und Ihren Kindern gesprochen. Wären Sie bereit, mir beim Malen von ihnen zu erzählen? Ich würde gerne erfahren, welches Leben Sie hinter sich haben. Ich habe zwar das Gefühl, daß ich Sie kenne, aber nur den Teil von Ihnen, der jetzt bei mir ist. Sie haben mir nicht viel von sich erzählt, außer wie Sie sich durchschlagen, und das scheint mir nicht passend für den Mann, den ich zu kennen glaube. Würden Sie mir erzählen, was sich erzählen läßt?«

Ich weiß, ich werde nicht malen können, wenn ich spreche, aber ich fange an, den Bildhintergrund mit Farbwirbeln zu gestalten.

»Meine Geschichte ist nicht besonders interessant. Sie ist so gewöhnlich, so sehr wie Tausende von anderen, daß es sich kaum lohnt, sie zu erzählen. Aber wenn Sie sie hören wollen, werde ich versuchen, sie so genau wie möglich zu erzählen. Vielleicht hilft mir das. Sie sind der einzige Mensch, bei dem ich ehrlich sein kann und ehrlich sein möchte.«

»Dann erzählen Sie bitte. Sie brauchen nicht weiterzumalen. Wenn Sie wollen, kann ich Kaffee oder Tee kochen.«

»Nein danke, Mirabelle. Ich möchte so bleiben in diesem verblassenden Licht. Ich werde aufhören zu malen, wenn ich nicht mehr genug sehe. Wenn Sie es leid sind, mir zu sitzen oder zuzuhören, dann sagen Sie's bitte.«

Träumerei

Am Anfang war es sehr schmerzlich, sich all das wieder ins Gedächtnis zu rufen, Jacques zu erzählen, was geschehen ist. Aber ich wußte, ich würde es tun müssen. Sonst gäbe es keine wirkliche Nähe zwischen uns. Er muß mich kennen, wie mich noch niemand gekannt hat, nicht einmal meine Familie, nicht einmal meine Ärzte.

Als ich dann sprach, war es, als schiene Licht ins Dunkel hinein. Es machte das Dunkel nicht heller, aber sichtbarer für meine Seele. Ich habe Dinge betrachtet, denen ich mich viele Jahre nicht stellen konnte.

Ich habe mich gefragt, ob dies der Anfang ist, ob ich wieder sehen, von meinem Wunsch ablassen werde, an meinem Dunkel festzuhalten. Doch dann erkannte ich, daß ich mein Dunkel nur mit Jacques geteilt habe. Ich war immer noch in Sicherheit, nur nicht mehr so alleine. Ich spürte, wie sein Herz mit meinem schlug, meinen Kummer nachfühlte, und schon kam mir mein Leben erfüllter, kostbarer, lebenswerter vor.

Ich hoffe, ich habe ihm nicht so viel Schmerz aufgebürdet, daß ihm bange wird. Was macht ihn so unglücklich? Einerseits möchte ich es wissen, andererseits habe ich Angst davor, es zu erfahren.

5

»Ich weiß nicht, wo ich anfangen soll, Mirabelle.«

Ich lege meine Pinsel aus der Hand, betrachte mein Bild und Mirabelle, aber hauptsächlich mein Bild, diesen Versuch, sie durch meine Augen, mein Gehirn, meine Hände lebendig zu machen.

»Wenn ich erzählen soll, wie es kommt, daß ich hier in Paris lebe und male, muß ich weit zurückgehen, sonst gibt das alles keinen Sinn.«

»Fangen Sie bitte ganz vorne an.«

»Ich war gut in der Schule, Mirabelle. Ich hatte liebevolle Eltern und zwei liebevolle Schwestern, beide älter als ich. Vielleicht hat es da angefangen. Es war, als hätte ich drei Mütter, und die mochten mich so sehr, daß ich meinte, ich sei einfach wunderbar. Solange ich denken kann, wollte ich Maler werden. Meine Mutter und meine Schwestern bestärkten mich darin; für sie gehörte das zu meiner Außergewöhnlichkeit. Aber an der Highschool konnte ich nicht Kunst belegen, weil ich gut in Mathematik und Naturwissenschaften war. Ich kam in die Vorbereitungskurse fürs College. Und ich hatte Spaß daran, fühlte mich gefordert, war mit den interessantesten Schülern zusammen.

Ich weiß nicht, ob Ihnen das etwas sagt, Mirabelle. Es ist alles so amerikanisch, Teil eines anderen Lebensstils.«

»Erzählen Sie weiter, Jacques. Es ist sehr interessant für mich, wenn Sie von einem anderen Leben in einem anderen Land erzählen. Außerdem möchte ich Sie kennenlernen, möchte wissen, wie Sie wurden, was Sie sind. Es gehört zu den schönen Dingen am Blindsein, daß ich in Ihre Stimme eintreten, Ihre Gefühle nachempfinden, vor meinem geistigen Auge sehen kann, was Sie mir erzählen, und nichts schiebt sich dazwischen. Verstehen Sie?«

»Ich glaube ja, Mirabelle. Ich werde also versuchen, alles zu erzählen, das dazu beitrug, mich hierher zu führen.

An der Highschool trat ich in den *art club* ein, eine Arbeitsgemeinschaft, in der gemalt wurde – nach der Schule. Darauf war ich stolzer als auf all meine guten Noten.

Mein Vater war Elektriker bei einer großen Firma. Er wollte, daß ich Ingenieur werde. Er arbeitete jeden Tag in seinem dreckigen Overall und hatte immer schmutzige Hände. Seine Chefs waren Ingenieure mit weißen Hemden, Anzug und Krawatte. Ihre Hände waren nie schmutzig.

Mein Vater wollte, daß sein einziger Sohn so würde wie diese Männer. Er zeigte mir oft seine schwieligen, schmutzigen Hände. Sie zeugten für ihn von seinem Mißerfolg.

Meine Highschooljahre fielen in die Zeit des Zweiten Weltkriegs. Im Rahmen eines Schnellkurses wurde ich mit fünf weiteren Schülern an drei Tagen in der Woche auf eine Fachschule für Ingenieurwissenschaften in Philadelphia geschickt. Mein Vater war überglücklich. Jemand aus der Familie würde es doch noch zu etwas bringen.

Ich hatte Spaß an der Fachschule, aber ich wußte bereits, daß ich als Ingenieur nie glücklich sein würde. Zuviel war vorhersagbar – im Gegensatz zur Kunst.

Durch einige seltsame Zufälle fand ich mich im September 1943, mit achtzehn Jahren, als Soldat bei der Infanterie wieder. Ich hatte Glück. Ich bin nicht gefallen wie Ihr Vater, Mirabelle. Aber mir wurde eines klar: Wenn ich überlebte, würde ich Maler werden, nicht Ingenieur. Dies war *mein* Leben, und ich hatte nur eines.

Als ich 1946 nach dreijähriger Abwesenheit wieder nach Hause kam, waren meine Eltern so glücklich, daß sie sich nicht über meine Entscheidung beschwerten. Ich glaube, sie wären auch einverstanden gewesen, wenn ich gesagt hätte, ich wolle Hochseilartist werden.

Mein Vater meinte nur: ›Wenn du erst mal ein halbes Jahr mit diesen schrägen Künstlertypen hinter dir hast, machst du bestimmt wieder gerne Ingenieurwissenschaften.‹

Ich studierte also Kunst an der University of Pennsylvania. Dank meiner guten Noten kam ich ohne Mühe rein. Die hohen Studiengebühren trug die Regierung, weil ich Soldat gewesen war.«

Ich beginne die Schatten in Mirabelles Gesicht anzulegen.

»Mein Vater hatte nicht ganz unrecht. Der Fachbereich Kunst bestand an der Penn-Uni überwiegend aus Frauen, und die meisten Männer hatten ziemlich massive psychische Probleme. Ich tat mich schwer mit der demonstrativen Sensibilität, der Theatralik und dem Exklusivitätsanspruch meiner Kommilitonen.

Aber ich lernte Perspektive, Farbtheorie, Maltechnik, den Umgang mit Pastell, Aquarell, Gouache, Leinwand und verschiedenen Arten von Papier. Die Regierung kam auch für mein Material auf. Es war ein Wirklichkeit gewordener Traum.

Ein guter Teil des Lehrkörpers hatte ähnliche Vorlieben wie die Studenten. Cliquen bildeten sich. Was gelehrt wurde, war sehr esoterisch – dramatische, erotische, exotische Abstraktion mit einem Schuß Pseudo-Picasso. Meine ästhetischen Vorstellungen paßten da nicht rein.

Um überhaupt eine Chance zu haben, arbeitete ich mit matten Farben und fließenden Linien, splitterte ich jede Fläche prismatisch auf. Ich lernte, fast bühnenreif zu dramatisieren. Bei unserem Schaffen war viel Sturm und Drang, viel plakatives Leiden erforderlich. Ein Lehrer wollte, daß wir unsere Hände an einen Türknauf banden und uns dann zu Boden fallen ließen, damit wir den *wahren* Schmerz erfuhren.

Es war alles so unnatürlich, aber das kümmerte mich nicht. Ich machte meine Arbeit fürs Studium, um weiterzukommen, und ich nutzte das bezahlte Material und die großen Ateliers mit ihrem guten Licht dazu, meine Ästhetik nach *meinen* Vorgaben zu entwickeln.

Ich war davon überzeugt – und bin es noch –, daß die Welt schön ist und daß ich es sehen und anderen zeigen, meine Sicht mit ihnen teilen kann ohne Künstelei, Theater, hyperintellektuelle Rationalisierungen. Ich vertrat das auch mit fast missionarischem Eifer.

Aber ich dachte allmählich, daß ich vielleicht besser daran getan hätte, Ingenieur zu werden. Manchmal hatte die Schlichtheit und Klarheit der technischen Konstruktion einen großen Reiz für mich.

Irgendwie überstand ich die Rolle des Außenseiters im Fachbereich Kunst, propagierte meine Ästhetik nicht mehr und bekam gute Noten. Nur verlor ich die Zuversicht, daß ich wirklich Künstler sein würde. Die Lehrer an der Penn-Uni machten einen Designer aus mir, den Angehörigen einer Bruderschaft oder Priesterkaste. Ich lernte, bei Diskussionen über Malerei so ziemlich jeden an die Wand zu quatschen: Über- und Unterordnung, plastische Qualitäten, Transformation, analoge Farben – allen möglichen Unsinn, der nichts damit zu tun hatte, worum es meiner Meinung nach wirklich geht in der Kunst.

Ich wollte immer noch von Mensch zu Mensch kommunizieren, indem ich eine ehrliche Aussage darüber machte, was ich empfand. Aber damit war die ›Kunst‹ an der Penn-Uni damals nicht befaßt. Es handelte sich meistens um Tricks, um Versuche, mit allen Mitteln Aufmerksamkeit zu erregen.

An der Uni lernte ich ein wunderbares Mädchen kennen, das Wirtschaftswissenschaften studierte. Ihr Spezialgebiet war Personalführung. Sie hatte kein Personal, keinen Familienbetrieb, in den sie eintreten konnte, und all das erschien mir seltsam und sinnlos, ebensoweit von der Realität entfernt wie das, was ich im Fachbereich Kunst trieb.

Aber wir hatten Spaß zusammen. Tanzen, auf dem Fluß rudern, Museen besuchen, ins Aquarium gehen – das liebten wir beide, aber am meisten liebten wir uns. Wir heirateten, als wir mit dem Studium fertig waren.

Sie bekam einen Job bei einem Pharmakonzern angeboten, irgendwas zwischen Sekretärin und Personalabteilungsleiterin. Ich suchte mir eine alte Garage als Atelier. Ich fing an, ernsthaft zu malen, so zu malen, wie ich's mir vorstellte. Ich verkaufte nichts, kein Mensch interessierte sich für meine Bilder. Ich nahm einen Abendjob in einer Werbeagentur an, machte Korrekturen. Alles sah trübe aus. Dann wurde Lorrie schwanger.

Ich ging wieder an die Uni und erwarb mir eine Lehrerlaubnis, eine besondere Lehrerlaubnis zum Kunstunterricht an höheren Schulen. Im September schaffte ich es, eine

Stelle zu kriegen. Das Kind kam im Oktober. Ich versuchte, weiterzumalen. Lorrie war glücklich als Mutter – zumindest hatte ich den Eindruck.

Wir hatten ein altes kleines Haus in einer heruntergekommenen Straße gefunden, wo wir uns die Miete leisten konnten. Ich war ein recht guter Lehrer, aber ich wollte immer noch malen. Mit der Zeit interessierte ich mich für ein paar Hypothesen, von denen wir als Kunststudenten ausgegangen waren, Hypothesen über die Gemeinsamkeit der visuellen Wahrnehmung.

Der Fachbereich Kunst konnte und wollte mir nicht helfen. Ich fand einen Mann im Fachbereich Psychologie, der sich für mein Projekt erwärmen konnte. Er verschaffte mir ein Stipendium.

Sind Sie sicher, daß Sie sich all das anhören möchten, Mirabelle? Ich erzähle Ihnen praktisch meine ganze Lebensgeschichte.«

»Wenn es Ihnen nichts ausmacht weiterzuerzählen, würde ich Ihnen sehr gerne zuhören, Jacques. Aber es wird kühl; würden Sie bitte das Fenster schließen? Ich koche jetzt Kaffee für uns, und wir können ein wenig Gebäck dazu essen.«

Mirabelle geht in die Küche. Ich stehe auf und schließe das Fenster. Am Himmel ist nur noch ein bißchen Licht. Ich höre, wie ein Streichholz angerissen wird und aufflammt. Mirabelle hat Wasser aufgesetzt. Im Dämmerlicht baue ich meine Staffelei ab und trage die Stühle zum Tisch zurück. Mirabelle bringt zwei Tassen Kaffee und zwei kleine Teller Gebäck. Es ist nun, da es dunkel wird, noch erstaunlicher für mich, wie mühelos sie sich bewegt. In einer halben Stunde werde ich meine Hand nicht mehr vor Augen sehen können, aber für Mirabelle wird sich nichts verändert haben.

Der Kaffee und das Gebäck sind köstlich. Ich habe nicht gemerkt, wie angespannt und müde zugleich ich bin. Mirabelle setzt sich mir gegenüber. Ich erkenne gerade noch ihre Augen. Sie wartet. Ich atme tief ein, seufze und erzähle weiter.

»Das Leben war ziemlich hart für uns. Nicht mal ein Jahr später war Lorrie wieder schwanger. Das erste Kind hatten wir John getauft, nach mir. Das zweite war wieder ein Junge, und wir nannten ihn Albert, nach meinem Vater. Ich fand, das zumindest sei ich ihm schuldig, nachdem ich ihn so enttäuscht hatte.

Wir waren dauernd knapp mit Geld. Ich mußte meinen Abendjob in der Agentur schmeißen, damit ich Zeit für meine Magisterarbeit hatte.

Ich gab ihr den Titel *Unterschiede in der visuellen Wahrnehmung und ihre Beziehung zu bestimmten Persönlichkeitsvariablen.* Das hieß im wesentlichen, ich versuchte, mit Hilfe von Tests und Experimenten zu zeigen, wie Menschen, ihrem Charakter entsprechend, jeweils anders sehen. Ich glaube, die meisten Menschen vermuten, daß es sich so verhält, aber niemand außer einem Schweizer namens Rorschach hatte sich die Mühe gemacht, das auch zu beweisen. Ich arbeitete viel mit seinen zehn Tafeln, auf denen symmetrische Tintenkleckse abgebildet sind.

Klopfer und Kelly, die Hauptinterpreten des Rorschach-Tests, wurden meine Helden. Ich machte meinen Magister, kurz bevor Lorrie unser drittes Kind zur Welt brachte. Es war ein Mädchen, und wir tauften es Helen, nach Lorries Mutter.

Meine Arbeit wurde sehr positiv aufgenommen und in den renommiertesten psychologischen Zeitschriften veröffentlicht. Ich bekam wegen des akademischen Grades ein paar hundert Dollar pro Jahr mehr von der Schule und dachte, damit sei alles gelaufen.

Ich hatte mir zu meiner Genugtuung bewiesen, was ich immer zu wissen glaubte, und jetzt konnte ich die Verkrustungen von vier Jahren Kunststudium an der University of Pennsylvania sprengen und vielleicht mit meiner Malerei weiterkommen.

Mirabelle, Sie brauchen sich das nicht anzuhören. Es wird erst mal langweiliger, bevor die besseren Sachen kommen.«

Mirabelle steht auf und geht zu der Wand, an die ich das Porträt gelehnt habe. Ich erkenne es kaum im Dunkeln.

»Ich wünsche mir so sehr, sehen zu können, was Sie in mir sehen, Jacques. Bitte erzählen Sie weiter. Ich finde Ihre Geschichte sehr interessant.«

Ich weiß jetzt, daß ich all das ebenso für mich erzähle wie für Mirabelle. Es ist, als würde man Karten sortieren, die durcheinandergeraten sind.

»Ungefähr einen Monat nach Veröffentlichung meiner Arbeit bekam ich einen Anruf aus Kalifornien. Es meldete sich eine Firma, die sich Nard Corporation nannte. Das war ein *think tank*, so nannte man es damals in Amerika, eine Denkfabrik, wo sich Leute zusammenfanden, die als intelligent galten, um gemeinsam Probleme zu lösen.

Der Mann am Telefon sagte, sie hätten meine Arbeit mit großem Interesse gelesen und wollten wissen, ob ich bereit wäre, nach Kalifornien zu fliegen und mit ihnen darüber zu sprechen. Sie würden mir das Ticket zahlen und einen täglichen Spesensatz von hundertfünfzig Dollar.

Ich war regelrecht schockiert. Als Lehrer verdiente ich pro Monat etwas mehr als doppelt soviel. Ich sagte, ich würde zurückrufen. Ich erzählte es Lorrie, und sie meinte, von ihr aus ginge das in Ordnung und ich sollte fliegen. Dann rief ich bei meiner Schule an und hatte einige Probleme damit freizubekommen, aber schließlich sagten sie okay, sie würden eine Woche lang eine Aushilfe für mich nehmen, nur müßten sie mir das leider vom Gehalt abziehen.

Ich rief bei Nard an und sagte, ich käme. Sie hatten bereits einen Flug für mich gebucht. Ich nehme an, bei hundertfünfzig Dollar Spesen waren sie nicht gewohnt, Absagen zu kriegen.

Es war Januar, und ich kam bei strahlendem Sonnenschein in Kalifornien an. Außer in meiner Militärzeit war ich nie gereist, nie in einer Gegend mit warmem Klima gewesen.

Ich trug meinen Mantel überm Arm und ging zu einem Strandhotel, wo ein Zimmer für mich reserviert war. Ich war noch keine Viertelstunde im Raum, als das Telefon klingelte und jemand von Nard fragte, ob ich Lust hätte, mit einer kleinen Gruppe bei jemandem von der Firma zu Abend zu essen. Es war wie im Kino.

Das Essen verlief ganz ungezwungen. Meine Gastgeber und ihre Gäste erwähnten das für morgen angesetzte Meeting mit keinem Wort. Ich entdeckte erst später, daß der größte

Teil der ›Denkarbeit‹ bei Nard von der US Air Force finanziert wurde, und so waren all diese Leute sehr geheimnistuerisch, sehr sicherheitsbewußt. Ich war ein Außenstehender und wurde beobachtet, aber ich hatte Spaß daran.

Am nächsten Tag lief ich zu einem Backsteingebäude, das ein paar hundert Meter vom Pazifik entfernt war. Am Eingang wurde ich aufgehalten. Man bat mich zu warten, und einer der Gäste vom Abend zuvor kam, unterschrieb etliche Papiere, gab mir eine Plastikplakette, die ich an meinem Sakko feststecken sollte, und ich folgte ihm in das Gebäude, an Wachleuten vorbei zu einem Aufzug und in ein höhergelegenes Stockwerk.

Das Meeting fand in einem Raum von normaler Größe statt. Ein langer Tisch und Klappstühle standen darin. Ich wurde gebeten, mich ans eine Ende des Tisches zu setzen.

Klingt ein bißchen nach Science fiction, nicht, Mirabelle? All das kann Sie doch unmöglich interessieren.«

»Sie irren sich, Jacques. Es interessiert mich sehr.«

»Nun gut, um es kurz zu machen, die Leute kamen aufgrund meiner Arbeit, meines künstlerischen Backgrounds und meiner Erfahrung mit Computern zu dem Schluß, ich sei genau der Mann, den Sie suchten.

Sie müssen wissen, Mirabelle, ich hatte die experimentellen Daten meiner Arbeit mit einem frühen Computer analysiert, einem technischen Wunderwerk der damaligen Zeit, das so aussah wie mehrere Flipperautomaten oder Musikboxen. Das Material mußte auf Lochkarten eingegeben werden. Heute kommt einem das vorsintflutlich vor.

Die Leute von Nard wollten, daß ich zur Crew von einem der sogenannten Silos eines Frühwarnsystems stieß. Sie wollten mich an raffinierteren Computern ausbilden. Anschließend sollte ich Programme von möglichen Situationen entwickeln, die auf Radarschirme projiziert werden konnten. In den Silos würden Männer sitzen, die Ausschau nach unbekannten Flugobjekten hielten, mit anderen Worten, nach Bombern und Raketen, die die Vereinigten Staaten angriffen. Das hörte sich nicht besonders interessant an. Es klang mir zu sehr nach dem Ingenieurstudium, das ich aufgegeben hatte. Aber als sie mir sagten, was sie zahlen würden – *fünfmal* soviel wie mein Lehrergehalt –, fand ich es doch interessant.

Ich würde einen Monat hintereinanderweg im Silo sein. Dann durfte ich nach Hause und konnte zwei Monate bei meiner Familie bleiben. Bevor ich eingesetzt werden konnte, mußte ich von den Sicherheitsorganen für unbedenklich erklärt werden. Ebenso Lorrie.

Es hieß, meine Ausbildung würde sofort beginnen. Ich sollte zu Hause, an der University of Pennsylvania, am Computer unterrichtet werden. Sobald die Sicherheitsfragen geklärt waren, würde ich weiter ausgebildet – an einem geheimgehaltenen Ort, wo ich nicht zu erreichen war. Ich könnte meiner Frau sagen, daß ich für die Regierung arbeitete. Sonst dürfte ich niemandem etwas verraten.

Am Abend rief ich Lorrie vom Hotel aus an. Ich war sicher, daß das Gespräch abgehört wurde. Ich war bereits paranoid. Aber auch fasziniert. Ich erzählte Lorrie, mir sei ein Job angeboten worden, der fünfmal soviel Geld brächte wie meine Lehrerstelle, aber ich müßte sehr viel länger von zu Hause fort sein. Ich sagte, ich würde als eine Art Künstleringenieur für die Regierung arbeiten. Ich erklärte, ich würde an der Penn-Uni ausgebildet werden. Später müßte ich einen Monat lang an einen geheimgehaltenen Ort. Aber danach könnte ich zwei Monate zu Hause bleiben.

Lorrie war wieder schwanger, und sie war aufgeregt. Einwände schien sie nicht zu haben. Sie war sicher, daß ich zu Hause sein würde, wenn das Kind kam. Und wie sich herausstellte, hatte sie recht. Ich studierte noch an der Uni, als Hank geboren wurde, unser letztes Kind. Lorrie ließ sich sterilisieren. Sie war noch keine dreißig und fand, vier Kinder seien genug.

Und so fing ich an, für die Regierung zu arbeiten. Es war nicht langweilig, und die neuen Computer faszinierten mich. Allmählich machte ich mir dank meines mathematischen und künstlerischen Backgrounds einen Namen als Spezialist für Computergrafik, was damals, Mitte der fünfziger Jahre, ein fast unbekanntes Gebiet war.

Drei Jahre später zog ich mit meiner Familie nach San Jose

ball, zur Tanzstunde, zum Schwimm- und Tennisunterricht, zum Reiten zu chauffieren, um sie zu Freunden zu bringen und von Freunden abzuholen. Wir hatten ein Haus mit fünf Schlafzimmern und drei Bädern in einer der besten Wohngegenden von Minneapolis. Wir hatten Erfolg – zumindest bildete ich mir das ein.

Dann rief mich eines Tages mein Boß zu sich. Er kam um seinen Schreibtisch herum und schüttelte mir die Hand. Ich war mißtrauisch. In einem großen Laden wie MBI ist es ein bißchen wie bei der Armee; oft werden die furchtbarsten Befehle mit lächelndem Gesicht und herzlichem Glückwunsch erteilt. Ich wartete.

›Also, Jack, es ist jetzt offiziell. Sie bekommen eine neue Aufgabe, und zwar in Europa, in Paris. Wir brauchen Sie dort mindestens drei Jahre. Sie wissen, was das bedeutet. Es ist der große Test, um herauszufinden, ob Sie das Zeug für die internationale Ebene haben. Sie werden MBI Frankreich zugeteilt, und Sie werden dort Chef des Personalressorts sein. Das ist eine Superposition. Sie sind wirklich ein Überflieger, meinen herzlichen Glückwunsch.‹

O Gott, fragte ich mich, wie soll ich das Lorrie beibringen? Sie hat sich gerade in Minneapolis eingelebt. Sie hat ein paar Freundinnen, mit denen sie sich alle vierzehn Tage trifft. Die Frauen sprechen sich offen aus, diskutieren die Dinge durch, die ihnen zu schaffen machen – Lorrie nennt sie ihre Hilfsgruppe. Die Kinder gehen hier gerne zur Schule. Jack macht dieses Jahr seinen Highschoolabschluß. Ich quäle mir ein Lächeln ab.

›Danke für die gute Nachricht, Fred. Natürlich muß ich das erst mal mit der Familie abklären. Wird ein ziemlicher Schock für sie sein.‹

›Das ist eine einmalige Chance, Jack. Wenn Sie da nicht zugreifen, bleiben Sie bei mir in der Mühle, bis wir unsere goldene Uhr mit Gravierung kriegen.‹

Ich verlasse Freds Büro. Ich weiß, er muß sich verdammt bemühen, Haltung zu bewahren. All das heißt nämlich, daß er zu meinen Gunsten übergangen worden ist. Eigentlich müßte ich vor Glück an die Decke springen, aber ich habe

Angst vor der Konfrontation mit meiner Familie. Ich beschließe, nicht anzurufen, sondern früh nach Hause zu gehen. Ich möchte um 4 Uhr da sein. Um diese Zeit ist die Familie vermutlich komplett.

Als ich zu Hause bin und alle es sich im Wohnzimmer gemütlich gemacht haben, erzähle ich's. Lorrie weint. Jack stürmt die Treppe hinauf. Die anderen drei sind sprachlos. Lorrie erholt sich zuerst.

›Wann müssen wir umziehen? Kann Jack noch die Schule fertig machen?‹

Ich hatte nachgefragt. Ich sollte spätestens Ende April in Paris sein. Das war in knapp einem Monat. Wie bei der Armee hieß es auch bei MBI oft Beeilung, Beeilung – und dann wartete man, bis man schwarz wurde. Ich war sicher, daß es in Paris keinen Notstand gab, keine Situation, die nach mir schrie. Ich versuchte, es Lorrie zu erklären.

›Das ist so ungerecht, Jack. Die Kinder sind glücklich hier. Wir haben genug Opfer gebracht. Man sollte dich mal längere Zeit wo bleiben lassen, auch weil die Kinder alle auf der Highschool sind. Kannst du nicht irgendwas machen?‹

›Doch, ich kann nein sagen, Lorrie. Nur heißt das: Ende der Fahnenstange. MBI will mit dieser Versetzung herausfinden, ob ich zur ersten Garnitur gehöre. Ich möchte mir die Chance nicht entgehen lassen, aber wir werden natürlich tun, was du willst.‹

Das war unfair, Mirabelle. Heute weiß ich's. Lorrie liebte mich zu sehr, um sich zu weigern.

Am nächsten Morgen gingen die Kinder nicht zur Schule, und ich ging nicht zur Arbeit. Wir sprachen das Ganze durch. Ich wies darauf hin, was es für eine kolossale Chance sei, eine Weile in Paris zu leben, Französisch zu lernen. Sie würden dort die American School besuchen. Die hätte einen guten Ruf. Jack, unser Ältester, wollte in den Staaten bleiben, aber Lorrie sagte, nein, was wir machten, würden wir als Familie machen.

Wir fingen noch in der derselben Woche an, unsere Sachen zu packen. Ich flog nach Frankreich und fand in Le Vésinet ein Haus für uns. Es war nicht weit von der American School entfernt, und Le Vésinet war ein Vorort, der sich nicht wesentlich von dem unterschied, wo wir noch wohnten. Alles lag dicht beieinander. Und das Haus, das ich gefunden hatte, hatte einen großen Garten. Ich fand es gut. Die Miete war zwar haarsträubend, aber die würde MBI übernehmen. Ich flog mit Fotos vom Haus nach Minnesota zurück.

In der letzten Aprilwoche waren wir dann hier. Die Firma hatte unseren Umzug besorgt. Ich mußte von Anfang an voll in den neuen Job einsteigen und entdeckte bald, wie schwierig es war, in Frankreich zu arbeiten. Außerdem hatte ich vorher noch nie mit Personalführung zu tun gehabt; das war Lorries Spezialgebiet. Der Mann, der vor mir den Job gehabt hatte, war Franzose gewesen, und alle Franzosen, mit denen ich zusammenarbeitete, haßten mich. Ich nehme an, sie hatten Angst, *ihren* Job zu verlieren.

Irgendwie hatte Lorrie das neue Haus binnen eines Monats komplett eingerichtet. In so was ist sie unschlagbar. Obwohl sie sagt, daß sie's haßt. Sie behauptet, immer zu wissen, wann MBI mich versetzt. Genau dann, wenn sie die Vorhänge gesäumt hat. Nach den ersten beiden Umzügen säumte sie die Vorhänge nur noch provisorisch. Und diesmal, sagte sie, dächte sie nicht daran, welche aufzuhängen.

Mit am unerfreulichsten an meinem Job war, daß ich soviel reisen mußte. Es gab Zweigstellen in ganz Frankreich, und ich war für das gesamte Personal zuständig, mußte Leute einstellen, Wohnraum für sie finden, den Französischunterricht für sie organisieren, sie gegebenenfalls entlassen, schlichten, wenn es ernste Zusammenstöße zwischen Kollegen gab und – dies vor allem – Franzosen und Amerikaner daran hindern, daß sie sich gegenseitig an die Kehle gingen.

Wobei die meisten Franzosen recht vernünftig waren. Ärger machten vor allem die Amerikaner.

Einige von ihnen konnten sich nicht an das französische Savoir-vivre anpassen. Viele haßten Frankreich und die Franzosen. Öfter noch waren die Ehefrauen ein Problem. Sie wußten nicht, was sie mit sich anfangen sollten. Einige hatten in den Staaten gute Jobs gehabt und sie aufgeben müssen. Das machte böses Blut.

Dann war da die schulische Umstellung. Die American School of Paris war nach allem, was ich gehört hatte, die beste Wahl. Sie war die einzige hier, die einen amerikanischen Lehrplan hatte, und die meisten MBI-Leute entschieden sich für sie.

Unsere Kinder waren an die typische große amerikanische Vorortschule gewöhnt, und für sie sah diese Schule erbärmlich aus – ein kleines, handtuchschmales Gelände, ein verschlammter Sportplatz, die Klassenzimmer im Vergleich mit Minneapolis wandschrankgroß. Auf der einen Seite der Schule verlief eine Schnellstraße, auf der anderen eine Bahnstrecke, und alle paar Minuten rollten Züge vorbei. Unsere Kinder konnten es nicht fassen.

Aber wir hatten uns bereits für diese Schule entschieden, und ich hatte Schuldgefühle. Ich hätte die Situation besser abchecken sollen.

Ich sprach mit den Kindern und mit Lorrie. Ich sagte, damit müßten wir leben. Ich wüßte, daß es keine Baseballmannschaft gäbe, keinen Football, kein Schwimmbad und so weiter, aber als Lehranstalt hätte die American School einen guten Ruf, und dafür sei eine Schule ja da. Ich kam nicht weit mit meiner Argumentation.

Trotzdem lebten wir uns langsam ein. Lorrie war großartig. Sie bemühte sich, das Beste daraus zu machen. Die Kinder gewöhnten sich allmählich an die Schule und hatten sogar Spaß daran.

Meine Arbeit war eine ständige Herausforderung, und es gab kaum eine immaterielle Belohnung dafür. Lorrie interessierte sich nicht besonders für Paris. Wir fuhren am Wochenende rein und schauten uns die Sehenswürdigkeiten an, aber das war eher was für mich. Ich fand die Museen aufregend, die Galerien, die *Kraft* dieser Stadt. Die Kinder langweilten sich meistens. Minneapolis hatte sie nicht gerade auf eine kulturelle Erfahrung wie Paris vorbereitet. Und es gab kein McDonald's und keinen Burger King.

Französisch lernten sie gar nicht gern. Den Französischunterricht erteilten im allgemeinen Franzosen. Das war an sich sehr sinnvoll, nur hatten sie kein Verständnis für amerikanische Halbwüchsige. Wenn unsere Kinder klagten, dann zu einem großen Teil über ihre Französischlehrer.

Daß auch die leitenden Angestellten von MBI und ihre Frauen Französisch lernen mußten, machte mir erhebliche Kopfschmerzen. MBI hatte eine Privatfirma damit beauftragt, unseren Leuten Einzelunterricht zu geben. Die Männer wurden von attraktiven jungen Frauen und die Frauen von gutaussehenden jungen Männern unterrichtet. Schon bevor ich den Job übernahm, hatte es Probleme gegeben. Sie hatten zwei Leute in die Staaten zurückschicken müssen, damit der häusliche Friede nicht restlos in die Binsen ging. Meistens bandelten die Männer mit den hübschen jungen Lehrerinnen an, aber in ein paar Fällen hatten auch Frauen ein Verhältnis mit ihrem Französischlehrer.

Ich rief den Mann zu mir, der das Französischprogramm für uns leitete. Ich schlug vor, damit Ruhe sei, sollte er Männer von Männern und Frauen von Frauen unterrichten lassen. Der Mann zuckte die Achseln wie nur ein Franzose.

›Dann werden sie nicht so schnell lernen, Monsieur.‹

Ich sah in den Unterlagen nach und stellte fest, daß mein Vorgänger dasselbe Problem gehabt und denselben Vorschlag gemacht hatte. Und es verhielt sich tatsächlich so, wie der Mann sagte.

Ich dachte nach und schrieb ein Memo über den allzu vertraulichen Umgang mit den französischen Lehrerinnen und Lehrern. Er sollte definitiv unterbunden werden. Ich hoffte, damit sei es ausgestanden, fürchtete aber, daß dem nicht so war.

Und ich hatte leider recht. Binnen zweier Monate gerieten zwei Topleute auf Abwege. Ich holte einen amerikanischen Ehetherapeuten als Feuerwehr.

Schließlich meinte ich, daß es sich in Anbetracht der verlorengegangenen Arbeitszeit, der Kosten für die Lehrer und den Therapeuten und des allgemeinen Durcheinanders beim Personal nicht lohnte, unsere amerikanischen Angestellten und ihre Frauen Französisch lernen zu lassen. Die meisten Franzosen, die bei uns beschäftigt waren, sprachen ohnehin Englisch. Aber die großen MBI-Bosse waren fest von der

Notwendigkeit überzeugt, die Sprache des Landes zu beherrschen, in dem man sich aufhielt, und so machten wir weiter wie bisher.«

Ich seufze und sehe mich im Dunkel um. Ich kann so gut wie nichts erkennen.

»Mirabelle, ich bin müde. Ich kann nicht weitererzählen. Vertagen wir's auf morgen, wenn ich Sie male.«

»Wie Sie meinen, Jacques. Ihre Stimme klingt tatsächlich müde, und sie hört sich ein wenig traurig an. Wann genau wollen Sie mit unserem Bild weitermachen?«

»Ich würde Sie gern bei Morgenlicht malen oder am frühen Nachmittag. Wie es Ihnen am besten paßt.«

»Am Morgen mache ich meine Yogaübungen und meditiere. Dann kümmere ich mich um meine Tauben. Vielleicht treffen wir uns zum Déjeuner, und danach können wir malen. Ich erinnere mich, daß es hier am frühen Nachmittag heller ist als am Morgen.«

Darauf einigen wir uns dann. Mirabelle schlägt vor, daß ich meine Malkiste und die Leinwand dalasse. Das kommt mir sehr gelegen. Mirabelle fragt, ob ich noch bleiben und eine Kleinigkeit mit ihr zu Abend essen will, aber ich möchte nach Hause auf meinen Dachboden. Ich bin mitgenommen von dem, was ich erzählt habe. Ich fühle mich leer und nackt.

»Okay, Mirabelle. Wir treffen uns bei der Diderot-Statue, wenn die Glocken läuten.«

Ich stehe auf, taste mich in Richtung Tür und laufe gegen den Tisch.

»Oh, das tut mir leid, Jacques. Es ist dunkel, nicht wahr, und Sie sehen nichts. Ich mache Licht.«

Mirabelle geht zum Schalter. Natürlich passiert nichts. Wie ich mir bereits dachte, ist auch diese Glühbirne ausgebrannt.

»Ist das Licht angegangen, Jacques? Ich spüre seine Wärme nicht.«

»Nein, Mirabelle. Ich glaube, Ihre Glühbirnen sind alle kaputt.«

Mirabelle schweigt einen Moment. Dann gibt sie einen seltsamen Laut von sich. Ich kann ihn erst nicht einordnen.

Schließlich merke ich, daß sie kichert wie ein kleines Mädchen.

»Ist das nicht schrecklich, Jacques? Ich habe einfach nicht daran gedacht. Sie haben im Dunkeln gesessen und ohne Gegenüber gesprochen. Ist das wahr?«

»Nein, ich wußte, daß Sie da sind, Mirabelle.«

Ich fange auch an zu lachen. Wir lachen zusammen. Ich spüre, wie Mirabelle auf mich zukommt.

»Es tut mir aufrichtig leid. Ich habe wirklich nicht daran gedacht. Würden Sie bitte ein paar Glühbirnen kaufen, damit Sie bei mir nicht blind sein müssen? Warten Sie einen Augenblick, ich gebe Ihnen Geld.«

»Nein danke, ich brauche keins, Mirabelle. Vergessen Sie nicht – ich bin ein reicher Mann.«

Darüber müssen wir wieder lachen. Mirabelle ist mir jetzt so nahe, daß ich sie berühren kann. Sie streckt ihre Hände aus und legt sie auf meine Arme. Ich rieche ihr zartes Parfüm, das an gelbe, verblühende Rosen erinnert.

»Wenn Sie mich jetzt auf die Wangen küssen, wie es unter Franzosen üblich ist, kann das wohl kein Unheil anrichten, oder, Jacques? Mir würde es gut gefallen.«

Mirabelle beugt sich vor, und ich küsse sie im Dunkeln auf beide Wangen, ohne daß ich groß zielen müßte. Sie küßt mich auf meine. Wir bleiben einen Moment lang so stehen.

»Ich muß jetzt los, Mirabelle. Ich bin zum Umfallen müde. Vielen Dank, daß Sie mir zugehört haben.«

»Vielen Dank, daß Sie mir von sich erzählt haben. Ich weiß, es fällt Ihnen schwer, über Ihre Vergangenheit zu sprechen. Ich danke Ihnen auch dafür, daß Sie mich gemalt haben. À demain.«

Ich finde die Tür und öffne sie. Ich drücke den Knopf für die Beleuchtung im Treppenhaus, und es wird hell. Mir ist, als könnte ich wieder sehen. Ich weiß, Mirabelle steht in der offenen Tür und lauscht darauf, wie ich die Treppe hinuntersteige; ich drehe mich um und winke, und gleichzeitig geht mir auf, daß sie mich nicht sehen kann.

Zu Hause ziehe ich meinen Schlafsack von den Sparren und lege mich lang. Ich zünde eine Kerze an, aber sonst tue ich nichts. Ich habe keinen Hunger. Ich möchte nur nicht mehr denken, möchte Vergessen finden. Ich ziehe mich aus, kriechе in den Schlafsack und finde es schneller, als ich dachte.

Träumerei

Es war furchtbar, als mir aufging, daß Jacques im Dunkeln gesessen und ich nichts davon gemerkt hatte. Er ist ein so freundlicher Mann, und es ist lieb von ihm, mir, einer blinden alten Frau von seiner Vergangenheit zu erzählen. Ich weiß nicht, wie ich ihm klarmachen soll, daß ich ihn verstehe wie nur ein blinder Mensch, der das Dunkel kennt.

Er scheint seine Frau und seine Kinder sehr zu lieben. Was ist geschehen? Warum lebt er nun fast wie ein Clochard? Vielleicht hat ihm ein schrecklicher Verkehrsunfall seine Lieben entrissen. Ich kann mir nicht vorstellen, was es war.

Er kam mir so erschöpft, so müde vor, als er sprach, selbst bei seinen glücklichen Zeiten, bei den Dingen, auf die er im Grunde stolz sein müßte.

Aber das Leben, das er beschreibt, ist so anders als der Mann, den ich kenne... Ich kann mir kaum vorstellen, daß er es geführt hat. Und diese Firma, MBI, die ihn dauernd versetzt, ohne Rücksicht auf seine Familie, es ist schwer zu verstehen. Wie konnte er das zulassen?

6

Am nächsten Morgen wache ich spät auf, bin völlig ausgeruht und freue mich aufs Joggen. Ich laufe schneller als sonst und spüre keine Müdigkeit. Es ist wirklich so, als hätte ich zehn von meinen neunundvierzig Lebensjahren abgestreift wie eine alte Haut. In der Rue de Charonne kaufe ich mir ein Croissant – das habe ich seit Monaten nicht mehr getan. Ich werde richtig frühstücken. Das Geld, das ich außer der Reihe habe, wird mich noch zum Bonvivant machen.

Ich fülle meine Schüssel mit Wasser, erwärme es sogar ein bißchen mit meinem Kocher, bevor ich mich wasche. Meine Kleider sind fast frisch, und ich schlüpfe hinein.

Der Kaffee ist köstlich mit dem eingetunkten Croissant. Ich hole die Bilder, die ich bis jetzt gemalt habe, aus ihrem Versteck und stelle sie um mich herum auf. Ich betrachte sie, versuche, mein eigener Kritiker zu sein. Ich wollte, ich hätte das Bild von der Place Furstenberg wieder, aber was soll's – fünfzehnhundert Francs sind fünfzehnhundert Francs. Ich strecke mich auf meinem Schlafsack aus und schaue durch mein kleines Dachfenster. Der Himmel ist blau. Dann und wann erscheint ein Wolkenfetzen und verschwindet rasch wieder. Muß windig sein da oben.

Ich denke über Mirabelle und ihre Geschichte nach. Ich erinnere mich an alles, was ich ihr von mir erzählt habe. Ich frage mich, ob ich damit weitermachen soll. Ich könnte mich um die härteren Partien drücken, Mirabelle nur das Wesentliche berichten, ohne allzusehr ins Detail zu gehen. Ich weiß nicht, ob ich das überhaupt jemandem erzählen will. Ich weiß auch nicht, ob ich's kann. Ich habe es so tief in mir vergraben – ich schäme mich dafür, glaube ich, und außerdem tat es weh. Gleichzeitig langweilt es mich. Das ist alles vorbei, abgeschlossen.

Ich esse mein Croissant auf und trinke meinen Kaffee aus.

Ich spüle Tasse und Kanne in meinem Waschwasser, trockne sie ab. Ich verstecke die Bilder und lasse meinen Schlafsack verschwinden. Dann trete ich aus der Tür, sperre sie ab, deponiere den Schlüssel an seinem Ort, horche ins Treppenhaus und laufe mit leichtem Schritt die Stufen hinunter. All das tue ich beinahe ohne nachzudenken. Ich gehe fast nie so spät aus dem Haus, aber es ist phantastisch. Ich fühle mich nicht so in Eile, nicht so gedrängt. Bei der Concierge sind die Rollos noch runter.

Selbst nach dem ausgiebigen Jogging heute morgen möchte ich lieber laufen als den Bus nehmen. Es ist nicht mehr so schön wie vorhin. Dunkle Wolken jagen über den Himmel, und der Wind aus der Höhe fegt jetzt dicht überm Boden herum. Könnte sogar sein, daß es Regen gibt. Aber ich glaube, auch dann wir das Licht reichen für unser Porträt.

Das erinnert mich. Ich kaufe vier 60-Watt-Birnen. Dann gehe ich zum Quai jenseits des Pont Sully hinunter, spaziere an der Seine entlang und betrachte die Boote. Die meisten sind Hausboote. Mann, das wäre ein Traum, auf so einem Boot zu leben, mitten in Paris.

Ich laufe die Rue Saint-Sulpice entlang zum Marché Saint-Germain. Drinnen finde ich für nur fünf Francs einen kleinen Strauß gelbe Margeriten. Mirabelle kann sie nicht sehen, aber sie kann sie riechen und spüren. Ist zwar kein so großartiger Geruch, aber ich glaube, sie wird die Blumen mögen.

Ich versuche wieder, mich anzuschleichen. Ich habe keine Kiste dabei, an der was klimpert, und ich trage meine Laufschuhe. Trotzdem dreht Mirabelle sich um, als ich ungefähr einen Meter von ihr entfernt bin.

»Sie kommen früh, Jacques. Die Glocken läuten noch nicht, aber ich bin fast fertig mit meinen Tauben.«

»Woher wußten Sie, daß ich da bin, Mirabelle?«

Mirabelle hat eine graubraune Taube in der Hand. Sie lächelt mich an.

»Nun, zum einen habe ich am Verhalten der Tauben gemerkt, daß jemand kommt. Aber ich hörte nichts, und so dachte ich mir, jemand müsse sich anschleichen. Und wer außer Ihnen würde das tun? Außerdem rieche ich einen neuen Geruch. Er erinnert mich an

gemähtes Gras und offene Räume, und dabei muß ich an Kühe und Ferien auf dem Land denken – ein köstlicher Geruch.«

Mirabelle hat der braunen Taube ihre Körner gegeben und läßt sie fliegen.

»Sie sind erstaunlich, Mirabelle. Vor Ihnen kann man kein Geheimnis bewahren. Okay, das ist für Sie.«

Ich halte Mirabelle die Margeriten entgegen. Sie nimmt sie und führt sie behutsam an ihr Gesicht.

»O Jacques, die riechen wie die reine Natur. Es ist so lange her...«

Mirabelle streicht vorsichtig über eine der Blumen.

»Und es sind Margeriten, meine Lieblingsblumen. Woher wußten Sie das? Sind es gelbe Margeriten?«

Mirabelle blickte mir ins Gesicht. Tränen stehen ihr in den Augen. Ich bin zufrieden und zugleich verlegen.

»Jetzt sagen Sie bloß nicht, daß Sie die *Farbe* riechen können, Mirabelle. Das glaube ich nämlich nicht.«

»Bitte, Jaques, Sie müssen jetzt galant sein. Wenn man einer Dame Blumen schenkt, küßt man sie.«

Mirabelle hält mir ihre Wange hin und beugt sich vor. Ich gebe ihr einen Kuß, und im selben Moment dröhnt der erste Schlag der großen Glocke von Saint-Germain-des-Prés. Mirabelle dreht den Kopf, und ich küsse sie auf die andere Wange. Eine Träne ist drübergekullert, und ich spüre, schmecke sie. Die Glocken fangen jetzt an zu läuten. Grollende, fast kakophonische Töne, tief und widerhallend, erfüllen die Luft.

Mirabelle beugt sich vor und küßt mich auf beide Wangen. Ihre Lippen sind trocken und kühl.

»Ich danke Ihnen vielmals für die Blumen. Außer meinem Vater hat mir niemand Blumen geschenkt. Zum zehnten Geburtstag bekam ich einen Strauß von ihm. Ich werde es nie vergessen. Es waren gelbe Margeriten wie diese.«

Mirabelle riecht wieder an den Blumen, fährt mit den Fingern drüber, streift die Blütenblätter. Dann legt sie sie neben sich auf die Bank und packt ihre Scheren und Feilen und kleinen Beutel zusammen.

»Wir müssen jetzt gehen. Ich habe etwas Feines für uns gekocht,

und wir wollen genug Licht haben, damit Sie mich gut malen können.«

»Können wir nicht bleiben, solange die Glocken noch läuten? Mir ist noch nie aufgefallen, wie schön das ist, wie Sonne und Regen in einem, wie ein Regenbogen aus Klang.«

Ich sitze mit geschlossenen Augen und zurückgelegtem Kopf da und lausche. Es ist magisch. Ich höre den Wind, den Flügelschlag der Tauben, das dumpfe Brausen des Verkehrs. Und darüber, alles überlagernd, ist der metallische, strenge mächtige Schall der Glocken. Warum habe ich sie früher nie so wahrgenommen?

»Sie werden einem blinden Menschen immer ähnlicher, Jacques. Auch ich sitze gerne still und lausche den Glocken. Sie sind ganz anders als die von Saint-Sulpice. Die sind auch schön, aber sie sind würdiger, frommer, selbstgewisser. Die Glocken von Saint-Germain-des-Prés sind fast so, als stellten sie Fragen, die niemand beantworten kann.«

Dann verstummt Mirabelle, und wir hören den Glocken zu, bis die letzten Töne verhallen. Aus der Ferne antwortet Saint-Sulpice mit tiefen Klängen. Mirabelle erhebt sich, und ich stehe mit ihr auf. Sie legt ihre Hand auf meinen Arm, und ich lege meine Hand auf ihre. Mirabelle lehnt sich ein wenig gegen mich.

»Das ist so hübsch, niemand käme auf den Gedanken, daß ich blind bin. Ich bin nur eine Frau, die mit einem Mann durch Paris geht. Sie ahnen gar nicht, wie tröstlich das ist, Jacques.«

Mirabelle steigt vor mir die Treppe zu ihrer Wohnung hinauf. Sie holt ihren Schlüssel aus dem Mantel. Mit einer Hand tastet sie nach dem Schlüsselloch. Dann steckt sie den Schlüssel hinein, ohne zu zögern, und öffnet die schwere Tür. Als wir in der Wohnung sind, hängt sie ihren Mantel an die Garderobe, zieht einen Vorhang vor die Tür, damit es nicht zieht, und schlüpft aus ihren Schuhen. Sie zieht sich Pantoffeln an. Das habe ich noch nie bemerkt, aber ich bin auch noch nie gemeinsam mit ihr in die Wohnung gekommen.

Ich fühle mich wie ein Elefant im Porzellanladen. Ich setze mich auf einen Stuhl bei der Tür und ziehe meine Laufschuhe aus. Mirabelle legt ihre Hand auf meinen Arm.

»Nein, Jacques, das ist nicht nötig. Sie werden kalte Füße bekommen. Oder – warten Sie. Ich habe etwas für Sie.«

Mirabelle dreht sich zu einem Wandschrank um, der ebenfalls von einem Vorhang abgeteilt wird. Von einem hohen Bord holt sie ein Paar Hausschuhe, sockenähnliche Stoffslipper, die man über Straßenschuhen trägt.

»Bitte. Die habe ich vor langer Zeit genäht. Sie können sie über Ihre Schuhe ziehen, wenn Sie wollen.«

»Ich habe meine Schuhe nicht mehr an. Kann ich sie auch über meine Socken ziehen?«

»Wie Sie wollen.«

Ich streife die Slipper über meine Socken. Sie haben oben einen Gummizug und sind bequem.

Mirabelle geht in die Küche, und das, denke ich mir, ist eine günstige Zeit, um die Glühbirnen auszutauschen. Ich fange in der Toilette an. Ich schraube die alte Birne aus der Fassung, tue die neue rein, knipse den Schalter an, »es werde Licht«, und es funktioniert. Dasselbe im Bad. Ich stelle mich auf den Wannenrand, um an die Fassung ranzukommen.

Im großen Zimmer ist das Licht über dem Tisch, an dem wir essen. Mirabelle weiß natürlich, was ich tue. Ich denke mir, wenn sie nicht möchte, daß ich mit Straßenschuhen durch ihre Wohnung laufe, wird sie auch nicht besonders begeistert sein, wenn ich auf dem Tisch stehe.

»Mirabelle, ich habe eine Glühbirne für die Deckenlampe hier, aber ohne Leiter komme ich da nicht ran. Ich kann allenfalls auf Ihren Tisch steigen. Geht das in Ordnung?«

»Natürlich, und ich danke Ihnen. Es ist sehr freundlich, daß Sie daran gedacht haben.«

Ich klettere auf den Tisch. Selbst jetzt komme ich kaum an die Fassung ran. Es ist eine doppelte mit zwei Glühbirnen. Ich schraube die alten raus und die neuen rein. Der Schalter ist an, und so brennen die Birnen unter meinen Fingern.

»Seien Sie vorsichtig, Jacques. Tun Sie sich nicht weh.«

»Schon gut, Mirabelle. Übrigens, wenn die Kippschalter unten sind, ist das Licht aus. Wenn sie oben sind, ist es an.«

»Ich wohne hier seit vielen, vielen Jahren, Jacques. Ich kenne die Schalter, aber ich danke Ihnen trotzdem.«

Ich setze mich an den Tisch. Mirabelle trägt das Hors d'oeuvre auf. Es ist Tarama. Sie nimmt ihre Schürze ab und setzt sich mir gegenüber.

»Heute essen wir griechisch. Kennen Sie Tarama?«

»Ja, und ich mag es sehr gern, besonders so, mit schwarzen Oliven und Zitrone.«

Mirabelle lächelt mich an und entbreitet ihre Serviette. Ich tue es ihr nach und hebe das Glas, das sie mir eingeschenkt hat. Sie erhebt ihres.

»Das ist griechischer Wein, Retsina. Ich hoffe, Sie mögen ihn.«

»Auf das Porträt und auf uns, Mirabelle.«

Wir kosten. Ich habe mir nie viel aus Retsina gemacht, er schmeckt mir zu sehr nach Terpentin, aber ich sage nichts.

Als Hauptgang essen wir Moussaka und Brochettes d'agneau, und wir beschließen das Mahl mit einem sehr süßen Dessert. Es ist alles köstlich. Wenn ich so weitermache, habe ich bald wieder eine Wampe.

Als wir fertig sind, wäscht Mirabelle das Geschirr ab. Ich baue meine Staffelei vor den Fenstern auf. Ich suche eine Weile herum und finde ein Reinigungsmittel, einen Lappen und eine Zeitung. Ich will mal sehen, ob ich die Fenster sauberkriege.

»Ist es wirklich so schlimm, Jacques? Das ist mir sehr peinlich.«

»Mirabelle, als Blinde brauchen Sie keine Fenster, aber wenn ich Sie malen soll, muß ich Licht haben. Das braucht Ihnen nicht peinlich zu sein.«

Ich muß mindestens zehn Jahre alten Dreck vom Glas abkratzen. Die Pariser Luft ist stark verschmutzt, und da Mirabelle im selben Raum kocht, sind die Innenseiten fast so schlimm wie die Außenseiten – überall Schmiere. Ich steige auf einen Stuhl und dann aufs Fensterbrett, damit ich auch ganz oben rankomme. Ich brauche für jedes Fenster über eine Viertelstunde, und Mirabelle ist mit dem Abwasch fertig, als ich die letzten Dreckstreifen mit Küchenkrepp wegwische.

»Jetzt können wir richtig arbeiten. Es ist verblüffend, wieviel Licht jetzt reinkommt.«

»Jacques, Sie bringen Licht in mein Leben.«

»Und Sie in meines, Mirabelle.«

Es ist ein, ich weiß nicht wie, befrachteter Moment, aber wir belassen es dabei. Ich setze mich und versuche, an dem Punkt in das Porträt einzutreten, an dem ich war, bevor ich aufgehört, mich mit meiner Jammergeschichte verzettelt habe. Dabei ist es mit dem »Jammer« noch nicht mal richtig losgegangen. Wird vielleicht auch nicht.

Ich fange mit der Untermalung von Mirabelles Gesicht und Haar an. Ich nehme Krapprot wie für den Hintergrund, nur heller, dünner, und mische etwas lichten Ocker dazu.

Mirabelle sitzt da und blickt, leise lächelnd, an mir vorbei zum Fenster. Sie wirkt so zart, so zerbrechlich, aber nun, da ich ihre Unbeugsamkeit, ihre Vitalität, ihre Beherztheit kenne, sehe ich sie anders. Sie sitzt so still wie ein Berufsmodell.

»Sie brauchen nicht mehr stillzusitzen, Mirabelle. Ich bin jetzt mit der Vorzeichnung fertig. Sie können sich entspannen, und wir können uns unterhalten. Ich weiß aber nicht, wie zusammenhängend ich sprechen werde, weil ich mich auf das Bild konzentrieren muß.«

Ich blicke auf. Mirabelle lächelt und läßt langsam ihren Kopf kreisen – eine Yogaübung.

Ich arbeite jetzt an der Untermalung ihres Pullovers. Ich nehme eine Mischung aus Ultramarin und etwas Krapprot. Ich möchte einen dunklen, satten, kühlen Farbton. Es läuft gut mit dem Bild.

»Jacques, würden Sie mir noch ein wenig von Ihrem Leben erzählen? Ich bäte Sie nicht darum, wenn ich nicht mehr von Ihnen wissen wollte, erfahren wollte, wie Sie der beeindruckende Mann wurden, der Sie sind.«

Ich höre auf zu malen und drücke die deckenden Farben für die Fleischtöne auf meine Palette. Einerseits will ich es Mirabelle erzählen und weiß auch, daß es gut für mich wäre, aber in mir ist eine Sperre, die ich seit einem Jahr oder länger aufgebaut habe. Sie ist Teil meines Sicherheitsbedürfnisses geworden, und ich weiß nicht, ob ich sie wieder abbauen möchte. Ich fange mit einem Streifen lichtem Ocker zwischen Mirabelles Augen an. Ich schaue noch mal hin und sehe ihr dann in die Augen. Sie lächelt, als ob sie's wüßte.

»Letztesmal waren Sie mit Ihrer Familie in Paris. Die Arbeit gefiel Ihnen nicht, aber Ihre Frau und Ihre Kinder paßten sich allmählich an das Leben hier an. Was geschah dann? Ich sehe immer noch nicht, wie es kommt, daß Sie jetzt bei mir in der Rue des Ciseaux sitzen.«

Mirabelle verstummt. Was soll's, ich werde erzählen und dabei weitermalen. Wenn sie all das hören möchte – okay.

»Wir waren knapp drei Jahre hier in Paris. Bevor das dritte um war, bat man mich, noch eines zu bleiben. Drei von unseren Kindern hatten inzwischen die Highschool abgeschlossen, waren wieder in Amerika und studierten. Lorrie beklagte sich immer noch nicht.

Wie gesagt, Mirabelle, ein großes Problem bei meinem Job war, daß ich mehr reisen mußte, als ich wollte. Es gab Zweigstellen in mehreren anderen Städten, darunter Lyon, Bordeaux und Marseilles. Ich mußte jede einmal im Monat besuchen. Dadurch war ich oft nicht bei meiner Familie, aber wenigstens schienen die Kinder jetzt glücklicher zu sein. Wenn die, die in Amerika an der Uni waren, in den Ferien nach Hause kamen, sah es so aus, als liebten sie Paris.

Leider verbrachte Lorrie immer noch zuviel Zeit damit, unseren Jüngsten, Hank, von Ort zu Ort zu kutschieren, und sie interessierte sich nicht sehr für Paris.

Ich beklagte besonders, daß ich, ein Künstler, der in der Stadt der Künstler lebte, nie die Muße hatte, auch nur eine Zeichnung zu machen – außer Kritzeleien beim Telefonieren.

Hank sollte im Juni die American School abschließen. Da wurde mir mitgeteilt, mein Aufenthalt sei um ein weiteres Jahr verlängert worden. Ich nehme an, das war für Lorrie der Tropfen, der das Faß zum Überlaufen brachte.

Bis dahin war sie eine perfekte amerikanische Ehefrau gewesen, die es ins Ausland verschlagen hat. Sie hatte praktisch nichts mit Frankreich und der französischen Kultur zu tun. Sie hatte zwar zweimal in der Woche Französischunterricht wie ich, aber sie schien keine bedeutenden Fortschritte zu machen.

Dann fielen mir kleine Veränderungen auf. Zuerst legte sie sich eine neue Frisur zu. Das ließ sie schon fast französisch aussehen mit ihrem schönen rotbraunen Haar. Dann kaufte sie sich sehr modische, hochelegante Kleider. Die konnten wir uns leisten, und sie sah phantastisch damit aus. Sie war immer eine sehr attraktive Frau gewesen. Und jetzt war sie atemberaubend.

Dann lernte sie französisch kochen, nahm Tanzstunden, belegte Pantomime-Kurse.

Wir fingen an, zu Hause wie die Gourmets zu essen, mit feinsten Saucen, Kerzenlicht, weißen Stoffservietten. Es war toll.

Am Sonntag hatte sie einen Kurs im Louvre. Wenn ich nicht auf Geschäftsreise war, gingen wir ins Museum, und sie wußte wirklich, wovon sie sprach. Dabei war ich doch angeblich der Künstler in der Familie!

Ihr Französisch verbesserte sich unglaublich. Ich hatte jetzt eine Französin zur Frau, eine Französin, die sehr sexy war.

Wir hatten immer eine recht gute erotische Beziehung gehabt. Nichts Welterschütterndes, aber befriedigend. Jetzt wurde Lorrie plötzlich fast unersättlich. Sie drängte auf sinnlichere Experimente. Nichts schien ihr zuviel – sie wollte es versuchen, und sie zog mich mit. Das gehört wohl nicht zu den Dingen, über die ein Mann sich beschwert, aber ich war verwirrt. Eine Ehe, die seit zweiundzwanzig Jahren ziemlich ruhig lief, verwandelte sich plötzlich in eine Art Softporno mit Lorrie als Regisseurin, Kamerafrau und Hauptdarstellerin.

Dann hörte ich immer mehr von Didier. Didier war Lorries neuer Französischlehrer. Ihr alter war nach Lyon umgezogen. Sie fragte mich einige Male, ob es in Ordnung ginge, wenn sie mit ihm zu Mittag äße. Dann könnte sie ihr Französisch weiter verbessern.

Das war mir recht, obwohl es gegen mein eigenes Memo ging. Es freute mich zu sehen, daß Lorrie jetzt viel glücklicher war. Da drei von unseren Kindern aus dem Haus waren, hatte sie auch wesentlich mehr Zeit für sich. Und sie war ziemlich einsam, wenn ich diese verdammten Geschäftsreisen machen mußte.

Dann fing sie eines Abends im Bett an, in meinen Armen

zu weinen, nachdem wir eine besonders strapaziöse sexuelle Begegnung gehabt hatten. Lorrie weinte kaum, und es kam mir doppelt seltsam vor, weil wir gerade geliebt hatten. Großer Gott, man sollte meinen, daß ich's gewußt hätte. Sie haben sicher schon erraten, was passiert war, Mirabelle.«

Ich male nach wie vor, aber die Hände zittern mir. Ich hole tief Luft. Mirabelle ist so blaß geworden, daß es mir schwerfallen wird, ihre wahren Farben einzufangen. Ich lege meine Pinsel weg und drehe meine Hände hin und her, betrachte sie.

»Lorrie erzählte mir, heute seien Didier und sie nach dem Essen in ein Hotel gegangen und hätten miteinander geschlafen. Er hatte es schon ein paar Monate gewollt, und sie hatten darüber geflachst, aber Lorrie hatte ihn immer abgewiesen. Heute hatte sie sich dann eingestehen müssen, daß sie's auch wollte, und als es passiert war, konnte sie's kaum fassen.

Ich wußte nicht, wie ich darauf reagieren sollte. Es war so ähnlich wie die Dinge, mit denen ich oft im Job zu tun hatte. Ich hörte zu und hatte fast das Gefühl, sie spräche von jemand anderem. Das konnte nicht *meine* Lorrie sein. Es drang einfach nicht zu mir durch.

Aber sie hatte das Bedürfnis, es mir zu sagen. Sie wollte, daß ich über alles Bescheid wußte. Irgendwie glaube ich, sie bildete sich ein, wenn ich's wüßte, würde es ihr nicht mehr so unrecht scheinen. Zumindest meinte ich das in diesem Moment. Ich war zu sehr der unpersönliche Psychologe, nicht ich selbst.

Didier war ebenfalls verheiratet, war fünfzehn Jahre jünger als Lorrie und hatte zwei kleine Kinder. Sie glaubte, Didier und sie liebten sich. Es sei so schön und so traurig, sagte sie – traurig für sie, für Didier, für seine Frau, für mich.

Sie verhielt sich so, als wollte sie, daß ich ihr sagte, was sie tun sollte, verhielt sich so, als wäre ich eine gute Freundin von ihr oder ein Eheberater, nicht unmittelbar betroffen.

Ich muß zugeben, das war ein Teil *meines* Problems. MBI-Werte, sehr abgehoben, Coolness, leitende Angestellte, die nicht aus der Ruhe zu bringen sind. Ich hatte gelernt, mit dieser Lüge zu leben, sie zu verkörpern. Meine erste Reaktion auf fast jede Nachricht bestand darin, daß ich mich in mich selbst zurückzog, die Lage analysierte, mir überlegte, was zu tun war.

So auch jetzt. Lorrie weinte. Ich nicht. Ich war tief verletzt, aber ich konnte es nicht zeigen.

Als sie sich ausgeweint und ich mich soweit beruhigt hatte, daß ich sprechen konnte, fragte ich Lorrie, ob sie sicher sei, daß sie Didier liebte, ob sie sich von mir scheiden lassen wollte. Sie fing wieder an zu weinen, sagte, sie wisse es nicht. Sie sagte, sie liebe mich und die Kinder; Didier liebe seine Frau und seine Kinder. Vielleicht sei es doch nur ein Strohfeuer.

Aber sie wollte mich nicht belügen. Dafür war ich ihr dankbar. Ich dachte mir auch, die beiden seien heute nicht zum ersten Mal miteinander im Bett gewesen. Ich haßte mich dafür, daß ich es dachte, zuckte innerlich zusammen unter dem Gefühl des Verratenseins, das ich empfand, versuchte aber, mich zu beherrschen. Allerdings fing das an, unmöglich zu werden. Ich verlor meine Fähigkeit, die ganze Geschichte als das zu sehen, was sie wirklich war.

Eifersucht schüttelte mich, und ich hatte das Gefühl, ich müßte mich übergeben. Schließlich bekam ich mich unter Kontrolle. Ich hielt Lorrie nach wie vor in meinen Armen, aber ich tat immer noch nicht, was ich eigentlich wollte, selbst weinen wie ein kleines Kind, schreien, toben über den Verlust, über die Kränkung, die ich empfand.

Ich fragte wieder, was sie tun wollte. Sie sagte wieder, sie wisse es nicht. Sie war so unglücklich. Sie hätte mir am liebsten versprochen, daß sie sich nicht mehr mit Didier treffen würde, aber sie konnte es nicht. Und damit war unser erstes Gespräch über dieses Thema beendet. Ich bin es hundertmal durchgegangen und habe mich gefragt, was ich hätte tun, was ich hätte sagen sollen.

In dieser Nacht lag ich wach und schwankte zwischen Extremen. Einerseits war ich sehr böse, fühlte mich betrogen; andererseits tat mir Lorrie leid. Ich verstand sie und wollte ihr helfen.«

Meine Hände zittern nicht mehr. Ich greife wieder zu meinen Pinseln und schweige eine Weile. Ich versuche, mich in das Bild zu versenken. Mirabelle hat wieder Farbe im Gesicht. Tränen rollen über ihre Wangen. Ich sage nichts. Ich tue, was ich immer getan habe; ich versuche, das Unmittelbare abzuwehren, indem ich mich auf etwas anderes konzentriere. Ich arbeite mindestens eine halbe Stunde intensiv. Dann spricht Mirabelle so leise, daß ich sie kaum verstehen kann.

»Haben Sie sie immer noch geliebt, Jacques? Was geschah dann? Erzählen Sie es mir bitte.«

Diesmal versuche ich weiterzumalen, während ich berichte.

»Es hörte nicht auf, Mirabelle. Die beiden trafen sich nach wie vor. Ich sorgte dafür, daß Lorrie einen anderen Französischlehrer bekam, und verständigte mich nicht mal mit ihr darüber. Das war dumm, und es änderte nichts. Ich merkte an Lorries ganzem Verhalten, daran, wie sie sich anzog, bewegte, mit mir schlief, ja sogar daran, wie sie für mich kochte, daß sie sich immer noch mit Didier traf. Sie muß entsetzliche Schuldgefühle ausgestanden haben, und ich hatte kein Mitleid mit ihr. Ich spürte, wie ich mich ihr entfremdete, uns entfremdete. Es war unsagbar schmerzlich, aber ich konnte nichts dagegen tun.

Als ich von einer viertägigen Reise nach Lyon zurückkam, brachte ich endlich den Mut auf, mit Lorrie zu reden.

Sie lag schon im Bett. Die Maschine hatte Verspätung gehabt, und es war nach Mitternacht. Ich weiß nicht, ob sie schlief, als ich ins Zimmer kam. Ich wußte nur, daß ich bald mit ihr reden mußte, weil ich es sonst nie schaffen würde. Ich streckte mich, noch angezogen, auf dem Bett aus.

Sie leugnete nicht, versuchte es nicht mal. Sie gab zu, daß sie sich nach wie vor mit Didier traf, daß er sie glücklich machte. Sie hatte das Gefühl, vor ihm noch nie in ihrem Leben wahre Leidenschaft bei einem Mann geweckt zu haben. Das galt auch für mich, besonders für mich. Unsere Beziehung sei nur ›gemütlich‹ gewesen. Ich widersprach nicht, konnte nicht widersprechen. Ich hatte Lorrie immer schlicht geliebt, mit der reinen, einfältigen Zuneigung eines Jungen aus Philadelphia; es war kein welterschütterndes Ereignis, es entwickelte sich schrittweise, als wir miteinander befreundet waren und ich sie besser kennenlernte. Und irgendwie hatte es all die Jahre angehalten. Ich war nicht mal auf den Gedanken gekommen, es in Frage zu stellen. Es ist erstaunlich, wie naiv ich war.

Dann klärt mich Lorrie über Dinge auf, die ich selbst hätte wissen sollen. Sie hat sich darüber geärgert, daß sie im Schatten meiner Karriere leben, ständig umziehen mußte, keine Chance hatte, sich zu entwickeln, total davon in Anspruch genommen war, sich um die Kinder und mich zu kümmern. Sie hat ihre Frauengruppe vermißt, und jetzt glaubt sie, daß sie sich geändert hat und nicht mehr zurück kann. Sie hat keine Ahnung, was wir tun sollen.

Ich liege mit offenen Augen im Dunkeln, und wenigstens weine ich jetzt. Aber mein Zorn, mein Groll sind in den Hintergrund getreten. Ich weine, wie man über den Tod eines Kindes weint. Ich weine aus Verzweiflung über die Vergeblichkeit von alledem. Ich glaube, ich weine sogar ein bißchen über das, was Lorrie durchgemacht hat.

Am meisten scheint sie meine Anstellung als Personalchef erbittert zu haben. Sie ist diejenige, die Personalführung studiert hat, und ich, dessen Hauptfach Malerei war, habe den Job, von dem sie immer nur träumen konnte. Sie glaubt, es liegt zum großen Teil daran, daß sie eine Frau ist und Frauen nie die gleichen Chancen haben wie Männer. Sie hat den Eindruck, durch ihre Schwangerschaften sei ein irreparabler Karriereknick entstanden, sei sie aus der realen Welt herausgefallen. Sie fühlt sich betrogen, und das ist hauptsächlich meine Schuld. Ich hätte mich mehr um sie kümmern sollen.

Ich höre zu, und ich begreife. Sie ist zutiefst feindselig gegenüber der Gesellschaft, unserer Situation, allem, aber in erster Linie mir gegenüber. Sie findet, daß ich ihr kein Ehemann gewesen bin, sondern nur ein Ernährer, daß die Kinder mich kaum kennen, daß ich nicht wirklich teilgenommen habe an ihrer aller Leben, daß sie die ganze Last zu tragen hatte.

Sie sitzt jetzt im Nachthemd auf der Bettkante, hat die Ellenbogen auf den Knien und den Kopf in die Hände gestützt. Ich schaue hinüber, aber sie sieht mich nicht an. Sie weiß so gut wie ich, daß sie Ausreden vorbringt, die sie entlasten sollen, aber gleichzeitig erkenne ich an, daß sie recht hat. Ich war in all den Jahren so sehr mit meinen eigenen Angelegenheiten beschäftigt, mit meinem Erfolg bei Nard und bei MBI, daß ich sie und die Kinder vernachlässigt habe.

Ich warte, bis sie ausgeredet hat. Ich möchte das Richtige sagen, ein liebevoller Ehemann sein, das Beste für Lorrie und für die Kinder tun, auch für mich. Es fällt mir schwer, mich soweit zurückzuhalten, daß mich meine Emotionen nicht überschwemmen, mich nicht zwingen, Dinge zu tun, die ich mein Leben lang bereuen würde. Schließlich kann ich es sagen.

›Lorrie, ich widerspreche dir nicht. Es tut mir nur leid, daß ich's nicht schon früher wußte, daß du mir nichts von deinen Gefühlen gesagt hast. Du hast recht: Ich habe dir und den Kindern nicht genug Beachtung geschenkt. Ich schwöre dir, all das wird sich ändern, wenn du mir die Chance dazu gibst und ich hier durch bin mit meinem Auftrag. Ich möchte gar nicht in die höchsten Ränge von MBI aufsteigen. Das macht einen nur krank.

Wir werden noch ein halbes Jahr in Frankreich sein. Wenn du willst, kann ich die Frist wahrscheinlich verlängern. Amüsiere dich. Hol das Beste dabei raus. Wir haben hier keine Eltern, keine Verwandten, keine Freunde. Niemand kann dein Leben überwachen. Du bist frei. Wenn Hank im September aufs College geht, hast du dein Leben ganz für dich.

Genieße deine Freiheit. Nutze die Chance zur Romantik, die du mit Didier hast. Ich weiß nicht, ob ich jung genug bin, die richtige Persönlichkeit habe, um dir zu geben, was du willst.

Aber wir haben noch das Potential für zwanzig bis dreißig gute Jahre zusammen. Laß uns das nicht einfach wegwerfen. Wir haben eine lange gemeinsame Geschichte. Und die Kinder – vergiß das nicht.

Ich bitte dich jetzt nur, daß du etwas Zeit für mich abzweigst, wenn ich hier bin, und daß du mir nicht vom Rest deines Lebens erzählst. Ich fürchte, ich könnte es nicht ertragen. Vielleicht findest du das egoistisch und infantil, aber ich bin wie jeder meiner Geschlechtsgenossen nicht frei von männlichen Besitzansprüchen. Okay?‹

Und so haben wir's gehalten, Mirabelle. Hank machte seinen Highschoolabschluß und ging nach Amerika, an die University of Pennsylvania. Ich arbeitete weiterhin bei MBI, versuchte aber, öfter zu Hause zu sein, mehr Zeit für Lorrie zu haben, möglichst viel mit ihr zu unternehmen.

Lorrie blühte auf. Ich glaube, irgendwie liebte sie mich mehr denn je. Und ich stellte keine Fragen.

Dann fuhren Lorrie und Didier übers Wochenende nach Honfleur. Es war Frühling. Lorrie war wunderschön in einem neuen Kleid – hellblau, mit Blumen von dunklerem Blau gemustert. Sie hatte eine kleine Reisetasche dabei und sah aus wie jemand aus einem Colette-Roman. Ich winkte, als sie ins Taxi stieg.«

Ich bin jetzt fertig mit Mirabelles Gesicht. Es ist wie von selbst entstanden. Porträts sind nicht meine Stärke, aber diesmal weiß ich, daß ich etwas wirklich Schönes gemalt habe. Ich höre wieder auf zu arbeiten und betrachte Mirabelle. Sie ist so gelassen, so ohne jede Bosheit, daß ich weiß, es wird mir schwerfallen, ihr zu erzählen, wie es weiterging. Ich beginne ihr weißes Haar über der dunklen Untermalung anzulegen.

»Und dann, Mirabelle, brannten bei mir die Sicherungen durch. Ich ging ins Haus, als das Taxi fort war, und alles kam mir sinnlos vor. Das Leben schien nicht mehr lebenswert zu sein. Ich schaute mich um in diesem großen Haus, das irgendwie ein Anhängsel von MBI war, eigentlich nicht unser Haus, sondern nur der Ort, an dem wir uns aufhielten, ein halbprivates Hotel.

Ich langte mir eine Dreiviertelliterflasche Bourbon her, den wir für Gäste hatten, und setzte mich auf die Couch, fing an zu trinken. Normalerweise mag ich den Geschmack von scharfen Sachen nicht und erst recht nicht ihre Wirkung. Der Wunsch, alles unter Kontrolle zu haben, hat mein ganzes Leben beherrscht, und so gab es darin keinen Platz für Hochprozentiges.

Ich fragte mich, wie sich Didier übers Wochenende von seiner Frau abgeseilt hatte. Womit hat er sich rausgeredet? Oder weiß seine Frau Bescheid, und sie lachen insgeheim über diese Amerikanerin, die an ihm hängt wie eine Klette? Ich empfand einen tiefen Abscheu vor allem. Ich weinte. Ich trank die ganze Flasche Bourbon aus und schlief auf der Couch ein.

Am nächsten Morgen duschte ich lange und schluckte ein Aspirin. Es wunderte mich, daß ich keinen Kater hatte. Ich schnappte mir das Telefon und rief unseren Anwalt in Minneapolis an. Ich hing den größten Teil des Tages an der Strippe, um die Details zu bereden. Milton, unser Anwalt, war überzeugt davon, daß ich den Verstand verloren hatte. Zwischendurch fragte er, ob ich wüßte, was ich täte, ob mit mir alles in Ordnung sei. Ich versicherte es ihm, aber dem war nicht so.

Als Lorrie am Montag vormittag nach Hause kam, zitterte ich am ganzen Leib, aber ich war stocknüchtern.

Ich blieb ruhig in der Ecke neben meiner teuren Stereoanlage sitzen, als sie ihren Mantel abnahm und ins Schlafzimmer ging, um sich umzuziehen. Sie rechnete nicht mit mir, und ich nehme an, deswegen sah sie mich nicht.

Als sie wieder ins Wohnzimmer kam, stand ich auf. Ich nahm sie in die Arme und sagte, ich wollte mit ihr reden. Ich bat sie, sich zu setzen. Ich muß sie erschreckt haben, denn ich hatte sie noch nie so blaß, so verwirrt, so bestürzt gesehen. Sie nahm auf der Couch Platz, und ich setzte mich zu ihr. Ich faßte ihre Hände. Sie saß mit aneinandergepreßten Knien da, die schlanken Knöchel gekreuzt. Sie starrte mich an.

Dann fragte sie, was ich zu Hause täte, warum ich nicht bei der Arbeit sei. Es war schwierig anzufangen, denn es würde das Ende von allem sein, was wir hatten.

›Lorrie, ich arbeite nicht mehr für MBI. Ich habe gekündigt. Ich habe Milt angerufen, und er wird alles Nötige arrangieren. Ich weiß, das ist ein Schock für dich, aber ich glaube, es ist nicht gut für uns, wenn wir so weitermachen wie bisher. Diese Verstellung wird auf die Dauer alles abtöten, was wir noch an Gemeinsamkeiten haben, und ich liebe dich nach wie vor.‹

Ich warte darauf, daß sie etwas sagt. Nur ein einziges Wort, das mich davon überzeugt, daß sie es so nicht will. Ich hätte alles gestoppt, mich nach Hause zurückversetzen lassen, noch mal ganz von vorne angefangen. Aber sie starrt mich nur an. Sie ist leichenblaß.

›Was wir haben, gehört dir, Lorrie: unsere Immobilien, unsere Aktien, unsere Investments. Du kannst in dem Stil weiterleben, den du gewohnt bist. Die Hochschulausbildung der Kinder ist finanziell abgesichert. Du hast fürs ganze Leben ausgesorgt.‹

Lorries Gesicht gleicht einer ungestellten Frage.

›Ich kann nicht mehr so weiter, Lorrie. Ich habe weder die Nerven noch den Mut, unser Arrangement durchzuhalten. Ich möchte mich mit dem Rest meines Lebens auseinandersetzen, sehen, ob es noch Dinge gibt, die mir etwas bedeuten außer Geld und Prestige.

Ich dachte die ganze Zeit, ich täte, was du wolltest. Jetzt weiß ich, daß ich mich geirrt habe. Ich war befangen, war mittendrin in einem pathologischen Wettlauf, der nicht anders enden konnte als so.

Und in all den Jahren, in denen ich den Mist gemacht habe, den ich machen mußte, sah ich mich im tiefsten Herzensgrunde als Künstler. Ist das nicht Wahnsinn? Aber es stimmt. Ich hatte das Gefühl, der Rest sei eine Reihe von dummen Zufällen gewesen. Ich habe mich vor Entscheidungen gedrückt und bin den Weg des geringsten Widerstandes gegangen. Damit ist jetzt Schluß.‹

Lorrie schweigt immer noch. Dann fängt sie an, lautlos zu weinen. Ich weine auch.

›Lorrie, ich dachte, ich würde es schaffen, ich dachte es wirklich. Weißt du, was mir den Rest gegeben hat?‹

Ich lege eine Pause ein. Ich hole tief Luft, bemühe mich, nicht zu schluchzen.

›Daß du die ganze Zeit, die du mit mir zusammenwarst, auf die Uhr geschaut hast. Wie jemand, der im Wartezimmer eines Arztes sitzt. Ich weiß, du hast darauf gewartet, daß ich nicht mehr da war, damit du mit Didier telefonieren oder dich mit ihm treffen, dein wahres Leben fortführen konntest, statt die Farce weiterzuspielen, auf die wir uns geeinigt hatten. Ich begann zu merken, wie überflüssig ich für dich war, wie sehr ich dir im Weg stand, verhinderte, was du wolltest.

Ich möchte, daß du glücklich bist, Lorrie. Das ist die Hauptsache. Wenn ich in deiner Nähe bleibe, habe ich nicht das Gefühl, daß ich dazu beitrage.

Ich muß fort, Lorrie. Meine Sachen sind gepackt. Ich werde gehen, sobald wir hier fertig sind. Mehr als alles andere möchte ich, daß die Kinder nicht erfahren, was wirklich passiert ist, aber das liegt bei dir.

Es wäre mir am liebsten, wenn du ihnen nicht von Didier und dir erzählen würdest, bis du das Gefühl hast, jetzt mußt du's tun. Das ist nicht nur männliche Eitelkeit. Ich meine, so ist es am besten für sie. Ich hoffe, du findest das auch, aber das liegt ebenfalls bei dir. Erzähl ihnen, was für dich am bequemsten ist und für sie nicht allzu traumatisch. Du kannst zum Beispiel sagen, daß ich mich mit den männlichen Wechseljahren rumschlage oder mit einer anderen Frau durchgebrannt bin, was immer dir einfällt. Ich weiß inzwischen, daß ich sowieso nicht sehr wichtig für sie bin. Das ist eine furchtbare Erkenntnis, aber sie ist leider wahr. Wie konnte ich nur so unwissend, so töricht sein?

Sag ihnen bitte, daß ich sie liebe. Es tut mir leid, daß ich ihnen kein guter Vater war. Das war ein furchtbares Versäumnis von mir.

Ich habe eine Arbeits- und Aufenthaltsgenehmigung. Wenn ich will, kann ich zehn Jahre in Paris bleiben. Was ich danach tue, weiß ich noch nicht. Ich hoffe, daß ich wieder Künstler sein werde, dahin zurückgehen kann, wo alles angefangen hat, mich lebendig und mit mir eins fühlen kann wie früher.

Wenn du dich von mir scheiden lassen willst – Milt hat die nötigen Papiere bereits ausgefertigt.

Ich bliebe gern auf dem laufenden darüber, wie es euch geht. Wenn ihr Kontakt mit mir aufnehmen wollt, dann schreibt an American Express. Ich werde alle vierzehn Tage nachsehen, ob Post für mich da ist. Ich wäre sehr dankbar, wenn ich von euch hören würde, aber fühlt euch bitte nicht *verpflichtet*, mir zu schreiben. Ich werde dir alle vierzehn Tage an die Adresse hier oder in Amerika schreiben.‹

Ich stehe auf. Lorrie bleibt sitzen.

›Ich habe mir fünftausend Francs von dem Bargeld genommen, das wir im Haus haben. Der Rest liegt auf dem Eßzimmertisch, ebenso die Scheckbücher und Versicherungspolicen.

Ich wünsche dir alles Gute, Lorrie. Vielleicht denkst du manchmal an mich. Vergiß nicht, daß ich dich liebe. Wenn du mich brauchst, dann schreib mir, und ich werde kommen.‹

Damit drehte ich mich um und ging aus der hohen Verandatür mit dem Rundbogen, ging zur RER-Station, hatte vor, mit dem Zug nach Paris zu fahren. Ich war froh, daß sich das Ganze nicht in eine unmögliche Flenn- und Brüllszene verwandelt hatte. Ich glaube kaum, daß ich damit fertiggeworden wäre. Ich war wie betäubt. Aber auch erleichtert. Ich fühlte mich für mein Leben verantwortlich, ob ich's wollte oder nicht, ein Gefühl, das ich seit jenem Anruf von der Nard Corporation nicht mehr gehabt hatte.«

Ich bin mit meiner Geschichte zur selben Zeit fertig wie mit dem Porträt. Ich sitze da. Ich weiß, es gibt eigentlich nichts mehr zu sagen und wahrscheinlich auch nichts mehr zu malen. Gegen Ende meiner Geschichte habe ich Mirabelle praktisch vergessen außer als das Modell, das den Vordergrund meines Bewußtseins ausfüllte. Der Rest meines Geistes, meiner Seele, war freigesetzt.

Nun, da es vorbei ist, fühle ich mich seltsam – erschöpft, peinlich berührt. Mirabelle steht auf und kommt zu mir. Zum ersten Mal wünsche ich mir dringend, sie könnte sehen. Bis jetzt war es nur eine vage Sehnsucht. Nun wünsche ich mir, sie könnte sehen, wie ich sie sehe, erfahren, daß ich soviel von ihrer Geschichte weiß – sie ist von ihrem Gesicht und damit auch von meinem Bild abzulesen. Ich weiß überdies, daß meine Jammergeschichte ebenfalls irgendwie in das Porträt reingemalt ist.

Ehe ich mich versehe, hat sie ihre Arme um meinen Kopf gelegt und zieht mich an sich. Ich versuche gar nicht erst, mich zu bremsen. Ich fange an zu weinen. Ich weine, nässe den dunklen Pullover, den Mirabelle gegen mein Gesicht gedrückt hat. Als ich aufhöre, ist es wieder dunkel. Das Porträt zeichnet sich undeutlich vor mir ab. Mirabelle läßt mich los und geht durchs Zimmer.

»Jetzt sollten wir Licht machen. Heute abend müssen Sie bleiben und mit mir soupieren.«

Ich wehre mich nicht. Ich merke, wie leid ich es bin, mich zu wehren – gegen meine Vergangenheit, meine Gegenwart, gegen mich selbst. Ich sehne mich danach, einfach loszulassen, Teil eines Ganzen zu sein, die kleinen Freuden des Lebens zu genießen, Freuden, die Mirabelle für mich sichtbar gemacht hat.

Träumerei

Als ich Jacques zuhörte, war ich froher denn je, blind zu sein. Ich habe nie, abgesehen vom Tod meiner Eltern, zur harten, wirklichen Zeit gehört. Wie kann Jacques so liebevoll, so freundlich bleiben nach allem, was geschehen ist? Ich glaube kaum, daß ich solchen Schwierigkeiten gewachsen wäre.

Ich bin froh, daß er bereit war, es mir zu erzählen, aber jetzt weiß ich, ich kann nichts für ihn tun und er ist unerreichbar für mich. Er lebt in seiner Vergangenheit, wie ich in der Welt meiner Eltern lebe. Gegenwart ist für ihn nur seine Malerei. Ich wollte, ich wäre jung und schön. Dann könnte ich ihn ablenken von seinen düsteren Gedanken, ihm eine Vorstellung davon geben, wie liebenswert er ist.

Warum hat sich seine Frau einem anderen zugewandt? Vielleicht ist es so, wie Jacques sagt, vielleicht war er damals ein Mann, der nicht wußte, was Liebe ist. Ich glaube, jetzt würde er sich auf die Liebe verstehen. Manchmal kann ein Verlust, wie er ihn erlitten hat, die Türen der Zärtlichkeit und Leidenschaft öffnen.

7

Mirabelle geht in die Küche, nimmt ihre Schürze von dem kleinen Haken gleich hinter der Tür und schaltet den Herd an. Die Küche ist eine Art Anbau zu dem Eß- und Wohnzimmer, in dem ich sitze.

Ich beobachte Mirabelle. Es ist schön anzusehen, wie leicht, wie anmutig sie sich bewegt. Ich bin sehr passiv, innerlich völlig leer, aber ich fühle mich wohl. Als Mirabelle ihren Kopf zu mir dreht, muß ich unwillkürlich lächeln.

»Jacques, ich hoffe, Sie bereuen nicht, daß Sie mir erzählt haben, was zwischen Ihnen und Ihrer Frau geschah. Es ist eine so ergreifende Geschichte, daß ich immer noch darüber nachdenke.«

Mirabelle fängt an, den Tisch zu decken. Sie stellt Salz und Pfeffer drauf, Butter, ein halbes Baguette, zwei Suppentassen. Dann holt sie die Servietten, die wir beim Déjeuner hatten; jede steckt in einem Serviettenring. Ich mag das Gefühl, wo hinzugehören, eine eigene Serviette zu haben. Ich bin zum ersten Mal, seit ich von zu Hause fortging, wirklich bereit, aus der Kälte zu kommen, Teil des Lebens zu sein.

Mirabelle holt eine große Terrine aus der Küche und stellt sie auf den Tisch. Sie nimmt den Deckel ab. Dampf und ein köstlicher Duft steigen auf. Mirabelle geht in die Küche zurück. Dann kommt sie mit einer großen Schöpfkelle wieder. Sie nimmt meine Tasse und tut Suppe hinein, ohne einen Tropfen zu verschütten. Dann bedient sie sich selbst, setzt sich, springt wieder auf.

»Oh, ich habe den Wein vergessen. Gewöhnlich trinke ich abends keinen, aber Sie haben so hart gearbeitet, daß Sie welchen haben sollen.«

Mirabelle holt Wein und gießt ihn in unsere Gläser, nur wenn man genau hinschaut, erkennt man, daß sie mit ihren Händen das tut, was die meisten Sehenden mit den Augen tun: Orte, Mengen, Abstände bestimmen.

Die Suppe ist herrlich. Wir essen, ohne viel zu sagen, brechen Stücke vom Baguette ab und tunken sie in die Suppe. Ich habe nicht gewußt, wie hungrig ich bin. Ich blicke zu dem Porträt hinüber, das unter den Fenstern an der Wand lehnt.

»Sind Sie glücklich mit Ihrem Bild, Jacques?«

Ich versuche gar nicht erst zu erraten, woher Mirabelle weiß, daß ich mein Bild betrachte.

»Ja Mirabelle, ich bin sehr glücklich. Ich habe nicht geahnt, daß ich ein so gutes Porträt malen kann. Ich habe darin alles gesagt, was ich von Ihnen weiß. Es ist sehr ähnlich, *und* es ist ein gutes Bild.«

»Das macht mich sehr, sehr froh, Jacques.«

Wir essen die Suppe auf. Mirabelle fängt an, den Tisch abzuräumen. Ich stehe auf, weil ich ihr helfen will. Sie hört das Scharren meines Stuhls und bedeutet mir, sitzenzubleiben.

»Nein danke, Jacques. Ich kümmere mich gerne um Sie. Es ist ein solches Vergnügen, nicht alleine zu essen. Während ich abwasche, könnten Sie vielleicht so freundlich sein, mir zu erzählen, was geschah, nachdem Sie aus jener ›Verandatür mit dem Rundbogen‹ gegangen waren.«

»Mirabelle, manchmal schäme ich mich für das, was in diesem Jahr passiert ist, noch mehr als für das, was ich vorher getan habe.«

Mirabelle dreht sich nach mir um und scheint irgendwie durch mich hindurchzublicken.

»Erzählen Sie's mir bitte?«

»Also, zunächst mal fuhr ich nicht mit dem Zug. Ich lief den ganzen Weg von Le Vésinet nach Paris zu Fuß. Das Wetter war ähnlich wie jetzt, und ich hatte Spaß am Gehen, aber absolut keine Kondition. Ich hatte eine Tasche dabei, keine große, und die schien von Kilometer zu Kilometer schwerer zu werden. Ich stellte verblüfft fest, wie weit weg von Paris wir wirklich wohnten. Wenn man nur mit dem Zug oder mit dem Wagen fährt, vergißt man leicht, wie groß die Welt ist. Mein Gesichtsfeld, mein ganzes Leben war unter mehr Aspekten, als ich geahnt hatte, eingeengt gewesen.

Als ich schließlich am späten Nachmittag in Paris ankam –

total kaputt und mit Blasen an den Füßen –, stieg ich im billigsten Hotel ab, das ich finden konnte. Es kostete 35 Francs die Nacht. Kein Bad, keine Dusche. Ich seifte mich überm Waschbecken ab, zog meine verschwitzten Kleider aus, schlüpfte in meinen Trainingsanzug, fiel ins Bett und schlief ein.

Am nächsten Tag zog ich los, um mir ein billigeres Quartier zu suchen. Es war eine gute Methode, in Ecken von Paris zu kommen, in denen ich noch nie gewesen war, aber ich hatte so steife Beine, daß ich kaum laufen konnte.

Ich wußte, ich wollte den Louvre und den Jeu de Paume einigermaßen schnell zu Fuß erreichen, aber diese Gegenden sind teuer. Schließlich fand ich in der Rue Trousseau im elften Arrondissement, nicht weit von meiner jetzigen Unterkunft entfernt, ein Hotel, das vierzehn Francs pro Nacht kostete. Dort zog ich ein.

Im ersten Monat tat ich nichts weiter, als Paris zu durchwandern. Ich nahm das eine von den zwei Paar Laufschuhen dazu, die ich eingepackt hatte, als ich von zu Hause fortgegangen war. Die Schuhe, die ich bis dahin getragen hatte, waren teure, handgefertigte Dinger aus hartem Leder, mit Gummiabsätzen, definitiv nicht für lange Märsche geeignet.

Ich ging nur einmal in der Woche ins Museum, aber ich war da, bevor es öffnete, und blieb, bis es schloß. Ich war wie erschlagen von dem, was Menschen geschaffen haben mit ihren Händen, ihrem Geist, ihrem Können. Mir wurde klar, wenn ich nicht aufpaßte, würde ich für Museen fast genausoviel Geld ausgeben wie für mein Hotel. Das empfahl sich wirklich nicht.

Zum Essen kaufte ich mir Pommes frites an Straßenständen oder ein tunesisches Sandwich, und manchmal, wenn ich schlemmen wollte, bestellte ich mir in einem Bistro einen Jambon beurre zum Kaffee.

Ich dachte viel nach – ein schmerzlicher Prozeß. Manchmal ging ich vom Bois des Vincennes zum Bois de Boulogne und zurück, ohne zu merken, wo ich war.

Aber ich schaute auch, ließ Paris auf mich wirken. Es war noch schöner, als ich gedacht hatte. Besonders schön war es am Morgen. Manchmal, wenn ich nicht schlafen konnte, lief ich nach Mitternacht, bis die Sonne aufging. Ich war immer noch wie betäubt, wußte immer noch nicht, was ich tat, was ich tun sollte.

Aber ich wußte, daß meine fünftausend Francs schnell zerrannen. Sonntags war der Eintritt im Louvre frei, und so machte ich den Sonntag zu meinem Museumstag. Als es dann wärmer wurde, zog ich aus dem Hotel aus und begann an der Seine zu übernachten, am Quai. Auf dem Marché d'Aligre fand ich zwei alte Decken. In die eine rollte ich meine paar Sachen ein und nahm sie als Kissen.

Ich lernte, die Leute in die Flucht zu schlagen, die mich ausrauben wollten. Ich verwahrte mein kleines Bündel Francscheine in der Unterhose. Ich zog eine starke Schnur durch meine Brieftasche, in der meine wichtigsten Papiere waren, und hängte sie mir um den Hals.

Aber ich verdreckte. Die wenigen Kleider, die ich mitgenommen hatte, waren nicht besonders praktisch. Ich erfuhr nach und nach, daß ich nicht dafür gerüstet war, als Obdachloser zu überleben. Wo ich mein Nachtlager hatte, war es hart. Es gab Perverse, Alkoholiker, Junkies, Diebe. Diese Leute waren gefährlich und total unberechenbar. Aber ich fing an, wie sie auszusehen, wie sie zu leben, und mit der Zeit ließen sie mich in Ruhe.

Im Oktober wurde es dann allmählich kalt. Ich hatte nur noch tausend Francs. Ich war weniger besorgt als interessiert. Ich wollte wissen, wie ich mich verhalten würde, wenn alle Fundamente, auf die ich mein Pseudoleben gebaut hatte, fort waren.

Ich versuchte, auf den Bänken in der Métro zu schlafen. Das ging, bis die Métro-Polizei uns rausschmiß. Ich versuchte, auf den Abzugsschächten der Métro zu schlafen, wegen der Wärme, aber der Geruch der schweißigen abgestandenen Luft war mir zuviel. Ich kehrte an die Seine zurück.

Das schlimmste war, daß ich angefangen hatte, Wein zu trinken.

Erst linderte er den inneren Schmerz. Dann nahm ich ihn als Schlafmittel, wenn der Boden hart und der Wind kalt war.

Im Januar trank ich jeden Tag zwei bis drei Liter billigen Wein. Ich lebte die meiste Zeit im Tran.

Jetzt ging ein guter Teil meines Geldes für Wein drauf, auch wenn die Flasche nur fünf Francs kostete. Ich aß nicht richtig. Ich hatte offene Wunden an den Beinen. Meine Hände schwollen an und rissen auf. Seltsamerweise dauerte es eine Weile, bis ich einsah, daß ich Alkoholiker geworden war. Das gehörte zu den Dingen, die ich nie für möglich gehalten hätte.

Eines Morgens erwachte ich aus meiner Benommenheit, um zu entdecken, daß ich nur noch zweihundertzehn Francs hatte. Es war Anfang Februar. Ich lag am Quai, unterm Bogen des Pont Neuf. Es war klirrend kalt. Ich widerstand der Versuchung, loszugehen und eine Flasche Wein zu kaufen. Ich nuckelte buchstäblich die letzten Reste aus der Flasche, mit der ich mich gestern schlafen gelegt hatte. Ich war gerade noch klar genug im Kopf, um zu wissen, daß ich jetzt aufhören mußte.

Ich rollte mich in meine schmutzigen Decken ein und rührte mich drei Tage lang nicht. Ich versuchte, mich zu sammeln, zu planen. Ich sehnte mich nach Wein. Die einzige Möglichkeit, mich in den Griff zu kriegen, bestand darin, daß ich mich an meinem Körper festhielt und nicht losließ. Ich hatte grüne und blaue Flecke an den Armen, so fest drückte ich meine Finger dagegen.

Aber am dritten Tag konnte ich wieder denken, und ich hatte Hunger. Nachdem ich was gegessen hatte, wußte ich, daß ich mich waschen mußte, versuchen mußte, mein Leben wieder zu organisieren.

Ich ging in das öffentliche Bad an der Place de la Contrescarpe. Ich rubbelte und schrubbte mich samt meinen Kleidern mit einem kleinen Stück Seife ab, das ich auf dem Boden gefunden hatte. Ich versuchte, meine dreckigen, rissigen Hände sauberzukriegen, fuhr mir immer wieder mit den Fingern durch die Haare, um auch die sauberzukriegen und die Nägel wenigstens etwas sauberer. Ich wrang meine nassen Kleider aus und zog meinen Trainingsanzug und mein zweites Paar Schuhe an. Ich steckte die nassen Kleider in eine Plastiktüte. Ich wickelte meine Decken um mich und trat ins Freie. Auf dem Kopf trug ich eine Wollmütze, die ich vor einigen Tagen im Rinnstein gefunden hatte. Es war windig, und mich fror.

Ich ging in einen Waschsalon. Dort war es warm. Ich wusch alles außer dem, was ich am Leib trug. Ich wusch auch meine Decken und mein erstes Paar Laufschuhe. Ich saß da und beobachtete, wie meine Kleider herumgewirbelt und getrocknet wurden, und versuchte, nicht an Wein zu denken. Ich knabberte an einem Baguette.

Dann zog ich meine sauberen Kleider an und wusch noch meinen Trainingsanzug und meine Mütze. Das Ganze kostete mich siebzig Francs, aber jetzt sah ich halbwegs anständig aus.

Von einem der Clochards auf dem Platz lieh ich mir eine Schere und schnitt mir die Haare, so gut es ging. Mein Geruchssinn funktionierte wieder. Die Ausdünstung der Clochards, die ich zuvor nicht bemerkt hatte, war fürchterlich. Ich glaube kaum, daß Sie mich gerne gerochen hätten, Mirabelle, als ich unter der Brücke schlief. Ich stank nach meinen Körpersäften, nach Alkohol, nach Dreck und Kotze.

In der Rue Mouffetard kaufte ich eine Orange und eine Banane. Während ich sie aß, schlenderte ich den Hügel hinunter. Ich ging im kalten Sonnenlicht über die Seine, zum Marché d'Aligre. Ich wußte, dort konnte ich mit dem wenigen Geld, das ich hatte, etwas Warmes zum Anziehen kaufen. Ich tat eine schwere, mit Wolle gefütterte, hüftlange Jeansjacke auf, die ich heute noch trage. Ich empfand es als sehr angenehm, daß mir ohne Alkohol warm war.

Es war Sonntag, und ich ging durch den Marché und sah mich nach etwas Eßbarem um. Da entdeckte ich, daß andere Leute von der Straße, Künstler und Studenten, warteten, bis der Markt zumachte, damit sie die Abfälle durchwühlen konnten. Ich wartete mit ihnen. Im Kampf, der dann folgte, konnte ich ein paar leicht angeschimmelte Orangen und fast schwarze Bananen, zwei braungefleckte Äpfel, einige weiche Zwiebeln und unansehnliche Karotten, eine Artischocke mit Druckstellen und mehrere wabbelige Kartoffeln ergattern.

Wir Abfallverwerter sprachen nicht viel miteinander, aber es herrschte eine gewisse Kameradschaft zwischen uns. Es ging nicht so brutal zu wie unter der Brücke, wo nichts sicher war. Dies waren Leute ohne Geld, die versuchten, sich durchzuschlagen. Ich hatte den Anschluß an eine andere Art Leben gefunden.

Dann fing ich an, bei den Häusern in der Umgebung zu den Fenstern raufzuschauen. Wie Sie wahrscheinlich wissen, Mirabelle, gibt es im elften Arrondissement zahlreiche Handwerker – Ébénistes, Tapissiers, Vernisseurs –, die Möbel für die Geschäfte in der Rue du Faubourg Saint-Antoine bauen.

Ich fing an, in Hinterhöfe zu wandern, Treppen raufzusteigen, nach einem Ort zu suchen, an dem ich vor der Kälte geschützt war. So fand ich meinen Dachboden. Er war im obersten Stockwerk eines Hauses, in dem hauptsächlich Möbeltischler ihre Werkstätten haben. Ich entdeckte einen Schlüssel, der an einem Balken über der Tür zu einem der Speicherabteile hing.

Als ich eintrat, wußte ich gleich, dies war ein unbewohnter, seit Ewigkeit nicht mehr benutzter Raum. Überall lag Staub. Auf den Dielen war er so dick, daß ich Fußabdrücke hinterließ, als ich drüberging. Ich stellte meine paar Sachen ab und zog ein.

Nun brauchte ich noch etwas, worauf ich schlafen konnte. An einem Dienstagmorgen ging ich zum Marché. Für zehn Francs fand ich einen uralten Schlafsack aus Armeebeständen. Der Reißverschluß war kaputt, aber den konnte ich reparieren. Außerdem schnappte ich mir ein Stück Schaumstoff von einer verrotteten Matratze. Ich fragte nicht lange, ich nahm es einfach mit. Ich glaube kaum, daß jemand anderer es wollte, es lag beim Abfall auf der Straße.

Ich hatte ein Auge auf die Concierge, und als sie gerade nicht aufpaßte, schleppte ich meine Neuerwerbungen auf den Dachboden. Den Rest des Tages verbrachte ich mit der Überlegung, wie ich mein Gemüse kochen konnte. Schließlich aß ich es roh in meiner Verzweiflung. Ich hatte keine hundert Francs mehr. Ich würde mir etwas zum Geldverdienen einfallen lassen müssen. Betteln wollte ich nicht, das wäre mir wie ein Rückfall in den Alkoholismus vorgekommen.

Am nächsten Morgen fühlte ich mich energiegeladen. Ich zog mein zweites Paar Laufschuhe an, dazu ein T-Shirt und Shorts, die ich, als ich gegangen war, zerstreut eingepackt und die ganze Zeit mit mir rumgeschleppt hatte.

Ich schlich die Treppe hinunter und fing an zu joggen. Nach zweihundert Metern mußte ich stehenbleiben. Ich hatte keine Kondition, mein Herz klopfte wie wild. Ich war ein körperliches Wrack, sowohl von den Jahren der Schreibtischarbeit als auch durch die Monate, in denen ich mich hatte runterkommen lassen. Aber ich versuchte es noch mal.

Ich joggte durch den kleinen Park an der Rue du Faubourg Saint-Antoine. Ich lief ein Stück, ging ein Stück. Dann joggte ich durch die Rue de la Main d'Or nach Hause. Ich aß eine von meinen angeschimmelten Orangen und eine fast schwarze Banane. Sie schmeckten phantastisch.

So fing es an, Mirabelle. Ich vergrößerte nach und nach die Strecke, die ich lief, und mein schwammiges Büro- und Clochardfleisch wurde härter. Von einigen meiner letzten Francs kaufte ich mir ein Brett und eine feine Stahlfeder. Ich begann überall in Paris kleinformatige, detaillierte Zeichnungen von den Dingen zu machen, die ich entdeckt hatte und die ich liebte. Es dauerte eine Woche, da verkaufte ich die erste. Ich nahm fünfundzwanzig Francs dafür. In der Woche darauf verkaufte ich zwei Zeichnungen und erhöhte den Preis auf fünfzig Francs. Ich malte eine kleine Tafel und stellte sie neben den Klappstuhl, auf dem ich beim Zeichnen saß. Ich hatte ihn im Marché für fünf Francs aufgetan. Die Sitzfläche war zerrissen, aber ich flickte sie mit Nadel und Faden, die ich für weitere fünf Francs gekauft hatte.

Auf der Straße fand ich einen herrenlosen Gaskocher. Der Kanister war leer, aber ich legte mir für dreißig Francs einen neuen zu. Die Düsen waren verstopft. Ich reinigte sie mit einer meiner Nadeln. Für sechzig Centimes kaufte ich eine Schachtel Streichhölzer und für fünf Francs Kerzen. So kam ich langsam zu einem behaglicheren Leben.«

»Jacques, ich könnte weinen, wenn ich all das höre. Mußten Sie es sich so schwermachen? Hatten Sie solche Schuldgefühle, daß Sie meinten, sich selbst bestrafen zu müssen?«

»Nein, Mirabelle. Nur Wurstigkeit ließ mich so tief sinken. Nichts kümmerte mich mehr. Aber nun lernte ich's wieder. Ich wollte das Beste aus meinem Leben machen.

Und ich muß sagen, daß ich mein Leben schön fand. Der Frühling kündigte sich an, obwohl es noch kalt war. Ich hatte steife Hände, wenn ich zeichnete, aber ich konzentrierte mich, versuchte zum ersten Mal seit vielen Jahren, mit mir eins zu sein und trotzdem über mich hinauszuwachsen.

Allmählich hatte ich auch ein bißchen mehr Geld. Ende März konnte ich mir einen großen Block Aquarellpapier, eine grüne Mappe mit schwarzen Bändern, einen Farbkasten und einen guten Pinsel zulegen. Ich fing an, mich als Künstler zu *fühlen*. Ich malte eine größere Tafel, auf der stand, diese Aquarelle seien zu verkaufen, und lehnte sie gegen meine Mappe.

Für die Aquarelle, die mich nicht mehr Zeit kosteten als die Zeichnungen, konnte ich hundert Francs verlangen. Ich verkaufte fast jedes, das ich malte. Natürlich gab mir das Auftrieb. Ich hatte Spaß daran, Menschen zu begegnen und mit ihnen zu sprechen. Ich war nicht mehr so einsam. Zwischendurch hatte ich mehr als tausend Francs. Ich hatte ein Zuhause, zu essen, saubere Kleider. Ich selbst war auch sauber – und ich malte. Ich glaube kaum, daß ich schon mal so stolz auf mich war.

Dann fand ich eines Sonntags eine Staffelei mit einer Malkiste auf dem Marché. Sie kostete hundert Francs – eine neue wäre auf fünfhundert gekommen. Ich hatte das Geld und kaufte sie. Ich verbrachte drei Abende damit, neue Nägel einzuschlagen, neue Schrauben anzubringen, Zerbrochenes mit Draht zu flicken, die alte Palette abzukratzen.

Ich malte meine Aquarelle, bis ich genug Geld hatte, um mir Ölfarben und Leinwand zu kaufen. Ich baute Keilrahmen aus dem Holz auf meinem Dachboden. Ich grundierte meine Leinwände mit Leim und Wandfarbe.

Jetzt konnte ich losziehen mit meiner Malkiste und Ölbilder malen. Sie können sich nicht vorstellen, Mirabelle, wie herrlich es war, als ich so dahinging, das Gewicht der Kiste auf dem Rücken und jede Menge Bildideen im Kopf. Ich fühlte mich wohl, gesund, fast wieder jung.

Ich begann die ersten Ölbilder seit meiner Studentenzeit zu malen. Ich machte zwei, aber es war entmutigend. Wie sollte ich diese Bilder je für soviel Geld verkaufen, daß ich mir neue Leinwände, neue Farben zulegen konnte? Ich fand es auch schwierig, die tiefen Gefühle auszudrücken, die ich Paris gegenüber empfinde. Die Zeichnungen und Aquarelle waren nur dekorativ gewesen, Umsetzung dessen, was meine Augen sahen, nicht dessen, was mein Herz empfand. Mit meinen Ölbildern wollte ich mehr.

Aber ich war nicht ganz entmutigt. Ich wußte zum Teil, was mich hemmte. Ich war zu verspannt, hatte zuviel Angst, meine Gefühle zu zeigen. Ich konnte es nicht verhindern, daß ich die Schotten dichtmachte, als wäre ich in Gefahr. Wenn ich loslassen, verwundbar sein wollte, schaffte ich's nicht. Aber ich war bereit, es weiter zu versuchen.

Den Rest der Geschichte kennen Sie, Mirabelle. Ich malte gerade mein drittes Ölbild, als wir uns begegneten. Ich wollte das Bild von der Kirche fertigmalen und dann wieder Aquarelle machen, damit ich mir neue Ölfarben kaufen konnte.

Aber jetzt habe ich das Bild von der Place Furstenberg verkauft, das wir zusammen gemalt haben, und Sie haben mir den Auftrag gegeben, Sie zu porträtieren. Ich habe genug Geld, um noch fünf bis zehn Ölbilder zu machen. Verstehen Sie, warum ich so begeistert bin, Mirabelle? Und außerdem bin ich glücklich darüber, daß ich Sie kennengelernt habe. Es ist eine solche Freude.«

Mirabelle hat sich auf den Stuhl mir gegenüber gesetzt. Sie steht auf und holt die Flasche Poire William aus dem Schrank. Sie bringt zwei Gläser mit und nimmt wieder Platz.

»Jacques, würden Sie uns bitte einen Schluck eingießen? Wir sollten auf all die glücklichen Fügungen trinken. Ist noch genug für uns da? Gewöhnlich merke ich es, wenn ich eine Flasche schüttle, aber mit der Birne drin ist das schwierig.«

»Es ist gerade noch genug für einen letzten Schluck da, Mirabelle.«

Ich nehme ihr die Flasche aus der Hand und schenke die kleinen verzierten Gläser voll. Ich hebe meines. Erst jetzt sehe ich, daß Tränen beide Seiten von Mirabelles Gesicht genetzt haben. Es ist so gebaut, daß die Tränen nicht vorne herunterlaufen, sondern außen. Mirabelle macht sich nicht die Mühe, sie abzuwischen.

»Auf eine gute Zeit für uns beide, Jacques.«

Wir stoßen miteinander an und riechen das köstliche Birnenaroma, fühlen uns einander nahe. Ich schließe die Augen und versuche, das Ganze so zu genießen, wie Mirabelle es tut.

»Ich würde mich Ihnen gerne dafür erkenntlich zeigen, daß Sie mein Porträt gemalt haben.«

»Sie haben bereits dafür gezahlt, Mirabelle. Es gehört Ihnen.«

»Nein, Ihnen, Jacques. Ich wollte, daß Sie es für sich selbst malen. Ich kann es ja nicht sehen.«

»Aber Mirabelle...«

»Ich weiß, was ich tue. Ich möchte bei Ihnen sein, möchte durch Ihr Bild mit Ihnen zusammensein. Aber darüber wollte ich im Grunde nicht sprechen. Ich möchte Ihnen für das, was Sie mir gegeben haben, ein kleines Geschenk machen.«

Mirabelle hält das Glas wieder an ihre Brust. Sie hat ihren Blick auf mich geheftet, als würde sie etwas suchen.

»Ich möchte Ihnen ein wenig Musik vorspielen, Jacques.«

Mirabelle steht auf und bedeutet mir, ihr zu folgen. Sie führt mich zu einer geschlossenen Tür und öffnet sie. Dahinter ist es dunkel. Ich strecke die Hand nach dem Schalter aus, aber das Licht funktioniert natürlich nicht. Mirabelle merkt, was los ist.

»Oh, das habe ich vergessen, Jacques, aber ich glaube, es macht nichts. Vielleicht ist es besser so. Geben Sie mir Ihre Hand.«

Sie faßt meine Hand und führt mich in den dunklen Raum. Aus dem erleuchteten Wohn- und Eßzimmer fällt ein wenig mattes Licht herein. Mirabelle führt mich zu einem Sessel und gibt mir zu verstehen, daß ich Platz nehmen soll. Dann schließt sie die Tür. Völliges Dunkel hüllt uns ein.

Ich höre, wie Mirabelle herumhantiert. Etwas gleitet und rastet ein, irgendwelche Teile falten oder schließen sich gegeneinander. Ich glaube zu hören, wie Mirabelle sich setzt. Die Welt ist so anders, wenn man blind ist. Aber dann hat es ein Ende mit der Blindheit.

Die silbrigen Töne eines Cembalos kommen aus dem Dunkel. Die Musik ist von Louis Couperin, und es ist eines meiner Lieblingsstücke, die dreizehnte Suite. Die Musik ist eine von den Freuden des Lebens, die ich mir in all den Jahren bei MBI bewahrt habe. Ich spiele kein Instrument, aber ich habe eine Passion für die Musik, vor allem für Barockmusik. Im allgemeinen ziehe ich Bach den Franzosen vor. Aber die Couperins kommen für mich gleich nach ihm.

Es ist unglaublich, magisch, daß Mirabelle dies weiß, obwohl ich nichts davon gesagt habe. Ich lausche. Ich habe, glaube ich, die Präzision und Leidenschaft, die bei Louis Couperin das Wesentliche ist, noch nie so gut gespielt gehört. Bei Musik ohne Takteinteilung wie Couperins Préludes ist der Interpret sehr wichtig. Er muß fast instinktiv die Phrasierung, das richtige Zeitmaß finden. Ich erinnere mich nicht an diese Interpretation, aber die Aufnahme ist von außerordentlicher Qualität, praktisch keine Nebengeräusche. Könnte Ton Koopman sein, vielleicht auch Scott Ross, nur ist dies anders – langsamer, gefühlvoller.

Ich bin entspannt und dennoch hellwach. Der Raum ist von Klang erfüllt. Ich bin verblüfft darüber, wie gut die Lautsprecher sind. Besser als meine!

Dann erkenne ich noch verblüffter, daß Mirabelle spielt, im permanenten Dunkel ihres Lebens für mich spielt!

Sie beendet das Prélude, und es tritt ein Moment der Stille ein. Ich merke, daß ich Tränen in den Augen habe. Ich möchte zu Mirabelle gehen, ihr danken. Aber da beginnt sie mit der Allemande. Ich kann es nicht fassen. Ich lehne mich zurück und lausche. Ich glaube kaum, daß ich je so entzückt war.

Mirabelle läßt die beiden Courantes folgen, und dann, genau nach der richtigen Pause, beginnt sie mit der wunderbaren Sarabande. Ich weiß, daß ich sie noch nie so zart, so lebendig gehört habe. Diese Sarabande ist vielleicht eines der schönsten Stücke, die fürs Cembalo komponiert wurden. Sie dauert nicht mal drei Minuten, aber sie scheint mein ganzes Leben auszufüllen.

Dann schließt Mirabelle fast übergangslos die Gigue an. Der Tempowechsel, die Anmut dieses schwungvollen Tanzes sind ein wunderbarer Gegensatz zu der gemessenen Sarabande.

Mirabelle spielt die Chaconne und schließt mit dem bekannten »Tombeau de Monsieur Blancrocher«. Ich habe noch nie ein so schönes Konzert gehört. Mirabelle rührt sich nicht, als der letzte Ton verklingt. Ich möchte Beifall klatschen, aber das wäre eine Entweihung. Ich bin überwältigt.

»Danke, Mirabelle. Ich glaube, so gut habe ich Couperin noch nie gehört. Ich kann Ihnen gar nicht sagen, wie bewegt ich bin. Sie sind ein Genie.«

»Sie kennen Couperin? Das hätte ich nicht für möglich gehalten bei einem amerikanischen Maler. Jacques, Sie erstaunen mich immer wieder.«

Ich erstaune *Sie*! Das soll wohl ein Witz sein.

»Möchten Sie noch etwas von Johann Sebastian Bach hören, Jacques? Für mich ist er schwierig wegen der vielen Stimmen, also werde ich etwas Einfaches spielen.«

Ich sitze still da. Mirabelle beginnt mit einer Folge von Menuetten, Polonaisen und Märschen. Ihr Bach ist sehr gut, wenn auch nicht so beeindruckend wie der Couperin. Sie macht eine Pause.

»Diese Stücke, Sie wissen es vielleicht, hat er für seine zweite Frau geschrieben, für Anna Magdalena. Ich spiele sie sehr gerne. Es ist wie Tanzen, denke ich mir. Ich habe nie getanzt, aber bei dieser Musik bewegt sich mein ganzer Körper im Takt.«

Dann spielt Mirabelle ein kurzes Präludium in C-Dur, das Bach für seinen Sohn Wilhelm Friedemann komponierte. Dann eine Invention, die vierte in d-moll. Es ist eine, bei der ich das Thema genau verfolgen kann, mal in der rechten Hand, mal in der linken.

Der Bach ist zwar nicht so gut wie der Couperin, aber er ist immer noch hervorragend. Diesmal klatsche ich Beifall und gehe durch den dunklen Raum, der nun, da sich meine Augen daran gewöhnt haben, nicht mehr so dunkel ist, zu dem Platz, an dem Mirabelle sitzt. Ich beuge mich über sie und küsse sie auf die Wange. Sie dreht ihren Kopf zu mir, und ich küsse sie auf die andere Wange.

»Das war ein wunderschönes Geschenk, Mirabelle. Woher wußten Sie, daß ich die Musik so liebe, besonders Barockmusik?«

Mirabelle streckt ihre Hand aus und berührt mein Gesicht.

»Sie haben geweint, Jacques. Sind Sie immer noch traurig? Ich wollte Sie froh machen.«

»Das sind Tränen des Glücks und der Dankbarkeit, Mirabelle, Tränen, die ich geweint habe, weil Sie mich so gut kennen.«

Ich richte mich auf und wische mir die Augen. Mirabelle steht auf und klappt das Cembalo zu. Ich folge ihr aus dem Raum.

Als wir ins große Zimmer treten, kommt mir das Deckenlicht, das mir zuvor so funzelig und trübe schien, hell wie die Sonne vor. Ich habe das Zeitgefühl verloren.

Mirabelle setzt sich an den Tisch. Sie bedeutet mir mit einer Handbewegung, daß ich ihr Gesellschaft leisten soll.

»Wir könnten noch ein wenig von unserer Poire William trinken, aber es ist leider nichts mehr da.«

»Ich muß jetzt gehen, Mirabelle. Es ist bestimmt schon sehr spät.«

»Sie können bleiben, wenn Sie wollen.«

»Ich weiß nicht, was ich sagen soll nach Ihrer schönen Musik. Sie sind eine der besten Cembalistinnen, die ich je gehört habe. Ich habe Aufnahmen von fast allen bedeutenden Interpreten, und Sie sind genausogut oder sogar besser. Wie haben Sie das gemacht, und weiß jemand davon?«

Einen Moment lang herrscht Schweigen. Mirabelle lächelt mich an. Dann senkt sie den Kopf.

»So gut bin ich keineswegs. Sie waren nur überrascht. Ich habe zu spät mit dem Cembalo angefangen, und meine Hände werden allmählich steif und zu schwach, als daß ich wirklich gut spielen könnte.«

Mirabelle streckt mir ihre Hände entgegen. Sie sind klein, mit spitz zulaufenden Fingern und rosigen, kurzgeschnittenen Nägeln, aber nicht knotig an den Gelenken wie bei den meisten alten Leuten. Auf den Handrücken hat sie hervortretende Adern und Leberflecke. Ihre Haut ist sehr trocken, aber dies sind schöne, begnadete Hände. Ich fasse sie. Mirabelle dreht sie so, daß sie sanft in meinen liegen. Sie scheint sie zu betrachten. Dann »sieht« sie mir in die Augen.

»Als Rolande vor fünfzehn Jahren starb, hinterließ sie mir Geld und ihren Anteil an dieser Wohnung. Ich dachte lange darüber nach, was ich mit dem Geld anfangen könnte. Ich war sechsundfünfzig Jahre alt. Außer den Sprachen, die ich gelernt hatte, hatte ich keine besonderen Fähigkeiten. Ich kümmerte mich schon um meine Tauben, aber damit bot ich der Welt nicht viel.

Meine größte Liebe war immer die Musik gewesen. Als junges Mädchen spielte ich Klavier. Man hielt mich für begabt. Als ich blind wurde, konnte ich keine Noten mehr lesen und hörte mit dem Spielen auf. Rolande verkaufte das Klavier, um es aus dem Zimmer zu kriegen, in dem sie schlief. Ich kam zu dem Schluß, daß ich mehr als alles andere ein Cembalo wollte. Ich besuchte drei Cembalowerkstätten in Paris und entschied mich für eine in der Rue de Charonne, die nicht allzuweit von Ihrer jetzigen Schlafstatt entfernt ist, Jacques. Ich fuhr jeden Tag mit dem Taxi hin und hörte zu, wie die Arbeiter das Cembalo bauten. Es war, als hätte ich ein Kind. Ich wollte ihm nahe sein, keinen Herzschlag, keinen Atemzug versäumen.

Ich bin mir sicher, die Arbeiter waren am Anfang gar nicht glücklich darüber, daß ich so lange in ihrer Werkstatt blieb, aber mit der Zeit wurden wir Freunde. Sie liebten ihre Arbeit und wußten, ich liebte die Musik und würde auf dem Werk ihrer Hände welche machen.

Dann kam der aufregende Tag, an dem mein Cembalo hier abgeliefert wurde. Sie kriegten es nicht die Treppe herauf, und so brachten sie es auf den Hof und hievten es an Seilen durchs Fenster.

Nachdem es mehrere Wochen unberührt dagestanden hatte und schließlich gestimmt worden war, näherte ich mich ihm. Zwei Tage lang saß ich nur auf der Bank und legte meine Hände auf die Tasten, erfühlte sie und die Saiten, diese ganze zauberische Klangmaschine, dieses wunderbare Musikinstrument, ohne einen Ton zu spielen.

Dann übte ich, ohne schriftlich fixierte Musik, bis ich mir eingeprägt hatte, wo auf meinem Cembalo die Noten waren. Ich konnte dasitzen, irgendeine Taste berühren, und schon wußte ich, welche Note mein Finger anschlagen würde. Ich spielte, bis das Cembalo ein Teil meines Körpers wurde und mein Körper ein Teil des Cembalos.

Dann fing ich an, gründlich auf meine Platten und Tonbänder zu lauschen. Ich trug Kopfhörer, um jedes ablenkende Geräusch auszuschalten. Ich spielte kleine Abschnitte, wiederholte sie, übertrug sie kraft meines Gehörs und meines Verstands auf meine Finger. Ich lebte in der Musik.

In dem Zimmer, in dem mein Cembalo steht, ließ ich Schallschutzfenster anbringen, damit ich niemanden störte, wenn ich übte. Manchmal spielte ich die ganze Nacht; ich war gerne mit meiner Musik allein.«

»Sie spielen also ohne Noten, Mirabelle. Sie machen alles nach Gehör. Mein Gott, das wird mir jetzt erst richtig klar!«

»Ja, Jacques, aber vergessen Sie nicht, Musik ist in erster Linie Klang, der Notentext teilt nur mit, wie es klingen soll. Nun, mit Tonbändern läßt sich das leichter vermitteln. Ich kann die Musik als das erkennen, was sie im Innersten ist, nämlich Klang.

Manchmal ist es sehr schwierig, besonders bei Bach, bei polyphonen Stücken mit drei, vier oder fünf Stimmen, die mit- und gegeneinander spielen. Das wäre vielleicht einfacher, wenn ich es gedruckt vor mir sähe, aber ich brauche nur gut zuzuhören, dann kann ich die Stimmen auch so auseinanderhalten. Sie sind sehr verschieden, müssen Sie müssen. Ich lerne, sie einzeln zu spielen. Dann setze ich sie zusammen. Das ist ein wunderbares Erlebnis. Es ist fast so, als komponierte man selbst.«

Ich betrachte Mirabelle mit erneuter Ehrfurcht. Es ist kaum zu glauben, daß die Musik, der ich eben gelauscht habe, von jemandem gespielt wurde, der die Noten nie gesehen hat. Wie so viele Leute war ich davon überzeugt, die Noten seien die »wahre« Musik und was ich hörte, wenn jemand sie spielte, sei eine exakte Wiedergabe. Aber Mirabelle hat recht, die wahre Musik ist Klang, und der gedruckte Text ist nur eine Methode, ihn dem Interpreten zu vermitteln. Ich frage mich, ob es in der Kunst etwas Ähnliches gibt, dessen ich mir nicht bewußt bin. Das könnte die Wurzel meiner Probleme mit der Malerei sein. Es berührt sich irgendwie mit Dingen, über die ich nachgedacht habe.

Wenn Mirabelle nicht sehen kann, weil sie sich vor dem fürchtet, was sie sehen würde – wäre es dann vielleicht möglich, daß ich ihre Beschreibungen der Bilder male, die sie im Gedächtnis hat, so daß sie sicher sein könnte, das, was sie sehen würde, wenn sie sich's erlaubte, wäre für sie akzeptabel? Auf eine gewisse Weise würden die Bilder einem Notentext gleichen; ich wäre der Interpret der Vorstellungen in Mirabelles Kopf.

Mirabelle lächelt mich an. Ihre Hände liegen immer noch leicht in meinen.

»Woran denken Sie, Jacques? Ich spüre, wie es in Ihrem Gehirn arbeitet, es ist fast greifbar, ich spüre auch die Zuckungen in Ihren Händen.«

»Würden Sie etwas mit mir versuchen, Mirabelle? Ich denke an das Bild, das wir von der Place Furstenberg gemacht haben. Ihre Erinnerungen und die Kraft Ihrer Phantasie halfen uns mitsamt meinen künstlerischen Fähigkeiten, etwas hervorzubringen, das ich alleine nie geschafft hätte. Es war fast so, wie Sie auf die Tonbänder gelauscht und danach gespielt haben. Ich habe auf Ihre Vorstellungen gelauscht, habe sie gemalt und mit dem kombiniert, was ich vor Augen hatte.«

Ich verstumme. Mirabelle »starrt« mir immer noch ins Gesicht. Ich spreche weiter, hoffe, sie betrachtet das, was ich ihr anbieten will, nicht als Übergriff.

»Mirabelle, wenn ich Bilder malen kann, die den Bildern sehr ähnlich sind, die Sie im Gedächtnis haben, kommt vielleicht eine Zeit, da Sie soviel Vertrauen zu dem entwickeln, was wir tun, daß Sie sich erlauben können, wieder zu sehen. Verstehen Sie?«

»Ja, ich verstehe, und ich wäre sehr gerne dabei, wenn Sie malen. Wir könnten uns zusammensetzen und wunderbare Bilder machen. Auch die Place Furstenberg sollten wir uns noch einmal vornehmen. Sie ist so schön, und ich habe so wunderbare Erinnerungen an sie. Aber nun möchte ich Ihnen meinerseits ein Angebot machen.«

»Da haben wir's, wieder ein Angebot. Erst haben Sie mir ein köstliches Essen dafür angeboten, daß ich Ihnen beschrieb, wie die Tauben aussehen. Dann haben Sie mir tausend Francs dafür angeboten, daß ich Ihr Porträt malte. Dann haben Sie angeboten, von sich zu erzählen, und dafür sollte ich von mir erzählen. Okay, was wollen Sie diesmal anbieten?«

Hoffentlich hört Mirabelle das Lächeln aus meiner Stimme heraus. Ich fasse ihre Hände fester.

»Ein Angebot haben Sie vergessen, Jacques.«

»Welches denn?«

»Ich habe mich Ihnen fast selbst angeboten. Erinnern Sie sich nicht mehr?«

Zum ersten Mal bin ich froh, daß Mirabelle mich nicht sehen kann. Ich glaube tatsächlich, ich werde rot.

»Doch, Mirabelle, ich erinnere mich. Ich wußte es damals nicht zu würdigen, weil ich Sie noch nicht so gut kannte, aber es war das freundlichste Angebot von allen. Nur bin ich verheiratet, wie gesagt. Ich kann noch nicht mit der Vorstellung leben, daß ich meine Frau, meine Kinder, mich selbst betrügen würde. Ich glaube auch, ich würde Sie ausnutzen.«

»Einiges davon stimmt sicher, aber es sind nicht die wahren Gründe, oder? Es liegt daran, daß ich so alt bin, habe ich recht?«

»Zu einem gewissen Teil ja, Mirabelle. Aber Sie scheinen mit jedem Tag, den ich Sie kenne, jünger zu werden.«

»In Wirklichkeit werde ich allerdings älter, Jacques. Darf ich Ihnen nun mein Angebot machen?«

Mirabelle lächelt. Ihr Lächeln ist strahlend. Wie kann eine so alte Dame so schöne Zähne haben? Sie sind bestimmt nicht falsch. Mirabelle hat nichts von dem schmallippigen Lächeln, das oft mit einem künstlichen Gebiß einhergeht.

»Ja, bieten Sie zu, Mirabelle.«

»Bieten Sie zu? Diese Wendung habe ich noch nie gehört. Was heißt das?«

Mirabelle lächelt nicht mehr. Die Konzentrationsfalten über ihrer Nasenwurzel haben sich tiefer eingegraben; ihre Hände liegen schlaff in meinen.

»Es heißt, daß Sie Ihr Angebot machen sollen. Bitte. Ich höre zu.«

»Seit Sie mich besuchen, Jacques, ist mir aufgegangen, daß in meinen vier Wänden ein heilloses Durcheinander herrscht. Ich habe mich bemüht, alles, an das ich heranreiche, sauberzuhalten, aber seien Sie ehrlich, der Rest meiner Wohnung, die Teile, an die ich nicht herankomme – all das ist fürchterlich, nicht wahr?«

»Nun ja, Mirabelle, es ist schmutzig. Die Zimmerdecken sind grau von altem Dreck, und die Tapeten lösen sich von den Wänden. Die Türrahmen sind schmuddelig, wo Sie nicht rankommen, aber sonst haben Sie alles gut saubergehalten.«

»Nein, Jacques, ich möchte mehr. Ich möchte, daß mein Zuhause schön ist. Können Sie mir dabei helfen? Wissen Sie, wie man ein Haus gestaltet, wie man Wände streicht, tapeziert und so weiter? Sie sind Künstler, Sie müßten es eigentlich wissen.«

»Das ist lange her, Mirabelle. Ich habe viel im Haus gemacht, als ich jung war, aber dann sind zwanzig Jahre vergangen, in denen ich nichts in dieser Richtung getan habe.«

»Ich möchte Ihnen folgendes Angebot machen: Sie räumen Ihren kalten schmutzigen Dachboden und kommen hierher, ziehen bei mir ein. Ich habe noch ein Zimmer, das meiner Eltern, das ich nie benutze. Sie könnten dort schlafen, es hat ein gutes Bett und Wandschränke. Ich gehe nie in dieses Zimmer, aber ich weiß noch genau, wie es war. Sie können es haben, wenn Sie mir helfen, diese Wohnung wieder schön zu machen, schöner noch, als zu meiner Kinderzeit. Vielleicht verhilft mir auch das zum Sehen.«

Es ist Mirabelles letzter Satz, der mich dazu bewegt, meinen automatischen Widerstand noch einmal zu überprüfen. Ich habe mir meine Freiheit, mein Für-mich-Sein teuer erkauft, und so sehr ich die Zeit mit Mirabelle genieße, ich möchte nicht aufgeben, was ich erreicht habe. Trotzdem. Vielleicht würde sie wieder sehen wollen, wenn sie spüren könnte, daß ihr Zuhause schön ist, ein Ort der Freude.

»Haben Sie sich das genau überlegt, Mirabelle? Vergessen Sie nicht, Sie haben einzelgängerische Angewohnheiten entwickelt wie ich. Wir fürchten unser Alleinsein nicht nur, wir schätzen es auch. Glauben Sie, daß Sie's ertragen könnten, wenn ein anderer Mensch auf engstem Raum mit Ihnen lebt? Denken Sie darüber nach.«

»Ich habe schon darüber nachgedacht. Sie haben recht, wir sollten es nur versuchen, um zu sehen, ob wir uns wohl dabei fühlen. Wenn einer von uns unglücklich ist, können wir immer noch die alten Verhältnisse wieder herstellen.

Ich brauche nur den frühen Morgen für meine Sprachlektionen, meine Musik, meine Meditation und meine Yogaübungen. Sie haben mir erzählt, daß Sie um diese Zeit laufen. Anschließend kümmere ich mich um meine Tauben. Sie könnten währenddessen malen. Am frühen Nachmittag, nach dem Déjeuner, könnten wir dann zusammen malen, wie Sie es vorgeschlagen haben. Für mich hört sich das durchaus vernünftig an. Was meinen Sie?«

Ich muß unwillkürlich lächeln, und ich höre das Lächeln in meiner Stimme und weiß, Mirabelle hört es auch, denn sie erwidert es.

»Sie haben alles schon durchgeplant, nicht? Welches Komplott haben Sie diesmal im Sinn?«

»Keines. Diese blinde alte Dame tut Ihnen nichts. Aber ich hoffe sehr, daß Sie meine Wohnung schöner machen können. Ich hoffe, Sie können Zeit dafür erübrigen. Ich habe Geld für alles, was Sie für nötig halten – Farben, Teppiche, vielleicht sogar ein paar neue Möbel. Ich glaube, es wäre wunderbar, das gemeinsam zu tun.«

»Okay, Mirabelle, abgemacht. Aber ich werde meine Sachen nicht von meinem ›kalten schmutzigen Dachboden‹ holen. Ich möchte spüren, daß er noch da ist. Können Sie mir jetzt das Zimmer zeigen, in dem ich schlafen werde?«

Mirabelle steht auf und geht durch den Raum zu einer Tür neben der Tür, durch die sie mich vorhin geführt hat. Sie dreht den Schlüssel, der im Schloß steckt.

»Sehen Sie, Jacques, hier können Sie ganz für sich sein.«

Mirabelle hält mir den Schlüssel entgegen, und ich nehme ihn. Sie tritt beiseite, um mich ins Zimmer zu lassen. Ich knipse den Schalter an, aber natürlich passiert nichts. Es riecht noch muffiger und staubiger als auf meinem Dachboden.

»Ich bin seit vielen Jahren nicht mehr in diesem Zimmer gewesen, Jacques. Ich habe immer noch so furchtbare Erinnerungen daran. Es hat auch lange gedauert, bis ich in der Salle d'eau ein Bad nehmen konnte. Das verstehen Sie, oder?«

Das Licht aus dem Wohn- und Eßzimmer erhellt ein wenig das staubige Dunkel dieses Raumes. Undeutlich erkenne ich ein großes Bett und daneben eine Kommode. Links und rechts vom Bett sind Nachttische. Ich stehe da mit meinen Erinnerungen an die alte Geschichte, die mir Mirabelle erzählt hat. Werde ich in diesem Raum schlafen können? Ich drehe den Kopf und betrachte Mirabelle. Sie ist nicht durch die Tür getreten und zeichnet sich vor dem Licht aus dem Wohn- und Eßzimmer wie ein Schattenriß ab.

»Es ist ein toter Ort, nicht wahr? Können Sie ihn mit Leben erfüllen?«

»Ich glaube ja, aber nicht heute. Heute werde ich nach Hause gehen und auf meinem ›kalten schmutzigen Dachboden‹ schlafen. Morgen komme ich wieder, bringe noch ein paar Glühbirnen mit und lege mit Putzen los. Ich werde mit diesem Raum anfangen, damit ich was habe, wo ich bleiben kann. Ist Ihnen das recht?«

»Ja, Jacques, danke. Sie sind ein sehr rücksichtsvoller Mann, und ich habe Sie von Herzen lieb.«

Mirabelle sagt das so natürlich, so gelassen, daß ich weiß, sie meint es ernst. Ich nehme es zur Kenntnis, aber ich reagiere nicht. Es muß sehr spät sein. Wenn ich genug Schlaf kriegen will, sollte ich bald aufbrechen. Dann erwische ich noch einen der letzten Busse, die »zu mir« fahren.

»Sie haben recht, Mirabelle. Es macht sicher Spaß, diese Wohnung zu unserem Nest auszubauen. Aber jetzt muß ich gehen. Morgen werde ich joggen und dann noch ein paar Leinwände vorbereiten. Wir treffen uns bei der Statue von Monsieur Diderot.«

Mirabelle geht zu einem Schlüsselbrett neben der Wohnungstür. Sie betastet das Brett und nimmt einen Schlüssel von einem der Haken.

»Hier, Jacques, das ist der Wohnungsschlüssel. Ich möchte, daß Sie ihn haben.«

Mirabelle wischt den Schlüssel an ihrer Schürze ab.

»Der hängt hier seit Rolandes Tod. Es ist seltsam, wie schnell die Zeit vergeht, wie die Dinge ungenutzt bleiben, wenn man so eingeschränkt lebt wie ich. Es wird schön sein, jemanden hier zu haben,

der zusieht, daß alles in Ordnung ist, der wirklich sehen kann. Gute Nacht, Jacques, und lassen Sie sich nicht von den Ratten beißen.«

Mirabelle hebt mir ihr Gesicht zum Kuß entgegen. Ich beuge mich über sie.

»Bei mir gibt es keine Ratten, die beißen, Mirabelle. Ich höre manchmal welche, aber sie kümmern sich um ihre eigenen Angelegenheiten.«

Ich küsse Mirabelle bedächtig auf die eine Wange, und sie küßt mich gleichzeitig auf die andere. Ich küsse sie auf die andere Wange, und sie drückte ihre weichen, schmalen Lippen gegen meine Haut. Ich habe ihre Arme gefaßt, und sie hat ihre Hände auf meine Arme gelegt.

»Gute Nacht, Mirabelle, à demain.«

Ich erwische den Bus mit Hängen und Würgen und fahre zur Place de la Bastille.

Auf meinem Dachboden bin ich dann ziemlich verwirrt. Ich hatte gar nicht gemerkt, wie heimisch ich mich dort fühle, in diesem Stadtviertel, in meiner Lebensroutine. Ich glaube, Mirabelle und ich können einander helfen, unsere Leere und Einsamkeit zu lindern, aber was verlieren wir dafür? Das wird sich mit der Zeit erweisen.

Träumerei

Es war so schrecklich zu hören, wie Jacques von seinem Abstieg zum Clochard erzählte, vom Alkohol, von Kälte und Dreck. Ich konnte nicht anders, ich mußte weinen.

Ich war so froh darüber, daß ich ein kleines Geschenk für ihn hatte, die Musik. Es ist wunderschön, daß auch er die Musik liebt, sogar die, die ich am liebsten spiele. Das war ein kostbares Geschenk für mich. Oft, wenn ich Jacques etwas geben will, gibt er mir statt dessen etwas.

Es war unmöglich, daß ich ihm angeboten habe, bei mir zu wohnen. Ich darf gar nicht daran denken, was Rolande dazu gesagt hätte. Aber ich bin jetzt alt. Ich habe diese große Wohnung, die verkommt, und Jacques hat nichts. Ich bin mir sicher, daß er etwas Schönes daraus machen kann.

Ich hoffe, das Zusammenleben, die Zusammenarbeit an der Wohnung und an den Bildern wird uns einander näherbringen. Ich möchte ihm so nahe wie möglich sein. Noch nie hatte ich so starke Gefühle. Es muß furchtbar sein, wenn sich jemand meinesgleichen wie ein junges Mädchen einem erwachsenen Mann an den Hals wirft, einem verheirateten Mann obendrein. Ich benehme mich wie ein Flittchen. Ich sollte mich schämen. Aber ich schäme mich nicht.

8

Am nächsten Tag mache ich einen Plan von der Wohnung. Ich vermesse sie mit einem Maßband, das in Rolandes ehemaligem Zimmer liegt. Als ich es suche, bekomme ich das Cembalo zu sehen, ein Konzertcembalo in gedämpftem Grün mit Verzierungen in Goldocker. Es ist wirklich schön. Ich wollte, Mirabelle könnte sehen, wie prächtig ihr Instrument ist, aber sie braucht es nicht zu sehen, sie haucht ihm Leben ein, bringt es zum Singen.

Als ich mit dem Plan fertig bin, erkläre ich Mirabelle, was ich getan habe. Ich werde zwar mit meinem Zimmer anfangen, aber ich möchte ein Konzept von unserem gesamten Renovierungsprojekt haben.

Mirabelle will, daß der Hauptraum, das große Zimmer, in dem wir essen und reden, hell und sonnig ist, zumindest in der Farbgebung. Ich beschließe, die Wände in einem warmen, lichten Gelb zu streichen. Die Türrahmen und Fußleisten werde ich in Weiß halten.

Im Musikzimmer will Mirabelle eine Mischung aus den Farben des Wassers, des Himmels und des Frühlings. Ich werde die Wand mit dem Fenster zum Hof blaugrau streichen. Die anderen Wände werde ich in Grün halten – ein mittlerer Ton, nicht zu dunkel und nicht zu kräftig. Er soll an die Unterseite von Blättern im Schatten erinnern. Auf den Boden kommt ein dunkelgrüner Teppich. Die Wände werde ich nicht streichen, sondern mit grünem Stoff bespannen. Unter den Stoff werde ich etwas Schallisolierendes tun. Das ist eine Menge Arbeit, aber dann brauche ich nichts weiter mit den schmutzigen Wänden zu machen. Ich ziehe einfach die losen Tapeten ab und hänge das Ganze mit Stoff zu. An die Decke kommen weiße Dämmplatten. Ich möchte, daß dieser Raum ideal für den Klang von Mirabelles Cembalo ist, ohne störende Echoeffekte.

Mirabelle sagt, sie wünscht sich ihr Zimmer als Höhle. Nicht wie im Fels oder in der Erde, sondern wie im Inneren eines Leibes. Das erstaunt mich. Sie wünscht sich ihr Zimmer in Rottönen, die ins Violette hinüberspielen. Es erstaunt mich auch, daß Mirabelle alle Farbbezeichnungen so gut behalten hat. Ich überlege mir, ob sich ihre Vorstellung von der Farbe im Lauf der Jahre gewandelt hat, beeinträchtigt worden ist. Aber ich höre genau auf das, was sie sagt. Alles ist so konsistent, als hätte sie lange darüber nachgedacht. Dann tritt eine Pause ein. Ich habe Mirabelles Ideen und Vorschläge auf einem Blatt in meinem Skizzenblock notiert.

»Ich glaube, Jacques, daß ich in den Bauch meiner Mutter zurück will. Wenn ich schlafe, möchte ich die Geborgenheit des Blutes. Ich weiß, das ist seltsam in Anbetracht dessen, was mir geschehen ist, aber so hätte ich es gern. Verstehen Sie?«

»Ich weiß nicht, ob ich es wirklich verstehe, Mirabelle, aber Sie scheinen zu wissen, was Sie wollen, und so werden wir's machen. Sollen wir die Wände streichen oder mit wattiertem Stoff bespannen?«

»Oh, bitte mit wattiertem Stoff bespannen, das wäre wie ein Schmuckkästchen von innen. Und ich hätte das Bett so gerne in der Mitte der Wand, das Kopfende zwischen den beiden Fenstern. Es soll weiß sein. Wenn ich in diesem Bett liege, möchte ich mich wie eine Königin fühlen, eine Königin des Lichts in meinem Dunkel.«

Ich betrachte Mirabelle. Zum ersten Mal hat sich das kleine Mädchen in ihr offenbart. Es ist bezaubernd, das zu sehen.

»Sie *sind* eine Königin, Mirabelle, und darum sollen Sie auch das Bett einer Königin haben.«

Wir finden beide, daß ich in meinem Zimmer meine Zeichnungen und Bilder aufhängen muß. Ich möchte es ganz in Erdfarben halten – Ocker, Siena, Umbra. Ich werde mich nach Korkplatten umsehen und die Wände damit abdecken. So kann ich Zeichnungen festpinnen und kleine Nägel für meine Bilder einschlagen, ohne häßliche Löcher zu hinterlassen. Ich hätte am liebsten ein schmales, einschläfriges Bett, aber das in meinem Zimmer, das Ehebett von Mirabelles Eltern, ist riesengroß, mit Himmel drüber, einem verrotteten, durchhängenden, dick eingestaubten, und ich bringe es nicht übers Herz, das Ding rauszuschmeißen. Auf der Matratze liegt es sich seltsamerweise recht gut dafür, daß sie über fünfzig Jahre alt ist.

Ich hänge die Matratze mitsamt dem Bettzeug zum Lüften übers Fensterbrett. Mein Zimmer hat nur ein Fenster, Mirabelles hat zwei. Das Musikzimmer hat auch ein Fenster. Vom Bad aus gibt es einen direkten Zugang zu meinem Zimmer, aber die Toilette liegt gegenüber, neben der Küche. Das Haus ist alt, und die sanitären Anlagen wurden später hinzugefügt, je nachdem, wo die Toiletten am leichtesten eingebaut werden konnten. Ich nehme an, die Toilette hier war früher eine Speisekammer. Das Bad ist von Mirabelles Zimmer abgeteilt.

Dieses Zimmer hat wegen des abgeteilten Bads die Form eines L. Wenn wir Mirabelles Bett zwischen die Fenster stellen, wird gerade noch soviel Raum bleiben, daß man sich zwischen der Wand zum Bad und dem Fußende halbwegs frei bewegen kann. Von hier aus gibt es keinen direkten Zugang zum Bad. Wäre es anders, so hätte – da es vom großen Zimmer und von meinem aus einen direkten Zugang gibt – die Wanne keinen Platz mehr. Ich könnte sie rausschmeißen und statt dessen eine Dusche einbauen, dann käme Mirabelle direkt ins Bad, aber ich fürchte, das übersteigt meine handwerklichen Fähigkeiten.

Den ersten Tag verbringe ich nur damit, daß ich die Spinnweben in meinem Zimmer entferne. Dazu nehme ich Mirabelles Besen und eine kleine Leiter. Ich bürste den schlimmsten Dreck von der Decke und den Wänden ab. Ich lasse das Fenster offen und schließe die Tür. Mirabelle mag diesen Raum nach wie vor nicht betreten und bleibt draußen, im großen Zimmer.

Ich bin noch nicht fertig, da wird es dunkel, und ich knipse das Deckenlicht an. Inzwischen funktioniert auch eine von den kleinen Nachttischlampen. Ich suche mir aus dem Bettzeug, das ich gelüftet habe, ein paar Laken und Bezüge zusammen, dazu einige Handtücher, und mache mich auf den Weg zu einem Waschsalon in der Rue des Canettes. Mirabelle sagt, das Souper wird fertig sein, wenn ich wiederkomme.

Es ist vollends dunkel, als ich mit der Wäsche die Treppe raufsteige. Ich habe auch den größten Teil meiner Kleider gewaschen. Mirabelle wartet in der offenen Tür auf mich.

»Ist alles in Ordnung, Jacques? Ich habe mir schon Sorgen gemacht.«

»Alles okay, Mirabelle. War nur viel los. Vor dem Wäschetrockner standen die Leute an.«

Ich gehe an Mirabelle vorbei und bringe die Wäsche in mein Zimmer. Der Staubgeruch ist fast verschwunden, also nehme ich den Rest des Bettzeugs und die Matratze vom Fensterbrett und schließe das Fenster; die Sachen würden in der Nachtluft nur klamm. Ich bin kaputt. Im großen Zimmer lasse ich mich auf meinen Stuhl am Tisch plumpsen.

»Jacques, Sie haben heute überhaupt nicht gemalt. Ich habe ein schlechtes Gewissen deswegen.«

»Schon gut, Mirabelle. Das Ganze war sozusagen als Initialzündung gedacht. Ab morgen nehmen wir uns mindestens drei Stunden Zeit zum Malen, egal, was kommt. Wenn Sie am Vormittag bei Ihren Tauben sind, kann ich allein arbeiten, und nach dem Déjeuner nochmal. Am späten Nachmittag kümmere ich mich dann um die Wohnung.«

Mirabelle holt das Essen aus der Küche. Diesmal ist es keine Suppe, sondern es sind Crêpes mit Konfitüre, zerlassener Butter und Zucker. Ich überlege mir wieder, wie Mirabelle das macht. Einfach nach Gefühl? Nein, da würde sie sich die Finger verbrennen. Ich werfe einen Blick in die Küche und sehe eine flache, schwere Crêpes-Pfanne und einen Teigspachtel aus Holz. Ich werde keine Fragen stellen, nur genießen und das Wunder Mirabelle dankbar anerkennen.

Nach dem Essen unterhalten wir uns über die Dinge, die wir tun wollen. Ich habe zwei von meinen grundierten Leinwänden mitgebracht. Mit ihnen anzufangen ist das Wichtigste für mich. Ich werde mich auch nach Wandfarbe und Korkplatten umschauen.

Es ist noch nicht mal neun, da merke ich, wie ich einnicke. Das heißt, Mirabelle merkt es.

»Jacques, schlafen Sie ein? Ich spüre, daß Sie mir entgleiten.«

»Ich fürchte, Sie haben recht, Mirabelle. Tut mir leid.«

»Das braucht Ihnen nicht leid zu tun. Sie haben hart gearbeitet und sich Ihre Ruhe redlich verdient. Gehen Sie zu Bett und schlafen Sie wohl. Ich werde noch aufräumen und mich dann auch zurückziehen. Ich wache gern bei den ersten Geräuschen draußen auf. Es hört sich wunderschön an, wenn Paris erwacht – die ersten Busse, die Männer, die den Rinnstein ausfegen, die Schritte der Fußgänger und dann um 6 Uhr das Morgenläuten. Und nun schlafen Sie, schlafen Sie fest. Ein herrlicher Tag erwartet uns.«

Ich torkle in mein Zimmer, komme gerade noch aus meinen Kleidern und in meinen Trainingsanzug, und schon liege ich in diesem superbequemen Bett und bin weg.

Der nächste Morgen ist eine Pracht. Ich beschließe, im Jardin du Luxembourg zu joggen. Das habe ich noch nie getan.

Als das Licht durch mein Fenster dringt, schlüpfte ich in meine Joggingsachen. Ich fühle mich ausgezeichnet, bin nicht mal steif vom Strecken und Recken gestern. Ich will auf die Toilette, trete leise ins große Zimmer und erstarre zur Salzsäule.

Vor mir steht Mirabelle in einem schwarzen Gymnastikanzug. Auf dem Kopf.

»Guten Morgen, Jacques. Ich glaube, der Tag ist schön. Ich wünsche Ihnen einen guten Lauf.«

Ich gehe um Mirabelle herum. Sie steht fest wie ein Fels im Yoga-Kopfstand, die Unterarme auf dem Boden, die Hände hinterm Kopf verschränkt.

»Ich jogge heute im Jardin du Luxembourg, Mirabelle. Zum ersten Mal.«

»Das wird sicher schön. Es gibt noch ein paar Krokusse, und die Beete sind jetzt voller Frühlingsblumen. Die Bäume müssen auch bald blühen. Ich habe sie noch nicht gerochen, aber es kann nicht mehr lange dauern.«

Ich trete in die Toilette, schließe die Tür, pinkle, spüle und verlasse den Raum.

Mirabelle steht immer noch auf dem Kopf. Ich frage mich, wie lange sie das durchhält. Ich will sie nicht stören; vielleicht versucht sie ja zu meditieren. Ich habe diesen Kopfstand auch schon probiert, aber ich schaffe ihn nur, wenn ich mich mit den Füßen an der Wand abstütze. Ich gehe an Mirabelle vorbei zur Wohnungstür.

»In einer Dreiviertelstunde bin ich wieder da, Mirabelle. Ich kann unterwegs Croissants besorgen. Okay?«

»Das wäre wunderbar. Ich werde Kaffee für uns kochen, und dann können wir in Ruhe frühstücken.«

Ich habe zehn Francs und den Wohnungsschlüssel in meiner Shortstasche. Ich eile die Treppen runter und jogge zum Park. Es ist praktisch noch kein Mensch auf der Straße. Ich laufe die Rue des Canettes entlang, über die Place Saint-Sulpice, durch die Rue de Vaigirard und in den Jardin du Luxembourg. Hier joggen etliche Leute genau hinterm Zaun. Es scheint einen regelrechten Rundkurs zu geben. Ich schließe mich der Gruppe an. Es kommt mir seltsam vor, mit anderen zu laufen. Das war für mich immer eine so einsame Beschäftigung. Ich muß gestehen, daß ich stolz bin, als ich ein paar jüngere, durchtrainierte Läufer überhole.

Die Blumen sind schön. Es macht mir besonders viel Spaß, durch die weniger frequentierten Teile des Parks zu joggen, wo es Spalierbäume und Bienenstöcke gibt. Ich blicke zu den Bäumen auf und sehe tatsächlich ein kleines bißchen Weiß und Rosa, manchmal auch ein paar Blüten. Ich kann's kaum erwarten, es Mirabelle zu erzählen. Ich schaue zur Mitte des Parks. Die Fontäne sprüht, und der Wind verweht ihren Strahl.

Ich lausche auf die Uhr des Palais de Médicis, in dem jetzt der Senat seinen Sitz hat, sie zeigt jede Viertelstunde an. Als sie dreimal geschlagen hat, laufe ich durch das Tor, durch das ich gekommen bin, und jogge dieselben Straßen wie auf dem Hinweg zurück. In einer Bäckerei kaufe ich zwei Croissants.

Ich laufe die Treppe rauf, und Mirabelle öffnet mir die Tür. Der Schweiß tropft nur so von mir runter, und ich atme immer noch schnell. Ich gebe Mirabelle die Croissants.

»Ich muß mich schnell waschen, dann bin ich soweit.«

»Ich habe ein Bad für Sie eingelassen.«

Lieber Gott, diese Frau ist sagenhaft.

»Das ist sehr freundlich von Ihnen, Mirabelle, aber es wäre nicht nötig gewesen. Kommt Ihnen doch sicher bei Ihrem

Yoga und Ihren Sprachen in die Quere. Ich kann mich schon selbst um mich kümmern.«

»Ich weiß, aber es macht mir Freude, mich ein bißchen um Sie zu kümmern. Ist das in Ordnung?«

»Es ist wunderbar. Ich werde mich gleich in die Wanne stürzen.«

»Jacques, geben Sie mir bitte Ihre nassen Kleider, bevor Sie ins Bad gehen? Ich will sie schnell durchwaschen.«

Ich trete ins Bad. Es ist dampfig und warm. Ich weiß nicht, wann ich zum letzten Mal ein Wannenbad genommen habe. Zu Hause habe ich meistens nur geduscht.

Ich ziehe meine Joggingsachen aus und reiche sie Mirabelle durch die Tür. Sie muß darauf gewartet haben, denn sie nimmt sie direkt aus meiner Hand entgegen. Mann, was werde ich verwöhnt! Ich lasse mich in die riesengroße Wanne gleiten und versuche, nicht an Mirabelles Mutter zu denken. Das Wasser hat genau die richtige Temperatur. Es ist phantastisch.

In der Seifenschale liegt eine gute, duftende Seife, und ich schäume mich damit ein. Ich komme mir vor wie ein römischer Senator. Ich lasse mich tiefer sinken, bis nur noch mein Kopf über Wasser ist. Ich wasche mir die Haare – Shampoo gibt es keines. Ich habe Schuldgefühle, weil ich Mirabelle warten lasse, aber ich kann mich nicht von dieser Wanne losreißen. Ich aale mich drin, weit über jede normale Badezeit hinaus.

Schließlich gehe ich in die Hocke, lasse kaltes Wasser über meine Haare rinnen und ziehe den Stöpsel. Das Wasser fließt schnell ab, und ich wische die Wanne mit einem Lappen aus. Als sie leer und sauber ist, steige ich raus. Große, flauschige weiße Handtücher liegen bereit, und ich trockne mich ab.

Ich gehe in mein Zimmer und ziehe meine Malsachen an. Ich habe sie gestern abend gewaschen, und sie riechen herrlich sauber. Ich kämme mich und trete aus der Tür, meine Schuhe in der Hand.

Mirabelle kommt aus dem Musikzimmer.

»Haben Sie schön gebadet, Jacques? Fühlen Sie sich wohl?«

»Ich fühle mich wie ein neuer Mensch, Mirabelle.«

Ich bücke mich und ziehe meine Schuhe an. Sie sind schon

ziemlich verschlissen, und ich habe keinen Ersatz für sie. Vielleicht finde ich im Marché ein Paar gebrauchte Tennisschuhe. Ich werde die Augen offenhalten.

»Sie brauchen kein neuer Mensch zu sein, Jacques, der alte ist gut genug.«

Mirabelle holt die Kanne aus der Küche und gießt uns beiden ein. Diesmal ist der Kaffee so heiß, daß sie den Pegelstand nicht direkt in der Tasse prüft, sondern ihren Finger überm Tassenrand in der Schwebe läßt, bis sie an der Wärme merkt, daß sie genug eingegossen hat. Sie setzt sich mir gegenüber. Sie hat die beiden Croissants in ein blauweißes Schälchen getan. Auf meinem Teller liegen ein paar Orangenviertel.

»Sie sind mein Ruin, Mirabelle. Wie soll ich nach diesem Luxusleben je wieder Clochard und Straßenmaler werden?«

Ich beiße in die Orangen, ziehe mit den Zähnen das Fruchtfleisch von der Schale ab. Nach dem Joggen schmeckt alles gut, und diese Orangen sind hervorragend.

Mirabelle hält ihre Orangenviertel wie ein Stück Melone und ißt sie auch so. Ich schaue ihr zu. Es gehört zu den angenehmsten Dingen beim Umgang mit blinden Menschen, sie genau beobachten zu können, ohne daß es einem selbst peinlich ist oder man das Gefühl haben muß, es sei ihnen peinlich. Mirabelle kaut bedächtig ihre Orangen. Ich frage mich, was sie sagen würde, wenn sie sehen könnte, wie rüde ich das Fruchtfleisch mit den Zähnen abrupfe. Ich möchte wetten, daß sie's weiß. Wahrscheinlich merkt sie es an den Geräuschen, die ich mache.

Die Croissants sind nicht die besten, aber recht passabel, zumal mit Butter und der Brombeerkonfitüre, die Mirabelle auf den Tisch gestellt hat.

»Ich wußte nicht, was Sie mögen, Mirabelle, deswegen habe ich diese einfachen Croissants gekauft. Also, was mögen Sie?«

»Oh, gewöhnlich esse ich nur etwas Obst und eine Scheibe Brot zum Kaffee. Es ist mir zu beschwerlich, den Weg die Treppe hinunter zu machen und Croissants zu kaufen. Ich danke Ihnen, sie sind köstlich.«

»Aber was mögen Sie richtig gerne?«

»Ich mag Überraschungen, und diese Croissants sind eine wunderbare Überraschung.«

Nach dem Frühstück packe ich meine Malkiste, schnappe mir eine Leinwand und stecke meine Terpentin- und Firnisflaschen ein. Ich will es nochmal mit der Place Furstenberg versuchen und am Vormittag nur die Vorzeichnung machen, allenfalls noch mit der Untermalung anfangen. Wenn sich das Wetter hält, kann Mirabelle am Nachmittag mitkommen.

Ich habe die Wände in meinem Zimmer vermessen, also kann ich jetzt Korkplatten und Farbe kaufen. Mirabelle hat mir bereits gesagt, daß sie keine Pinsel und Rollen hat. Die werde ich gleich mitbesorgen, wahrscheinlich im BHV, einem Kaufhaus in der Rue de Rivoli.

Ich bin vor neun bei der Arbeit. Das Licht auf der Place Furstenberg ist schön. Diesmal will ich einen anderen Standpunkt wählen als beim ersten Bild. Ich möchte auch jetzt die Steigung abwärts malen – der Platz liegt auf einer kleinen Anhöhe –, aber ich stelle mich auf der anderen Seite auf, noch dichter bei der Laterne in der Mitte. Ich baue meine Staffelei auf, tue die Leinwand drauf, setze mich auf den kleinen Klappstuhl, den ich mir von Mirabelle geliehen habe (zufällig hatte sie zwei), und fange an. Ich beginne mit der Vorzeichnung, lege die Komposition mit einem harten Bleistift an, habe wieder eine 25er-Leinwand vor mir, dasselbe Format wie das Bild, das ich verkauft habe. Hoffentlich bringe ich diesmal auch so ein gutes zustande. Ohne Mirabelle fühle ich mich fast wie ein Kind, das zum ersten Mal alleine Bonbons kauft.

Ich lege mich tüchtig ins Zeug. Ich finde Vorzeichnung und Komposition noch besser als bei dem Bild, das ich verkauft habe. Mir scheint, daß Mirabelle meine Arbeit am meisten beim eigentlichen Malvorgang beeinflußt. Mit ihren Beschreibungen schließt sie einen großen Teil von mir jener Unmittelbarkeit der Farbe auf, die ich offenbar nicht von selbst erreiche. Irgendwie nimmt die Farbe in Mirabelles Gegenwart ein Eigenleben an.

Als ich die Glocken von Saint-Germain-des-Prés läuten höre, lege ich meinen Bleistift aus der Hand. Ich sitze da und lausche. Dann packe ich meine Sachen zusammen. Die Sonne scheint jetzt so, daß die Schatten der Blätter auf den Platz fallen. Ich frage mich, wie ich diese Beleuchtung hinkriegen soll. Manchmal kommt einem alles unmöglich vor.

Nach dem Déjeuner – es ist wieder köstlich – holt Mirabelle ihren Klappstuhl. Ich lege ihn auf meine Kiste, und wir ziehen los. Ich gehe als erster die Treppe runter, weil sie für zwei zu schmal ist. Man hat so wenig Platz, daß man, wenn man will, beim Runtersteigen gegen's Geländer und gegen die Wand bumsen kann wie ein Betrunkener. Meine Leinwand paßt gerade um die Ecken. Ich sehe mich um und beobachte Mirabelle. Sie tastet sich mit der Linken an der Wand entlang und hat die Rechte auf dem Geländer. Für sie, die Blinde, ist diese Treppe ideal.

Die Sonne scheint immer noch. Mirabelle hängt sich bei mir ein, und wir laufen um die Kirche herum zur Place Furstenberg. Wir sagen nicht viel, wir genießen die warme Sonne und haben Freude daran, zusammen zu sein.

Auf dem Platz stelle ich erst mal die beiden Klappstühle auf. Dann öffne ich meine Malkiste, mache die Beine daran lang, drücke Farben auf meine Palette, tue Firnis und Terpentin in meine Töpfchen und überblicke das Ganze. Die Schatten der Blätter sind ein Stück weitergewandert, und ein guter Teil des Platzes liegt jetzt nicht mehr in der Sonne. Es weht ein linder Frühlingswind. Alles ist ruhig und still.

Als ich mit der Untermalung anfange, beginnt Mirabelle, von der Place Furstenberg ihrer Erinnerung zu berichten. Sie erzählt kleine Anekdoten und gibt kurze, präzise Beschreibungen. Die meiste Zeit hält sie die Augen geschlossen. Dann und wann fragt sie, ob dies und jenes noch da ist; sie möchte, daß ich ihr sage, wie es jetzt aussieht.

Normalerweise würde mich das beim Malen stören, aber irgendwie harmonieren wir miteinander. Wir reden, und die Farbe fließt wie von selbst. Ich mache eine viel sattere, dunklere Untermalung als sonst. Ich fühle mich, wie sich ein Kutscher fühlen mag, wenn er mit einem guten Gespann fährt, das den Weg kennt. Gewiß, ich halte die Zügel – meine Pinsel –, aber die Richtung bestimmt Mirabelle, und die Kraft kommt von ihr. Mir ist fast, als wäre ich hypnotisiert. Ich höre mit der Untermalung auf und lege mir die Farben fürs Impasto zurecht.

Ich will naß in naß arbeiten, also werde ich mit dem Himmel und den Blättern anfangen. Ich erkläre Mirabelle, was ich tue.

»Wie grün sind die Blätter, Jacques?«

»Hellgrün, Mirabelle.«

»Sind sie so, wie sie früher waren – mit verschiedenen Blautönen, wenn ein Abglanz des Himmels auf sie fällt? Am schönsten war ihre Farbe, wenn man zu ihnen aufschaute. Da leuchteten sie wie Kirchenfenster.«

Ich blicke auf, und es ist so, wie Mirabelle sagt. Ich schaue durch die Blätter zum Himmel. Ich sehe, wie auch er verschieden getönt erscheint, je nach den Farben der Blätter, die ihn in sich einschließen. Mal ist er bläßlich wie mit Weiß ausgemischtes Grün, mal tief wie ein dunkles Violett.

»Als kleines Mädchen legte ich meine Hand gern auf den Sockel der Laterne und rannte so schnell um sie herum, wie ich nur konnte. Dann hielt ich mich fest an dem kalten Stein und blickte zwischen den Lampen zu den Bäumen und zum Himmel hinauf. Alles drehte sich über mir. Es war, als führe ich Karussell.«

Ich habe gerade die ersten Pinselstriche gemacht. Jetzt höre ich auf und schaue wieder zum Himmel. Alles kommt mir so starr vor, nun da ich gehört habe, was Mirabelle als kleines Mädchen getan hat. Ich lege den Pinsel aus der Hand.

»Mirabelle, Sie haben mich in Versuchung geführt. Ich muß tun, was Sie getan haben, sonst kann ich diesen Platz nicht so malen, wie er gemalt werden muß.«

»Nicht, Jacques!«

Sie lacht.

»Man wird Sie verhaften.«

»Ich muß es trotzdem tun, Mirabelle.«

Ich gehe zur Mitte des Platzes, lege die linke Hand auf den Sockel der Laterne und fange an, gegen den Uhrzeigersinn im Kreis zu laufen. Es dauerte nicht lange, da habe ich das

Gefühl, gleich umzufallen, und schlinge die Arme um den Sockel. Ich blicke zwischen den sich drehenden Lampen zum sich drehenden Himmel auf. Es ist genauso, wie Mirabelle gesagt hat. Als sei ich in der Mitte des Universums, als kreisten die Sterne um mich. Die Bäume und der Himmel neigen sich, verschwimmen ineinander. Ich warte, bis es aufhört. Dann gehe ich zurück und setze mich wieder.

»Sie haben es wirklich getan, nicht wahr, Jacques? Ich konnte Sie laufen hören.«

Mir ist immer noch schwindlig, und ich bin ein wenig außer Atem.

»Es war wunderbar, Mirabelle. Ich glaube, daß ich jetzt ein noch schöneres Bild malen kann. Sie haben mir die Augen geöffnet.«

Wir machen weiter. Mirabelle spricht dann und wann, stellt manchmal Fragen, und ich male. Es ist ein herrliches Zusammenfließen der Farbe, meiner Auffassung vom Platz und Mirabelles magischer Sicht. Als das Bild Gestalt annimmt, habe ich dann und wann fast das Gefühl, es geschähe ohne mein Zutun.

Es wird allmählich dunkel. Mirabelle merkt es zuerst. Ich bin so in das Bild versunken, daß ich bis in die Nacht hinein arbeiten könnte.

»Jacques, ist es jetzt nicht zu dunkel zum Malen? Haben Sie keine Angst, daß sich die Farben zu schnell ändern?«

Ich erwache aus meinem Traum. Ich blicke um mich, Jack aus Amerika, Mirabelles Jacques. Ja, es ist dunkel. Ich muß verrückt gewesen sein, sonst hätte ich nicht bei so wenig Licht gemalt.

Ich packe meine Sachen zusammen, Mirabelle hängt sich bei mir ein, und wir kämpfen uns durch den Feierabendverkehr auf dem Boulevard Saint-Germain, gehen an Monsieur Diderot vorbei, die Rue des Ciseaux entlang, die dunkle Treppe hinauf und treten in die Wohnung. Ich stelle meine Kiste hinterm Türvorhang ab und setze mich an den Tisch.

Mirabelle hat für mich Licht gemacht und eilt geschäftig hin und her.

»Jacques, Sie sollten ein Bad nehmen, sich entspannen und Ihren

Schlafanzug anziehen. Danach bringe ich Ihnen etwas zu essen. Sie sind bestimmt sehr müde.«

Ja, das bin ich. Ich folge Mirabelles Anweisungen, noch wie im Traum. Ich bin nicht richtig bei mir und gleichzeitig auf alles eingestellt, auf kleine Dinge, Geräusche, Schatten, Gerüche. Als ich in mein Zimmer gehe, rieche ich den Staub, das frische Bettzeug, den Moder des alten Hauses. Ich ziehe mich langsam aus, spüre die Luft an meinem Körper. Ich setze mich aufs Bett und schlüpfe aus meinen Schuhen. Ich gehe ins Bad, lasse Wasser einlaufen, gleite in die Wanne. Ich habe keine Lust, mich einzuschäumen und abzuseifen, die Farbe von meinen Händen zu schrubben. Ich möchte nur daliegen, nichts weiter.

Aber schließlich kriege ich mich doch irgendwie sauber, ziehe meinen Trainingsanzug an und gehe ins große Zimmer.

»Jetzt werden Sie ausgeruhter, erfrischter sein, Jacques. Kommen Sie, essen wir. Ich glaube, meine Suppe wird Ihnen schmecken – Pommes de terres et poireaux.«

Wir essen, ohne viel zu reden. Wir haben auf dem Platz so innig miteinander kommuniziert, daß ein gewöhnliches Gespräch nur belanglos schiene. Ich brocke Brot in die Suppe und esse mit einem großen Suppenlöffel, langsam, fast methodisch, für mich. Mirabelle hat sich und mir ein Glas Wein eingegossen. Ich sitze da und starre meine leere Suppentasse an.

»Möchten Sie noch etwas, Jacques?«

Ich schüttle wieder mal den Kopf, als könnte Mirabelle es sehen.

»Nein danke. Die Suppe war sehr gut, aber ich bin satt.«

Ich schaue Mirabelle an. Sie konzentriert sich auf mich, auf jede Bewegung, jeden Laut.

»Mit mir ist alles okay, Mirabelle. Ich bin völlig entspannt.«

»Soll ich Ihnen etwas vorspielen?«

Das hört sich gut an.

»Ja, das würde mir gefallen.«

Mirabelle räumt den Tisch ab. Ich mache Anstalten, ihr zu

helfen, aber es ist schwierig, einer Blinden, die alle ihre Wege kennt, nicht in die Quere zu kommen. Ich setze mich wieder und beobachte Mirabelle. Ich habe Freude daran, wie flink sie sich bewegt. Beim Abwaschen klappert sie weniger mit dem Geschirr als jeder »sehende« Mensch, den ich kenne. Sie ist so leise, als nähme sie Rücksicht darauf, daß jemand schläft.

»Und nun zur Musik, Jacques. Ich werde Ihnen etwas vorspielen, an dem ich heute gearbeitet habe.«

Ich folge Mirabelle ins Musikzimmer. Ich mache kein Licht. Nicht nötig. Ich höre Musik ohnehin am liebsten mit geschlossenen Augen. Mirabelle öffnet ihr Cembalo und setzt sich geräuschlos vor die Tasten. Kein Notengeraschel. Sie hat die Musik im Kopf. Ich lehne mich zurück.

Diesmal spielt Mirabelle kleine Stücke von François Couperin. Ich lasse mich mit den Melodien, den leichtbewegten Rhythmen treiben. Und dann muß ich wohl eingeschlafen sein, denn Mirabelle schüttelt mich behutsam. Sie ist schon im Nachthemd, einem langen Flanellgewand mit Rüschenkragen. Ich fahre zusammen, weiß nicht, wo ich bin, weiß kaum, wer sie ist, fühle mich wie ein kleiner Junge.

»Hier sollten Sie nicht schlafen, Jacques. Es ist sehr spät, Sie müssen zu Bett.«

Ich stemme mich hoch.

»Tut mir leid.«

»War die Musik so ermüdend, daß Sie dabei eingeschlafen sind?«

»Nein, es war schön. Nichts hätte schöner sein können. Es war, als käme man in den Himmel, ohne sterben zu müssen.«

»Ich habe an Ihrem Atem gemerkt, daß Sie schlafen, und dann haben Sie ein wenig geschnarcht.«

Mirabelle faßt meinen Arm, führt mich ins große Zimmer und dann in meines. Sie hat das Bett schon aufgeschlagen. Der Schlaf liegt schwer auf meinen Lidern. Warum bin ich so müde? *So* hart habe ich doch nicht gearbeitet.

Ich schlüpfe unter die Decke. Mirabelle steht vor mir. Sie hat ihre Haare zu einem langen Zopf geflochten, der ihr über die linke Schulter hängt. Sie berührt mich flüchtig. Dann setzt sie sich zu mir auf die Bettkante. Ich schließe die Augen.

Dann spüre ich Mirabelles Hand auf meiner Stirn. Sie ist kühl und leicht.

»Schlafen Sie gut, Jacques. Wenn morgen früh die Glocken läuten, werden Sie ausgeruht aufwachen.«

Mir geht auf, daß Mirabelle wohl zum ersten Mal wieder in diesem Zimmer ist, seit sie hier vor langen Jahren bei ihrer toten Mutter schlief. Es ist das letzte, woran ich mich erinnere.

Am nächsten Tag bestelle ich bei BHV Korkplatten, Wandfarbe, Rollen und Pinsel – alles, was ich brauche, um mein Zimmer zu renovieren. Ich habe beschlossen, mir einen Raum nach dem andern vorzunehmen, damit kein Dauerchaos in der Wohnung herrscht. Die BHV-Leute versprechen, morgen zu liefern.

Ich kehre in die Rue des Ciseaux zurück und sage Mirabelle, wieviel es kosten wird, gehe die einzelnen Posten mit ihr durch, damit sie weiß, worauf sie sich einläßt.

»In Ordnung. Ich verstehe zwar nicht alles, aber ich vertraue Ihnen, und ich habe genug Geld. Daß wir diese Wohnung, das ehemalige Zuhause meiner Eltern, unser *Zuhause schön machen, ist eine wunderbare Art, es auszugeben.*

Ich habe sogar ein Scheckbuch und kann mit meinem Namen unterschreiben. Auch die Zahlen und sonstigen Angaben kann ich an den richtigen Stellen einsetzen. Soll ich es Ihnen zeigen?«

Mirabelle verschwindet im Musikzimmer und kommt mit einem Scheckbuch wieder. Darin liegt eine Schablone aus Zelluloid mit Öffnungen, die genau auf die Stellen des Schecks passen, die man ausfüllen muß. Ich frage mich, ob Mirabelle sich das selbst ausgedacht hat.

»Sehen Sie? Ich kann meine Schecks selbst ausstellen. Und jetzt lassen Sie uns zu Mittag essen. Danach gehen wir zur Place Furstenberg und malen.«

Das Wetter ist nicht so schön wie gestern. Immer wieder schieben sich dunkelgraue Wolken vor die Sonne. Ich denke mir ein paarmal, daß es gleich regnet, aber Mirabelle widerspricht mir.

»Ich werde Ihnen sagen, wenn es regnet, Jacques. Ich merke es an der Luft und an den Lauten der Vögel. Die wissen es genau.«

Und Mirabelle hat recht. Wir malen vier Stunden, und ich komme zum Ende. Wir haben genau da weitergemacht, wo wir aufhören mußten, und das Bild scheint zu glühen, als es fertig ist. Mehr noch, ich *weiß*, wann es fertig ist, es gibt kein Gefummel am Schluß, keine langen Überlegungen, ob und wie ich es verbessern kann. Außerdem weiß auch Mirabelle, wann es fertig ist, und das fast noch vor mir.

»Ich glaube, das ist ein schönes Bild. Ich höre es an Ihrer Stimme. Ich höre die Leute, die stehenbleiben. Manchmal sagen sie, daß es schön ist, manchmal schweigen sie nur. Welch ein wunderbarer Tag war das, und jetzt glaube ich, daß es bald regnet. Lassen Sie uns – nein, laß uns gehen, Jacques. Ich kann nicht mehr ›Sie‹ zu dir sagen.«

Als ich an diesem Abend im Bett liege und an das Bild denke, höre ich, wie sich die Tür zu meinem Zimmer leise öffnet. Das Licht im großen Zimmer ist ausgeknipst, und so kann ich Mirabelles Gestalt im Nachthemd kaum erkennen.

»Darf ich eintreten?«

»Ja, Mirabelle, komm rein.«

Ich rutsche ein Stück. Mirabelle setzt sich auf die Bettkante. Sie schweigt eine Weile.

»Ich konnte nicht einschlafen. Wir waren uns heute wieder so nahe, und in der Nacht fühle ich mich dann sehr alleine.«

Ein Teil von mir hat Angst. Ich habe geahnt, daß das passieren würde, und dachte, ich wäre darauf gefaßt, aber nun, da es passiert, bin ich sehr passiv. Ja, das ist Mirabelle; ich bewundere und schätze sie, liebe sie fast. Aber ich empfinde keine Leidenschaft. Wie soll ich ihr das sagen? Und muß ich's?

»Jacques, ich habe das Gefühl, daß ich dein Herz und deine Seele gut kenne, aber ich weiß nicht, wie du aussiehst. Ich weiß nichts von Männern. Der letzte Mann, der mich berührt hat außer den Ärzten, ist mein Vater gewesen, als ich noch ein Kind war. Ich weiß

nicht, wie sich ein Mann anfühlt. Ich kann dich riechen und hören, und wenn wir uns küssen, spüre ich, wie rauh deine Haut ist, wie starr die Haare in deinem Bart sind – so wie die weißen Haare auf meinem Kopf –, aber das ist alles.«

Mirabelle verstummt. Ich überlege mir, was ich sagen soll, und mir fällt nichts ein. Ich strecke meine Hand aus und fasse die von Mirabelle.

»Jacques, darf ich bitte dein Gesicht berühren? Darf ich ertasten, was mir meine Augen nicht sagen können – wie deine Nase aussieht, wie dein Mund geformt ist? Oder ist das zuviel verlangt?«

Ich kann immer noch nicht sprechen. Es ist so traurig, Mirabelles Dunkel zu spüren. Ich führe ihre Hand an meine Lippen.

»Danke, das ist sehr lieb von dir.«

Erst läßt sie die Hand nur auf meinem Mund liegen und verändert die Haltung ihrer Finger ein wenig. Es ist fast wie ein Kuß. Dann fängt sie an, mit den Fingerspitzen behutsam über meinen Schnurrbart zu streichen, gleitet sanft über die drahtigen Haare zu meinen Mundwinkeln hinunter. Das kitzelt, aber ich bewege die Lippen nicht. Es ist unglaublich sinnlich, wie sie mich berührt.

Sie tastet über meine Nasenspitze, steckt zwei Finger in meine Nüstern, bewegt sie zart über meine Nasenflügel. Dann ist sie wieder bei den Nüstern, als suchte sie etwas.

»Jacques, in deiner Nase wachsen so viele Haare! Ist das bei allen Männern so?«

Ich verkneife mir das Lachen und den Wunsch, Mirabelle in die Arme zu nehmen.

»Ich glaube nicht, daß ich mehr Haare in der Nase habe als die meisten Männer, Mirabelle. Früher, als ich noch zum Friseur ging, schnitt der alle Nasenhaare, die rausschauten, mit seiner Schere ab, aber das war wohl normal.«

Nun erforscht Mirabelle meinen Nasenrücken. Daumen und Zeigefinger verweilen beim Übergang zu den Augenwinkeln. Ich habe meine Lider geschlossen. In die Augen soll sie mir nicht kommen; sie sind das Kostbarste, was ich habe. Es ist, als läse Mirabelle meine Gedanken.

»Ich tue dir nicht weh, Jacques, du kannst ganz beruhigt sein.«

Zärtlich streicht sie mit jedem Finger über meine Lider, kitzelt die Wimpern leicht mit den Fingernägeln. Ich muß sagen, das ist schön. Ich glaube kaum, daß mir jemand schon mal solche Aufmerksamkeit geschenkt hat.

Mirabelle fährt mit dem Daumen über meine Augenbrauen, drückt sie so, daß sie sich aufstellen, und glättet sie wieder. Sie verlagert ihr Gewicht. Dann hebt sie die Hände, damit sie mit beiden Daumen gleichzeitig über meine Augenbrauen fahren kann. Die anderen Finger ruhen auf meinen Wangen.

»Ich hoffe, du hast nichts dagegen, Jacques – ich möchte nur die Verschiedenheit deiner Gesichtshälften spüren. Ich weiß, bei mir sind sie nicht gleich, und bei dir auch nicht. Ich glaube, das ist wichtig bei jedem Gesicht. Habe ich recht?«

»Ja, Mirabelle. Wenn der Künstler ein Gesicht malt, muß er das wissen.«

»Du hast so tiefliegende Augen, Jacques, und so starke Brauenwülste. Ist das bei allen Männern so? Da müssen sie doch primitiver aussehen als Frauen – das heißt, wenn die anderen Frauen auch so sind wie ich.«

»Ich habe tieferliegende Augen und stärkere Brauenwülste als viele Männer, Mirabelle. Aber die meisten ähneln mir ein bißchen. Es haben auch nicht alle Frauen ein so freundliches und weiches Gesicht wie du.«

Mirabelle hat die Hände jetzt auf meiner Stirn und streicht behutsam über die Falten oberhalb meiner Augenbrauen. Ihre Finger zeichnen sie vom einen Ende zum andern nach, jede Hand spielt im Kontrapunkt, alle Finger bewegen sich unabhängig voneinander. Nur eine Blinde oder eine Musikerin hat wohl so leichte und lockere Hände, und Mirabelle ist beides.

Dann fährt sie mir in die Haare. Zum Glück habe ich die meisten noch. Allerdings werden sie grau.

Mirabelles Hände schieben sich vorsichtig durch mein Haar, zupfen leicht an meiner Kopfhaut. Das ist ein sehr beruhigendes Gefühl.

»Du hast so schöne Haare, Jacques, und sie sind kühl, kühler als der Rest deines Gesichts. Es gefällt mir sehr gut, wie sie sich anfüh-

len. Sie sind wie Wasser, und sie fließen zwischen meinen Fingern.«

»Für mich fühlen sich deine Hände wunderbar an. Sie sind so sanft.«

Mirabelle tastet sich nun zu meinen Ohren vor. Erst streicht sie über die äußere Krempe bis zu den Ohrläppchen. Das tut sie mit beiden Händen zugleich, und dafür legt sie sich auf mich.

Sie erforscht das Innere meiner Ohren mit den Fingerspitzen, verfolgt die Windungen, die zum Gehörgang führen. Es beginnt mich zu erregen. Ich habe sehr empfindliche Ohren. Bei mir rührt sich was, aber ich versuche, es zu ignorieren.

»Aber Jacques, in den Ohren hast du ja noch mehr Haare als in der Nase! Kannst du überhaupt hören? Schneidest du diese Haare nie ab? Wenn ich solche Haare in den Ohren habe, kommen sie unter die Schere. Kümmerst du dich nicht um dich selbst?«

Sie ist wie eine Mutter.

»Wahrscheinlich kümmere ich mich nicht genug um mich selbst, Mirabelle. Aber du darfst nicht vergessen, daß ich auf der Straße und auf einem Dachboden gelebt habe. Dort hatte ich nicht viel Gelegenheit, mir die Ohrenhaare abzuschneiden. Außerdem hatte ich keinen Spiegel.«

»Das ist keine Entschuldigung. Ich schneide solche Haare auch ab, und ich kann nicht einmal sehen. Ich werde dir bald die Haare in den Ohren stutzen. Du brauchst keine Angst zu haben. Ich werde dir nicht weh tun. Ich kann sehr gut mit Scheren umgehen. Vergiß nicht, ich wohne in der Rue des Ciseaux, der Scherenstraße.«

Ich lege meine Hände auf die von Mirabelle. Ich ziehe sie langsam an meine Lippen. Ich küsse ihre Fingerspitzen.

»Ich glaube, wir sollten jetzt schlafen, Mirabelle. Morgen kommt das Material, da haben wir viel zu arbeiten. Man hat mir gesagt, es würde um neun geliefert – also kurz nach dem Frühstück. Ich werde joggen, du kannst deine Yogaübungen machen, und dann bereite ich alles Nötige in diesem Zimmer vor. Hast du eine Leiter? Ich werde eine brauchen.«

»Ja, im Keller ist eine Leiter. Auch Werkzeug, mit dem du vielleicht etwas anfangen kannst.«

Mirabelle beugt sich über mich, küßt mich rasch und leicht auf den Mund. Dann steht sie auf.

»Es war nicht schlimm, oder? Ich glaube, daß ich dich jetzt sehr viel besser kenne. Du bist noch hübscher, als ich dachte.«

Mirabelle dreht sich um und geht aus dem Zimmer. Ich denke noch eine Weile nach. Dann schlafe ich ein.

Träumerei

Wir sind uns so nahe, wenn wir miteinander arbeiten; mir scheint, daß ich genau weiß, was Jacques tut und was er von mir möchte. Wir werden eins.

Aber was hält er wohl davon, wie ich mein Zimmer haben will? Es ist so kindisch. Und gleichzeitig ist es liederlich – das Zimmer einer Kokotte. Er weiß, ich möchte es so, und darum wird er es machen. Er kann mir dazu verhelfen, daß ich mich als Königin empfinde, als vielgeliebte Königin.

Auf der Place Furstenberg gab er mir das Gefühl, er malte den Platz meiner Träume. Er kann selbst wie ein Kind sein. Ich nehme an, auch das macht ihn zum Künstler, ist mit ein Grund dafür, daß ich ihn so liebe.

Ich muß darauf achten, nicht zu überheblich zu sein, zu selbstgewiß bei der Beschreibung der Welt, in der ich lebe. Er darf nicht merken, daß ich seine *Blindheit sehe. Aber ich glaube, er merkt es nicht; ich spüre nichts davon.*

Es war so schön, sein Gesicht zu berühren, die Rauhheit seiner Haut zu fühlen, seine Nase, seine Ohren, seinen Mund. Die Größe und Kraft seines Körpers machten fast, daß ich weinen wollte vor Glück.

9

Die Lieferung von BHV kommt absolut pünktlich. Ich hatte einen guten Morgenlauf, habe gebadet, und wir trinken gerade unseren Kaffee aus, da setzt Mirabelle ihre Tasse ab und hebt den Kopf.

»Ich höre fremde Schritte auf der Treppe. Vielleicht sind das die Leute vom Kaufhaus.«

Ich kann es kaum glauben. Frankreich ist nicht berühmt für pünktliche Lieferungen. Aber es sind tatsächlich die Leute von BHV. Ich öffne die Tür, und zwei Männer in blauem Overall stehen vor mir. Der eine hält mir einen Lieferschein entgegen. Ich sehe mir die Preise an, und sie stimmen genau mit denen überein, die ich mir notiert habe, also sage ich dem Mann, sie sollen die Sachen raufbringen. Ich nenne Mirabelle die Summe, über die sie einen Scheck ausstellen muß.

Ich helfe den Männern nicht, weil ich alles bei der Ankunft inspizieren, mich vergewissern will, daß es komplett ist und dem entspricht, was ich bestellt habe. Ich habe nichts zu beanstanden. Ich gebe den beiden Männern zehn Francs Trinkgeld, und sie poltern die Stufen runter.

Dann gehe ich mit Mirabelle in den Keller. Sie nimmt zwei Schlüssel vom Schlüsselbrett, steigt die Treppe hinunter, und ich folge ihr.

»Es ist viele Jahre her, daß ich im Keller war. Die Concierge hat mir diese Schlüssel gegeben, bevor sie ins Altersheim ging. Der eine ist fürs Kellergeschoß, der andere für unser Kellerabteil.«

Mirabelle hält mir die Schlüssel entgegen.

»Ich glaube, die Nummer unseres Kellerabteils steht auf dem Schildchen hier.«

Ich folge Mirabelle einen dunklen Flur entlang. Ich mache Licht. Eine steile Wendeltreppe führt in den Keller. Ich suche die richtige Tür, schiebe den Schlüssel ins Schloß, und er dreht sich sperrig. Mirabelle wartet neben mir.

Ich finde eine Trittleiter aus Holz mit acht Stufen. Heute sind die Dinger meistens aus Alu. Ich glaube, eine solche Leiter habe ich noch nie gesehen. Sie ist aus massiver Eiche, also schwer. Ich entdecke auch einen Kasten voller rostigem Werkzeug. Ich suche mir einen Tischlerhammer, einen Steinmetzhammer und eine Kombizange raus, dazu zwei Schraubenzieher mit Holzgriff, eine kleine Säge und einen Spachtel.

»Das ist Werkzeug von meinem Vater, Jacques. Ich glaube, seit er in den Krieg mußte, hat es niemand angefaßt. Mon dieu, hier unten riecht es wie in einer Gruft. Das hatte ich vergessen. Bevor die Concierge ins Altersheim ging, hat sie mir oft ein paar Flaschen von Rolandes Wein heraufgebracht. Siehst du die Weinkisten? Nachdem wir jetzt beide welchen trinken, sind meine Vorräte oben fast alle. Vielleicht können wir ein andermal Nachschub holen. Aber jetzt laß uns bitte wieder hinaufgehen. Dort haben wir frische Luft, und dort ist es warm.«

Ich schultere die Leiter und nehme das Werkzeug an mich, das ich ausgesucht habe. Die Leiter wird sich zum Problem auswachsen. Als ich aus der Tür bin und abgeschlossen habe, klemme ich die Leiter unter den Arm und steige die Treppe rauf. Bei der ersten Ecke merke ich, daß ich die Leiter so nicht rumkriege. Ich werde beide Arme brauchen, werde sie senkrecht halten müssen. Ich lege das Werkzeug auf der Treppe ab.

»Mirabelle, paß auf das Werkzeug auf. Ich habe es auf die sechste Stufe von unten gelegt.«

»Danke. Ich habe es gehört. Du hast Schwierigkeiten mit der Leiter, nicht wahr?«

»Ja. Ich brauche beide Arme, sonst kriege ich sie nicht um die Ecke.«

Ich halte die Leiter kerzengrade. So geht sie ganz gut rauf. Ich wuchte sie hoch bis zur Wohnungstür. Die Tür ist zu. Hoffentlich hat Mirabelle den Schlüssel. Ich habe meinen vergessen. Mirabelle kommt hinter mir die Treppe rauf; sie hat das Werkzeug. Sie langt in ihre Schürze und kramt den Schlüssel heraus. Dann geht sie an mir vorbei, öffnet die Tür. Ich trete hinter ihr ein.

»Du hättest das Werkzeug nicht raufzutragen brauchen, Mirabelle. Ich wollte es gleich holen.«

»Es war mir ein Vergnügen, Jacques. Du ahnst nicht, welche Freude es mir macht zu helfen. Es gibt so wenig, was ich tun kann in der wirklichen Welt.«

Ich arbeite den ganzen Tag durch. Ich gönne mir nur eine Pause, das Déjeuner. Mirabelle möchte, daß ich am Nachmittag rausgehe und male, aber ich bin jetzt mittendrin. Ich hatte ganz vergessen, wieviel Spaß es macht, sich eine Wohnung vorzunehmen und zu schuften, bis sie so wird, wie man will. Seit wir in unserem billigen kleinen Haus in Philadelphia wohnten, habe ich nichts Vergleichbares mehr getan.

Mirabelle kümmert sich um ihre Tauben, aber sie ist lange, bevor die Glocken läuten, wieder da.

»Hast du etwas dagegen, daß ich bleibe, während du arbeitest? Ich höre so gerne, wie du kratzt und hämmerst. Ich versuche, an den Geräuschen zu erkennen, was du tust.«

»Ja, Mirabelle, bitte bleib. Ich mag deine Gesellschaft. Ich kann dir auch erklären, was ich tue. Aber sind deine Tauben nicht enttäuscht? Ich will dich ihnen nicht vorenthalten.«

»Ach, Jacques, ich weiß doch, daß du meine Tauben nicht magst. Mach dich bitte nicht über mich lustig.«

»Nein, ich meine es ernst. Je besser ich dich kenne und je länger ich darüber nachdenke, desto mehr merke ich, daß ich verkehrt lag mit den Tauben. Ich habe nicht erkannt, wie unschuldig, zutraulich, duldsam sie sind. Vielleicht, weil ich so lange für MBI gearbeitet habe. Da zählten nur Cleverness, Konkurrenzdenken, Weiterkommen. Ich glaube wirklich, daß ich von den Tauben lerne. Aber noch mehr lerne ich von dir, Mirabelle.«

Sie steht stumm da und lächelt mich an, ein richtiges Gurulächeln, was ich normalerweise nicht verknusen kann. Vermutlich denkt sie, ich habe das mit den Tauben nur gesagt, um ihr einen Gefallen zu tun, aber es ist wahr. Es gehört zu den Veränderungen, die ich an mir spüre. Mirabelle bricht das Schweigen.

»Wenn ich dir irgendwie bei der Arbeit zur Hand gehen kann, dann sag es mir bitte. Ich würde dir sehr gerne helfen.«

Im ersten Moment denke ich, es sei nur eine nette Geste, aber als ich die Dämmplatten an die Decke klebe, merke ich, daß mir Mirabelle eine große Hilfe ist, denn ich stehe oben auf der Leiter, und sie reicht mir die Platten hoch. Ich sage ihr, was ich tue, daß ich die Platten mit Kleister einstreiche und sie anschließend festdrücke.

»Wäre es nicht einfacher, wenn ich den Kleister hier unten auf die Platten täte und sie dir dann gäbe?«

»Ich glaube, das ist zu schwierig, Mirabelle. Der Kleister muß in einer bestimmten Dicke aufgetragen werden. Das ist eine ziemliche Schweinerei.«

»Ich habe Gummihandschuhe in der Küche. Laß es mich versuchen.«

Mirabelle verschwindet und kommt wieder, zieht sich rosa Gummihandschuhe über. Ich steige von der Leiter und denke mir, daß es jetzt im Schneckentempo weitergeht. Wie will eine Blinde richtig Kleister auftragen, wo es schon die meisten Sehenden falsch machen? Ich breite Zeitungen auf dem Boden aus und schichte Platten daneben auf. Ich lasse Mirabelle den gezackten Spachtel befühlen, den ich für den Kleister gekauft habe. Ich exerziere es ihr mit einer Platte vor. Ich lasse sie den Kleister berühren, damit sie weiß, wie dick er aufgetragen werden muß. Sie kniet neben mir. Sie nickt, um mir zu bedeuten, daß sie's begriffen hat. Ich steige auf die Leiter und drücke die Musterplatte an der Decke fest. Ich habe beim Fenster angefangen und werde mich von dorther vorarbeiten. Ich werfe einen Blick nach unten, und Mirabelle hat bereits eine Platte eingestrichen und hält sie mir entgegen.

»Ist es richtig so?«

»Perfekt, Mirabelle. Du bist eine erstaunliche Frau.«

»Mag sein. Vielleicht bin ich auch nur eine glückliche Frau. Außerdem fühle ich mich als wirkliche *Frau, die mit einem Mann zusammenarbeitet. Es gefällt mir sehr gut.«*

Mirabelle ist wieder auf den Knien, trägt Kleister auf, während sie das sagt, und hat die nächste Platte genau in dem Moment fertig, in dem ich sie brauche.

Es geht jetzt wesentlich schneller mit der Arbeit. Mirabelle kniet und steht abwechselnd, streicht die Platten ein und reicht sie mir hoch. Mir wird klar, daß ich den leichteren Job habe; malochen muß sie. Nach ungefähr fünfzehn Minuten – wir haben die Ecke am Fenster zu –, verrücke ich die Leiter. Das Bett habe ich schon aus dem Weg geschoben. Alle Möbel stehen auf der anderen Seite des Zimmers, und ich habe sie mit alten Zeitungen abgedeckt.

Um 12 Uhr sind wir schon über die Mitte des Zimmers hinaus. Die Glocken haben gerade aufgehört zu läuten. Ich steige von der Leiter, fasse Mirabelles Hände und ziehe sie auf die Beine.

»Wollen wir was essen, Mirabelle?«

»O ja, es ist Zeit, nicht wahr? Ich habe heute morgen ein schönes Boeuf bourguignon aufgesetzt, das müßte jetzt fertig sein.«

Mirabelle zieht ihre Handschuhe aus und geht in die Küche. Als sie den Deckel vom Topf hebt, rieche ich das Bourguignon. Meine Hände sind über und über voll Kleister, da und dort ist mir auch welcher aufs Haar getropft. Ich gehe ins Bad, um mich zu waschen.

Als ich wiederkomme, hat Mirabelle bereits den Tisch gedeckt und macht Salat an. Von der Arbeit, die sie getan hat, ist ihr nichts anzumerken; nirgendwo ein Tropfen Kleister, nicht ein Haar in Unordnung. Ich setze mich.

Wir speisen fürstlich.

»Mirabelle, wie bist du eine so wunderbare Köchin geworden? Das ist köstlich. Ich habe noch nie so ein gutes Bourguignon gegessen.«

»Ich habe für meine Schwester gekocht. Sie zeigte mir vieles, was sie von unserer Mutter gelernt hatte. Und wenn man blind ist, verfeinern sich die anderen Sinne. Ich esse gerne, rieche und schmecke gerne. Ich esse nicht viel, aber gut und immer langsam. Die arme Rolande war oft gereizt deswegen. Es gefällt mir, daß du auch langsam ißt, Jacques.«

»Das habe ich erst vor kurzem gelernt. Als ich auf der Straße lebte, wollte ich meistens nur Alkohol. Als es mir dann allmählich besser ging, als ich mir auf meinem Dachboden selbst was kochte, lernte ich, richtig zu schmecken. Zum ersten Mal in meinem Leben hatte ich keine Eile, und ich nahm mir Zeit. Ich habe gelernt, daß die kleinen Freuden wie Essen und Schmecken sehr wichtig sind.«

»Das ist klug von dir. Für einen jungen Mann weißt du viel.«

»Ich bin kein junger Mann, Mirabelle. Ich habe dir gesagt, daß ich neunundvierzig bin. Und bald werde ich fünfzig, ein halbes Jahrhundert.«

»Das ist doch jung, Jacques! Du hast noch ein langes, aufregendes Leben vor dir.«

Ich vergesse immer wieder, wie alt Mirabelle ist. Zweiundzwanzig Jahre älter als ich. Kaum zu glauben. Ich beobachte, wie sie sehr wohlerzogen ein Stück Fleisch aufschneidet und es ißt. Sie spürt es, schaut auf und lächelt. Dann blickt sie wieder auf ihren Teller. Irgendwie haben wir etwas ohne Worte gesagt.

Wir arbeiten den ganzen Nachmittag. Es geht zügig, und so sind wir vor dem Sechsuhrläuten fertig. Ich steige von der Leiter und sehe hoch. Die Platten machen sich gut, und das Zimmer ist jetzt viel heller. Mirabelle steht neben mir.

»Kannst du mir sagen, wie es aussieht? Ich weiß, daß du stolz darauf bist. Es ist wie bei deinen Bildern, es liegt in deiner Stimme. Sag's mir bitte.«

»Ganz einfach, Mirabelle. Statt einer schmutzigen, dunklen Decke mit Rissen haben wir jetzt eine strahlendweiße. Sie reflektiert das Licht, das durchs Fenster kommt, und es ist viel heller als zuvor.«

»Das hört sich gut an. Ich danke dir. Es hat mir Freude gemacht, mit dir zu arbeiten, Jacques. Das war wieder ein ganz besonderer Tag. Und jetzt laß uns soupieren.«

»Ich mache noch schnell sauber und rücke das Bett an seinen alten Platz. Die Zeitungen lege ich auf die Kommode, dann können wir sie nochmal nehmen. Ach, übrigens, Mirabelle – was machst du eigentlich mit den Zeitungen?«

»Die Concierge von nebenan gibt sie mir. Du bist einem von meinen kleinen Geheimnissen auf der Spur. Ich werde dir ein andermal zeigen, was ich mit den Zeitungen mache.«

Als ich am Abend im Bett liege, spüre ich, wie verspannt meine Schultern sind. Ich merke auch, daß ich warte. Es dauert nicht lange, da öffnet sich die Tür einen Spaltbreit. Ich sehe Mirabelle gegen eines der Fenster im großen Zimmer.

»Darf ich eintreten, Jacques? Oder bist du zu müde?«

»Nein, Mirabelle. Komm rein. Ich habe, ehrlich gesagt, schon auf dich gewartet.«

Mirabelle tritt ins Zimmer, macht die Tür zu und setzt sich zu mir auf die Bettkante. Ihre Augen sind offen, das kann ich gerade noch erkennen. Im Dunkeln fällt es wirklich schwer zu glauben, daß sie blind ist und einundsiebzig Jahre alt. Sie hat die Haare wieder zum Zopf geflochten. Sie riecht ein bißchen nach Rosen und Flieder. Heute trägt sie ein anderes Nachthemd. Die langen Ärmel sind mit Spitze besetzt, und es liegt am Hals nicht so eng an. Ich fasse Mirabelles Hände.

»Möchtest du mich wieder erforschen, Mirabelle? Willst du noch mehr von mir wissen?«

»Du darfst dich bitte nicht über mich lustig machen. Ich möchte soviel wie möglich von dir wissen. Ist das schlimm?«

»Nein, Mirabelle.«

Ich lasse sie los, und sie legt ihre Hände auf meine Ohren, hält sie mir zu, so daß ich mich wie taub fühle. Dann gleiten ihre Finger langsam, als drängen sie in fremdes Gelände vor, meinen Hals hinunter. Mirabelle liegt wieder auf mir, und ihre Hände begegnen sich in meinem Nacken. Dort schlingt sie die Finger ineinander und hebt sie leicht an, wie um das Gewicht meines Kopfes zu prüfen.

»Du hast einen so großen Kopf, Jacques. Er muß doppelt so groß sein wie meiner. Ich weiß, du bist mindestens dreißig Zentimeter größer als ich, aber ich hätte nie gedacht, daß dein Kopf so groß ist, so schwer.«

Während Mirabelle das sagt, wandern ihre Hände über meinen Kopf, mein Gesicht. Sie sind leicht wie Schmetterlingsflügel. Und weil Mirabelle keine Vertiefung, keine Falte und Runzel ausläßt, ist es gleichzeitig so, als würde sie mich abformen. Ihre Hände kommen auf meinem Hals zu ruhen. Die Daumen liegen in der Kuhle überm Brustbein.

»Würdest du bitte etwas sagen, Jacques? Ich möchte spüren, wie du

sprichst. Ich weiß, daß mein Hals vibriert, wenn ich spreche, und ich glaube, bei dir ist das auch so.«

»Was soll ich denn sagen?«

»O ja, dein Hals vibriert sehr schön, mehr als meiner. Bitte sag noch etwas.«

Ich schweige, habe keine Ahnung, was ich sagen soll. Dann weiß ich's.

»Mirabelle liegt in meinem Bett. Sie hat ihre Hände auf meinem Hals und erforscht mich. Sie ist die unglaublichste Frau, die ich je gekannt habe. Sie macht mein Leben von Tag zu Tag aufregender, und ich hoffe, daß ich ihr Leben verbessern kann.«

Ich verstumme. Mirabelle hat ihren Kopf auf meine Brust gelegt.

»Das war schön, Jacques, beides – was ich gehört und was ich gespürt habe, als du sprachst. Ich höre auch dein Herz. Es schlägt sehr stark und sehr langsam. Es klingt nicht nach Schlagen, es ist wie ein leises Brausen, ein grollender, polternder Laut, und es ist nicht jedesmal gleich. Es ist wie ein Stück von Bach – mit mehreren Stimmen. Es ist wunderschön, viel schöner, als wenn man dem Wasser und den Glocken lauscht. Es ist der Klang des Lebens, das weitergeht, auch im Dunkeln, so wie bei mir, die ich weder sehe noch gesehen werde.«

Ich lege meine Arme behutsam auf Mirabelles Rücken.

»*Ich* sehe dich, Mirabelle, und ich spüre dich, und ich rieche dich.«

Sie bleibt lange so liegen, den Kopf auf meiner Brust, bis ich denke, sie sei eingeschlafen. Ich rücke ein Stück, und sie bewegt den Kopf. Ich fasse ihre Hände, die immer noch auf meinem Hals liegen. Unsere Finger verschlingen sich miteinander. Jetzt erforscht sie meine Finger, den Kopf nach wie vor auf meiner Brust. Sie nimmt eine Hand von mir in beide Hände und streicht langsam über jeden Finger, verweilt ein wenig bei den Gelenken, geht hinunter bis zu den Schwimmhäuten. Sie hält Finger für Finger, drückt ihn leicht, drückt dann zwei Finger, fängt mit meinem Daumen und meinem kleinen Finger an. Sie tastet über meine Handfläche, fährt mit dem Daumennagel suchend die Linien nach, fast wie eine

Handleserin. Dann dreht sie meine Hände um und erforscht die Handrücken, zeichnet jede Ader, jeden Knöchel nach, streicht sanft über die Haare dort und auf den ersten Fingergliedern. Im Dunkeln entdeckt sie Dinge, die wir beide noch nicht wußten, und es ist so heilsam, so entspannend.

Sie legt ihre Handflächen gegen meine und hebt den Kopf.

»Ich glaube, deine Hände sind doppelt so groß wie meine. Und sie fühlen sich so stark an, als könntest du meine Hand zerquetschen, ohne es zu merken. Männer sind wirklich anders als Frauen, nicht wahr?«

»Ich habe keine besonders großen Hände, Mirabelle. Ich kannte Frauen, die hatten größere Hände als ich, schlankere, mit längeren Fingern. Die Leute sind meistens enttäuscht, wenn sie sehen, daß ich keine langen schlanken ›Künstlerhände‹ habe.«

»Ich bin nicht enttäuscht. Ich finde deine Hände vollkommen. Ich wußte nicht, daß es solche Hände gibt.

Oh, ich habe viel erfahren heute abend, Jacques. Ich danke dir. Ich werde dich jetzt verlassen, damit du schlafen kannst.«

Wir haben unsere Handflächen immer noch aneinandergelegt. Mirabelle beugt sich vor und küßt mich auf den Mund, etwas länger diesmal. Ich will sie wiederküssen, aber sie ist schon fort. Sie steht eine Weile am Bett. Dann geht sie aus dem Zimmer. Ich spüre, wie der Schlaf über mich kommt. Ich fühle mich wohl, fühle mich wunderbar verwöhnt.

Am nächsten Morgen beschließen wir beim Frühstück, daß wir nachmittags zum Malen gehen werden. Bis zum Mittagsläuten kriegen wir eine der Wände fertig, die wir mit Korkplatten bekleben wollten. Es sieht gut aus. Mirabelle hilft mir wieder. Sie streicht die Platten mit Kleister ein und reicht sie mir. Ich frage sie, ob sie keinen steifen Rücken hat vom Sich-Bücken und -Strecken, aber sie sagt nein, dank ihrer Yogaübungen sei sie stark und gelenkig. Ich kann nicht leugnen, daß mir einiges weh tut, als ich an diesem zweiten Tag auf die Leiter steige, doch das legt sich, sobald wir in Fahrt sind.

Nach einem phantastischen Déjeuner wir gehen zum Malen. Heute werden wir von der Rue des Canettes zur Place Saint-Sulpice blicken. Das ist eine von Mirabelles liebsten Erinnerungen. Sie möchte, daß wir uns auf dem Bürgersteig postieren, ungefähr fünfzig Meter vom Platz entfernt, jenseits der Stelle, an der die Rue Guisarde in die Rue des Canettes einmündet. Ich baue meine Staffelei auf und bin enttäuscht, weil ich nicht mehr vom Platz sehe. Ich hätte gern einen freien Blick auf die Kirchenfassade und den Brunnen, aber die Sicht wird durch die Häuser im Vordergrund blockiert.

Ich sitze eine Weile da und versuche, mir eine gute Komposition auszudenken. Mirabelle beginnt zu sprechen.

»Ist das nicht schön, die Säulen der Kirche und der Brunnen und das Licht in den Bäumen mit ihrem jungen Grün? Du mußt wissen, das sind Kastanien, und sie gehören zu den wenigen in Paris, die rote Blüten haben.

Ich sehe den Platz gerne von hier aus, weil man die Reihe der dunklen Häuser entlangschaut und er sich dann auftut mit all dem Licht und dem Wasser. Es ist, als käme man aus einem Tunnel in den Sonnenschein, nicht wahr?«

Ich frage mich, ob ich's Mirabelle sagen soll. Wenn ich die Art Blick haben will, die sie beschreibt, muß ich dreißig Meter näher an den Platz rangehen.

»Mirabelle, bist du sicher, daß wir hier an der richtigen Stelle sitzen?«

»Ja. Gefällt es dir nicht?«

»Nun, Mirabelle, ehrlich gesagt, von hier aus habe ich keinen guten Blick. Ich sehe nur die Türme von Saint-Sulpice, Häuser und ein kleines Stück vom Platz zwischen den Säulen und dem Brunnen.«

»Oh, das tut mir leid. Vielleicht habe ich in all den Jahren etwas vergessen.«

»Vielleicht hast du ein paar Ansichten durcheinandergebracht, Mirabelle. Ich bin überzeugt davon, daß wir näher an den Platz ran müssen.«

»Wenn du meinst... Oder wäre es möglich, daß du etwas veränderst? Könntest du die Häuser von hier aus malen und Raum für den Platz aussparen? Dann gehen wir so nahe heran, daß wir ihn ganz überblicken, und du malst ihn hinein.«

Das ist eine irre Idee. Mirabelle *komponiert* ein Bild, ohne sehen zu können. Zunächst kommt es mir völlig verrückt vor, als Verzerrung der Realität. Aber dann werden mir die Möglichkeiten bewußt. Wenn das Ganze in Mirabelles Vorstellung existiert, kann ich daraus ein Bild machen. Warum nicht?

Ich gehe die Straße entlang, bis ich eine Stelle gefunden habe, von der ich den Platz so sehe, wie Mirabelle ihn beschrieben hat. Wäre ein guter Trick – und es ist möglich. Schließlich habe ich noch vor, Architekturzeichnungen von Paris zu machen. Ich setze mich neben Mirabelle und erkläre ihr, was ich tun werde.

»Großartig, Jacques. So kann jeder sehen, was ich mir vorstelle, obwohl es nicht wirklich ist. Es wird unsere *Ansicht von Paris sein, ein Paris, das* wir *geschaffen haben. Das ist wunderbar.«*

Ich fange an. Ich mache die Straße ein bißchen breiter, lasse ein paar Häuser weg, damit im Hintergrund Raum für den Platz bleibt. Es ist schwieriger, als ich dachte. Ich möchte Perspektive und Proportionen nicht so verzerren, daß es befremdend wirkt. Schließlich habe ich den Vordergrund fertig, bin zufrieden, und wir gehen näher an den Platz heran. Ich zeichne alles rein, was ich vor Augen habe, die Fassade der Kirche mit ihren Säulen, die Türme, jeder verschieden – der eine sieht so aus wie eine Garnrolle aus Stein.

Die Autos lasse ich weg, aber der Brunnen muß mit drauf. Ich lasse ihn Wasser sprudeln, obwohl es im Moment abgestellt ist. Ich erkläre Mirabelle, was ich tue. Sie beschreibt mir Dinge, an die sie sich erinnert, Spiele, die sie hier gespielt hat. Sie erzählt mir von den Türmen, daß ein Wettbewerb für den zweiten ausgeschrieben wurde, nachdem der erste viele Jahre alleine dagestanden hatte. Dem Architekten, nach dessen Plan die Spule gebaut wurde, schlug von allen Seiten so massive Kritik entgegen, daß er auf seinen Turm stieg und runtersprang. Mirabelle sagt, er sei bei der Arkade außerhalb der Kirche begraben. Es erinnert mich an den Mann, der die Wiener Oper errichtete. Er vergaß die Freitreppe dafür und brachte sich in seiner Verzweiflung ebenfalls um.

Ich trage meine Kiste und unsere Klappstühle wieder zu

dem Punkt, an dem ich angefangen habe, und drücke Farben auf die Palette, um mit der Untermalung zu beginnen. Es ist gut, daß ich eine vollständige Ansicht vom Platz im Kopf habe, während ich arbeite und die Rue des Canettes mit ihrer leichten Biegung nach links entlangschaue. Mirabelle berichtet mir, der Name der Straße zu unserer Linken – Rue Guisarde – komme daher, daß hier die Stallungen des Duc de Guise gewesen seien. Es ist schwierig, sich vorzustellen, daß in diesem alten, aber piekfeinen Viertel einmal Pferde untergebracht waren.

Mirabelle fragt, wie der Himmel aussieht. Er ist blaßblau. Da und dort sieht man einen Wolkenstreif. Es muß in der Nacht geregnet haben; alles wirkt so klar. Selbst die Häuser kommen einem strahlend vor. Mirabelle sitzt in einem kleinen Fleck Sonnenlicht, das zwischen den Mauern durchdringt.

Ich lege den Vordergrund in dunklen, satten Farben an – so wie ich die Schatten auf der Place Furstenberg gemalt habe. Dann ziehe ich wieder um mit meiner Kiste und dem Stuhl, damit ich mir die Place Saint-Sulpice vornehmen kann. Wo sie sich auftut, ist es so hell, daß ich fast geblendet bin. Der Brunnen sprudelt jetzt, und vor dem kleinen Café an der Ecke Rue des Canettes / Place Saint-Sulpice sitzen Leute und genießen die Sonne.

Ich nehme lichten Ocker, etwas gebrannte Siena und Saftgrün für die Bäume. Der Kontrast ist phantastisch.

Mirabelle erzählt mir unterdessen, was sie in ihrem Inneren sieht. Es unterscheidet sich nicht allzusehr von dem, was ich vor Augen habe. Vielleicht beginne ich so zu sehen wie sie, vielleicht tritt ihre Sicht an die Stelle der meinen. Und wenn schon – es ist mir egal.

Wieder scheint die Farbe von selbst zu fließen. Ich stelle fest, daß ich mit mehr Impasto male, rascher male, immer weiß, was ich tun werde, nicht diese Angst vor dem Mißlingen habe, die mich bei anderen Bildern quälte.

Ich arbeite bis 17 Uhr. Ich bin ein paarmal zum Platz und zurück gelaufen, und Mirabelle ist mir gefolgt. Auf dem Bürgersteig drängen sich die Passanten, und auf der Straße fahren wieder mal viel zu viele Autos, aber ich ignoriere das, und sie weichen uns aus. Dann, als die Kirchturmuhr fünfmal schlägt, spüre ich Mirabelles Hand auf meinem Arm.

»Du arbeitest so leise, Jacques, ich höre nur dann und wann, wie dein Stuhl knarrt und du leise pfeifst. Ich bin mir sicher, daß wir etwas Schönes malen.«

»Ja, das glaube ich auch, Mirabelle. Könnte noch schöner werden als die Place Furstenberg. Es ist soviel Licht und Raum auf einer so kleinen Leinwand.«

Ich bin verblüfft darüber, daß ich eine 25er-Leinwand als klein bezeichne. Noch vor wenigen Wochen kam mir dieses Format gewaltig vor.

»Vielleicht solltest du jetzt aufhören, jetzt bist du noch nicht zu müde. Es wäre falsch, wenn du bis zur völligen Erschöpfung arbeiten würdest, dann magst du nicht wieder anfangen. Laß uns gehen. Wir setzen uns ins Café und gönnen uns eine Tasse Viandox. Du hast hart gearbeitet, du verdienst eine kleine Belohnung.«

Ich stehe auf und sehe mir das Bild an. Ja, ich kann durchaus Schluß machen. Für die Schatten, die einige Häuser auf die Mauern anderer werfen, brauche ich das Licht des frühen Nachmittags, bei dem ich begonnen habe.

»Du hast recht, Mirabelle. Ich möchte voll konzentriert sein, wenn ich das Bild fertigmale. Wenn man müde ist, überstürzt man's leicht und baut Pfusch.«

Ich mache meine Kiste zu, klappe die Stühle zusammen und reiche Mirabelle meinen Arm. Wir gehen die Straße entlang, in das Bild hinein, und der Platz tut sich vor uns auf. Schade, daß Mirabelle es nicht sieht. Ich würde mir so sehr wünschen, mit ihr teilen zu können, was ich wahrnehme und fühle.

Wir finden einen freien Tisch vor dem Café de la Mairie. Dort haben wir noch ein bißchen Sonne. Trotzdem ist es recht kühl.

»Ist dir warm genug, Mirabelle?«

»Ja, aber laß mich dicht bei dir sitzen. Ich sitze gerne in deiner Nähe, spüre gerne deine Wärme. Dann bin ich nicht mehr so einsam.«

Mirabelle schmiegt sich an mich, hakt sich bei mir unter.

Der Kellner kommt, und ich bestelle zwei Viandox. Das ist eine Brühe, so ähnlich wie eine Bouillon.

Der Kellner bringt sie sehr schnell und möchte gleich kassieren, weil seine Schicht zu Ende ist. Ich zahle und gebe ihm ein kleines Trinkgeld. Die Viandox riecht köstlich. Ich beobachte, wie Mirabelle sich zurechtfindet. Sie läßt meinen Arm los, ertastet die Tischkante, entdeckt, wo die Tasse steht. Sie faßt sie mit der Rechten beim Henkel, hilft mit der Linken ein bißchen nach und führt das schwere weiße Ding zum Mund. Ich beuge mich vor und schaue nach meiner Kiste. Alles okay, sie steht mit dem Bild zur Wand.

»Die Brühe ist gut, Jacques, und schön heiß, fast zu heiß für mich. Ich verbrenne mir leicht den Mund.«

Ich koste. Für mich ist die Brühe ebenfalls warm, aber ich kann zur Not auch siedende Flüssigkeiten trinken.

Mirabelle setzte ihre Tasse ab, dreht den Kopf und schnuppert.

»Glaubst du, die Leute merken, daß ich blind bin, Jacques?«

»Nein, Mirabelle, und ich bin mir manchmal selbst nicht sicher. Ich habe den Eindruck, du erlebst mehr als die anderen. Sie wirken so in sich eingesperrt, so freudlos. Nur wir lächeln hier.«

Mirabelle schmunzelt.

»Vielleicht merken die Leute daran, daß ich blind bin und du Künstler.«

Wir trinken unsere Brühe, die in der kühlen Luft lauwarm geworden ist. Dann stehen wir auf. Ich schnappe mir meine Kiste, und wir machen uns auf den Heimweg. Mirabelle summt was. Ich erkenne die Melodie: Es ist das Bach-Präludium, das sie mir vorgespielt hat.

»Ja, Jacques, es geht mir im Kopf herum. Ich muß es mir wieder anhören, es gibt ein paar Passagen, die ich noch nicht richtig geübt habe.«

Träumerei

Gestern abend waren wir uns so nahe. Ich hätte nie gedacht, daß ich jemandem so nahe sein könnte. Seine Hände wurden meine, meine Hände wurden seine. Alles war so klar. Es war mehr als Sehen, ja mehr als Fühlen. Jacques ist ein so freundlicher Mann. Ab und zu glaube ich fast, daß er mich liebt. Doch das ist unmöglich. Ich darf nicht vergessen, daß ich eine blinde alte Frau bin.

Zusammenarbeiten, nützlich sein – es gibt mir soviel Hoffnung, macht mir soviel Freude. Jacques sagt nicht nur aus Höflichkeit, daß ich ihm eine Hilfe bin.

Als wir den Platz von der Rue des Canettes aus gemalt haben, waren wir wieder auf eine andere Weise zusammen. Unsere Seelen bauten eine Welt für uns, und ich wollte ihn festhalten, küssen, wollte, daß er mich liebt. Empfinden andere Menschen auch so? Meinen die Leute das, wenn sie sagen, sie seien verliebt? Ich kann es nicht glauben. Ich weiß, was Jacques und ich gemeinsam erfahren, ist etwas ganz Besonderes, mehr als das Leben.

Oh, wie sehne ich mich danach, ihm wieder vorzuspielen. Ich kann ihm nur mit Musik dafür danken, was er mir gibt. Wenn ich spiele, greift mein Herz mit den Klängen aus, und ich kann mir vorstellen, wie sie in sein Gehör dringen, und ich bin in ihnen, bin sein.

10

Am Abend kommt Mirabelle wieder, als ich mich gerade hingelegt habe und mich wohl fühle. Ich habe schon auf sie gewartet. Ich rücke ein Stück, und sie setzt sich auf die Bettkante. Sie schweigt eine Weile.

»Jacques, sei ehrlich mit mir. Bist du böse, daß ich zu dir komme, wenn du schlafen willst?«

»Nein, Mirabelle. Ich finde es sehr angenehm, dich bei mir zu haben.«

Ich frage mich, wo das hinführt. Ich schwindle nicht; es ist wirklich angenehm, sie bei mir zu haben. Sie riecht so gut, sie ist so zärtlich, so mädchenhaft, wenn sie mich »erforscht«.

»Bin ich dreist? Erschreckt es dich, daß ich bei dir sein möchte? Sei ganz ehrlich.«

»Mirabelle, wenn du etwas tust, das ich nicht will, werde ich es dir sagen. Es ist sinnlich, wie du mich berührst, es erregt mich. Ich sag's dir, wenn es mir zuviel wird.«

»Darf ich bei dir liegen, Jacques? Oder ist dir das zuviel?«

Ich schlage die Decke zurück. Mirabelle steht auf, als sie spürt, daß ich sie unter ihr wegziehe. Dann setzt sie sich wortlos wieder aufs Bett und steckt ihre Füße zu mir unter die Decke. Sie sind kalt. Ich breite die Decke über Mirabelle, und sie dreht sich mir zu. Ich lege meine Arme um sie. Wir sprechen lange nicht.

»Es ist eine starke Empfindung für mich, mit dir zusammenzuliegen, Jacques. Ich glaube, Sehende ahnen nicht, wieviel Berührung und Gefühl für jemanden bedeuten, der nicht sehen kann.«

Statt einer Antwort schließe ich meine Arme fester um Mirabelle. Sie schmiegt sich an meine Schulter, und ich spüre, wie es sie schüttelt. Sie weint. Ich ziehe sie noch enger an mich, und sie hebt den Kopf.

»Das ist nicht fair, Jacques, oder? Ich nutze dich aus. Ich weiß, ich bin eine alte Frau, und du bist ein junger Mann.«

»Ich bin glücklich, Mirabelle. Ich bin glücklich darüber, daß du bei mir liegst.«

Wir sind wieder eine Weile still. Mirabelle legt ihren Kopf auf meine Brust. Ich weiß, sie lauscht meinem Herzen. Sie muß spüren, daß es rascher, stärker schlägt als beim letzten Mal. Ich flüstere ihr ins Ohr.

»Möchtest du mich weiter ›erforschen‹, Mirabelle? Möchtest du noch mehr wissen?«

»Ich möchte alles von dir wissen, Jacques. Ist das schlimm?«

Ich ziehe das Oberteil meines Trainingsanzugs über den Kopf. Ich drücke Mirabelle an mich. Sie löst sich von mir. Sie legt ihre Hände auf meine Brust.

»Oh, Jacques, du hast ja überall Haare – wie eine Katze oder ein Hund!«

Mirabelle läßt ihre Hand über meine Brust gleiten. Ich bin stärker behaart als die meisten Männer. Auch auf dem Rükken. Lorrie schämte sich immer deswegen, wenn wir an den Strand gingen. Sie sagte nichts, aber es war an ihrem Blick zu sehen. Mirabelle schiebt mein Brusthaar mal in diese, mal in jene Richtung, zieht es hoch und streicht es wieder glatt.

»Es ist so lang und dicht. Eigentlich brauchst du keine Kleider. Deine Haare müßten dich schon wärmen.«

»Manche Körperteile von mir sind nicht so behaart, Mirabelle, und darum würde ich verhaftet, wenn ich keine Kleider trüge. Außerdem wäre mir kalt.«

Mirabelle hat jetzt beide Hände auf meiner Brust, fährt sacht von der Kuhle an meinem Hals über die Schlüsselbeine, dann wieder über meine Brust, wölbt die Hände drüber, findet meine Brustwarzen. Langsam und vorsichtig schiebt sie das Haar weg, bis die Brustwarzen entblößt sind. Sie fangen an, hart zu werden, und ich spüre, wie sich mir die Nackenhaare aufstellen. Etwas anderes will es ihnen gleichtun. Ich frage mich, ob Mirabelle es merkt.

»Männer haben also auch Brustwarzen ... Ich weiß, daß Frauen mehr Busen haben als Männer. Meine Mutter sagte es mir, als meiner anfing zu wachsen. Zum dreizehnten Geburtstag kaufte sie mir einen Büstenhalter. Ich war so stolz. Wenn du willst, Jacques, kannst du meinen Busen anfassen. Er ist größer als deiner, aber nicht

so groß wie früher, als ich noch eine junge Frau war. Und im Augenblick wird er hart, als fröre ich. Dabei friere ich gar nicht. Deine kleinen Brustwarzen werden auch größer und härter, aber sie können nie so groß sein wie meine, nicht wahr?«

Warum bin ich so erregt? Vielleicht weil mich keine Frau je so »entdeckt« hat.

»Nein, Mirabelle, das können sie nicht.«

Mirabelle beugt sich über meine Brust.

»Jacques, darf ich an deinem Busen saugen? Ist das töricht? Ich würde es sehr gerne tun. Ich möchte dich schmecken.«

Ich bleibe ruhig, als Mirabelle meine Brustwarzen mit ihrer Zunge berührt und mit ihren Lippen umschließt. Sie saugt an der einen, dann an der anderen. Die Brustwarze, an der sie nicht saugt, ist kalt und feucht und wird dadurch noch steifer, und schließlich kann ich mir ungefähr vorstellen, wie eine Frau empfinden mag, wenn ein Mann ihre Brüste liebkost. Es kribbelt mich bis über beide Ohren.

Mirabelle geht jetzt höher. Sie fängt an, meinen Hals zu schmecken. Dann küßt sie meine Ohren, schiebt ihre Zunge tief hinein, so daß ich manchmal taub bin und trotzdem hören kann, wie ich schlucke. Ich liege still. Mirabelle hat ihre Hände jetzt um meinen Hinterkopf geschlossen, dreht meinen Kopf hin und her und »schmeckt« mich, leckt mich ab wie eine Katzenmutter ihre Kätzchen. Ich versuche, mich zu entspannen, es geschehen zu lassen. Mirabelle küßt mich leicht auf den Mund, nimmt ihre Zungenspitze dazu.

»Ist dir das recht, Jacques? Es gefällt mir, wie du schmeckst. Ein wenig nach Salz und nach Leder, und dann ist da noch etwas, das mich an die Bässe meines Cembalos erinnert, weich und voll. Es macht mir große Freude, dich zu schmecken. Macht es dir auch Freude?«

»Ja, Mirabelle.«

Sie schmiegt ihren Kopf unter meine linke Achsel.

»Darf ich heute nacht bei dir schlafen, Jacques?«

»Natürlich, Mirabelle. Es würde mir sehr gefallen.«

Mirabelle hat einen Arm über meine Brust gelegt und kriecht geradezu in mich rein. Ich fühle mich so wohl mit ihr, so ungezwungen. Ich habe noch nie diese Art von sinnlicher

Erregung erfahren – ohne Drang, ohne Ziel. Was wir tun, läuft nicht auf Sex hinaus; wir lernen uns kennen, kommen uns näher.

Lorrie oder sonst jemandem könnte ich nicht erklären, was heute abend geschehen ist. Sie würden lachen und mir kein Wort glauben. Ich glaube es fast selbst nicht, aber ich weiß, daß es wahr ist. Mit diesem Gedanken schlafe ich ein.

Als ich aufwache, ist Mirabelle fort. Sonnenlicht strömt durchs Fenster. Erst wundere ich mich darüber, daß ich das Oberteil meines Trainingsanzugs nicht anhabe. Dann erinnere ich mich.

Ich komme zu dem Schluß, daß es sich bestimmt gut ohne Trainingsanzug läuft. Vielleicht ist es frisch draußen, aber richtig kalt kann es bei soviel Sonne nicht sein. Ich werfe einen Blick auf meine Uhr. Kurz vor acht. Es ist eine Weile her, daß ich so lange geschlafen habe.

Ich ziehe meine Joggingsachen an und gehe leise ins große Zimmer. Ich höre, daß Mirabelle Cembalo übt. Die Tür zum Musikzimmer ist zu; wahrscheinlich hat sie sie geschlossen, um mich nicht zu stören. Ich frage mich, wann Mirabelle aufgestanden ist; vielleicht beim Morgenläuten um sechs.

Ich stecke den Wohnungsschlüssel ein, nehme etwas Kleingeld vom Nachttisch an meinem Bett und trete aus der Tür. Ich laufe die Treppe hinunter und jogge durchs Quartier des Canettes zum Jardin du Luxembourg. Ich komme mir fast schwerelos vor. Ich laufe mit hohem Tempo, ohne zu ermüden. Es ist ein phantastisches Gefühl. So jogge ich die ganze Zeit. Nach einer Dreiviertelstunde laufe ich durch die Rue Férou und über die Place Saint-Sulpice zurück, erschrecke die Tauben am Brunnen, biege in die Rue des Canettes ein. Ich kaufe Croissants in der Bäckerei an der Ecke, warte auf eine Gelegenheit, die Rue de Four zu überqueren. Der Verkehr ist jetzt sehr viel dichter als am frühen Morgen. Ich spurte in die Rue des Ciseaux und die Treppe hinauf. Mirabelle wartet schon auf mich.

»*Wie war dein Lauf?*«

»Sehr erfrischend.«

Ich keuche so gut wie gar nicht. Ich schließe die Tür und küsse Mirabelle auf beide Wangen. Der Schweiß läuft nur so von mir runter. Mirabelle streckt ihre Hände aus.

»Regnet es? Ich habe nichts gehört.«

»Nein, ich schwitze nur.«

Mirabelle faßt mein T-Shirt an. Dann berührt sie meinen Bart, mein Gesicht, meine Haare.

»Du bist ganz naß. Schwitzen alle Männer so beim Laufen?«

»Wenn sie's schnell und intensiv genug tun, ja.«

»Bist du dir sicher, daß das gut für dich ist? Könnte es nicht schädlich für dein Herz sein?«

»Nein, Mirabelle, das ist gesund. Es stärkt das Herz.«

Ich gebe Mirabelle die Croissants. Ich schaue ins Bad. Die Wanne ist voll, und das Badewasser dampft.

»Du verwöhnst mich, Mirabelle.«

»Es ist mir ein Vergnügen. Bitte gib mir deine nassen Sachen. Hast du gut geschlafen, Jacques?«

»Ja, wie ein kleines Kind.«

»Das dachte ich mir. Als ich aufgewacht bin, habe ich dein Gesicht angefühlt. Es kam mir so entspannt vor, und du hast ganz leicht und locker geatmet. Du warst wirklich wie ein kleines Kind.«

Ich setze mich und ziehe meine Laufschuhe aus. Ich streife mein durchgeschwitztes Hemd und meine Shorts ab. Jetzt habe ich nur noch meinen Slip an. Da Mirabelle blind ist, brauche ich mir keine Gedanken über Schamhaftigkeit und ähnlichen Plunder zu machen.

»Jacques, hast du deine nassen Sachen ausgezogen? Stehst du nackt vor mir?«

Heiliger Gott, diese Frau ist unmöglich.

»Fast, Mirabelle. Stört es dich?«

»O nein. Ich würde dich nur gerne sehen. Wenn du das öfter tust, kann ich es vielleicht eines Tages wieder.«

Mirabelle wendet sich ab. Sie muß sich das Kichern verkneifen. Ich gehe ins Bad und sage mir, daß es eigentlich keinen Grund gibt, die Tür zu schließen. Wenn sie zu ist, wird es nur zu heiß und dampfig. Außerdem kann ich so beobachten, wie Mirabelle die Croissants aus der Tüte holt, den Kaffee vom Feuer nimmt, die Erdbeerkonfitüre auf den Tisch stellt.

Ich frottiere mich trocken, lasse das Wasser ablaufen, mache die Wanne sauber, gehe in mein Zimmer und ziehe meine Arbeitsklamotten an. Dann trete ich ins große Zimmer, und wir frühstücken. Es ist köstlicher denn je. Mirabelle hat die Croissants im Ofen aufgebacken, so daß sie außen kroß sind und innen butterweich. Was zählt, sind wirklich die kleinen Dinge. Wie konnte ich das nur vergessen?

Nach dem Frühstück machen wir mit meinem Zimmer weiter. Erst beklebe ich die dritte Wand mit Korkplatten. Das dauert nicht lange. Dann streiche ich die Wand mit der Tür zum Badezimmer weiß. Ich beschließe, den alten dunklen Spannteppich zu entfernen und festzustellen, wie es drunter aussieht.

Mirabelle kann nicht viel tun, während ich die Wand streiche, also wäscht sie das Geschirr vom Frühstück ab und fängt mit den Vorbereitungen fürs Déjeuner an. Anschließend kümmert sie sich um ihre Tauben. Das Wetter ist immer noch herrlich. Ich spiele mit dem Gedanken, zu Mirabelle zu gehen, aber dann beschließe ich, mit dem Zimmer weiterzumachen.

Ich säubere gerade meine Pinsel, als das Mittagsläuten beginnt. Ich ziehe den Teppich vom Boden ab, um einen Blick darunter zu werfen, da höre ich, wie Mirabelle die Treppe raufkommt. Der Boden sieht gut aus, Eichenbohlen.

Ich werde den Teppich rausschmeißen und den Boden wachsen, bis man sich darin spiegeln kann.

Mirabelle tritt ein. In meiner Aufregung sage ich beinahe »Sieh dir das an, Mirabelle, sieh dir diesen wunderbaren Boden an«, aber ich bremse mich noch rechtzeitig.

»Ich bin jetzt fertig mit der Wand, Mirabelle, und ich habe den Teppich abgezogen. Er ist so alt und schäbig – ich glaube, wir müssen ihn wegwerfen.«

»Wie du meinst, Jacques.«

»Komm mal rüber und fühl den Boden an, Mirabelle, der ist wirklich schön.« Mirabelle kommt zu mir, und ich helfe ihr, sich neben mich zu knien. Ich führe ihre Hand über die Bohlen.

»Sie sind so glatt, Jacques. Hat sie jemand angestrichen?«

»Nein, das ist Naturholz mit einer alten Schicht Politur, ein herrlicher Boden aus Eiche. Es wäre eine Schande, ihn zuzudecken.«

»Du hast recht, Jacques. Aber meine Eltern wollten in allen Zimmern Teppiche haben. Ich glaube, so konnten sie zeigen, daß sie vermögend waren. Nur Arme und Bauern hatten damals kahle Böden.«

Ich helfe Mirabelle auf die Beine.

»Ach, Mirabelle, ich wollte, du könntest sehen, wie schön dieses Zimmer wird.«

»Ich auch.«

Mirabelle legt eine kleine Pause ein.

»Aber ich wünsche es mir wohl nicht dringend genug. Ich glaube, wenn ich tatsächlich wollte, könnte ich sehen. Vielleicht kommt das noch. Wenn ich mit dir zusammen bin, wenn du mir erzählst, wie herrlich die Welt ist, wünsche ich mir oft, ich könnte sehen – aber ich habe solche Angst davor.«

Ich betrachte Mirabelle. Sie hat den Kopf zu mir gewandt. Ihr Gesicht ist ein wenig gerötet vom Treppensteigen, aber sie ist nicht außer Atem. Hoffentlich habe ich in ihrem Alter noch eine so gute Kondition.

»Und jetzt laß uns essen, Jacques. Es gibt Filets de harengs als Hors d'œuvre und dann einen Coq au vin, der den ganzen Vormittag geköchelt hat. Hilfst du mir bitte beim Tischdecken?«

Mirabelle hat Geschirr und Besteck, Salz und Pfeffer schon bereitgestellt. Ich hole unsere Servietten aus der Küche und tue das Geschirr und alles andere an seinen Platz. Ich habe seit Jahren keinen Tisch mehr gedeckt. Es fällt mir schwer, mich darauf zu besinnen, wo die Löffel hingelegt werden. Mirabelle trägt den Hering auf. Die Kartoffeln hat sie schon gepellt. Sie holt eine Flasche Wein aus dem Kühlschrank. Es ist ein Sancerre, der wunderbar zu Fisch paßt.

Ich entkorke die Flasche. Mirabelle setzt sich und ich gieße uns Wein ein.

Mirabelle hebt ihr Glas. Ich stoße mit ihr an.

»Auf uns und unsere frohe Zeit.«

Wir kosten den Wein. Er ist so klar wie frisches Wasser.

Der Hering hat Zimmertemperatur und ist mit kleinen Zwiebelringen garniert. Wir essen schweigend. Ich merke, wie sehr es Mirabelle genießt. Sie strahlt regelrecht.

Wir sind ungefähr zur selben Zeit fertig. Mirabelle räumt Geschirr und Besteck ab und kommt mit neuem wieder. Sie wendet sich mir zu.

»Vielleicht machen wir am besten Selbstbedienung.«

Mirabelle tritt beiseite. Ich gehe mit meinem Teller in die Küche und nehme mir zwei Stücke vom Huhn und einen tüchtigen Schlag Sauce aus dem Topf. Mirabelle hebt den Deckel von einem anderen Topf, und darin sind Salzkartoffeln, die die Franzosen Pommes anglaises nennen. Ich bringe meinen Teller ins große Zimmer und hole den von Mirabelle.

»Sag mir, was du möchtest. Welche Teile vom Huhn ißt du am liebsten?«

»Ich lasse mich überraschen.«

»Okay, dann werde ich dich überraschen.«

Ich fische ein schönes Hühnerbein aus dem Topf, dazu ein Stück Brust. Ich tue zwei Kartoffeln auf den Teller und gebe Sauce drüber. Dann bringe ich ihn Mirabelle.

»Mon dieu, du verwöhnst mich, Jacques!«

Wir essen wieder. Diesmal sprechen wir mehr. Mirabelle erzählt, sie spüre, daß einige Tauben anfingen, Nester zu bauen. Sie sagt, die Tauben seien sehr unruhig, und Täuberiche umbalzten sie, das sei deutlich zu hören.

»Du mußt wissen, Jacques, jedes Jahr schlüpfen Jungtauben, und man sollte meinen, der Schwarm würde immer größer, aber er bleibt fast gleich. Was geschieht mit den Jungtauben? Einige von ihnen bleiben beim Schwarm, aber die meisten sind verschwunden, bevor der Herbst kommt. Ich glaube, viele überleben die Mauser im Spätsommer nicht. Die ist sehr hart für sie, und oft haben sie nicht genug Futter, wenn die Touristen fort sind.«

»Ja, die Tauben haben es sicher nicht leicht in einer Millionenstadt wie Paris.«

Ich habe bisher nicht groß darüber nachgedacht, aber die Abgase, der Smog, der Krach machen es den Vögeln wohl schwer zu überleben; all das ist schon für Menschen strapaziös genug.

»Ganz recht, Jacques. Es verschwinden immer wieder Tauben, selbst gesunde, ausgewachsene. Ich lerne sie kennen, und dann kommen sie plötzlich nicht mehr. Das kann sehr traurig sein.«

»Aber so ist das Leben nun mal, Mirabelle.«

»Ich weiß, Jacques. Wir müssen alle irgendwann sterben. Trotzdem ist es traurig.«

Ich möchte Mirabelle fragen, wie sie über den Tod denkt, aber ich lasse es. Wir haben es so gemütlich, sind so glücklich miteinander, daß es merkwürdig schiene, ein solches Thema zu erörtern, und das auch noch an einem strahlend schönen Tag.

Ich bringe das Geschirr in die Küche, und Mirabelle wäscht es ab. Wir lassen es im Abtropfgestell trocknen. Wir wollen jetzt beide schnell zum Malen. Hoffentlich kriege ich heute unser Bild fertig, die Rue des Canettes mit der Place Saint-Sulpice am Ende.

Um 14 Uhr sind wir vor dem Motiv. Erst weiß ich nicht, wo ich anfangen soll, aber als ich mich überwunden habe und Mirabelle erkläre, was ich tue, geht es wie von selbst. Ehe ich's mich versehe, ist es fünf, und ich bin fertig. Ich bin an die zehnmal die Straße rauf und runter gelaufen, habe teils meine Kiste mitgeschleift, teils nur nach Kleinigkeiten geschaut. Ich schaffe es, daß die Schatten im Vordergrund genauso auf die Häuser fallen, wie ich's will. Ich führe einen Sonnenstrahl bis auf die Straße hinunter. Das sieht fast so aus wie ein Dekolleté und trägt dazu bei, die Komposition zusammenzuhalten.

Als ich finde, daß das Bild fertig ist, gehen wir ins Café und setzen uns draußen hin. Diesmal nehme ich ein Bier, und Mirabelle bestellt Verveine, eine Art Kräutertee. Es macht Spaß, sich von der späten Sonne bescheinen zu lassen.

Am Abend kommt Mirabelle wieder zu mir. Ich schlage die Decke zurück, damit sie darunterschlüpfen kann. Ich halte sie in meinen Armen, und wir sind sehr still. Ich frage mich, ob wir so einschlafen werden, und fange tatsächlich an zu dösen. Da spüre ich, wie Mirabelle sanft über mein Haar streicht. Sie legt ihren Kopf auf meine Brust.

»Möchtest du schlafen, Jacques? Bist du müde?«

»Bist *du* müde?«

»Nein. Ich glaube, du weißt nicht, wieviel es für mich bedeutet, daß du mir erlaubst, dich zu berühren und zu schmecken. Ich kann mir keinen anderen Menschen denken, der so freundlich ist.«

»Es ist mir ein Vergnügen, Mirabelle. Ich habe nicht gewußt, daß jemand so liebevoll sein kann wie du. Ich habe nicht gewußt, daß Hände so sanft, Lippen so zärtlich sein können.«

»Ich bin sehr glücklich, Jacques. Würde es dich stören, deine Schlafanzugjacke wieder auszuziehen? Ich habe den ganzen Tag daran gedacht, wie sich deine behaarte Brust an meinem Gesicht anfühlte, und ich möchte es gerne noch einmal spüren.«

Ich beuge mich vor und ziehe mein Oberteil über den Kopf. Dabei rieche ich mich selbst. Ich habe am Morgen gebadet, aber nach einem vollen Arbeitstag mit Wändestreichen und Bildermalen miefe ich nach Schweiß und Terpentin.

»Tut mir leid, daß ich nicht gut rieche, Mirabelle. Ich hätte mich waschen sollen, bevor ich ins Bett gegangen bin. Ich war gedankenlos.«

»Aber nein. Ich bin froh, daß du deine Gerüche nicht weggewaschen hast. Ich habe dir doch gesagt, ich rieche dich gerne.«

Mirabelle schmiegt ihr Gesicht in meine Achselhöhle. Dann spüre ich ihre Lippen und ihre Zunge. Sie leckt meine Seite. Das kitzelt. Ich zucke zusammen.

»Habe ich dir weh getan, Jacques?«

»Nein, du hast mich nur gekitzelt.«

»Gekitzelt? Ach ja, ich erinnere mich. Als ich noch ein kleines Mädchen war, hat Rolande mich gekitzelt. Es war ein seltsames Gefühl. Ich habe entdeckt, daß man sich nicht selbst kitzeln kann. Wenn man weiß, wo man angefaßt wird, kitzelt es nicht. Ich glaube, die Überraschung gehört dazu.«

»Vielleicht, Mirabelle. Aber ich wußte, wo du bist und was du tust, und trotzdem hat es gekitzelt. Wie auch immer – es gibt eine Stelle, wo man sich selbst kitzeln kann.«

»Tatsächlich? Wo?«

»Im Mund. Wenn du mit dem Finger leicht über den Gaumen reibst, kitzelt es, obwohl du's selbst tust.«

Ich zeige es Mirabelle, lege ihre Hand auf meine und kitzle

mich am Gaumen. Es wird mir schnell zuviel, und ich ziehe meinen Finger aus dem Mund, massiere die Stelle mit der Zunge, damit das Kitzeln aufhört.

Mirabelle tut es mir nach und steckt ihren Finger in den Mund. Sie zieht ihn rasch wieder raus und fährt mit der Zunge über die kitzelnde Stelle.

»Mon dieu, Jacques! Das kitzelt! Es ist so lange her, daß ich beinahe vergessen habe, wie es sich anfühlt.«

Mirabelle versucht es nochmal. Dann nimmt sie den Finger aus dem Mund und schüttelt den Kopf.

»Es ist wirklich seltsam. Wissen das viele Leute?«

»Ich glaube nicht, Mirabelle. Ich hatte einen Onkel, der zeigte es mir, als ich ein kleiner Junge war. Ich habe es niemandem gesagt außer dir.«

»Kann ich dich auch so kitzeln? Oder muß man es selbst tun?«

»Keine Ahnung.«

»Darf ich?«

»Okay, aber paß auf, daß ich dich nicht beiße.«

Mirabelle reibt behutsam mit dem Zeigefinger über meinen Gaumen. Das Gefühl ist so stark, daß ich ihre Hand regelrecht wegreißen muß. Es kitzelt mehr, als wenn ich es selbst tue. Ich fahre kräftig mit der Zunge über die Stelle.

»Ja, Mirabelle. Jemand anderer kann einen wirklich im Mund kitzeln. Und wie!«

»Oh, machst du das bitte bei mir, Jacques?«

Ich strecke die Hand aus, und Mirabelle öffnet ihren Mund. Ich reibe mit dem Zeigefinger über ihren Gaumen. Sie entzieht sich mir und schüttelt ein paar Sekunden den Kopf.

»Es hört nicht auf. Es geht nicht weg.«

Wir lachen. Zwischendurch fährt Mirabelle mit der Zunge über ihren Gaumen.

Schließlich beruhigen wir uns. Mirabelle legt den Kopf wieder auf meine Brust. Ich streiche ihr sacht übers Haar.

»Jetzt haben wir ein kleines Geheimnis, Mirabelle. Wir werden es keinem Menschen verraten, oder?«

»Nein, bestimmt nicht. Wir wollen doch nicht die ganze Welt zum Irrsinn treiben!«

Mirabelle liegt eine Weile still. Dann bewegen sich ihre Hände wieder über meine Rippen. Langsam und vorsichtig streichen sie über das weiche, haarlose Fleisch.

»Sag mir, wenn es kitzelt. Ich würde gerne wissen, wann es anfängt.«

Ich warte, und nichts passiert. Es kitzelt nicht, es ist nur ein angenehmes Gefühl wie gestern, als Mirabelle meine Brustwarzen geküßt und an ihnen gesaugt hat, ein Kribbeln im Hinterkopf. Dann faßt Mirabelle mit der einen Hand nach meinem Bauch, genau in die Mitte, wo die Haare am wolligsten sind.

»Diesmal kitzelt es nicht, Jacques?«

»Ich glaube, Mirabelle, weil du deine Hände so langsam bewegt hast, war ich nicht überrascht.«

»Stört es dich, daß meine Hand da liegt, wo sie liegt?«

»Ich werde dir sagen, wenn ich nicht glücklich bin, Mirabelle.«

Sie legt den Kopf wieder auf meine Brust, schiebt mit der anderen Hand die Haare beiseite und beginnt an meinen Burstwarzen zu saugen. Ich bin sehr entspannt. Und ich bin sehr erregt. Mirabelle saugt mal an der einen Brustwarze, mal an der andern.

»Ich wollte, ich hätte zwei Münder, Jacques. Mir scheint, deine Brustwarzen schmecken ein wenig verschieden, aber ich weiß es nicht genau. Wenn ich von der einen zur anderen gehe, vergesse ich es.«

Die Hand auf meinem Bauch hat jetzt den Nabel gefunden. Behutsam, als würde sie den Rand eines Kraters erkunden, läßt Mirabelle ihre Finger darum kreisen und geht jedesmal ein bißchen weiter hinein.

»Ich habe auch einen Nabel, aber der ist nicht so tief. Ich glaube, bei deinem kommt man nicht auf den Grund.«

Mirabelle steckt ihre Finger in meinen Nabel, bis sie ganz unten ist, bei der gefältelten Haut. Sie forscht noch eine Weile.

»Ach, da ist der Grund. Er fühlt sich an wie meiner, aber er liegt so verborgen unter deinen Haaren, daß man ihn kaum findet.«

Mirabelle rutscht ein Stück weiter unter die Decke. Ich

spüre, wie ihre Zunge in meinen Nabel schlüpft, vorsichtig Kreise zieht und tiefer geht. Es ist ein eigenartiges Gefühl. Ich habe nicht gewußt, daß der Nabel so empfindlich ist. Es kitzelt nicht, aber man hält es kaum aus. Mirabelle hebt den Kopf.

»Ich kann meine Zunge ganz hineinstecken, Jacques. Und du schmeckst wunderbar dort, wie hinter den Ohren, nur stärker.«

Mirabelle befaßt sich weiter mit meinem Nabel, und ich spüre, wie mein Penis anschwillt. Noch ist es keine Erektion, aber das Wachsen und Größerwerden, das mich nach wie vor erstaunt, hat begonnen. Ich versuche, mich zu konzentrieren, es zu verhindern.

Das ist neu. Mein Problem beim Sex mit Lorrie war seit langem, daß ich keine spontanen Erektionen mehr bekam. Wenn Lorrie nachhalf, reagierte ich meistens, und dann konnten wir uns lieben, aber mein letzter Versuch, eine Erektion unter Kontrolle zu halten, ist wohl zwanzig Jahre her. Mirabelles Liebkosungen haben mich sehr erregt. Vielleicht liegt es an der langen Zeit ohne Sex oder daran, daß ich durchs Joggen besser in Form bin. Wie auch immer, diese Erektion ist außer Kontrolle. Wenn ich nicht aufpasse, richtet Monsieur sich ganz auf und klatscht der armen Mirabelle ins Gesicht.

Ich bemühe mich, an meine Malerei zu denken, an alles mögliche, aber es hilft nichts. Mirabelle nimmt die Zunge aus meinem Nabel.

»Jacques, ist das dein Penis, den ich da spüre? Ich weiß, Männer haben einen Penis, aber ich wußte nicht, daß sich Penisse von selbst bewegen.«

»Ja, Mirabelle, das ist mein Penis, und normalerweise bewegen sich Penisse nicht von selbst.«

»Darf ich ihn anfassen? Oder wäre dir das lästig?«

Mirabelle hält inne, schiebt die Decke von ihrem Kopf. Ich fasse ihre Hand und führe sie langsam auf meine Erektion zu. Nun bewegt Mirabelle sie selbst abwärts, bis sie bei der Stelle ist, an der der Penis aus dem Schamhaar ragt. Ich spüre, wie sich ihre Finger um ihn schließen.

»Er ist so groß! Tut ein Mann das in eine Frau, um den Samen

für Kinder einzupflanzen? Das ist doch unmöglich. Wie kann das sein?«

»Es passiert ständig, Mirabelle, überall auf der Welt. Aber mein Penis ist nicht immer so groß. Du hast mich erregt, und deswegen ist er so groß geworden. Normalerweise ist er viel kleiner.«

»Ich habe dich erregt, Jacques? Bist du jetzt böse auf mich?«

»Ja, Mirabelle, du hast mich erregt. Und ich bin nicht böse auf dich, es ist mir angenehm.«

»Darf ich deinen Penis noch einmal anfassen?«

»Ja, aber ich muß dich warnen, Mirabelle. Wenn du mich noch mehr erregst, kann es leicht sein, daß Samen aus mir kommt, also paß auf. Wenn es passiert, sage ich's dir, damit du ausweichen kannst.«

»Hast du genug Samen? Wärst du böse, wenn du welchen verlierst?«

»Nein, Mirabelle, ich wäre nicht böse. Ich habe genug Samen. Ich möchte dich nur warnen, damit du nicht erschrickst.«

Es fällt fast noch schwerer zu glauben, wie unwissend Mirabelle in diesen Dingen ist, als ihre Blindheit zu akzeptieren.

Wenn ich's mir recht überlege – lange Jahre isoliert mit ihrer Schwester, die sich kaum mitteilte, und sie konnte nicht lesen, hatte keinen Umgang mit anderen Menschen, die mit ihr über solche Themen gesprochen hätten –, dürfte es mich eigentlich nicht wundern. Mirabelle ist wie ein Kind, eine sehr naive Vierzehnjährige aus einer anderen Zeit.

Sie ist wieder unter die Decke gekrochen. Ich ziehe meine Trainingshose aus und kicke sie ans Fußende. Ich platze fast, so groß ist mein Drang zu ejakulieren.

Mirabelle hat die eine Hand immer noch um meinen Penis geschlossen, und mit der anderen »erforscht« sie ihn auf ihre behutsame Art, fährt mit den Fingerspitzen darüber.

»Die Haut ist so weich, Jacques, und da sind Linien wie Adern, und er ist gekrümmt. Ist das normal?«

»Ja, Mirabelle.«

»Und die Haut weiter oben ist lose, und an der Spitze ist noch einmal Haut, die sich fast so anfühlt wie die am Grund deines Nabels, nur daß sie glatter ist.«

»Wenn du willst, kannst du sie zurückziehen, Mirabelle. Dann findest du die eigentliche Spitze des Penis. Man nennt sie Eichel.«

Vorsichtig schiebt Mirabelle die Vorhaut zurück und erforscht mit einem Finger die Spitze meines Penis. Normalerweise ist meine Eichel, weil ich nicht beschnitten bin, so empfindlich, daß eine solche Berührung fast weh tut, aber Mirabelles Berührung ist so leicht wie das Gewicht einer Fliege, die über meine Haut spaziert.

»Deine Eichel fühlt sich seltsam an, Jacques. Sie hat beinahe die Form eines Herzens, mit einer Kerbe in der Mitte und einer kleinen Öffnung drin. Ist das die Öffnung, aus der du Wasser läßt?«

»Ja, und aus der kommt auch mein Samen. Sie ist sehr empfindlich, paß auf.«

»Tue ich dir weh?«

»Nein, du bist sehr sanft.«

»Ich wußte nicht, daß Männer so empfindlich sind; sie unterscheiden sich gar nicht so sehr von Frauen, nicht wahr? Es muß schön sein, wenn ein Mann diesen empfindlichen Teil von sich in die empfindlichen Teile einer Frau tut. Jetzt verstehe ich, warum soviel vom Sex und Liebe gesprochen wird. Es ist wirklich ein Wunder, nicht wahr?«

»Ja, Mirabelle.«

Für mich ist es ein Wunder, daß ich mich immer noch zurückhalten kann. Ich fange an, mich zu fragen, ob ich mich im letzten Jahr irgendwie verändert habe, ob der Alkohol und das Schlafen auf der Erde dazu geführt haben, daß ich nicht mehr ejakulieren kann.

»Darf ich deinen Penis schmecken, Jacques?«

»Du mußt aufpassen, Mirabelle. Ich bin sehr erregt, und mein Samen kann jeden Moment kommen.«

»Ich beiße dich nicht, Jacques. Ich werde sehr gut aufpassen.«

»Ich habe keine Angst davor, daß du mich beißt. Es ist nur so: Die meisten Frauen scheuen sich, den Samen eines Mannes zu schmecken oder zu trinken.«

»Warum, Jacques? Ist Samen giftig? Mir scheint, daß etwas, das mit dem Ei einer Frau einen neuen Menschen hervorbringt, sehr gut ist, ein wichtiger Teil des Lebens. Warum scheuen sich die Frauen?«

Mirabelle hat ihren Kopf unter der Decke vorgestreckt.

»Ich weiß es nicht, Mirabelle. Ich habe noch nie darüber nachgedacht. Ich selbst hatte keine Frau, die meinen Samen getrunken hat, aber ich habe von solchen Frauen gehört. Es gibt auch Männer, die den Samen von anderen Männern trinken.«

Ich spüre, daß meine Erektion ein bißchen zurückgeht.

»Hast du einmal den Samen eines anderen Mannes geschmeckt? Oder deinen eigenen?«

»Weder den eines anderen Mannes noch meinen eigenen, Mirabelle. Wahrscheinlich habe ich mich gescheut wie so ziemlich alle Menschen.«

»Wie du weißt, bedeuten mir Geschmack und Geruch sehr viel. Ich glaube, ich kann deinen Samen riechen, und für mich riecht er sehr gut. Wenn du mir nicht erlaubst, ihn zu schmecken, dann wäre das so, als würde ich dich etwas Schönes – einen Sonnenaufgang oder Licht, das durch die Bäume fällt – nicht sehen lassen. Findest du das richtig? Ich verspreche dir, wenn ich den Geschmack deines Samens nicht mag, werde ich es dir sagen, oder ich werde ihn ausspukken, wenn dir das lieber ist, ja?«

»Du kannst meinen Penis schmecken, Mirabelle. Wenn mein Samen kommt, werde ich's dir sagen und mich zurückziehen. Okay?«

»Nein. Ich möchte deinen Samen schmecken. Er ist nicht giftig, er wird mich nicht krank manchen. Warum bist du so besorgt?«

Mirabelle fängt an, meinen Penis zu schmecken, geht von unten nach oben. Ich nehme die Beine etwas weiter auseinander, damit sie mehr Platz hat. Sie hört auf.

»Unter deinem Penis ist verschrumpelte Haut mit ein paar Haaren, und es ist etwas drin. Bewahrst du da deinen Samen auf, Jacques?«

»Ja, Mirabelle, das sind die Hoden. Dort bewahrt der Mann seinen Samen auf.«

»Sie fühlen sich so an wie der Stein in einem Pfirsich. Es ist

seltsam. Sie sind ganz anders als der Penis. Der ist glatt, und die sind so faltig und hart.«

»Wenn der Penis klein ist, sind sie weich, Mirabelle.«

»Ich wußte nicht, daß Männer so interessant sind.«

Mirabelle zieht meine Vorhaut zurück. Ihr Mund wandert aufwärts, bis er die Eichel berührt. Mein Penis ist wieder steif, und ich spüre Mirabelles Zunge, rauh, feucht und biegsam. Sie kreist um die Eichel, leckt über die Kerbe. Ich winde mich und stöhne beinahe.

»Ist es dir recht, wenn ich die Spitze deines Penis in den Mund nehme?«

Ich kann nichts sagen. Mirabelle schließt ihren Mund um meine Eichel. Ihre Wärme durchdringt mich, und das langsame Pumpen der Ejakulation beginnt. Ich verliere die Kontrolle.

»Mirabelle, paß auf, mein Samen kommt!«

Sie schließt ihren Mund nur noch fester um meinen Penis, hält ihn mit beiden Händen. Ich werfe mich hin und her im Paroxysmus von Lust und Leidenschaft. Mirabelles Zopf streift meinen Schenkel, und ich ejakuliere mit Macht. Ich spüre, wie sie den Samen aufsaugt, höre, wie sie ihn trinkt. Es ist, als tränke sie das Leben aus mir.

Ich komme allmählich wieder zu mir, schweratmend. Mein Penis schrumpft, erschlafft, und Mirabelle leckt immer noch wie ein Kind, das die letzten Reste eines Lieblingsdesserts nascht. Sie streichelt mich mit ihren Fingern, ihren Lippen, und nun nimmt sie meine Hoden in den Mund und schmeckt auch sie. Dann legt sie ihren Kopf auf meinen Bauch.

»Jacques, du schmeckst wunderbar. Ich weiß nicht, wann ich je etwas so Gutes gekostet habe. Das habe ich noch nie geschmeckt – es ist wie feine Béchamelsauce, und es ist wie gesalzene Butter auf Toast. Ich danke dir dafür. Ich hoffe, irgendwann wirst du es mir wieder erlauben.«

Ich ziehe Mirabelle über mich, bis wir Gesicht an Gesicht sind. Ich küsse sie auf den Mund. Sie hält die Lippen geschlossen. Ich merke, daß sie, die mir soviel Lust geschenkt hat, nicht weiß, wie man küßt.

»Mach den Mund auf, Mirabelle. Ich möchte, daß du meine Zunge schmeckst.«

Mirabelle öffnet ihren Mund. Ich drücke meine Lippen gegen ihre. Ich schiebe langsam meine Zunge zwischen ihre Zähne und spüre ihre Zunge. Ich streichle sie mit meiner, streichle ihren Gaumen. Jetzt schmecke ich den Samen eines Mannes – meinen. Ich atme aus in Mirabelles Mund und atme ein, hole Luft durch ihre Nüstern. Nach einer Weile lösen wir uns voneinander.

»So küßt man richtig? Oder küßt nur du so? Mir wird schwindelig dabei. Hast du versucht, meinen Gaumen zu kitzeln? Es hat sich schön angefühlt, aber es hat nicht gekitzelt.«

»Es hat sich schön angefühlt?«

»O ja! Als ich mich vom ersten Schock erholt hatte, war es sehr schön.«

»Dann laß mich noch einmal deine Zunge schmecken, Mirabelle, und dann laß uns schlafen.«

Ich drehe mich so, daß wir Seite an Seite liegen, und wir küssen uns wieder. Diesmal erforscht sie meinen Mund. Es ist sehr zärtlich, sehr liebevoll. Kein Stoßen und Drängen, aber viel Vertrauen. Ich habe nicht gewußt, daß es ein so stilles Gefühl sein kann, jemanden zu lieben. Wir steuern nirgendwohin, wir sind schon da.

Träumerei

Ich werde nie mehr dieselbe sein. Als ich in Jacques' Armen einschlief, war es, als fiele ich in eine warme tiefe Höhle. Wie konnte ich so lange leben, ohne das zu wissen?

Er ist so schüchtern und freundlich und doch so stark und gefühlvoll. Es war wunderschön, seinen Penis zu berühren. Seinen Samen schmecken heißt wissen, wie gut das Leben ist.

Wie mag erst der richtige Sex sein, wenn ein Mann seinen Penis in die empfindlichen Teile einer Frau tut? Es ist schwer zu glauben, daß es erregender wäre. Ich fürchte, mein armes altes Herz würde stehenbleiben, wenn etwas noch Erregenderes geschähe.

Ich hoffe, daß die Nähe, die wir empfunden haben, fortdauert. Ich habe das Gefühl, Jacques liegt doch ein wenig an mir. Jetzt habe ich keine Angst mehr, als Jungfrau zu sterben. Ich habe soviel erfahren, solche Lust – was kann besser sein? Ich liebe das Leben mehr denn je, aber mir ist nicht bange davor, es zu verlieren, weil Jacques immer bei mir sein wird.

11

Die Zeit vergeht. Ich verliebe mich immer mehr in Mirabelle, und ich wehre mich nicht mehr dagegen.

Tagsüber arbeiten wir an der Wohnung weiter, streichen Wände, entfernen altes Linoleum, hängen Vorhänge auf, schmeißen Möbelstücke raus, die nicht mehr aufpoliert werden können, beizen von anderen, die überstrichen sind, die Farbe ab, und oft ist Eiche oder Kirsche darunter.

Ich berate mich mit Mirabelle über jede Entscheidung, die ich treffe, und meistens sind wir uns einig. Mirabelle hilft mir, wann immer sie kann. Sie bezieht die Stühle und ein Sofa praktisch ganz alleine neu. Die Wohnung wirkt jetzt hell und luftig. Es tut mir immer wieder leid, daß Mirabelle nicht sehen kann.

Alle paar Tage bittet sie mich, dies und jenes zu beschreiben, während sie neben mir sitzt. Ich lege den Arm um sie oder halte ihre Hand und schildere, was ich sehe. Ich spüre fast, wie sie es im Kopf nachkonstruiert.

Wir gehen auch weiter zum Malen. Ich erkläre nach wie vor, was ich tue, wie das Licht einfällt, wie ich die Komposition gestalte. Mirabelle hört zu auf ihre wunderbar konzentrierte Art, lächelt, lebt es nach in ihrer Innenwelt. Auch ich male mehr und mehr von innen. Ich lasse mir Mirabelles Bilder beschreiben und verschmelze sie mit meinen, aber inzwischen entwickle ich meine eigenen Vorstellungen. Ich habe gelernt, nicht nur mit den Augen zu sehen. Ich werde Künstler.

Jeden Abend kommt Mirabelle zu mir. Allmählich werde ich aktiv, liebkose sie, bereite ihr Lust. Sie möchte, daß ich den Liebesakt mit ihr vollziehe, aber sie ist zu eng. So behutsam und zärtlich ich auch bin, sie bleibt trocken und zu. Das ist das Frustrierende an ihrem Ältersein. Sonst sehe ich sie nicht mehr als alte Frau. Sie ist in so vielem jünger, vitaler, experimentierfreudiger als ich.

Wir versuchen es mit Gleitmitteln, und ich »schmecke« sie mit all der Liebe, die ich empfinde, aber es hilft nichts. Mirabelle weint, so entmutigt ist sie.

»Jacques, mein Liebster, vielleicht muß ich doch als Jungfrau sterben. Ich habe zu lange gewartet.«

Aber daran scheitert unsere Liebe nicht. Mirabelle ist so leidenschaftlich, so phantasievoll, daß ich Schuldgefühle habe. Ich komme mir auch unbeholfen vor, weil ich nicht weiß, wie ich ihr vergelten soll, was sie mir gibt.

In der ganzen Zeit, die ich von zu Hause fort bin, habe ich mein Versprechen an Lorrie gehalten. Ich bin alle vierzehn Tage zu American Express gegangen, um nach Post zu sehen. Dann habe ich mich an einen kleinen Tisch gesetzt und Lorrie geschrieben.

Nur zweimal waren Briefe für mich da, beide von Lorrie. Schon früh – zwei Monate, nachdem ich gegangen war – teilte sie mir mit, sie werde nach Minneapolis zurückkehren. Anscheinend konnte sich Didier nicht von seiner Familie losreißen und wollte Lorrie nicht mehr sehen. Ich stand unter dem Eindruck, sie klagte mich an, weil ich sie verlassen hatte, und fragte sie in meinem Antworbrief, ob es so sei.

Aber sie reagierte nicht. Mit mir ging es damals immer mehr bergab. Ich war nicht bei klarem Verstand und wanderte ziellos durch Paris. Vielleicht entsprach die Idee, daß Lorrie mich anklagte, einem alkoholischen Wahn.

Den zweiten Brief bekam ich ungefähr zehn Monate später. Das war, als ich gerade angefangen hatte, mich zusammenzureißen, und auf meinem Dachboden wohnte – ein paar Wochen, bevor ich Mirabelle kennenlernte.

Lorrie schrieb, sie werde das Haus verkaufen. Nun, da die Kinder alle fort seien, sei es ihr zu groß. Sie werde eine Wohnung mieten – mit Gästezimmer für den Fall, daß die Kinder zu Besuch kämen. Sie schrieb weiter, es gehe ihr gut und sie arbeite. Sie mache den Job, den sie sich immer gewünscht habe, Personalführung für eine kleine Firma in St. Paul. Die

Arbeit fordere sie und sei schwierig, aber sie gefalle ihr sehr. Sie hoffe, daß ich glücklich sei.

Ich antwortete sofort mit einem langen Brief, erzählte von meiner Malerei. Obwohl es noch nicht so gut ginge, wie ich wollte, machte ich Fortschritte. Wie ich im einzelnen lebte, verschwieg ich Lorrie. Ich schrieb, ich liebte sie immer noch, und bat sie, den Kindern zu sagen, wie sehr ich auch sie liebte und wie sehr sie mir fehlten. Eigentlich wollte ich Lorrie bitten, die Kinder dazu zu bewegen, daß sie von sich hören ließen, aber dann beschloß ich, keinen Druck auf sie auszuüben. Es war wohl auch so schon hart genug für sie.

Als ich zu Mirabelle zog, teilte ich Lorrie mit, wo ich wohnte. Ich berichtete ihr, daß ich mit einer einundsiebzigjährigen blinden Französin zusammenlebte, die ein wundervoller Mensch sei. Ich sagte, wenn sie wolle, könne sie mir hierher schreiben, und gab ihr die Adresse. Ich würde aber nach wie vor bei American Express nach Post sehen. Mit der Malerei käme ich gut voran.

Auch in der Folge schrieb ich Lorrie alle vierzehn Tage lange Briefe. Ich erzählte, meine Bilder würden immer besser und ich hätte jetzt endlich das Gefühl, ein richtiger Künstler zu werden. Ich berichtete von der Wohnungsrenovierung. Ich erzählte von meinen Gefühlen für Mirabelle, schrieb, daß ich glaubte, ich sei dabei, mich in sie zu verlieben.

Ich wollte nicht grausam sein, aber ich hatte die Erfahrung gemacht, daß es schwierig ist, eine Liebe am Leben zu erhalten, wenn man Geheimnisse voreinander hat. Ich berichtete soviel von Mirabelle, wie ich konnte – von ihrer Musik, ihren Sprachkenntnissen, ja sogar von ihren Tauben. Ich hoffte auf Lorries Verständnis.

Es ist ein Spätsommermorgen, und ich komme vom Joggen zurück. Mirabelle trägt noch ihren Gymnastikanzug. Entweder hat sie länger Yoga gemacht, oder ich bin schneller gelaufen als sonst. Sie geht sofort in ihr Zimmer und zieht sich um. Trotz unserer großen Vertrautheit miteinander ist sie immer noch sehr korrekt, was die Kleidung betrifft. Ich habe nie Sachen von ihr rumliegen sehen. Auch in ihrem Zimmer herrscht absolute Ordnung. Vielleicht kann man das Leben nur so bestehen, wenn man blind und alleine ist.

Mirabelles Zimmer ist jetzt so, wie sie's haben wollte. Es erstaunt mich, wie schön es geworden ist. Das weiße Himmelbett in der Mitte und der weinrote Teppich sind wunderbar auf das Kastanienbraun der mit Damast bespannten Wände abgestimmt. Die Decke habe ich so weiß gestrichen wie das Bett, damit das Zimmer nicht zu dunkel wirkt. Für Mirabelle spielt das natürlich keine Rolle, es entspricht nur meinen ästhetischen Vorstellungen. Ich habe mich nie besonders für Inneneinrichtung interessiert, aber diese neue Erfahrung macht mir Spaß.

An den meisten Abenden kommt Mirabelle zu mir, aber wenn ich am Morgen aufwache, ist sie immer schon fort. Ich habe mit dem Gedanken gespielt, auch mal zu ihr zu gehen, und es aus irgendeinem Grund nicht getan. So, wie es ist, ist es irgendwie magisch, und ich möchte nichts daran ändern.

An diesem Morgen tritt Mirabelle schön angezogen – ganz in Erdfarben, den Farben meines Zimmers – aus ihrer Tür. Sie geht zum Tisch und nimmt einen Brief zur Hand.

»Kannst du mir sagen, von wem der ist, Jacques? Mir fällt kein Mensch ein, der mir auf solchem Papier schreiben würde. Ich bekomme nur amtliche Briefe, und das sind immer andere Kuverts.«

Es ist ein Brief von Lorrie.

»Der ist von meiner Frau. Mirabelle.«

Mirabelle lächelt.

»Das dachte ich mir schon.«

Sie geht in die Küche. Die ist jetzt ein lichter und fröhlicher Raum. Sie wird von den Gelbtönen im großen Zimmer erhellt, und überm Spülbecken habe ich kleine Lampen montiert. All das bedeutet natürlich nichts für Mirabelle. Aber ich bin davon überzeugt, daß sie, wenn die Wohnung so ist, als ob sie sehen könnte, eines Tages vielleicht wieder sehen kann. Sie hat sogar begonnen, das Licht an- und auszuschalten, wenn sie einen Raum betritt oder verläßt. Das findet sie sehr komisch. Am Anfang hat sie manchmal aus Versehen das Licht ausgeknipst, wenn ich im Zimmer war, und das konnte lästig, aber auch wirklich sehr komisch sein. Ich wartete dann eine Weile und ging schließlich zum Schalter und machte heimlich das Licht wieder an. Aber Mirabelle merkte es sofort und bestand darauf, daß ich »Licht!« sagte, wenn es mal passierte. Jetzt passiert es nur noch selten.

Ich beschließe, mein Bad zu nehmen, bevor ich den Brief lese, obwohl ich gerne wüßte, was drinsteht. Aber ich schwitze fürchterlich – draußen ist es heiß, und ich bin schnell gelaufen.

Ich bleibe nur kurz in der Wanne. Dann brause ich mich kalt ab. Ich ziehe mich an und gehe ins große Zimmer. Mirabelle hat gerade unseren Kaffee und unsere Spiegeleier auf den Tisch gestellt.

Ich setze mich und öffne den Brief. Mir zittern die Hände. Ich hole tief Luft. Das ist der längste Brief, den ich bis jetzt von Lorrie bekommen habe. Ich lese ihn bange durch. Aber es ist alles okay. Trotzdem macht mir der Brief zu schaffen. Ich blicke Mirabelle an. Sie ißt das Croissant, das ich mitgebracht habe, und trinkt bedächtig ihren Kaffee.

»Soll ich dir den Brief vorlesen, Mirabelle?«

»Wenn du möchtest... Wäre deine Frau böse, wenn sie wüßte, daß du mir ihren Brief vorliest?«

»Ich glaube nicht. Aber erst esse ich die Spiegeleier, sonst werden sie kalt.«

Es schmeckt mir gut. Ich esse meinen Teller leer und trinke meine Tasse aus. Mirabelle »schaut« zu mir auf, und Tränen stehen ihr in den Augen.

»Hast du schlechte Nachrichten? Du bist so still, und es liegt irgendeine Spannung in der Luft. Ist alles in Ordnung?«

»Ich lese es dir vor, Mirabelle, und du sagst mir dann, was du davon hältst.«

Ich nehme den Brief wieder aus dem Umschlag und fange an:

21. August 1975

Lieber Jack,
entschuldige bitte, daß ich so lange nicht mehr geschrieben habe. Es liegt nicht daran, daß ich nicht an Dich denke, im Gegenteil, ich denke oft an Dich. Du sollst nur tun können, was Du willst. Diese Freiheit hast Du schließlich auch mir gegeben, als ich meinte, ich sei unsterblich in Didier verliebt. Für mich liegt das schon so weit zurück – ist es wirklich erst ein Jahr her?

Aus demselben Grund habe ich die Kinder gebeten, Dir nicht zu schreiben. Du solltest das Gefühl haben, daß Dich nichts belastet. Es war hart für die Kinder, weil sie Dich lieben und sich Sorgen um Dich machen. Ich habe ihnen immer gesagt, was in Deinen Briefen stand. Und so hast Du gewissermaßen auch ihnen geschrieben. Für mich war es übrigens nicht weniger hart.

Manchmal glaube ich, Du meinst, daß ich nicht verstehe, welche Entwicklung Du durchmachst, daß es mich nicht kümmert, aber das ist nicht wahr. Es ist furchtbar, wenn man findet, man habe einen großen Teil seines Lebens vergeudet, auch wenn dies nicht zutrifft. Ein entsetzliches Gefühl der Leere stellt sich ein. Es ist besonders schlimm, wenn es nicht zutrifft und man dahinkommt, es zu merken – so wie ich.

Hier muß ich aufhören. Es schnürt mir die Kehle zu, und Tränen schießen mir in die Augen. Ich hole wieder tief Luft.

»Jacques, du brauchst nicht weiterzulesen, wenn du nicht willst. Es ist bestimmt sehr schwierig für dich.«

Ich schaue Mirabelle an. Sie weint. Ich wende den Blick ab, sehe nach draußen. Der Tag ist so schön. Ich schaue wieder auf den Brief. Schließlich kann ich weiterlesen.

John hat letztes Jahr seinen Abschluß in Bautechnik gemacht. Dein Vater ist so stolz auf ihn, Jack. Ein Ingenieur in der Familie, man denke nur!

John hat einen guten Job. Er arbeitet für den Staat, Straßen- und Brückenbau. Er hat eine eigene Wohnung und eine Freundin. Sie sind sozusagen verlobt, wie es die jungen Leute heutzutage eben halten. Sie fangen das wesentlich klüger an als unsere Generation; sie kennen sich, bevor sie heiraten, und teilen mehr miteinander.

Albie ist der zweite Künstler in der Familie. Er studiert an der University of Minnesota und ist hin- und hergerissen zwischen Keramikskulptur und Steinbildhauerei. Er arbeitet wie besessen. Als ich das Haus verkaufte, habe ich einen Teil des Geldes beiseite gelegt, damit er sich ein Atelier einrichten kann, wenn er im Juni seine Abschlußarbeit gemacht hat. Du wärst stolz auf ihn, er läßt sich durch nichts beirren. Er hat Freundinnen, aber keine feste. Die Kunst ist sein ein und alles.

Helen ist unsere Belesenste. Bei den Jungs, die sie um sich hatte, blieb ihr wohl nichts anderes übrig. Sie studiert im Hauptfach englische Literatur und will Lehrerin werden. Du erinnerst Dich sicher, es war immer gut mit ihr auszukommen. Sie ist eine von meinen besten Freundinnen. Sie schreibt Dir ständig und gibt mir die Briefe. Ich soll sie Dir schicken, wenn ich meine, daß Du sie haben willst. Vielleicht ist es bald soweit.

Und Hank, der Benjamin, ist unser erster und einziger Sportler. Ich weiß nicht, woher er das hat. Er war ja schon an der American School in Paris der Star in so ziemlich allen Disziplinen, und an der University of Minnesota hat er im zweiten Studienjahr den Sprung in die Uni-Baseballauswahl und ins Langlaufteam geschafft. Er spielt mit dem Gedanken, Sport als Hauptfach zu belegen und ebenfalls Lehrer zu werden.

Es geht uns also gut. Du brauchst Dir keine Sorgen zu machen. Ich bin vorigen Monat befördert worden und habe jetzt sogar stundenweise eine eigene

Sekretärin. Dann und wann gehe ich aus, aber ich habe keinen »ständigen Begleiter«. Ich habe ein paar Freundinnen, und wir gehen zusammen ins Museum, ins Theater und ins Kino.

Ich schreibe Dir dies unter anderem, weil ich Dir alles Gute zum Geburtstag wünschen möchte. Ich kann kaum glauben, daß Du in ein paar Wochen ein halbes Jahrhundert alt wirst. Und daß es auch bei mir bald soweit ist, kann ich fast noch weniger glauben. Die Zeit fliegt nur so dahin.

Ich schreibe Dir auch, weil ich den Eindruck habe, daß Du Dir in Paris ein neues Leben aufbaust. Du sollst wissen, daß ich Dir keine Szene machen werde, wenn Du Dich von mir scheiden lassen willst. Ich möchte genauso großzügig sein, wie Du es mir gegenüber warst. Das heißt nicht, daß ich mich von Dir scheiden lassen will. Im Gegenteil, Du fehlst mir sehr.

Richte Mirabelle bitte herzliche Grüße von mir aus. Sie scheint ein wunderbarer Mensch zu sein und Dir gutzutun. Ich wollte, ich wäre dieser Mensch gewesen. Aber ich glaube, wir waren zu jung, Jack, und ließen uns zu leicht von dem Unsinn verführen, den die Leute für das Leben halten und der sie in Wirklichkeit vom Leben abhält. Ich glaube, wir wußten beide nicht, welches Glück es war, daß wir gesund waren und uns, vier prachtvolle Kinder und ein Zuhause hatten. Vielleicht weiß niemand, welches Glück ihm mit dem beschieden ist, was er hat. Wir wußten es jedenfalls nicht.

Könntest Du mir Fotos von Deinen Bildern schicken? Ich würde gerne sehen, was Du machst. Du hattest ein so großes Talent, und es lag brach. Was für eine Schande, daß Du so lange warten mußtest, um es zu entwickeln! Ich habe Schuldgefühle deswegen.

Deine Briefe sind mir nachgeschschickt worden. Hier ist meine neue Adresse:

Lorrie Laughton
4610 Stevens Street
Apartment 3 B
Minneapolis / Minnesota 55409

Wenn Du Helens Briefe haben möchtest und die anderen Kinder Dir schreiben sollen, laß es mich wissen. Ich werde ihnen dann Bescheid sagen. Bitte schreib mir auch in Zukunft. Ich freue mich immer auf Deine Briefe.

Liebe Grüße
Lorrie

Ich lege den Brief aus der Hand. Wir weinen beide, Mirabelle und ich. Ich weine Lorries und der Kinder wegen, meiner Dummheit wegen; ich hätte nur zu warten brauchen. Aber am meisten weine ich unseretwegen, um Mirabelle und mich. Es ist, als hätten wir auf zwei alten Städten eine neue gebaut. Und jedesmal, wenn wir versuchen zu graben, kommen Überreste zum Vorschein. Egal wie schön die Welt ist, die wir uns schaffen, die alte ist immer da und kann unerwartet wieder auftauchen. Ich fasse Mirabelles Hände. Sie drückt meine.

»Sie liebt dich sehr, Jacques. Das wußte ich nicht.«

»Ich wußte es selbst nicht bis zu diesem Brief, Mirabelle.«

»Auch du liebst sie immer noch sehr, nicht wahr?«

»Ja. Ich habe sie immer geliebt. Ich weiß, daß ich mich ihr gegenüber falsch und dumm verhalten habe, aber ich war blind vor Egoismus.«

»Vielleicht. Trotzdem hast du dich anständiger verhalten, als die meisten Männer in deinem Fall. Du hast ihr die Freiheit gegeben, die sie zu brauchen meinte. Sie wußte ja nicht genau, was sie wollte, oder?«

Ich bin kurz vorm Schluchzen. Ich fasse Mirabelles schöne Hände fester, lockere dann meinen Griff, weil ich fürchte, daß ich ihr weh tue.

Ich verwehre mir das Schluchzen, versuche, mich unter

Kontrolle zu bekommen. Wir sitzen lange so da – zumindest scheint mir es so. Mirabelles Tränen sind getrocknet. Sie lächelt mich an.

»Was hast du jetzt vor, Jacques?«

»Darüber denke ich gerade nach. Zunächst werde ich mich bei Lorrie für diesen schönen Brief bedanken. Ich werde ihr sagen, daß ich gerne von den Kindern hören und Helens Briefe lesen würde. Ich werde sie bitten, mir öfter zu schreiben.«

Ich sehe Mirabelle in die Augen. Sie strahlt solche Ruhe aus.

»Ich werde ihr sagen, daß ich mich nicht scheiden lassen will.«

Mirabelle lächelt mich wieder an.

»Und wirst du nach Amerika zurückgehen, zu deiner Familie?«

»Fürs erste nicht, Mirabelle. Ich fühle mich wohl mit dir. Ich weiß nicht, ob ich in einem Apartment in Minneapolis wohnen möchte. Ich habe mich verändert. Mein Leben spielt sich jetzt hier ab, mit dir und meiner Malerei, in diesem Stadtteil, dieser Wohnung. Ich bin mir auch nicht sicher, ob Lorrie mich wiederhaben will.«

»Bestimmt, Jacques. Sie liebt dich doch. Ich *würde dich wiederhaben wollen, gleichgültig, was geschehen ist.«*

Mirabelle drückt mir wieder die Hände.

»Wann hast du Geburtstag? Das hast du mir noch nicht gesagt. Ich glaube, dieser Brief ist Lorries Geburtstagsgeschenk.«

»Wahrscheinlich, Mirabelle. Ich habe in knapp vierzehn Tagen Geburtstag, am 7. September. Ich hatte es vergessen. Ich wollte kein Geheimnis daraus machen.«

»Und ich habe am 10. September Geburtstag, Jacques. Ich wollte *ein Geheimnis daraus machen, denn ich werde zweiundsiebzig Jahre alt. Ich kann es gar nicht fassen. Ich habe mich in der Zeit mit dir wie ein junges Mädchen gefühlt.«*

»Feiern wir unseren Geburtstag, Mirabelle, feiern wir ihn richtig. Gehen wir ins feinste Restaurant von Paris zum Galadiner. Du ziehst dein schönstes Kleid an, und ich kaufe mir neue Sachen. Okay?«

»Das ist eine wunderbare Idee, Jacques. Wir können so tun, als seien wir ein Ehepaar, das silberne oder goldene Hochzeit feiert.«

Ich falte schnell noch mal Lorries Brief auseinander und werfe einen Blick auf das Datum: 21. August. Das war unser Hochzeitstag. Der fünfundzwanzigste. *Deswegen* hat sie geschrieben, und sie hat keinen Ton davon gesagt!

»Was ist, Jacques? Du bist so still.«

»Mirabelle, Lorrie hat mir diesen Brief an unserem fünfundzwanzigsten Hochzeitstag geschrieben. Und ich habe nicht mal dran gedacht. O Gott, ich fühle mich entsetzlich.«

»Ruf sie doch an, Jacques. Sag ihr, du hättest den Hochzeitstag vergessen, aber das würde nicht bedeuten, daß du sie weniger liebst.«

»Ich weiß nicht, welche Telefonnummer sie hat, Mirabelle. Außerdem kommt es jetzt auf ein paar Tage nicht mehr an. Ich werde ihr gleich schreiben. Ich möchte ihr so vieles sagen, das man am Telefon nicht sagen kann.«

Mirabelle steht auf und bringt mir Papier und einen Füller. Sie legt ihre Hände auf meinen Kopf.

»Sei lieb zu ihr, Jacques. Sag alles, was du glaubst, sagen zu müssen, aber sei lieb zu ihr.«

Mirabelle holt ihren Beutel mit dem Taubenfutter und ihre Handtasche mit den kleinen Scheren und Feilen.

»Wenn die Glocken läuten, komme ich wieder.«

Mirabelle geht. Ich lese Lorries Brief noch ein paarmal. Es ist der Brief, den ich mir immer gewünscht habe, aber jetzt weiß ich nicht, was ich tun soll.

Ich starre das leere Papier an, versuche, mich zu konzentrieren. Es ist so schwer, ehrlich zu sein.

28. August 1975

Liebste Lorrie,
ich danke Dir für Deinen wunderbaren Brief. Er hat mich ins Leben zurückgeholt. Das soll nicht heißen, das Leben hier sei nicht angenehm gewesen, aber er hat mir unser gemeinsames Leben wieder nahegebracht.

Es tut mir sehr leid, daß ich unsere Silberhochzeit vergessen habe. Ich habe die Übersicht über die Zeit verloren. Bis ich Deinen Brief las, war mir auch nicht bewußt, daß mein fünfzigster Geburtstag vor der Tür steht. Es ist schwer zu erklären, wie fern ich jetzt innerlich allen Uhren und Kalendern bin. Wenn man mit jemandem zusammenlebt, der einundsiebzig ist und blind, werden die Minuten so kostbar, daß man sie nicht zählen mag.

Bitte sag den Kindern, sie sollen schreiben. Ich wäre Dir sehr dankbar, wenn Du mir Helens Briefe schicken würdest. Ich verspreche, auf jeden Brief zu antworten.

Es tut mir leid, daß Dein Leben nicht glücklicher verlaufen ist. Ich dachte, ich hätte dazu getan, was ich konnte. Aber jetzt sehe ich, daß ich mich geirrt habe. Wissen, was richtig ist – das ist so schwierig, selbst wenn man's gut meint.

Ich werde wieder zu Dir kommen, Lorrie, aber noch nicht gleich. Hoffentlich kannst Du mich akzeptieren, wenn ich eines Tages zurück bin, und hoffentlich werden die Kinder mir verzeihen. Einstweilen muß ich in Paris bleiben, denn hier spielt sich mein Leben ab. Meine Arbeit, mein Selbstwertgefühl sind damit verbunden.

Mirabelle findet, ich soll sofort nach Hause gehen und wieder in Euer Leben eintreten. Ich finde das nicht. Ich glaube, wenn ich jetzt ginge, wäre alles verloren, was ich mir in den letzten Monaten mühsam erarbeitet habe. Meine künstlerische Entwicklung ist an einem so heiklen Punkt, daß ich leicht Schiffbruch erleiden könnte, und dann wäre ich wieder ein Nichts in meinen Augen.

Also habt bitte Geduld mit mir. Vergeßt nicht, daß ich Euch liebe und hoffe, eines Tages wieder bei Euch zu sein. Mein schönster Traum ist, Euch hier bei mir zu haben, aber ich weiß, das geht nicht.

Es war mir eine Genugtuung, von den Fortschritten zu hören, die Ihr gemacht habt. Ich bin sehr stolz auf Euch. Es ist wunderbar, daß Ihr dabei seid, Euch selbst zu entdecken und Euch einen Platz zu schaffen, an dem Ihr Euch heimisch fühlen könnt. Wissen, was man will, und dann tun, was nötig ist, um es zu verwirklichen, das ist momentan in Eurem Leben das Wichtigste.

Ich höre auf. Ich weiß nicht, was ich sonst noch schreiben soll. Ich lese mir den Brief durch, schließe mit »In Liebe und Bewunderung« und schreibe »Jack« und »Dad« darunter. Ich dachte, es würde ein viel längerer Brief, und bin überrascht darüber, wie schnell ich ihn formuliert habe.

Ich falte die zwei Bogen zusammen und stecke sie in einen Umschlag. Ich schreibe die Adresse drauf, die mir Lorrie genannt hat, frankiere den Brief, male PAR AVION in die rechte untere Ecke. Links oben gebe ich meinen Namen und Mirabelles Adresse an. Dann gehe ich los und werfe den Brief bei der Post Ecke Rue du Four / Rue de Rennes in den Kasten.

Ich finde Mirabelle vor der Diderot-Statue in Gesellschaft ihrer Tauben. Sie dreht sich in meine Richtung.

»Hast du Lorrie nicht geschrieben?«

»Doch, Mirabelle. Ich habe den Brief schon aufgegeben.«

Mirabelle hat zwei Tauben auf der Hand und füttert sie mit Körnern.

»Und was wirst du jetzt tun?«

»Wenn es dir recht ist, bleibe ich bei dir, Mirabelle.«

Eine lange Pause tritt ein. Ich beobachte, wie Mirabelle ihre Tauben versorgt. Sie haben keine Angst mehr vor mir. Ich glaube, wenn ich den Finger ausstrecken würde, würden sie versuchen, darauf zu landen.

»Das ist mir sehr recht. Nur – bist du dir sicher?«

»Ich bin mir in nichts mehr sicher, Mirabelle. Aber fürs erste weiß ich, was ich will.«

Die Glocken fangen an zu läuten. Mirabelle packt ihre Scheren und Feilen und Futterbeutel in ihre Handtasche, steht auf, bürstet ein paar Körner und Spelzen ab, die ihr auf den Rock gefallen sind. Ich fasse ihren Arm und küsse sie auf den Hals.

»Was hast du heute Phantastisches gekocht, Liebste? Vielleicht liebe ich ja in Wirklichkeit nicht dich, sondern nur deine köstlichen Gerichte.«

Mirabelle drückt meinen Arm.

»Jacques, ich habe noch eine alte Kamera von Rolande. Mit der kannst du Fotos von deinen Bildern machen. Ich gebe sie dir, wenn wir zu Hause sind. Und da du wissen wolltest, was ich gekocht habe: Blanquette de veau.«

Mirabelle »blickt« lächelnd zu mir auf. Die Sonne scheint ihr ins Gesicht und zeigt, wie dünn ihre Haut ist, hebt das feine Netzwerk der Falten, die hellbraunen Flecke auf der Stirn, ein paar geplatzte Äderchen in den Wangen hervor. Ich küsse Mirabelle nochmals.

»Jacques! Du bist schlimmer als ein Täuberich!«

Sie kichert. Wer würde glauben, daß eine Einundsiebzigjährige so kichern kann. Ich drücke sie an mich, und wir kommen in die Rue des Ciseaux, als die letzten Glockenschläge verhallen.

Nach dem Essen gibt mir Mirabelle die Kamera, ein uraltes Ding mit Balg. Ich kaufe Filme dafür und beschließe, es ohne Belichtungsmesser zu riskieren.

Ich stelle die Bilder in einen Sonnenstrahl, der in mein Zimmer fällt und sie so beleuchtet, daß Textur und Pinselschrift des Impasto sichtbar werden. Ich brauche einen guten Teil des Nachmittags, um die Bilder aufzunehmen. Ich habe fast zwanzig. Weitere acht habe ich verkauft. Ich wollte, ich hätte sie wieder. Es ist so schwierig, nicht besitzergreifend zu sein.

Dann bringe ich die Filme zum Entwickeln. Im Fotogeschäft sagt man mir, in drei Tagen seien sie fertig. Vielleicht bin ich dann konzentrierter und kann einen besseren, vollständigeren Brief an Lorrie schreiben.

An diesem Nachmittag habe ich keine Lust zum Malen. Mirabelle und ich gehen in den Jardin du Luxembourg und machen es uns in zwei Liegestühlen in der Nähe der Bienenstöcke bequem. Entspannt sein, dem Summen der Bienen lauschen, die Sonne spüren, Gras und Blumen riechen – das ist wunderbar. Wir sprechen nicht viel. Es hat etwas Intimes, zu schweigen und miteinander alleine zu sein. Ich fasse Mirabelles Hand.

»Wir sind wie ein Liebespaar im Garten, nicht wahr, Jacques?«

»Wir *sind* ein Liebespaar im Garten, im Jardin du Luxembourg in Paris. Vergiß das nicht.«

»Nein, ich vergesse es nicht, aber ich kann es auch nicht glauben.«

Wir gehen durch den schönen Sommerabend nach Hause. Der Himmel ist silbergrau mit dünnen blauvioletten Streifen. Ich habe noch nie versucht, bei diesem Licht zu malen, aber jetzt spiele ich mit dem Gedanken daran. Das Problem ist, daß sich das Abendlicht so schnell verändert. Ich blicke auf Mirabelle nieder, die sich bei mir eingehängt hat. Sie hat ihr weißes Stöckchen nicht mit.

An diesem Abend lieben wir uns zärtlich und lange. Ich bin über Mirabelle, habe mein Gewicht auf Ellenbogen und Knie verlagert, habe meine Hände links und rechts von ihrem Gesicht. Sie streichelt meinen Penis, meine Hoden. Sie hat mich bereits geschmeckt, mich zu einem gewaltigen und doch sanften Höhepunkt gebracht, und jetzt erregt sie mich wieder. Sie schiebt meine Eichel behutsam in ihre Vagina, und ich werde härter und gleite allmählich in sie hinein. Mirabelle schürzt die Lippen. Sie hat die Augen offen und starrt an mir vorbei.

»Halt still, Liebster. Bitte beweg dich nicht.«

Ich halte still, spüre ihre warme Enge, die mich umschließt. Mirabelle atmet flach und kurz, keucht beinahe. Das erregt mich noch heftiger. Sie wirft ihren Kopf hin und her.

»O Jacques, ich habe mir nicht träumen lassen, daß es so sein würde. Wie kann man sich einsam fühlen, wenn man diese Nähe erfahren hat? Nein, beweg dich nicht! Halt still! Bitte!«

»Tut's weh, Mirabelle? Ich möchte dir nicht weh tun.«

»Nein, es tut nicht weh. Ich halte es nur kaum aus; das Gefühl ist so stark. Bleib bitte so.«

Ich bleibe so, aber der Strom der Energie schwillt in mir, drängt, und dann kann ich es nicht mehr hinausschieben. Ich komme, ohne mich zu bewegen. Mirabelle ist ganz still. Sie sieht blaß aus im matten Schein der Kerze, die an meinem Bett brennt. Ich erschlaffe allmählich, senke mich behutsam über Mirabelle. Sie weint.

»Wir haben es getan, nicht wahr, Jacques, mein Liebster? Du hast deinen Samen in mich gepflanzt. Ich bin keine Jungfrau mehr. Ich bin eine richtige Frau.«

»Du warst immer eine richtige Frau, Mirabelle.«

»O wie gerne hätte ich ein Kind von dir! Ist das nicht töricht? Ich will immer mehr, als ich habe, auch wenn es unmöglich ist.«

Ich lege mich neben Mirabelle und nehme sie in die Arme. Ihr Herz schlägt so schnell, daß ich es an meiner Brust spüre.

»Alles okay, Mirabelle? Geht's dir gut?«

»In einer Minute ist es vorbei. Halt mich nur fest.«

Wir bleiben lange so, und gerade als ich denke, sie sei eingeschlafen, spricht Mirabelle.

»Ich muß dir etwas sagen, Liebster. Ich habe es dir bis jetzt verschwiegen.«

Ich warte, rieche den reinen Duft von Mirabelles Haar – sie riecht wie ein kleines Kind.

»Ein Jahr nach Rolandes Tod bekam ich plötzlich Herzbeschwerden. Ich mußte ins Krankenhaus. Die Ärzte sagten, ich hätte ein schwaches Herz. Deshalb mache ich Yoga.

Ich hatte dann nie mehr Herzbeschwerden. Jetzt habe ich wieder etwas gespürt. Es war nicht so schlimm wie beim ersten Mal, aber ich hatte ein Engegefühl in der Brust, das erschreckend war. Jetzt ist es fort. Vielleicht bleibt es dabei.

Jacques, ich sage dir das, weil ich vorigen Monat mein Testament gemacht habe. Ich möchte, daß du diese Wohnung erbst, wenn ich sterbe, und das Geld von Rolande, das noch da ist. Vielleicht kommt dann deine Frau nach Paris und lebt hier mit dir. Ich wollte es dir nur sagen für den Fall, daß mir etwas zustößt.«

Ich erschrecke sehr. Ich mag mir nicht vorstellen, daß Mirabelle etwas zustößt. Ich will nicht wahrhaben, daß ihr Herz versagen könnte. Ich möchte nicht hier leben, wenn sie tot ist. Ich weiß nicht, was ich sagen soll, ohne sie zu verletzen.

»Bitte, Mirabelle, sprich nicht von solchen Dingen. Ich will nicht hier sein, wenn du nicht mehr bist. Und dir wird nichts zustoßen. Wir leben weiter wie bisher, und es werden noch viele Tage kommen.«

»Ja, Jacques, du hast recht. Ich wollte nur, daß du es weißt. Bist du jetzt böse auf mich?«

»Ich kann nicht böse auf dich sein. Ich liebe dich doch.«
Damit schlafen wir ein.

Normalerweise verläßt Mirabelle mein Bett, bevor ich aufwache. Ich habe mich daran gewöhnt. Es läßt alles neu erscheinen, nicht so, als seien wir verheiratet, sondern als hätte ich in der Nacht Besuch gehabt oder als sei ich ein Kind und meine Mutter wäre schon auf, würde den Ofen anheizen, Frühstück für mich machen.

Auch an diesem Morgen ist Mirabelle schon fort. Ich verschränke die Hände hinter meinem Kopf und öffne langsam die Augen, denke an gestern abend.

Da sehe ich Mirabelle. Sie sitzt im Nachthemd auf dem Boden und starrt die Wand an.

Ich habe die Wände in meinem Zimmer mit unseren Bildern vollgehängt. Ich schaue sie mir gerne an. Ich lasse sie Revue passieren, als zählte ich Gold oder Edelsteine. Ich lerne aus ihnen, und sie machen mir viel Freude. Und nun starrt Mirabelle sie an. Sie spricht, ohne sich umzudrehen.

»Sie sind schön, Jacques. Du bist ein großer Künstler.«

Ich bin fassungslos. Ich setze mich zu Mirabelle auf den Boden.

»Wie meinst du das?«

»Ich kann sehen! Als ich heute morgen aufwachte, habe ich plötzlich die Bilder an der Wand wahrgenommen. Ich betrachte sie schon eine ganze Weile. Ich hatte vergessen, wie schön es sein kann zu sehen, und ich habe überhaupt keine Angst.«

Ich bin immer noch fassunglos. Aber Mirabelle sagt bestimmt die Wahrheit. Es ist nicht ihre Art, einem dumme Streiche zu spielen.

»Was siehst du im Moment, Mirabelle?«

Sie spricht leise, aber sehr bewegt. Tränen rinnen ihr über die Wangen.

»Ich sehe die Place Saint-Sulpice, wie du sie für mich erfunden hast. Es ist so wahr, viel schöner als das, was nur wirklich ist. Ich danke dir.«

Auch ich spreche leise. Ich bin verwirrt und versuche, mein Erstaunen zu bewältigen.

»Und das Bild daneben – siehst du das auch?«

»O ja, das ist eine von den kleinen Straßen bei der Place Furstenberg, in denen die Tauben picken. Ich weiß noch genau, wie du das gemalt hast. Du hast meine Vorstellungen genau getroffen, Jacques.«

Wir sitzen lange auf dem Boden. Mirabelle berichtet mir von den Bildern. Sie macht keine Fehler, sie erinnert sich an die Entstehung von jedem. Ich schiebe meinen Kopf in ihr Blickfeld.

»Und ich, Mirabelle? Was hältst du von mir? Bist du enttäuscht? Ich weiß, ich sehe nicht gut aus.«

»Ich bin mir sicher, daß du schön bist, Jacques. Aber ich kann dich nicht sehen.«

»Wie meinst du das, Mirabelle?«

»Ich sehe nur die Bilder. Wenn ich die Augen von ihnen abwende und zum Fenster oder zu dir schaue, steigt ein Nebel auf und alles wird rot und dann schwarz. Es tut mir leid. Ich weiß, wie gerne du es hättest, wenn ich alles sähe, und vielleicht kann ich es eines Tages wieder, aber jetzt noch nicht. Ich fürchte mich doch zu sehr.«

Erst kann ich es nicht akzeptieren. Ich bitte Mirabelle, ihren Blick auf die Bilder zu richten, dort gleichsam Sehkraft zu sammeln, und sich dann von ihnen abzuwenden und mich anzuschauen, aber es hilft nichts. Sie ist noch nicht bereit, mich zu sehen.

Aber sonst ist es ein großer Schritt nach vorn. Hoffentlich bleibt es dabei. Mich würde interessieren, was passiert, wenn wir zum Malen gehen und ich Mirabelle erkläre, was ich tue. Ob sie das neue Bild sieht? Und wann? Ich beuge mich vor und nehme Mirabelle in die Arme.

»Alles okay mit dir, Liebste? Oder ist es ein zu großer Schock? Vielleicht solltest du dich noch mal ins Bett legen und ausruhen.«

Mirabelle steht auf.

»Nein, Jacques, führen wir unser gewohntes Leben weiter. Die Dinge werden sich von selbst entwickeln, wir können sie nicht forcieren.«

Mirabelle geht in ihr Zimmer. Ich ziehe meinen Schlafanzug aus und meine Joggingsachen an. Mir zittern die Hände. Daß sie meine Bilder sehen kann, ist, als wäre ich selbst nicht mehr mit Blindheit geschlagen. Mirabelle kommt im Gymnastikanzug aus ihrem Zimmer, setzt sich auf den Boden, ein Bein angewinkelt, das andere ausgestreckt, und lächelt mich an, als ich an ihr vorbeilaufe. Ich trete aus der Wohnungstür und steige die Treppe runter.

Nach dem Frühstück kündigt Mirabelle an, daß sie ins Musikzimmer will. Ich werde zum Malen gehen und packe meine Kiste. Ich möchte ein Motiv in der Rue Mabillon machen. Dort gibt es einen Graben, der im neunzehnten Jahrhundert ein Bärenzwinger war. Im Graben wächst ein Baum, und von einer Conciergeloge aus führt eine schöne Treppe nach unten. Mirabelle wendet sich mir zu.

»Ich möchte noch ein bißchen üben. Heute abend spiele ich dir etwas vor – als Dankeschön für deine Bilder. Wenn ich im Musikzimmer fertig bin, werde ich mich um meine Tauben kümmern. Kannst du beim Mittagsläuten wieder hier sein?«

»Klar. Wenn du kochst, komme ich notfalls auf allen vieren gekrochen.«

Mirabelle lächelt, und ich ziehe los. Es ist ein phantastischer Tag zum Malen, warm, aber nicht schwül. Die Arbeit geht mir von der Hand.

Ich kriege Vorzeichnung und Untermalung fertig. Ich frage mich, ob Mirabelle es wird sehen können. Als ich meine Farbtuben zuschraube, fangen die Glocken an zu läuten. Bevor sie ausgeläutet haben, bin ich zu Haus. Mirabelle öffnet mir. Ich stelle meine Kiste hinter der Tür ab, mit dem Bild zum Flur. Ich beobachte Mirabelle. Sie schaut, aber ich merke, daß sie es nicht sieht.

Das Déjeuner ist wieder köstlich. Aber es ist zuviel passiert. Wir scheinen nicht mehr so ungezwungen zu sein. Das bekümmert mich. Ich weiß nicht, was ich machen soll.

»Ich male die Fosse des ours in der Rue Mabillon, Mirabelle. Ich glaube, das Bild wird gut. Möchtest du nachher mitkommen?«

»Ja, obwohl ich noch üben müßte. Wirst du mir wie immer sagen, was du tust?«

»Natürlich. Ich brauche deine Hilfe, das weißt du doch.«

»Nein, ich glaube, du brauchst sie nicht mehr. Du bist jetzt ein eigenständiger, großartiger Maler. Aber ich möchte sehr gerne mit dir zusammensein.«

Und so gehen wir, nachdem wir den Abwasch gemacht haben, zur Rue Mabillon. Sie ist ganz in der Nähe, drei Straßen weiter. Ich habe von einer schmalen Fußgängerbrücke über den Graben aus gemalt; jetzt suche ich einen Platz für Mirabelle. Dann baue ich meine Staffelei auf und erkläre, was ich bisher getan habe.

»Also, Mirabelle, über die Hälfte des Bilds wird vom Graben eingenommen, in dem ein Baum wächst. Seine Blätter verdecken den größten Teil des Himmels. Von der Conciergeloge aus führt eine Treppe in den Graben hinunter. Die habe ich größer und stabiler gemacht, als sie in Wirklichkeit ist. Um der Grabenwand mehr Tiefe zu geben, habe ich die Perspektive ein bißchen übertrieben.

Auf Straßenniveau habe ich ein paar Leute gemalt, die sich von mir fortbewegen, nicht detailliert ausgeführt, mehr Schemen als Menschen. Es sind keine Autos auf dem Bild. Das Lokal auf der anderen Straßenseite habe ich nur angedeutet.

Im Hintergrund ist die Rue du Four. Sie hat das meiste Licht. Ich habe Hellgelb, Indischgelb und Ockertöne dazu genommen.«

Ich beschreibe das Bild weiter und fange dann mit dem Impasto an. Ich erkläre Mirabelle genau, was ich versuchen will, welche Wirkung ich mir erhoffe, erkläre den Kontrast der zwei Ebenen zum Himmel und den Effekt, der durch die Blätter des Baumes entsteht, erkläre, wie ich die Schattenpartien im Graben und auf der Straße behandle.

Ich kann inzwischen malen und gleichzeitig darüber sprechen. Es macht mir die Dinge sogar bewußter, hilft mir bei meinen Entscheidungen.

Wenn Mirabelle etwas nicht verstanden hat, stellt sie mir Fragen, und auch das ist mir eine Hilfe. Ich hätte nie gedacht, daß ich so malen könnte. Hoffentlich helfen meine Erklärungen Mirabelle, das Bild zu sehen. Ich denke mir, wenn sie's hier sehen kann, am Entstehungsort, statt an der Wand in meinem Zimmer, ist es wieder ein großer Schritt nach vorn.

Ein paar Minuten vor sechs, als ich auf das Abendläuten warte und meine, das Bild sei fertig, beugt sich Mirabelle zu mir und flüstert mir ins Ohr.

»Ich kann es sehen, Jacques. Es war seltsam. Ich habe mir deine Erklärungen genau gemerkt. Dann fing ich an, mein Bild auf deiner Staffelei zu sehen, und allmählich verschmolz es mit deinem, wurde das Bild, das du gemalt hast. Es war die reinste Zauberei. Das Bild ist schön. Ich werde nie begreifen, wie du das machst.«

»Du siehst es wirklich, Mirabelle? Erzähl mir davon! Kannst du mir etwas über das Licht sagen?«

»Die Glocken werden bald läuten, und so ist es nicht mehr sehr hell. Aber auf deinem Bild ist Sonne, vor allem in der Ferne, in der Rue du Four. Auf dem Bild ist der Himmel blau, aber mir scheint, in Wirklichkeit ist er das nicht mehr. Es sind wenig Leute auf deinem Bild, aber ich höre viele an uns vorbeieilen. Sie gehen nach Hause, zum Souper.

Frag mich nicht, ob ich dich sehen kann, Jacques. Denn ich kann es nicht. Ich sehe nicht einmal die wirkliche Szenerie, obwohl ich sie direkt vor Augen habe. Es tut mir leid für dich.«

Ich nehme Mirabelles Hände in meine.

»Für mich braucht's dir nicht leid zu tun, Mirabelle. Ich finde es nur traurig, daß du nicht *alles* erfahren kannst, was zu diesem Bild geführt hat. Ich würde es so gerne mit dir teilen.«

»Das hast du doch schon mit deinem Bild getan. Ich muß *nicht sehen, verstehst du? Du siehst ja für mich.«*

»Mirabelle, das kommt mir so vor, als sei ich mit ein Grund für deine Blindheit! Würdest du bitte mir zuliebe etwas versuchen?«

»Was du willst, Jacques.«

»Okay. Ich möchte, daß du mich siehst, nur mich – das müßte leichter sein, als die ganze Straße zu überblicken. Ich möchte, daß du das Bild betrachtest, bis du's im Kopf hast. Dann schließt du die Augen und öffnest sie wieder.«

Mirabelle starrt das Bild an, prägt es sich ein. Dann schließt sie die Augen. Ich halte meinen Kopf so, daß er auf einer Höhe mit ihrem Gesicht ist.

»Mach die Augen auf, Mirabelle. Was siehst du?«

»Nichts. Ich habe gespürt, daß du dich bewegt hast, und ich sehe nichts.«

»Ich weiß, der Verstand arbeitet schneller als das Auge, Mirabelle. War wohl zuviel. Gehen wir es langsamer an.«

Die Glocken von Saint-Sulpice beginnen zu läuten.

»Schau dir das Bild noch mal an. Laß deinen Blick darüber wandern, als sei es die wirkliche Welt, geh zu den tiefstgelegenen und entferntesten Orten. Tu so, als würdest du eine richtige Szenerie betrachten, nicht nur eine Leinwand, auf die ich Farben aufgetragen habe. Ist das möglich?«

»Ich kann es versuchen.«

Ich sitze schweigend neben Mirabelle, lausche auf die Glocken, höre die ferne Antwort des Geläuts von Saint-Germain-des-Prés. Mirabelle konzentriert sich. Ich warte. Dann sage ich leise:

»Dreh jetzt langsam den Kopf zu mir, Mirabelle, entspanne dich, laß mich Teil des Bilds werden, zwing dich zu nichts.«

Mirabelle dreht den Kopf, bis sie mir in die Augen sieht. Dann lächelt sie.

»Es ist seltsam, Jacques. Als ich den Kopf gedreht habe, war es wieder so, als stiege Nebel auf. Dann wurde es rot am Bildrand, und schließlich war es nur noch dunkel. Es tut mir leid, daß ich dich nicht sehen kann. Aber das muß ja auch nicht sein.«

Die Glocken haben ausgeläutet. Ich möchte keinen Druck auf Mirabelle ausüben.

»Du bist eben noch nicht soweit, Mirabelle. Aber du *wirst* mich eines Tages sehen – und danach alles. Wir haben Zeit.«

Ich packe meine Sachen zusammen. Ich schaue mir das Bild an. Es ist gut. Im Moment scheint mir einfach nichts zu mißlingen. Ich weiß nicht, ob ich mein Kritikvermögen verloren habe und nicht mehr sehe, was ich falsch mache, oder ob die Bilder wirklich gut sind. Daß ich sie eigenhändig gemalt habe, ist keine Objektivitätsgarantie, und der Mensch, der sie ebenso liebt wie ich, kann außer ihnen nichts sehen, und obendrein liebt er mich.

Nach dem Abendessen führt mich Mirabelle ins Musikzimmer. Ich setze mich in meinen gewohnten Sessel. Ich beobachte, wie Mirabelle zu ihrem Cembalo geht. Wo normalerweise die Noten stünden, habe ich eine kleine Lampe angebracht – Teil meines Wunsches, daß sie so lebt, als könnte sie sehen. Sie nimmt die Hülle von ihrem Instrument, trifft noch ein paar Vorbereitungen.

Dann geht sie zu einem großen Wandschrank auf der anderen Seite des Zimmers. Behutsam holt sie mehrere Objekte heraus, die mit kleinen Tüchern verhängt sind, und stellt sie auf den Schalldeckel des Cembalos. Es sind neun Stück.

»Jacques, ich habe versprochen, dir zu erzählen, was ich mit den Zeitungen mache. Ich verarbeite sie zu Papiermaché und forme Objekte daraus.«

Mirabelle lächelt. Sie dreht sich um und enthüllt eines der »Objekte«. Es ist ein Gebilde mit weichen Schwüngen, ungefähr zwanzig Zentimeter groß.

»Du mußt wissen, wenn ich Cembalo spiele, sehe ich die Musik vor mir. Natürlich nicht als Notenschrift, sondern als Bild. Jedes Stück hat für mich eine bestimmte Form und Farbe. Als ich ein gewisses Repertoire von Suiten, Präludien und Fugen hatte, habe ich versucht, mein Bild von ihnen plastisch umzusetzen. Dies sind meine Musik-Skulpturen.«

Mirabelle fährt mit beiden Händen sacht über die Skulptur, die sie gerade enthüllt hat. Sie blickt in meine Richtung.

»Die habe ich dunkelviolett, fast schwarz angemalt. Für mich ist es ›Le Tombeau de Monsieur Blancrocher‹, das ich dir einmal vorgespielt habe. Ich wollte darin das Freiheitsgefühl ausdrücken, das ich bei diesem Stück empfinde, und die sanfte Traurigkeit. Im Farbengeschäft kenne ich einen Mann, der mir zuhört und mir die Farben gibt, die ich ihm beschreibe.«

Ich bin wieder mal sprachlos. Was für eine schöne kleine Plastik! Ich gehe zum Cembalo und streiche mit den Fingerspitzen darüber. Ich wüßte nicht, daß es »Le Tombeau de Monsieur Blancrocher« sein soll, wenn's mir Mirabelle nicht gesagt hätte, aber es ist eine gute Darstellung des Klangeindrucks, den ich von diesem Stück habe.

Mirabelle enthüllt nach und nach ihre anderen Plastiken.

»Schau, das ist meine Gigue. Für mich ist sie orange und voller Tatendrang, deshalb dreht und windet sie sich so. Und dies ist die Sarabande, rot und sanft gerundet und ein wenig verschnörkelt. Das ist meine Allemande, braun wie die Erde, schlank und etwas langsam. Jede ist anders. Ich habe sie noch nie jemandem gezeigt, aber ich bin froh darüber, daß du sie siehst, Jacques, und es hat mir große Freude gemacht, sie zu formen.«

Ich lege meinen Arm um Mirabelle. Ich weiß nicht, was ich sagen soll. Sie überrascht mich immer wieder.

»Mirabelle, du bist und bleibst eine erstaunliche Frau. Deine Plastiken sind unglaublich schön. Es wundert mich, daß kein sehender Bildhauer je versucht hat, etwas Vergleichbares zu schaffen. Wahrscheinlich konntest nur du so gut Musik in Form übersetzen, weil du blind bist und eine großartige Musikerin. Ich danke dir dafür, daß du mir diese Plastiken gezeigt hast.«

Ich verbringe fast eine halbe Stunde mit Mirabelles »Objekten«, lasse meine Hände und meine Blicke darüber wandern. Dann und wann schließe ich die Augen, um sie so zu erfahren wie Mirabelle.

»Jetzt möchte ich sie wegstellen und mit dem Konzert beginnen.«

Mirabelle deckt ihre Plastiken zu und tut sie wieder in den Schrank. Dann klappt sie das Cembalo auf, rückt ihren Stuhl unter sich, streckt ihre rechte Hand aus, tippt mit dem kleinen Finger gegen die Klaviatur, zieht den Stuhl nach, bis ihr Bauch den Daumen berührt und sie nur noch eine Handbreit von ihrem Instrument entfernt ist. Ich gehe zu meinem Sessel zurück, mache das Licht aus und setze mich.

»Weil ich nicht sehen kann, Jacques, muß ich immer denselben Abstand von den Tasten haben. Darum fühle ich so mit meiner rechten Hand vor. Das scheint dir gewiß seltsam, darum erkläre ich es dir.

Heute abend möchte ich dir Musik vorspielen, die vom Einfachsten bis zum Schwierigsten reicht, das ich beherrsche. Ich fange mit François Couperin an und fahre mit Johann Sebastian Bach fort. Zunächst Couperins kleine Präludien, alle acht.«

Und damit beginnt Mirabelle. Sie spielt wunderschön, einzigartig. Diese schlichten Präludien nehmen eine neue Dimension an, präzis, aber auf eine Weise gesangvoll und beschwingt, wie ich's noch nie gehört habe. Ein paar erkenne ich kaum wieder. Als Mirabelle fertig ist, legt sie ihre Hände in den Schoß und wendet sich mir zu.

»Jetzt werden wir fast das gleiche von Monsieur Bach hören. Nur daß er viel pädagogischer war. Manchmal scheint mir, er mochte die Musik nicht dafür, wie sie tanzen und sich ins Herz schmeicheln kann, sondern dafür, wie sie sich aufbauen läßt. Es ist, als wollte er uns ständig zeigen, was er kann, wie gewitzt er ist, wie beweglich sein Verstand – und trotzdem ist es auf seine Art schön. Nun also die ›Sechs kleinen Präludien für Anfänger‹. Ich glaube, du wirst Freude an ihnen haben.

Es ist, als hörte man, wie jemand eine Treppe in seinen *musikalischen Himmel baut. Daß Monsieur Bach uns dahin mitnimmt, ist sehr freundlich von ihm.«*

Mirabelle fängt wieder an zu spielen, und ich schließe die Augen und lausche. Sie gibt die Musik authentisch wieder, und doch ist viel von ihr selbst drin. Ich bin sicher, daß Monsieur Bach einiges dagegen einzuwenden hätte, aber für mich ist es gut. Als Mirabelle endet, scheint fast keine Zeit vergangen zu sein.

»Möchtest du noch etwas hören?«

»Ja, bitte, Mirabelle, es ist wunderschön.«

»Bien. Dann spiele ich jetzt ein paar einfache Stücke, die Monsieur Bach für seine Frau Anna Magdalena komponiert hat, lauter kleine Sachen, vom Menuett und der Polonaise bis zur Musette und zum Marsch. Ich hoffe, sie gefallen dir.«

Mirabelle fängt wieder an. Die Stücke sind bezaubernd. Ich kenne die meisten. Sie haben etwas wunderbar Kindliches. Ich denke mir, daß es großen Spaß machen würde, mit Mirabelle dazu zu tanzen. Ich stelle mir vor, sie würde es mit Anmut und Würde tun.

Ich lausche, und mein Geist bewegt sich im Einklang mit der Musik. Die Zeit vergeht im Nu, und Mirabelle ist fertig. Ich schlage die Augen auf, und sie hat ihre Hände wieder in den Schoß gelegt.

»Hat es dir gefallen? Als ich anfing am Cembalo, habe ich oft, wenn ich traurig war, diese kleinen Sachen gespielt, und alles war wieder gut.

In seinen Inventionen und Sinfonien verlangt Monsieur Bach etwas mehr von uns. Es sind je fünfzehn, und hier erkannte ich, wie schwierig es ist, gut zu spielen. Die Inventionen sind nicht allzu kompliziert mit ihren zwei Stimmen, aber die Sinfonien haben drei. Ich mußte sehr oft und sehr genau zuhören, um die Stimmen voneinander zu trennen und sie dann wieder zusammenzusetzen. Ich spielte mit dem Gedanken, an eine Musikschule für Blinde hier in Paris zu gehen, aber dann fand ich, daß ich zu alt dafür war, und außerdem wollte ich es mir selbst beibringen. Und so habe ich hart gearbeitet. Jetzt kannst du zuhören und mir sagen, ob ich meine Sache gut gemacht habe. Es wird eine Weile dauern mit den Inventionen und Sinfonien, weil es so viele sind. Wenn du nicht mehr zuhören magst, dann sag es mir.«

Das einzige Licht im Raum ist die kleine Lampe überm Cembalo. Draußen ist es völlig dunkel. Ich habe das Gefühl, daß ich immer so dasitzen und lauschen könnte. Es ist ein so guter Abschluß nach einem Maltag.

»Mirabelle, ich kann mich nicht satthören, wenn du spielst. Also spiel bitte weiter. Früher habe ich mir oft stundenlang meine Platten und Bänder angehört – es gab mir das Gefühl, daß manches auf der Welt doch Sinn macht. Und dein Spiel ist den Aufnahmen, die ich hatte, weit überlegen.«

Mirabelle fängt an und legt nach jeder Invention eine kurze Pause ein. Es ist phantastisch. Dann macht sie eine längere Pause, holt tief Luft und beginnt mit den Sinfonien. Weil Mirabelle die Stimmen voneinander trennen mußte, ist es fast so, als vollzöge man den Kompositionsvorgang nach. Selten ist mir Polyphonie so transparent geworden. Als Mirabelle endet, kann ich kaum glauben, was ich gehört habe.

»Mirabelle, das war sagenhaft. Du hast alles so wirklich, so natürlich erscheinen lassen, die Logik der Musik hat sich mir mitgeteilt.«

»Ja, Monsieur Bach ist sehr, sehr logisch. Es freut mich, daß du das herausgehört hast. Möchtest du noch etwas hören?«

»Ja, bitte. Oder bist du zu müde?«

»Wenn ich für dich spiele, werde ich nicht müde, Jacques. Ich habe all diese Stücke nur für mich einstudiert und nicht gewußt, welche Freude es macht, sie mit jemandem zu teilen. Ich wage mich jetzt an Monsieur Bachs ›Französische Suiten‹. Ich weiß nicht, warum sie so heißen, denn für mich klingen sie nicht französisch, aber das soll uns nicht kümmern.«

Mirabelle legt eine kleine Pause ein, strafft ihre Schultern und beginnt. Teile aus den Suiten hat sie mir schon vorgespielt. Ich beobachte ihr Gesicht, ihren Körper. Sie bleibt vollkommen ruhig bis auf die Bewegungen ihrer Schultern, wenn sie weit ausgreift oder der Satz ziemlich langsam ist und sie sich leicht im Takt dazu wiegt. Nach jeder Suite hält sie inne und fragt, ob sie aufhören soll. Und nach jeder sage ich nein und bitte sie weiterzuspielen. Sie fährt fort, bis der Schlußton der letzten »Französischen Suite« verklingt.

»Jetzt sollten wir aufhören und zu Bett gehen. Aber zuvor möchte ich dir noch eines meiner Lieblingsstücke von Monsieur François Couperin vorspielen. Es heißt ›Les Barricades Mistérieuses‹. Manchmal kommt mir die Blindheit als meine persönliche Barricade mistérieuse vor. Vielleicht spiele ich das Stück darum so gerne.«

Mirabelle beginnt. Ich kenne das Stück, aber ich habe es noch nie so gehört wie von ihr. Das Geheimnis des Unbekannten ist darin. In manchen Passagen kann ich Mirabelles Blindheit beinahe erfahren. Der Kontrast zu den lichteren Abschnitten ist sehr ausgeprägt, die kontinuierliche Wiederholung der Bässe wunderschön ausgeführt. Ich bin wie entrückt. Dann ist Mirabelle fertig. Ich stehe auf, mache das Licht an, gehe zum Cembalo und lege von hinten meine Arme um sie. Sie läßt ihre Hände auf meinen ruhen.

»Ich danke dir, Mirabelle. Das war der vollkommenste Abend meines Lebens.«

»Es ist nur ein kleines Dankeschön für das, was du mir gegeben hast, Jacques.«

Mirabelle steht auf, und ich halte sie in meinen Armen. Ich helfe ihr, das Cembalo zuzuklappen und die Hülle darüber zu breiten. Sie hat den Finger am Lichtschalter, bis ich aus dem

Zimmer bin, und knipst ihn dann aus. Sie verhält sich jetzt beinahe so, als wüßte sie, wie es ist, wenn man sehen kann, obwohl sie nichts sieht.

An diesem Abend lieben wir uns fast musikalisch. Ich höre noch den Tanz von Mirabelles Händen auf dem Cembalo, und es ist, als spielten wir Kadenzen miteinander, schlügen manchmal die hellen, klaren Töne an und dann die weichen, dunklen, tiefen. Ich trete in sie ein, und es ist leichter als beim letzten Mal. Ich halte sie fest, und sie zieht mich an sich. Dann komme ich wieder, ein sanftes Fließen, versuche, mich nicht zu bewegen, ihr nicht weh zu tun.

Ich beobachte ihr Gesicht, und da ist kein Schmerz, nur Freude, Entzücken, Lust. Sie sagt meinen Namen, wieder und wieder, Jacques, o Jacques, je t'aime, comme je t'aime. Es ist das erste Mal, seit wir uns kennenlernten, daß sie französisch mit mir spricht, außer ein, zwei Worten dann und wann. Wir schlafen zusammen ein, sie auf mir.

Träumerei

Jacques liegt soviel daran, daß ich ihn sehe. Ich sehe ihn ja, weiß er das nicht? Spürt er nicht, wenn ich ihm vorspiele, daß ich für niemand anderen spielen kann?

Ich sehe ihn auch in seinen Bildern. Er ist ganz da, sein Beteiligtsein, seine Vitalität, Kraft und Freundlichkeit. Ich könnte ihn nicht mehr lieben als jetzt.

Aber wir sind nun einmal so, wie wir sind. Ich bin blind, und was mir viel bedeutet, bedeutet anderen nicht soviel. Jacques ist ein Augenmensch; wenn er nicht sieht oder gesehen wird, meint er, es gäbe ihn nicht.

Es ist schwierig für ihn, sich nicht darüber im klaren zu sein, wie er auf den schönen Brief seiner Frau reagieren soll. Ich weiß, daß er mich liebt, aber er liebt auch sie. Liebe ist nicht ausgrenzend, sondern umfassend; ich wollte, ich könnte ihm helfen, das einzusehen. Ich glaube, wenn ich Lorrie und die Kinder kennen würde, würde ich sie lieben. Aber es hat keinen Sinn, daran zu denken. Ich muß daran denken, wie ich mit der Zeit umgehe, die uns noch vergönnt ist, wie ich das Beste aus ihr mache.

Ich habe Angst. Manchmal, wenn wir uns lieben, bin ich am Rande von etwas, das mir entgleiten und mich mitnehmen könnte.

12

Der nächste Tag ist ein Sonnabend. Nach meinem Morgenlauf und unserem gemeinsamen Frühstück besuche ich Mirabelle bei ihren Tauben. Sie wundert sich darüber, daß ich nicht male.

»Wenn du hier fertig bist, Mirabelle, möchte ich, daß du mir beim Kleiderkauf für unsere Geburtstagsgala hilfst.«

Mirabelle dreht ihren Kopf zu mir und lächelt.

»Mit Vergnügen, Jacques.«

Sie beeilt sich, streut Körner auf den Boden und die Bank. Selbst ich merke, daß die Tauben verwirrt sind. Nach mehr als dreißig Jahren Regelmaß – für die Tauben sind das dreißig Generationen – ist der gewohnte Ablauf unterbrochen.

Ich habe zwei Metrofahrscheine, die auch für den Bus gelten. Wir steigen in den Sechundachtziger, ein paar Schritte von dem Ort entfernt, an dem Monsieur Diderot für uns über die Tauben wacht. Wir werden zur Place de la Bastille fahren. Ich helfe Mirabelle in den Bus, und wir suchen uns einen Platz. Ich nehme meinen Lieblingssitz direkt hinterm Fahrer. Ich rücke ans Fenster, weil das Mirabelle nichts bedeutet. Als wir losfahren, lehnt sie sich gegen mich.

»Berichte mir bitte von allem, was du siehst, Jacques. Es ist lange her, daß ich Bus gefahren bin. Mir ist es immer zu umständlich, den Schaffner zu bitten, daß er mir sagt, wo ich aussteigen muß.«

Während wir über den Boulevard Saint-Germain rollen, schildere ich Mirabelle, woran wir vorbeikommen. Ich berichte ihr vom Carrefour de l'Odéon und von der Place Maubert. Als wir über den Pont Sully fahren, erzähle ich ihr von den Booten, die unter uns dahingleiten, vom Grün des Wassers und vom grauen Himmel mit ein paar blauen Einsprengseln und wattigen weißen Wolken. Ich versuche, ihr Notre-Dame von hinten zu beschreiben, die großen spinnenbeinigen Strebebogen und -pfeiler, die sich am Boden festzuhalten scheinen. Ich schildere ihr die kleine Anlage am hinteren Ende der Ile Saint-Louis.

Dann rollt unser Bus den Boulevard Henri IV. entlang, und wir kommen auf die Place de la Bastille. Wir könnten weiterfahren, wenn wir noch einen Fahrschein lösen würden, aber ich möchte mit Mirabelle über die Rue du Faubourg Saint-Antoine laufen. Das ist mein altes Stadtviertel, hier habe ich auf meinem Dachboden gewohnt. Ich will mit Mirabelle zum Marché d'Aligre. Da kaufe ich immer noch am liebsten ein.

Wir bahnen uns einen Weg durch die Menge. Mirabelle hält sich an mir fest. Ich habe meine Hand auf ihre gelegt. Ihr Stöckchen hängt in meiner Armbeuge. Ich suche die Abteilung für gebrauchte Klamotten. Mirabelle drückt meinen Arm.

»Sind hier wirklich solche Menschenmassen, wie es mir vorkommt, Jacques? Ich bin noch nie von so vielen Leuten angerempelt worden.«

Mirabelle kichert. Ich habe versucht, sie vor Zusammenstößen zu bewahren, aber es ist wirklich ein fürchterliches Gedränge. Ich frage mich, ob ich sie überfordere. Ich weiß, sie mußte mir sagen, daß sie ein schwaches Herz hat, aber bei solchen Gelegenheiten wünsche ich mir, ich hätte keine Ahnung davon.

»Es riecht hier nach so vielem, nach Menschen, nach Obst und Gemüse und Fleisch, und es ist so laut. Ich habe nicht gewußt, daß Leute allein mit ihren Stimmen einen solchen Krach machen können. Es ist wunderbar! Ich fühle mich so lebendig!«

Jetzt habe ich die Kleidergestelle gefunden. Ich gehe die Sachen durch. Mirabelle befühlt die Stoffe. Ein Mann labert auf uns ein, aber ich tue so, als wäre er Luft. Das gehört zum Ritual.

Schließlich stoße ich auf das, was ich brauche, einen Smoking. Ich halte ihn vor mich hin, schaue nach Löchern, nach Flecken. Nichts. Dieser Smoking war mindestens dreißig Jahre eingemottet. Er ist so altmodisch, daß er schon wieder zeitlos ist.

Ich probiere die Jacke an, und sie paßt beinahe wie angegossen. Die Hose ist ein bißchen weit im Bund, aber die Beinlänge stimmt. Mirabelle streicht über den Stoff. Sie beugt sich vor.

»Das ist sehr gutes Tuch, Jacques.«

Jetzt legt der Mann, der mich die ganze Zeit genervt hat, erst richtig los, verbreitet sich darüber, was für ein wunderbarer Anzug das sei. Ich hänge das Ding weg und wende mich ab. Dann werfe ich einen Blick zurück und frage »Combien?«, als wäre ich empört.

Der Mann nennt mir den Preis: vierzig Francs. Ich schlendere davon. Mirabelle kommt dicht an mich heran.

»Vierzig Francs – das ist sehr billig, Jacques. Du solltest den Anzug kaufen, wenn er dir gefällt.«

»Keine Bange, Mirabelle, ich *werde* ihn kaufen, aber nicht für vierzig Francs.«

Wir wandern herum, betrachten dies und das, zumindest betrachte ich es und erzähle Mirabelle, was ich sehe. Das machen wir zehn Minuten. Dann spazieren wir wieder an den Kleidergestellen vorbei. Der Verkäufer erspäht mich sofort. Ich dachte es mir schon. Wahrscheinlich hat er mich im Auge behalten, und er weiß wohl, was gespielt wird. Diese Leute sind Profis im Feilschen. Ich selbst feilsche nur äußerst ungern, aber ich habe mich dran gewöhnt. Der Mann nimmt den Smoking vom Gestell und breitet ihn über seinen Arm wie einen Krönungsmantel. Ich bleibe stehen, schaue ihn an, schüttle den Kopf. Der Mann greift sich von irgendwo einen altmodischen Zylinder und setzt ihn mir auf. Mein Gott, er paßt! Ich bin verloren.

»Trente-cinq francs, monsieur, avec le chapeau. Vous serez comme le roi d'Angleterre.«

Ich könnte den Mann wahrscheinlich noch runterhandeln, aber ich bin nicht mehr in der Lage zu widerstehen. Das macht der Zylinder. Ich nehme ihn ab. Er ist makellos, ein Chapeau claque, will heißen, man kann ihn flach zusammenklappen und dann zu voller Höhe ausspannen. Ich setze ihn wieder auf und schaue in den kleinen Spiegel mit Sprung, den der Mann an seinem Wagen hängen hat.

Ich greife in meine Tasche und ziehe drei Zehnfranc-Scheine und eine Fünffranc-Münze heraus. Ich gebe sie dem Mann und nehme den Smoking an mich. Wir gehen.

»Ich bin so froh, daß du den Anzug gekauft hast; du wirst schön damit aussehen.«

Ich habe den Zylinder immer noch auf. Ich beuge mich zu Mirabelle herunter.

»Mirabelle, ich habe den Smoking passend zu meinem neuen Hut gewählt. Faß ihn mal an.«

Mirabelle berührt mit flinker Hand den Zylinder.

»Mon dieu, Jacques, du könntest der Ministre des finances sein, nicht nur der Roi d'Angleterre. Du mußt sehr beeindruckend wirken. Tust du das, damit ich dich so unbedingt sehen möchte, daß ich wieder sehen kann?«

»Vielleicht, Mirabelle. Nun muß sich der Minister oder König noch ein Paar Schuhe suchen. Ich werde nicht mehr als zehn Francs dafür ausgeben, und sie sollen bequem sein, denn nach unserem Galaabend will ich sie zum Malen anziehen.«

Wir finden ein altes Paar, das nach Tanzschuhen aussieht, die Art, die Fred Astaire trug, Lackschuhe mit dünnen Sohlen. Die kann ich natürlich nicht zum Malen anziehen, aber sie passen und kosten nur zehn Francs. Also kaufe ich sie.

Wir kehren von unserer Tour zurück und genießen ein köstliches Déjeuner. Mirabelle möchte, daß ich mich in meinen Smoking werfe. Ein paar Änderungen sind nötig, und sie nimmt an mir Maß wie eine gelernte Schneiderin. Das ist wieder eine Fähigkeit, von der ich noch nichts wußte.

Als Mirabelle fertig ist, ziehe ich meine Malsachen an, nehme meine Kiste auf den Rücken, schnappe mir eine Leinwand und ziehe los. Wahrscheinlich kriege ich nur die Vorzeichnung fertig, aber ich will den Tag nicht ganz verlieren. Gleich hinter der Place Furstenberg gibt es einen Punkt, von dem aus man, wenn man nach links blickt, einen Massenaufmarsch von Häusern sieht, eine verwinkelte Mischung aus Fenstern, Dächern, Mauern, Nischen, Mansarden und Schornsteinen. Das könnte ein gutes Querformat werden.

In den nächsten Tagen sind wir mit den Vorbereitungen für unseren Galaabend beschäftigt. Als Mirabelle meinen Smoking geändert hat, lasse ich ihn reinigen. Das kostet mehr als das ganze Gewand, aber Mirabelle besteht darauf. Ich habe das Bild mit den vielen Häusern für fünfzehnhundert Francs von der Staffelei weg verkauft, also bin ich gut bei Kasse.

Ich rufe das Grand Vefour an, ein stinkfeines Restaurant unter den Arkaden des Palais-Royal, und lasse zwei Plätze für den 9. September reservieren. Mirabelle und ich sprechen viel darüber, was wir bestellen wollen. Was den Wein betrifft, einigen wir uns auf einen schlichten Côtes du Rhône. In einem solchen Lokal können einen die Weine an den Bettelstab bringen.

Jeden Abend lieben wir uns. Es ist ganz selbstverständlich geworden. Ich frage mich, ob Mirabelle zum Orgasmus kommt. Ich kann es nicht sagen. Bei Lorrie wußte ich's auch nie genau. Ich beschließe, mich zu erkundigen.

»Orgasmus? Was ist das, Jacques?«

Großer Gott! Wie erkläre ich einer Frau, was ein Orgasmus ist?

»Also, wenn der Samen kommt, Mirabelle, dann ist das beim Mann der Orgasmus, aber bei der Frau läuft es anders.«

»Kommen bei mir denn Eier?«

»Nein. Du bist so erregt, daß du dich nicht mehr unter Kontrolle hast. Dir ist warm, du bist glücklich, und es ist so, als würde dein Körper dich mitreißen und dir Lust spenden.«

»Das klingt wunderbar – fast wie Musik. Es ist schön, wenn du zu mir kommst, mir ist auch warm, und ich bin sehr glücklich, aber ich glaube, das ist noch kein Orgasmus. Was muß ich tun, um einen zu haben?«

»Gar nichts, Mirabelle, das kommt wahrscheinlich von selbst. Wenn es soweit ist, merkst du's jedenfalls.«

Ich lege innerlich gewissermaßen den Rückwärtsgang ein. Vielleicht wäre ein »Vier-Sterne-Orgasmus« zuviel für Mirabelles schwaches Herz. Außerdem möchte ich nicht, daß sie über den Orgasmus nachgrübelt, bis sie zu blockiert ist, um einen zu bekommen. Ich wollte, ich hätte meine große Klappe gehalten.

»Oh, ich hoffe es sehr. Hilf mir, wenn du kannst.«

»Ja, Mirabelle.«

Dabei belassen wir's.

An den meisten Abenden gibt Mirabelle ein Konzert, bevor wir zu Bett gehen. Das kann eine halbe bis zwei Stunden dauern und ist für mich ein Teil unserer Umarmungen geworden – für sie, glaube ich, auch.

Mirabelle wagt sich jetzt an schwierigere Werke, besonders an die Komposition von Bach, die sie *Le Clavecin Bien Tempéré* nennt. Zur Vorbereitung auf die schwierigeren Stücke aus dem *Wohltemperierten Klavier* arbeitet sie an den Präludien aus den *Englischen Suiten.* Eines Abends spielt sie mir auch Scarlatti vor und noch ein paar Sachen von Couperin, wie »Double de Rossignol« und »Le Petit-Rien«.

Und jeden Morgen, wenn ich aufwache, sitzt sie auf dem Boden und betrachtet meine Bilder. Sie kann sich nicht an ihnen sattsehen. Jeder Künstler sollte so ein Publikum haben, einen sensiblen Menschen, der seine Arbeit liebt. Ich weiß, auch die Bilder sind ein Teil unserer Umarmungen, genauso wie Mirabelles Cembalospiel.

Am Abend des 9. September ist unser Essen im Grand Vefour. Wir haben fast eine Stunde damit verbracht zu baden, uns anzuziehen und uns gegenseitig zu inspizieren. Mirabelle hat mir sogar die Haare geschnitten und den Bart gestutzt. Ich hätte mir nicht träumen lassen, daß eine Blinde das kann, aber ihre Hände wandern über meinen Kopf, befühlen, berühren, nehmen Maß, und als sie fertig ist, habe ich eine elegante Frisur und einen sehr gepflegten Bart.

Mirabelle besteht darauf, daß ich einen schönen Stockschirm aus dem Besitz ihres Vaters mitnehme. Er hat einen geschnitzten Griff in Form eines Entenkopfs, mit goldenem Ring darunter. Er ist vorbildlich zusammengerollt, und ich habe nicht vor, ihn aufzuspannen, denn ich fürchte, nach über fünfzig Jahren im Ruhezustand könnte er auseinanderfallen. Irgendwo gräbt Mirabelle noch einen weißen Seidenschal aus und drapiert ihn mir um die Schultern.

»Jacques, ich glaube, du bist eine sehr stattliche Erscheinung.»

Mirabelle streicht über mein Gesicht, meinen gestutzten Bart, die Knopfleiste eines etwas brüchigen Frackhemds, das sie weiß der Himmel wo aufgetan hat, und die seidenen Revers meines Paletots.

Ich überrede sie dazu, eine alte Boa zu tragen, die wir im Schrank gefunden haben. Sie hüllt sich in das schwarze Kleid, das sie nur einmal anhatte, bei Rolandes Beerdigung, und in einen schwarzen Persianer. Als Kopfbedeckung trägt sie einen Glockenhut mit schwarzem Schleier, ebenfalls ein Überbleibsel von Rolandes Beerdigung.

Als ich uns im Spiegel des Zimmers von Mirabelles Eltern, das jetzt meines ist, betrachte, wirken wir so, als seien wir einer alten Daguerreotypie entstiegen. Da der Spiegel fast blind ist, bin ich nicht mal ganz sicher, daß wir leben. Aber wir sind verdammt beeindruckend. Ich stehe hochgewachsen und gerade da, sehr aristokratisch, während sich Mirabelle wie immer durch Anmut und Würde auszeichnet. Es ist ein Jammer, daß sie unsere bühnenreife Aufmachung nicht sehen kann. Wahrscheinlich würde sie kichern.

Wir haben beschlossen zu laufen, bis wir müde sind, und dann ein Taxi zu nehmen. Wir möchten definitiv nicht zu Fuß vor dem Grand Vefour ankommen.

Zunächst gehen wir den Boulevard Saint-Germain entlang, dann die Rue de Seine. Ich schwinge meinen Regenschirm so munter wie ein Flaneur. Ich fühle mich großartig. Mirabelle, glaube ich, auch.

Wir laufen über den Pont des Arts zum rechten Seineufer, und ich versuche, für Mirabelle zu sehen, ihr die Schönheit des abendlichen Paris zu vermitteln.

»Auf der Conciergerie sind goldene Lichter, Mirabelle, und am Fluß bernsteinfarbene. Die Autos bilden am einen Ufer einen gelben Strom und am andern einen roten.«

Wir stehen auf der Brücke, beugen uns übers Geländer, blicken zur Ile de la Cité.

»Die Spitze der Insel erinnert an den Bug eines Schiffs, auf dessen Vordeck eine schöne Trauerweide wächst. Ein Stück weiter ist der Pont Neuf. Seine Laternen spiegeln sich im

Wasser; Busse, Autos und Menschen überqueren ihn; ich sehe die angestrahlten Türme von Notre Dame.

Auf dem Quai der Insel sind junge Leute, die den lauen Abend genießen. Und wenn wir uns nach links wenden, sehen wir die beleuchtete, schimmernde Fassade des Louvre, die vor kurzem gereinigt worden ist.«

Genau in diesem Moment kommt von hinten eines der großen Bateaux mouches. Man hört die Geräusche von Speisenden und den vielsprachigen Sermon eines Fremdenführers. Ich versuche zu erklären, wie geheimnisvoll, ja erschreckend ich dieses große, haiförmige Boot finde, dem die milden Lampen auf den Tischen zugleich ein freundliches, fast gemütliches Aussehen geben.

Wir gehen weiter, laufen am Louvre und am Arc du Carrousel vorbei. Ich bemühe mich, zu schildern, was ich sehe, aber ich komme mir unzulänglich vor. Ich bin frustriert.

»Was ist, Jacques? Bitte hör nicht auf. Du gibst mir so ein glanzvolles Bild. Ich war manchmal mit Rolande hier, aber die sprach nicht von dem, was sie sah. Erzähl bitte weiter.«

Wir beschließen, das mit dem Taxi zu vergessen. Wir werden eines nach Hause nehmen. Und so treten wir ein wenig verstohlen unter die Arkaden des Palais-Royal. Wir nutzen den Moment, in dem ein Portier Leuten aus einem großen Rolls-Royce das Geleit gibt, um uns in Pose zu werfen und gemessen die Stufen zum Eingang hinaufzusteigen. Wir warten, bis ein anderer Portier uns öffnet, und schreiten ins Restaurant.

Der Oberkellner kommt uns rasch entgegen. Wahrscheinlich fragt er sich, aus welcher Zeitmaschine wir geklettert sind. Ich nenne ihm unsere Namen, und er führt uns zu einem wunderbaren Tisch. Ich setze mich auf die Bank an der Wand. Er bedeutet Mirabelle, auf dem Stuhl gegenüber Platz zu nehmen, aber ich bestehe darauf, daß sie neben mir sitzt. Das gehört zu den Dingen, die wir im voraus beschlossen haben. Mirabelle möchte, daß ich ihr mit der Speisekarte behilflich bin und ihr außerdem schildere, was es zu sehen gibt. Der Oberkellner reagiert mit einem echt französischen Achselzucken, erhebt aber keinen Einspruch. Er gibt einem Kellner schnellfeuerartige Anweisungen, und das Besteck, die Gläser und Teller werden nach unserem Wunsch umarrangiert. Bevor Mirabelle Platz nehmen kann, steht der Mann von der Garderobe neben ihr und wartet auf ihren Mantel.

»Mirabelle«, sage ich auf englisch, und zwar mit meinem besten britischen Akzent, »ich glaube, hier ist es nicht allzu kalt. Vielleicht magst du dem Herrn deinen Mantel geben.«

Mirabelle strahlt mich an und knöpft ihren Mantel auf. Der Mann von der Garderobe hilft ihr aus dem Mantel. Mirabelle nimmt ihren Hut ab und gibt ihm auch den. Dann tastet sie nach der Tischkante und rutscht neben mich. So weit, so gut.

»Das war wunderbar, Jacques. Ich hätte nur an den Mantel denken sollen. Aber es ist glattgegangen, nicht wahr?«

»Ja. Vielleicht denken die Leute jetzt, daß wir zum britischen Königshaus gehören. Könnte doch sein, daß wir uns mal unters gemeine Volk mischen wollen. Das macht Spaß.«

Als der Weinkellner, ein selbstzufriedenes Schwergewicht, kommt und fragt, ob wir vor dem Essen etwas trinken möchten, bestellen wir lässig einen Kir Royal – auch das haben wir im voraus beschlossen. Der Weinkellner verbeugt sich und geht. Ein anderer Kellner reicht mir die Speisekarte. Da wir nebeneinander sitzen, meint er wohl, wir brauchen nur eine. Das paßt uns genau ins Konzept. Bisher ist wohl noch niemand auf die Idee gekommen, Mirabelle könnte blind sein. Mich schätzen die Leute wahrscheinlich als Gigolo ein, der eine alte Dame für Geld begleitet, und auch das macht Spaß.

Ich war schon ein paarmal in diesem Restaurant, zu Arbeitsessen auf höchster Ebene. Nur war ich so damit beschäftigt, meinen Boß zu beeindrucken oder die Konkurrenz auszutricksen, daß ich kaum Gelegenheit hatte, auf die Qualität der Speisen zu achten. Die exzellente Ausstattung habe ich allerdings im Gedächtnis behalten, und ich beschreibe sie Mirabelle. Für jemanden, der uns flüchtig betrachtet, haben wir die Köpfe über der Speisekarte zusammengesteckt. Die Leute werden denken, daß wir uns nicht entschließen können. Egal. Sollen sie denken, was sie wollen.

»Das Restaurant hat eine hohe Decke mit wunderschönen

Kristalleuchtern, Mirabelle. Auf dem Boden liegt ein weinroter Teppich. Wir sitzen auf einer Bank aus dunklem Holz, mit rotem Samt gepolstert.«

Ich schaue hinter Mirabelle. An der Lehne ist eine kleine Plakette angebracht. Ich beuge mich vor, um sie zu lesen.

»Tut mir leid, daß ich dir das sagen muß, Mirabelle, aber du gehörst doch nicht zum britischen Königshaus. Du sitzt auf demselben Platz wie vor einigen wenigen Jahren eure Kaiserin Josephine.«

»Ich habe immer gewußt, daß ich keine Britin bin, Jacques. Es ist gut, daß ich nun den Platz gefunden habe, der mir gebührt.«

Mirabelle sagt das, ohne im mindesten zu kichern.

Ich beschreibe ihr jetzt die Menschen, die um uns herum an blütenweißen Tischen sitzen, schönstes Leinen und Servietten so groß wie ein normales Tischtuch. Ich schildere, wie die Gläser blitzen und funkeln, wie das Silber im Licht der Kronleuchter blinkt. Mirabelle rückt dicht auf, um mir zu lauschen.

»Das hört sich wunderbar an, Jacques. Tust du all das nur, damit ich gezwungen bin, wieder zu sehen? Bist du deshalb so nett zu mir?«

»Natürlich, oder meinst du, ich würde das dicke Geld bloß fürs Essen ausgeben? Ich habe einiges mit dir im Sinn.«

»Was denn? Das verstehe ich nicht.«

»Oh, du wirst es bald genug verstehen, meine Liebe.«

Ich zwirble meinen Schnurrbart wie ein Schurke aus dem Bilderbuch. Dann erkläre ich Mirabelle, was ich mit ihr im Sinn habe: Ich werde sie als zweites Dessert zu mir nehmen. Mirabelle führt ihre Serviette zum Mund, um ihr Kichern zu unterdrücken, und in diesem Moment kommt der Kir Royal.

Ich hebe mein Glas, und Mirabelle findet ihres ohne Hilfe und faßt es beim dünnen Stiel. Wir stoßen miteinander an.

»Auf unseren fortgesetzten Erfolg und ein langes Leben, Gräfin.«

»Oh, Jacques, das ist zuviel.«

»Für die Comtesse de Rochambault ist nichts zuviel.«

»Hör auf, Jacques. Trink deinen Kir.«

Wir nehmen einen kleinen Schluck. Ich habe das seit über

zwei Jahren nicht mehr getrunken. Es gab eine Zeit, da konnte sich kein Amerikaner einen anderen Drink vor einem feinen Essen vorstellen. Jetzt schmeckt er einzigartig frisch und fruchtig.

»Das ist köstlich, Jacques. Einen solchen Champagner habe ich noch nie getrunken.«

»Er ist hübsch rosa, Mirabelle, und die Bläschen im Glas steigen auf wie Ballons, die in den Himmel fliegen.«

»Ich glaube, du bist beschwipst, Jacques. Dabei haben wir noch nicht einmal richtig angefangen.«

»Ja, Mirabelle, ich bin beschwipst, aber das genügt mir nicht. Ich will mich mit dir betrinken.«

Ich greife unterm Tisch nach Mirabelles Hand. Sie ist kühl. Ich nehme sie fest in meine warme Hand. Mit der andern halte ich die Speisekarte.

»Sollen wir mit Schnecken anfangen, Liebste, oder wäre dir ein anderes Hors d'oeuvre lieber?«

»Darauf haben wir uns doch geeinigt, bevor wir hierherkamen, oder, Jacques? Daß wir je sechs Escargots nehmen?«

»Ja, Mirabelle, und danach wirst du ein Blanquette de veau essen und ich ein Boeuf borguignon. Ich suche das gerade auf der Speisekarte, aber ich finde es nicht. Wenn mich mein Gedächtnis nicht im Stich läßt, führt dieses Restaurant nur auserlesene Gerichte. So was Bäuerliches wie ein Boeuf bourguignon werden sie nicht haben, aber vielleicht nennen sie es nur anders, exotischer. Oh, da ist dein Blanquette de veau. Wir haben Glück.«

Der Kellner kommt. Mit ausdruckslosem Gesicht, Block und Bleistift in der Hand, bleibt er vor unserem Tisch stehen. Ich sage ihm, daß wir mit den Schnecken anfangen wollen, deux fois six. Er schreibt es sich auf. »Et ensuite?« fragt er mit gekünsteltem Lächeln.

»Für Madame das Blanquette de veau, und für mich bitte ein Boeuf bourguignon.«

»Ich klappe die Speisekarte zu. Der Kellner lächelt nicht mehr.

»Nous n'avons pas le boeuf bourguignon, monsieur.«

Na, wenigstens ist er ehrlich. Ich klappe die Speisekarte

wieder auf. Es gibt Coq au vin. Das, finde ich, ist ein erfreulich normales und angenehm sättigendes Gericht, also werde ich darauf ausweichen. Ich weiß, dieser Coq au vin wird nicht so gut schmecken wie der von Mirabelle, aber ich möchte ihn trotzdem. Ich sage dem Kellner Bescheid. Er schreibt es sich auf und geht.

»Jacques, erzähl mir mehr von dem, was du siehst.«

Ich schaue mich um und fange an, ein paar komische Typen unter den Gästen zu schildern. Ich muß zugeben, daß ich von manchen reine Karikaturen liefere, mich als eine Art verbaler Daumier betätige. Mirabelle ist hin und her gerissen zwischen Gekicher und dem Versuch, mir den Mund zu verbieten. Der Weinkellner kommt wieder.

»Qu'est-ce que je peux vous offrir comme vin, monsieur?«

Er reicht mir die Weinkarte. Ich schlage sie nicht mal auf. Ich antworte auf englisch.

»Haben Sie einen schlichten Côtes du Rhône?«

Der Weinkellner beugt sich zu mir herab und schlägt die Weinkarte auf, blättert sie durch, bis er zu der Seite mit den Côtes du Rhône kommt. Er spricht jetzt Englisch, ein ganz gutes, wenn auch mit starkem Akzent.

»Hier ist ein schlichter, aber kerniger Côtes du Rhône, Monsieur.«

Er zeigt mit seinem Bleistift auf einen Wein, der hundertfünfundsiebzig Francs kostet. Das ist in der Tat kernig.

»Gut. Bringen Sie uns den.«

Der Weinkellner zieht sich in sich selbst zurück, notiert die Bestellung, drückt das Kreuz durch und entzieht mir die Weinkarte. Ich lächle Mirabelle an.

»Jacques, ich höre an deiner Stimme, daß du böse auf diese Leute bist. Haben sie etwas Verkehrtes getan?«

»Nein, Mirabelle. Die Leute sind okay, und mir geht's gut. Es ist nur so, daß mir all das so falsch vorkommt, wenn ich daran denke, wie wir leben, du und ich. Das hier ist so künstlich, nichts als Förmlichkeit und Sich-korrekt-Verhalten. Ich glaube, es erinnert mich zu sehr daran, wie ich den größten Teil meines Lebens verbracht habe. In Wirklichkeit bin ich wohl böse auf mich selbst.«

»Vielleicht sollten wir gehen. Was können die Leute uns tun? Wir zahlen unseren Kir und verlassen das Lokal.«

»Führ mich nicht in Versuchung, Mirabelle. Nein, bleiben wir. Ich möchte diesen Abend mit dir genießen. Wir werden unseren Spaß haben, das verspreche ich dir.«

Und wir haben unseren Spaß. Wir lachen viel. Ich höre auf, die Leute um uns herum durch den Kakao zu ziehen, und wir amüsieren uns über anderes, hauptsächlich über uns selbst und unsere Kleider. Allmählich tun mir sogar die Kellner leid. Was soll's, die verdienen sich hier nur ihr Geld. Wahrscheinlich nehmen sie das ganze Brimborium kein bißchen ernster als wir.

Wir beschließen das Essen mit einer Mousse au chocolat und Kaffee.

»Jacques, mit der Schokolade und dem Kaffee im Bauch können wir nachher bestimmt nicht schlafen.«

»Möchtest du wirklich gleich schlafen, Mirabelle?«

Ich drücke ihr die Hände. Dann fasse ich ihr unterm Tisch ans Knie. Ich frage mich, ob jemand anderer hier ähnliches tut. Sieht nicht so aus. Die Gäste wirken alle sehr weihevoll.

»Nein, Jacques, ich möchte nicht schlafen. Ich will dich schmecken. Ich weiß, du schmeckst besser als jedes Gericht, das sie in diesem Restaurant servieren. Bin ich schamlos?«

»Nein, du bist wunderbar.«

Wir laufen. Mirabelle möchte kein Taxi nehmen. Sie sagt, in Taxis riecht es immer nach Rauch und dem Parfüm und Schweiß fremder Leute. Ich weiß nicht, wie spät es ist, aber manche Gebäude sind noch angestrahlt. Auf den Quais ist wenig Verkehr.

Zu Hause ziehen wir uns aus und gehen zu Bett. Wir lieben uns und schlafen dann. Trotz Schokolade, Wein und Kaffee haben wir keine Probleme damit. Im Einschlafen flüstert mir Mirabelle ins Ohr:

»Ich glaube nicht, daß ich einen Orgasmus hatte, Jacques, aber mir scheint, ich werde bald wissen, was das ist.«

Als ich am nächsten Morgen aufwache, sitzt Mirabelle nicht wie sonst vor dem Bett. Ich gehe ins große Zimmer, und da ist sie. Sie steht auf dem Kopf. Ich kehre in mein Zimmer zurück und ziehe meine Joggingsachen an.

Als ich von meinem Lauf wiederkomme, macht Mirabelle Frühstück. Mein Bad ist schon eingelassen. Ich küsse Mirabelle auf den Nacken. Sie wendet sich mir zu.

»Es war wunderschön gestern abend, Jacques. Ich hoffe, es hat dir genausogut gefallen wie mir. Es ist, als hätte ich mein ganzes Leben als Vorbereitung auf diesen Geburtstag verbracht. Ich kann es immer noch nicht fassen, daß ich zweiundsiebzig bin.«

»Richtig, Mirabelle, du hast Geburtstag. Ich wünsche dir alles Gute. Laß mich heute kochen, okay? Ich kann etwas sehr Amerikanisches machen. Das hast du bestimmt noch nie gegessen.«

»Willst du wirklich kochen, Jacques?«

»Wenn du's auch willst, ja.«

»Du weißt, daß ich Überraschungen liebe.«

»Gut. Du gehst zu deinen Tauben, und wenn die Glocken läuten, kommst du wieder. Dann habe ich eine Überraschung für dich.«

Nach dem Frühstück mache ich mich auf den Weg zum Einkaufen. Mirabelle sagt, sie wird noch eine Weile üben und dann zu ihren Tauben gehen.

Ich muß lange suchen, bis ich finde, was ich will. Die französische Bezeichnung dafür kenne ich nicht, aber schließlich sehe ich welche bei einem Fleischer hängen, und ab da ist es einfach. Ich bekomme auch die anderen Zutaten, die ich brauche.

Wie man's macht, weiß ich. Das war zu Hause eine Spezialität von mir, und ich koche gerne. In den Jahren bei MBI hatte ich nur nicht allzuviel Gelegenheit dazu. Gott, was für eine Wüste – es war, als hätte ich versucht, meine Lebensqualität auf Null zu bringen.

Ich bin beim letzten Begießen und Abschmecken, als das Mittagsläuten beginnt. Ein paar Minuten später kommt Mirabelle durch die Tür.

»Was kochst du da, Jacques? Das riecht köstlich.«

»Setz dich, Mirabelle. Es wird gleich serviert.«

Zunächst kriegt jeder eine halbe Avocado. In der Höhlung, aus der ich den Stein genommen habe, ist eine Vinaigrette mit etwas Knoblauch. Mirabelle hat noch nie Avocados gegessen. Ich zeige ihr, wie man's macht. Sie kaut bedächtig und ist erst mal überrascht, aber dann merke ich an ihrem Gesichtsausdruck, daß sie den wunderbaren Nußgeschmack der Avocado genießt.

»Was ist das?«

»Eine Avocado, Mirabelle. Die kann man jetzt auch in Frankreich auf vielen Märkten kaufen. In Kalifornien essen die Leute ständig Avocados. Diese hier kommt aus Martinique.«

Mein Hauptgericht sind unwiderstehliche amerikanische Spareribs mit süßsaurer Sauce. Es gibt Maiskolben dazu. Mirabelle sitzt zunächst nur ratlos da. Sie berührt die Sachen auf ihrem Teller vorsichtig mit den Fingerspitzen.

»Was ist das, Jacques, und wie nimmt man es zu sich? Ich komme mir vor wie ein unwissendes Kind.«

»Das ißt man mit den Fingern, Mirabelle, also greif zu. Wenn du meinst, deine Finger würden zu fettig, wisch sie an der Serviette ab. Vielleicht möchtest du zum Mais etwas Butter oder Salz und Pfeffer. Die Körner knabbert man direkt vom Kolben ab.«

»Willst du mich veralbern, Jacques? Sei nicht so gemein.«

»Ich will dich weder veralbern, noch bin ich gemein, Mirabelle. Wenn du mich sehen könntest, würdest du feststellen, daß ich genau das tue, was ich dir gesagt habe. Versuch's nur. Ich glaube, es wird dir gefallen.«

Und Mirabelle versucht es. Ich habe nicht daran gedacht, daß es eine neue Erfahrung für sie sein könnte, mit den Fingern zu essen, aber sie kriegt es schnell hin.

»Wie wir das Fleisch und den Mais mit unseren Zähnen abreißen – das kommt mir so vor, als wären wir um Jahrtausende in die Vergangenheit zurückversetzt.«

Mirabelle wischt sich das Kinn und sucht dann ihre Spareribs und Maiskolben nach Resten ab.

»Jacques, das war eines der besten Gerichte, die ich je gegessen

habe. Du wirst uns noch ein paar von deinen amerikanischen Spezialitäten kochen müssen.«

»Ich kann leider nicht viele Gerichte, aber ich will es gerne versuchen. Es hat Spaß gemacht.«

Und jetzt kommt die eigentliche Überraschung.

»Mirabelle, trinken wir noch ein Gläschen von deinem herrlichen Birnenlikör. Das wäre der perfekte Abschluß dieses Geburtstagsessens.«

»Es ist keiner mehr da, Jacques. Ich habe die Flasche aufbewahrt, aber sie ist leer.«

»Tun wir so, als wäre sie noch nicht leer. Bitte, Mirabelle. Mir zuliebe.«

Mirabelle »starrt« mich einen Moment an. Dann erhebt sie sich langsam und geht zu dem Schrank, in dem die Flasche steht. Als sie wieder zu mir kommt, lächelt sie.

»Was hast du getan, Jacques? Die Flasche ist voll. Hast du Wasser hineinlaufen lassen? Willst du wie Jesus Wasser in Wein verwandeln oder vielmehr in Poire William?«

»Soll ich Gläser holen, Mirabelle?«

Sie stellt die Flasche auf den Tisch und geht wieder zum Schrank. Behutsam nimmt sie zwei Gläser und bringt sie her. Dann setzt sie sich.

»Mach die Flasche bitte wieder so auf wie beim erstenmal, Jacques. Ich habe den Korken tief nach unten gedrückt, damit die Birne nicht an der Luft verfault.«

Mirabelle gibt mir den Korkenzieher. Ich öffne die Flasche und schenke uns ein. Dann hebe ich mein Glas. Mirabelle spürt es und hält ihres hoch.

»Auf Mirabelle, die wunderbarste Frau der Welt, an der die Zeit so spurlos vorübergeht wie an dieser Birne in der Flasche.«

Wir trinken. Ich bin sehr gespannt auf Mirabelles Reaktion. Ich habe einiges riskiert. Ich wollte nicht entweihen, was ihr lieb und wert ist. Es war der reine Zufall, und da konnte ich nicht widerstehen. Mirabelle trinkt einen Schluck, scheint ins Glas zu blicken, trinkt wieder.

»Das schmeckt sehr gut, Jacques, aber es ist nicht dasselbe. Es hat ein ganz anderes Aroma.«

»Tja, Mirabelle, ich wollte dir zum Geburtstag eine neue Flasche mit Birne drin kaufen. Ich habe in ganz Paris gesucht, aber keine gefunden.

Schließlich war ich in einem kleinen Spirituosengeschäft in der Nähe des Panthéon. Der Mann hatte Poire William, aber ohne Birne. Ich erzählte ihm ein bißchen von uns. Ich sagte, es handle sich um ein Geschenk für eine wunderbare Frau namens Mirabelle.

Die Augen des Mannes funkelten. Er drehte sich um und stieg durch eine Bodenklappe in den Keller. Dann kam er mit einer verstaubten Flasche wieder und stellte sie auf den Tresen.

›Monsieur, das ist ein zwanzig Jahre alter Mirabellengeist, den mein Vater gebrannt hat. Ich bin sicher, Sie werden ihn exquisit finden. Wenn Mirabellengeist gut werden soll, müssen die Früchte am Baum reifen, bis sie kurz vorm Abfallen sind. Dann muß man sie vorsichtig pflücken und in einem Holzfaß vergären lassen. Sie brauchen kaum Zucker.

Genauso hat es mein Vater gemacht. Dies ist die letzte von über achtzig Flaschen. Hier, sehen Sie die Jahreszahl in der Handschrift meines Vaters: 1953.‹

Ich habe die Flasche gekauft, Mirabelle. Ursprünglich wollte ich sie dir so geben, wie sie war. Dann hatte ich die Idee, den Mirabellengeist in deine Flasche zu füllen. Ich bin sicher, der Mann vom Spirituosengeschäft wäre nicht sehr glücklich darüber, was ich mit dem herrlichen Schnaps seines Vaters gemacht habe, aber hoffentlich hast du nichts dagegen. Nur dein Einverständnis ist mir wirklich wichtig.«

Tränen laufen über Mirabelles Gesicht. Sie kommt um den Tisch herum und setzt sich auf meinen Schoß. So vertraut wir miteinander sind, ich bin immer noch schockiert darüber, wie leicht sie ist. Sie hat ihr Glas in der Hand.

»Jacques, trink du bitte aus meinem Glas, und ich trinke aus deinem. Das ist ein alter Brauch. Meine Eltern haben es immer getan, wenn sie Geburtstag hatten.«

Wir trinken, und dann legt Mirabelle ihren Kopf an meine Schulter. Wir bleiben lange so sitzen.

An vielen Abenden schreibe ich an meine Familie, während Mirabelle Cembalo übt. Sie arbeitet nach wie vor an den *Englischen Suiten*.

Lorrie hat mir Helens Briefe geschickt, und ich habe sie in der Reihenfolge gelesen, in der sie sie geschrieben hat. Einige bringen mich zum Weinen, andere zum Lachen, und in allen offenbart sich meine Tochter auf eine mir neue Weise: als sehr ernster Mensch mit viel Humor. Meistens nimmt sie Lorries und meine Trennung recht locker für jemanden, der so jung ist. Nur manchmal schlägt ihr und Lorries verhaltener Groll durch. An diesen Briefen merke ich, daß meine Tochter mich liebt, mir näher sein wollte – aber ich war ja so gut wie nie da.

Ich beantworte jeden Brief. Ich versuche zu erklären, was ich mir dabei dachte, als ich ging, das Gefühl, mich verloren zu haben und mich suchen zu müssen. Ich schreibe, daß ich glaube, ich wüßte jetzt halbwegs, wer ich wirklich sei, und deswegen fühlte ich mich wohler. Ich berichte so detailliert, wie ich kann, von meinen Erfahrungen.

Viele von Helens Briefen handeln von Dingen, die sie an der Uni gemacht hat, oder von Freunden und Freundinnen. Ich nehme an, das ist jetzt nicht mehr besonders aktuell, aber ich antworte so, wie ich zur jeweiligen Zeit geantwortet hätte. All das war Helen wichtig, also ist es auch mir wichtig.

Die anderen Kinder schreiben mir ebenfalls. Jack ist etwas reserviert. Als Ältester und Förmlichster hat er wohl die meisten Ressentiments gegen mich. Aber er ist trotzdem herzlich und erzählt mir von seinem Job. Die übrigen zwei füllen ihre Briefe zur Hälfte mit Erklärungen dafür, warum sie nichts von sich haben hören lassen, fragen aber nicht, warum ich gegangen bin. Wahrscheinlich hat Lorrie ihnen gesagt, sie sollten nett zu mir sein.

Ich versuche, ihre Briefe so zu beantworten wie die von Helen, hoffe, daß ich die Kluft zwischen uns überbrücken kann. Am meisten möchte ich einen Teil der verlorenen Zeit wiedergutmachen, nicht nur die letzten Monate, sondern all die Jahre, in denen ich nur körperlich präsent war, und auch das nicht sehr oft.

Ich schreibe intimere Briefe an Lorrie. Ich erzähle ihr meine ganze Geschichte, spare nichts aus. Allein die Niederschrift der wichtigsten Erfahrungen füllt fünfundzwanzig Seiten und nimmt drei Abende in Anspruch.

Dann versuche ich, Lorrie von Mirabelle und mir zu berichten. Ich erzähle, wie wir den Smoking und den Zylinder gekauft haben und ins Grand Vefour gegangen sind. Ich berichte von Mirabelles Tauben, von ihrem Cembalospiel, von den vielen Sprachen, die sie sich selbst beigebracht hat. Ich erzähle von ihren Yoga-Übungen. Ich berichte, wie sie erblindet ist, und daß sie inzwischen meine Bilder sehen kann.

Ich erzähle nicht, wie sie dahin gekommen ist. Ich berichte aber, wie es angefangen hat, wie wir gemeinsam gemalt haben, wie Mirabelle mein Herz und meine Sinne für die Schönheit der Welt geöffnet hat.

Es ist schwierig, all das zu schreiben und Lorrie nicht zu verletzen. Aber ich glaube fest, daß es sein muß, wenn wir je wieder zueinanderkommen wollen. Ich möchte nicht verschweigen, wer ich bin.

Lorrie schreibt wunderschöne Antwortbriefe, erzählt mir von ihrem Leben, von den Kindern, versichert mir, daß sie – Jack vielleicht ausgenommen – keine negative Einstellung zu mir haben.

Es ist wunderbar, mit allen wieder in Kontakt zu sein. Kummer macht mir nur, daß Mirabelle und ich wenig Zeit füreinander haben. Das Schreiben füllt neben dem Malen so viele Stunden aus. Und wenn ich fertig bin, bin ich meistens todmüde. Ich fühle mich auf eine Art ausgelaugt, die mir sonst fremd ist.

Mirabelle weiß jeden Abend, wann ich fertig bin. Dann kommt sie aus dem Musikzimmer, stellt sich hinter mich, legt ihre Hände auf meinen Kopf, streicht mir über die Haare, massiert meinen Nacken und meinen Rücken, knetet und klopft die Verspannung aus mir heraus.

Oft bittet sie mich anschließend ins Musikzimmer und spielt mir vor. Sie hat ein enormes Repertoire, nicht nur Bach und Couperin, sondern auch Scarlatti, Händel und

Komponisten, von denen ich noch nie gehört habe. Es ist, als strömte ihre Kraft durch die Musik in mich über.

Manchmal, besonders wenn ich den ganzen Nachmittag gemalt habe, nicke ich ein, während Mirabelle mir vorspielt. Sie sagt, es stört sie nicht, weil sie weiß, daß ich's brauche. Wenn ich eingeschlafen bin, streicht sie mir sacht über die Stirn und küßt mich auf meine geschlossenen Lider, auf Nase und Mund, bis ich aufwache. Dann bringt sie mich ins Bett.

Manchmal bin ich schon wieder eingenickt, wenn sie zu mir kommt. Sie berührt mich behutsam und merkt, ob ich weiterschlafen will.

Meistens erregt sie mich, egal, für wie müde ich mich gehalten habe, und unsere Umarmung ist fast wie ein Traum, sanfte, fließende, langsame Bewegungen, beinahe so, als seien wir unter Wasser.

Mit der Malerei läuft es immer noch gut. An Regentagen arbeite ich dann und wann in der Wohnung, baue mir in meinem Zimmer Stilleben auf. Als Student habe ich sie gehaßt. Aber jetzt, mit meinem neuerworbenen Wissen – daß die innere Vision wichtiger ist als das Motiv –, empfinde ich Stilleben als interessante Herausforderung. Es ist auch angenehm für Mirabelle. Sie kann gemütlich neben mir sitzen, ohne den Lärm und Tumult auf der Straße.

An einem dieser Regentage beginne ich mit einem zweiten Porträt von Mirabelle. Ich tue das, weil mein erstes Porträt von ihr das einzige meiner Bilder ist, das sie nicht sehen kann. Wenn es in ihr Blickfeld gerät, wird sie automatisch blind. Es ist seltsam. An dem Morgen, an dem sie meine Bilder zum ersten Mal sah, hing das Porträt, getrennt von den andern, an der Wand hinter meinem Bett. Deswegen hatte sie es nicht vor Augen. Jetzt möchte ich versuchen, Mirabelle mit meinen dazugewonnenen Fähigkeiten, meinem Wissen um sie und meiner Liebe zu malen.

Als ich mit dem Porträt fertig bin, vergleiche ich es mit dem ersten. Es ist völlig anders. Ich kann nicht sagen, wie sehr sich Mirabelle verändert hat und wie sehr ich mich verändert habe und damit meine Auffassung von ihr. Auf dem ersten Porträt wirkt sie still, auch ein wenig starr, von ihrem Lebensgefühl und ihrer Freude, dem jungen Mädchen in ihr, ist wenig zu merken. Auf dem zweiten sieht man mehr von der Pinselschrift, und es stellt Mirabelle besser dar, zumindest die Mirabelle, die ich kenne. Auf beiden macht sie nicht den Eindruck einer Blinden. Ich glaube, ich habe sie nie als richtig blind betrachtet.

Aber als ich Mirabelle das Porträt zeige, sieht sie es nicht, obwohl ich einen Spiegel hinter mir stehen hatte, damit sie eventuell den Malprozeß beobachten konnte, obwohl ich ihr alles noch ausführlicher als sonst erklärt habe, damit sie wirklich teilhatte an dem Bild.

»Es tut mir leid, Jacques. Ich glaube, daß ich mich nicht als alte Frau sehen möchte. Durch dich fühle ich mich so jung, bin ich so glücklich – trotzdem ist etwas in mir, das Angst hat.«

»Aber Mirabelle, ich habe dich mit all meiner Liebe, meiner tiefen Bewunderung, meinem Respekt, meiner Leidenschaft gemalt. Ich wünsche mir so sehr, daß du dir erlauben würdest, es zu sehen.«

»Vielleicht kommt das noch, Jacques. Aber ich fürchte, ich werde mich nicht so sehen wie du. Ich muß mich mit meinen *Augen sehen, und ich habe eben Angst.*

Es ist schwer zu erklären, aber manchmal habe ich das Gefühl, ich sei von einer Art Luftblase umgeben, die mich am Leben erhält. Wenn ich deine Bilder sehe, kommt es mir so vor, als würde die furchtbare Außenwelt durch das Schutzgitter deiner Liebe gefiltert. Meine Luftblase bleibt heil dabei, und ich bin geborgen. Ich habe noch nicht genug Vertrauen zu mir selbst und der Welt, um ihr wirklich anzugehören. Hab bitte Geduld.«

Am Sonntag vormittag gehen wir gerne um halb zwölf in die Saint-Sulpice-Kirche. Sie hat eine der größten Orgeln der Welt, und hier haben einige der bedeutendsten modernen Organisten gespielt, zum Beispiel Marcel Dupré.

Kurz nach halb zwölf ist immer eine Messe zu Ende. Dann spielt der Organist klassische Musik, meistens Bach, und so häßlich diese Kirche auch ist, sie hat eine wunderbare Akustik. Mirabelle hat den perfekten Platz für uns gefunden. Hier kommen der grollende Baß der großen Orgelpfeifen und der zierliche Diskant der kleinen zusammen.

Wir sitzen still und finden es aufregend, gemeinsam zuzuhören. Wir bleiben, bis das Mittagsläuten beginnt und das Konzert zu Ende ist. Dann treten wir aus dem Portal auf den Platz, wo die Fontänen springen. Der Wechsel der Klänge – erst die Orgel, dann die Glocken und schließlich das Wasser – hat etwas Magisches.

Und auch das können Mirabelle und ich zusammen erleben. Ich wünsche mir nur, sie könnte zum hohen, von Buntglasfenstern erhellten Gewölbe hinaufschauen, dann aus dem Dämmer treten und von der Kirchentreppe aus den strahlenden Platz mit den Statuen der Bischöfe überblicken, die Rücken an Rücken sitzen, große Löwen zu Füßen und von Wasser umrauscht, in dem sich das Sonnenlicht spiegelt. Aber wahrscheinlich hat sie an den Klängen noch mehr Freude als ich, weil sie nichts davon ablenkt.

Es wird kühler. Allerheiligen ist vorbei. An Allerseelen gehe ich mit Mirabelle auf den Friedhof Montparnasse, und wir suchen Rolandes Grab, das neben dem ihrer Eltern liegt.

Mirabelle war seit Rolandes Beerdigung nicht mehr hier. Wir finden die Gräber, indem wir bei der Friedhofsverwaltung fragen. Der Mann dort schlägt sie in einem großen Buch mit vielen blauen waagerechten und ein paar roten senkrechten Linien nach.

Mirabelle beugt sich vor und fährt mit dem Finger die in die Grabsteine gemeißelten Namen Rolandes und ihrer Eltern nach. Wir stellen den Blumentopf ab, den wir mitgebracht haben. Alles ist furchtbar überwachsen, und die Grabsteine sind bemoost. Ich beginne zu jäten. Mirabelle schließt sich mir an, und wir rupfen zwei Stunden lang Unkraut aus der Erde, bis die Gräber wie etwas Geliebtes und Umsorgtes wirken.

»Sehen sie jetzt gepflegt aus, Jacques?«

»Ja, Mirabelle. Du kannst stolz auf sie sein. Für meinen Geschmack sind es die schönsten Gräber auf dem ganzen Friedhof.«

Und ich schwindle nicht. Viele Gräber sind aus glattem, kaltem Marmor mit goldenen Lettern, geschmückt mit Plastikblumen oder kleinen weißen Emailplaketten, auf denen Sprüche wie *Souvenirs à notre père et mère* und *Nos regrets* stehen.

»Auf diesem Friedhof soll ich meine letzte Ruhe finden, Jacques, bei meiner Familie, aber ich möchte nicht hier begraben sein. Ist das schlimm?«

»Denk nicht an den Tod, Mirabelle. Genieße diesen schönen Herbsttag mit mir.«

»Ich kann doch an den Tod denken und trotzdem den Tag genießen, vielleicht nur noch mehr. Weißt du, wo ich gerne begraben wäre? Im Himmel. Nicht daß ich verbrannt werden möchte, das finde ich entsetzlich, aber ich wollte, ich könnte in den Himmel kommen und dort bleiben. Damit meine ich nicht das Paradies. Ich möchte in der Luft sein, in die alle Musik aufsteigt. Verstehst du?«

»Ich glaube ja, Mirabelle. Wenn wir nur nicht der Schwerkraft unterworfen wären, oder wenn wir ins All geschossen werden könnten – dann würden wir auf immer unsere Bahn ziehen, unberührt und alleine. Es wäre so rein, so losgelöst vom Irdischen wie Musik.«

»Du verstehst mich, Jacques.«

Am 19. November hat Lorrie Geburtstag. Auch sie wird fünfzig. Sie hat mir einen wunderschönen langen Brief geschrieben und mir gesagt, wie sehr sie sich über die Fotos von den Bildern freut, die ich ihr geschickt habe. Sie hat gesagt, jetzt erst begreife sie, wie mir zumute gewesen sein müsse in all den Jahren, die ich gearbeitet hätte, um der Familie das Leben leicht zu machen, während eine so gewaltige Vision in mir geschwärt habe. Ja, dieses Wort hat sie verwendet – »geschwärt«.

Ich habe lange darüber nachgedacht, und ich nehme an, so empfindet sie es wirklich. Aber ich weiß, es war nicht ihre Schuld, und ich versuche, ihr zu sagen, daß Stolz, Konkurrenzkampf und das Bedürfnis nach der besonderen Aufmerksamkeit meiner Bosse ebenso Gründe dafür waren, daß ich bei MBI geblieben bin, wie das Geldverdienen für die Familie. Ich habe mich wie ein Kind benommen. Oft vergaß ich sogar, daß ich ursprünglich Maler werden wollte. Manchmal witzelte ich in der Tonart »Könnt ihr euch das vorstellen?« mit meinen Kollegen darüber.

Ich sage Mirabelle, daß ich Lorrie eines unserer Bilder zum Geburtstag schenken möchte.

»Das ist wunderbar, Jacques. Ich bin mir sicher, es wird sie sehr glücklich machen. Wir haben hier so viele Bilder und sollten nicht egoistisch sein, oder?«

Aber wie sich dann herausstellt, ist es schwieriger, als wir dachten, eines auszusuchen. Einerseits wollen wir Lorrie ein Bild schicken, das wirklich gut ist. Andererseits fällt es uns schwer, eines wegzugeben.

Wir sitzen den ganzen Nachmittag da und versuchen, uns schlüssig zu werden. Es macht soviel Spaß, gemeinsam mit Mirabelle zu sehen. Es ist, als hätte man zu zweit denselben Traum.

»Jacques, du wirst das selbst entscheiden müssen. Ich bin nicht stark genug dafür. Ich weiß bis heute nicht, wie du die Bilder überhaupt verkaufen kannst.«

Mirabelle steht auf und geht ins große Zimmer. Ich bleibe sitzen und entscheide mich schließlich für eine Ansicht der Rue Princesse. Das Haus, in dem Chardin gewohnt hat, ist mit drauf. Er gehört zu Lorries Lieblingsmalern. Das Bild ist gut, und zu wissen, daß es auch Chardins Haus darstellt, wird es für sie zu etwas Besonderem machen.

Ich stemme die Blauköpfe mit einem Schraubenzieher aus dem Holz, rolle dann die Leinwand zusammen, die bemalte Seite nach außen, damit sich beim Aufrollen keine Risse bilden. Ich stecke die Nägel in einen kleinen Plastikbeutel, nehme den Keilrahmen auseinander und schiebe die vier Teile in die Leinwandrolle. Ich tue das Ganze in eine Pappröhre zum Versand, male IMPRIMÉ-PLAKAT drauf, bringe sie zur Post und gebe sie auf. Auf die Zollerklärung schreibe ich AFFICHE, was »Plakat« bedeutet. Bilder aus Frankreich rauszukriegen, kann mit viel Papierkram verbunden sein. Aber so ist es ganz einfach. Man braucht nur ein bißchen Glück.

Am nächsten Tag fange ich mit einem Selbstporträt an. Es

regnet wieder, und trotz der aufgezogenen Vorhänge und einer Hundert-Watt-Birne, die mich und die Leinwand beleuchtet, kann ich nicht gut sehen.

Ich habe alle Vorbereitungen getroffen und schaue erst mal eine Weile. Ich habe mich in letzter Zeit nicht oft betrachtet. In mancher Hinsicht wirke ich älter, in mancher jünger. Ich sehe wesentlich gesünder aus, und mir scheint, ich nehme zu. Ich jogge zwar, aber wir speisen üppig, und der Stoffwechsel wird mit den Jahren ein bißchen träger.

Ich male, bis es dunkel ist. Am nächsten Morgen mache ich weiter. Das Licht ist besser. Ich arbeite an dem Bild, während sich Mirabelle um ihre Tauben kümmert. Zum Déjeuner soll es Coq au vin geben, und ich gehe zwischendurch immer wieder in die Küche und rühre den Topf um. Kein Wunder, daß ich fett werde. Allein vom Geruch könnte man ein paar Pfund mehr auf die Rippen kriegen.

Nach dem Essen kommt Mirabelle in mein Zimmer und setzt sich aufs Bett. Ich versuche, ihr zu erklären, was ich tue, wo ich Schwierigkeiten habe, was ich mag an dem Bild. Ich nähere mich dem Abschluß.

Als ich weiß, daß ich fertig bin, hoffe ich, von Mirabelle zu hören, daß sie's sieht, aber es kommt nichts. Ich lege meinen Pinsel weg.

»Bist du fertig, Jacques?«

»Ja, Mirabelle.«

»Es tut mir so leid, daß ich das Bild nicht sehen kann. Ich dachte einen Augenblick, ich würde es sehen, aber als ich meinte, jetzt sei es soweit, schloß sich etwas in mir zu.«

Da Mirabelle das Porträt nicht sehen kann, beschließe ich, es Lorrie und den Kindern zu schicken. So wird ein Teil von mir bei ihnen sein. Ich betrachte das Bild lange Zeit, bevor ich meine Farben wegpacke. Es ist, als schaute ich jemand anderen an. Auch im Spiegel wirkt das eigene Gesicht ja wie das eines fremden Menschen. Und das Porträt sieht irgendwie mehr wie mein »Selbst« im Spiegel aus als so, wie ich auszusehen glaube. Aber letzten Endes weiß niemand, wie er tatsächlich aussieht, und wir wirken alle zu verschiedenen Zeiten anders auf verschiedene Leute, sogar auf uns selbst.

An diesem Abend schreibe ich nicht. Ich habe seit ein paar Tagen keine Briefe mehr bekommen, und das Selbstporträt war meine Weise zu sagen, wie es mir geht, was passiert in meinem Leben.

Mirabelle sagt, sie könne mir jetzt Teile aus den *Englischen Suiten* vorspielen. Ich setze mich auf meinen Platz im Musikzimmer, und sie fängt an. Man hört nicht, wie schwierig diese Stücke sind, so souverän ist ihre Meisterschaft, so glutvoll ihre Interpretation. Ich werde in eine andere Welt entrückt, eine Welt der Musik, der Sterne, der Mathematik, der Fortschreitungen und Wiederholungen und Verzierungen, bis ich meinen Körper nicht mehr spüre. Als Mirabelle endet, kann ich's nicht fassen. Ich stehe auf und gehe zu ihr.

»Mirabelle, das war so schön, daß ich dir gar nicht sagen kann, was es mir bedeutet hat. Du hast mich in deine Seele aufgenommen. Ich weiß nicht, ob ich mich dir je so nahe gefühlt habe. Ich danke dir.«

»So gut habe ich noch nie gespielt, Jacques, aber ich wußte, es würde so sein, weil ich für dich spielte, für uns. Ich glaube, ich konnte deine Seele ebenso in meiner spüren wie die von Monsieur Bach. Es war eine solche Freude, in der Musik zusammenzusein.«

Später, als Mirabelle in mein Bett kommt, ist die Musik immer noch da. Wir werden eins, fließen wie Melodien, bringen unsere Körper zum Singen, heben die Hände zu erregenden Crescendi, streicheln langausgehaltene Noten, fühlen, wie wir miteinander schwingen.

Ich erforsche Mirabelles Körper im matten Licht der Kerze, die auf meinem Nachttisch brennt. Wir liebkosen uns gleichzeitig, geben uns Hinweise auf unsere Wünsche durch das, was wir füreinander tun. Wir sprechen nicht viel, meist sind da nur die Laute unserer Freude. Ich komme und drehe mich, immer noch hart, immer noch in ihr, auf den Rücken, so daß sie über mir ist. Ihr Zopf streift mein Gesicht. Ich merke, sie ist kurz vor einem anderen Zustand. Sie bewegt sich heftiger, drängt gegen mich wie noch nie.

»O Jacques, ich glaube, es geschieht. Je suis perdue. Je suis... Halt mich fest, Jacques! Halt mich fest.«

Und dann stöhnt sie laut, fast ein schriller Schrei. Sie stemmt sich mit beiden Armen hoch, ist jetzt über mir in der Schwebe, leicht, mit blassem Gesicht und dunkel verschatteten Augen. Ich bewege mich im Einklang mit ihr und komme. Ihr Taumel wird meiner.

Ich schaue ihr ins Gesicht. Sie hat den Kopf zurückgeworfen, die Lider geschlossen. Dann blickt sie auf mich herunter. Die Kerzenflamme spiegelt sich in ihren Augen.

Ein Ausdruck des Entsetzens tritt in ihr Gesicht. Sie flüstert.

»Jacques, ich sehe dich! Ich sehe dich! Mon dieu, du bist ein alter Mann! Du bist älter als mein Vater! Wie kann das sein?«

Ich habe keine Ahnung, wie ich reagieren soll. Ich bin so glücklich, daß Mirabelle sehen kann, aber das ist das letzte, was ich erwartet habe. Ich starre sie an.

»Bist du sicher, Mirabelle?«

»Ja. Du hast graue Haare und einen fast weißen Bart. Das habe ich nicht geahnt.«

»Du wußtest doch, daß ich fünfzig Jahre alt bin. Also mußt du's geahnt haben. Ich meine, bist du sicher, daß du mich sehen kannst?«

»Ja. Aber ich hatte eine so andere Vorstellung von dir. Bitte sei nicht gekränkt. Gib mir Zeit. Es ist so seltsam.«

Mirabelle legt den Kopf auf meine Brust. Ich spüre, wie ihr die Tränen kommen, in mein Brusthaar rollen. Ich fürchte, sie wird nie mehr sehen können.

»Alles okay mit dir, Mirabelle?«

»Ja, es geht mir gut. Nur bin ich leider eine törichte alte Frau mit dem Gemüt eines kleinen Mädchens.«

Sie richtet sich wieder auf, starrt mir ins Gesicht.

»Dreh den Kopf hin und her, damit ich dich ganz sehen kann. Bitte, Jacques.«

Ich drehe den Kopf hin und her.

»Ja, du siehst wirklich gut aus, wenn ich versuche, dich nicht mit Kleinmädchenaugen zu betrachten.«

Mirabelle schaut sich im Zimmer um.

»Und du hast alles so schön gemacht. Es ist viel schöner als in meiner Erinnerung.«

Mirabelle fängt an zu kichern. Dann lacht sie schallend. Sie lacht so sehr, daß ich Angst um sie habe. Sie versucht ein paarmal zu sprechen, aber es geht nicht.

»O Jacques... Entschuldige bitte... Es muß furchtbar für dich gewesen sein, als ich sagte, du seist ein alter Mann... Dabei bin ich viel älter als du... Absurd... Es tut mir wirklich leid. Kannst du mich verstehen, kannst du mir verzeihen?«

Die Situationskomik teilt sich mir allmählich mit. Ich bin über den Schock hinaus; ich fange an zu lachen. Darüber muß Mirabelle noch mehr lachen. Ich drücke sie an mich, und wir schütten uns aus vor Lachen. Ich weiß nicht, wie lange es dauert, bis Mirabelle wieder etwas sagt.

»Jacques, wenn ich finde, daß du alt aussiehst, wie sehe ich dann erst aus? Du mußt mir versprechen, deine Porträts von mir zu verstecken und alle Spiegel im Haus abzuhängen. Wenn du das nicht tust, werde ich bestimmt wieder blind.«

»Jetzt sei nicht albern, Mirabelle. Ich wäre nicht hier, wenn du nicht eine sehr attraktive Frau wärst. Genügt es nicht, daß ich dich schön finde?«

»Du bist Künstler, Jacques, du siehst mich wie im Traum. Ich bin keine Künstlerin. Ich fürchte, ich würde mich als das sehen, was ich bin – eine alte Frau. Und das will ich nicht.«

Mirabelle legt sich wieder auf meine Brust. Ihr Herz schlägt wie Schmetterlingsflügel an einer Fensterscheibe.

»Ich bin sehr müde, Jacques. Laß uns schlafen, ja? Darüber, daß ich sehe, können wir uns morgen noch Gedanken machen. Bis dahin sei mein schöner, wunderbarer, freundlicher und liebevoller Mann und halt mich bitte fest zum Schutz vor allen Härten dieser Welt.«

Mirabelle verstummt. Ein paar Minuten später ist sie eingeschlafen, und ich lege sie behutsam neben mich, bette ihren Kopf auf ein Kissen.

Träumerei

Ich bin soweit. Ich habe alles, wovon ich nur träumen konnte. In meinem Herzen und in meiner Seele wird Jacques immer mein sein.

Wir hatten eine so wunderbare Zeit zusammen, und wir haben gespielt, gemeinsam gearbeitet, uns geliebt. Unsere Jahre zählen nicht. Als ich ihn heute zum ersten Mal sah, erkannte ich, daß er im Innersten viel älter ist als ich. Er trägt solche Trauer, und es ist tapfer von ihm, sich dem Leben zu stellen. Das könnte ich niemals.

Ich hoffe, er wird tun, worum ich ihn bitte, wenn es geschieht. Es ist nicht mehr weit bis dahin. Ich versuche, es zu verbergen, aber ich habe jetzt oft das Gefühl des sanften Verlöschens. Ich weiß, er ist stark genug, mich zu verlieren. Er hat soviel: seine Arbeit, seine Frau, seine Kinder.

Wie lange wird es wohl dauern, bis er findet, was ich ihm zu sagen habe? Ich hatte Angst, er könnte es entdecken, bevor ich nicht mehr bin, und so habe ich es gut versteckt. Ich muß schlafen. Ich bin so müde.

13

Als ich aufwache, ist es ungewöhnlich still. Ich liege mit geschlossenen Augen da und lausche. Dann merke ich, Mirabelle geht nicht in der Wohnung herum.

Ich öffne die Augen und stelle fest, sie liegt noch neben mir. Es ist das erste Mal, daß sie geblieben ist. Sonst steht sie immer vor mir auf. Ich blicke zu ihr hinüber, und sie schläft auf dem Rücken, so ruhig, so gelöst. Sie lächelt. Starke Gefühle steigen in mir auf. Sie kommt mir so zart, so verletzlich vor; es ist kaum zu glauben, daß in diesem kleinen Körper eine solche Kraft wohnt. Ich frage mich, ob sie noch sehen kann, wenn sie aufwacht. Es wäre wunderbar.

Ich beuge mich über sie und küsse sie behutsam auf den Mund. Ihre Lippen sind kalt, und sie rührt sich nicht. Ich betrachte sie genauer. Atmet sie überhaupt? Es scheint nicht so. Ich knie neben ihr.

»Mirabelle? Mirabelle! Alles okay?«

Immer noch nichts! Ich fasse ihren Kopf mit beiden Händen und streiche vorsichtig mit den Daumen über ihre geschlossenen Augen. Auch die sind kalt. Das kann nicht sein. Mein Herz schlägt so wild, daß es meinen ganzen Körper schüttelt. Ich decke Mirabelle mit mir zu, nehme sie in die Arme, ziehe sie an mich. Sie ist durch und durch kalt. Ich fange an zu weinen.

Ich weine hemmungslos, und ich weine um mich ebenso wie um Mirabelle. Ich weiß nicht, warum ich sie nicht mehr bedaure. *Sie* ist gestorben, *ihr* ist in der Nacht das Leben genommen worden, gerade als sie zu sehen begann. Ist es möglich, daß ich im Innersten wußte, wenn sie sehen könnte, sei sie verloren? Ich werde fast verrückt, ertrinke in meinem Kummer.

Ich halte Mirabelle fest, streichle sie, schluchze, ahne, wie es gewesen sein muß, als sie mit vierzehn Jahren ihre Mutter fand. Ich habe wenig Erfahrung mit dem Tod; ich kann es nicht akzeptieren. Gestern war Mirabelle noch da, hat mit mir den intimsten aller Momente geteilt, und jetzt ist sie fort und wird nicht mehr wiederkommen.

Ich weiß nicht, wie lange ich sie an mich drücke, zwischen Schluchzen und Totenstille, einer Stille, in der ich meinem Herzen verbieten will, so ordinär zu schlagen.

Dann lege ich Mirabelle behutsam in die Mitte des Betts; sie sieht so einsam aus. Ich streiche ihr weißes Nachthemd glatt, falte ihr die Hände über der Brust – wie oft hat sie die Hände so gehalten, wenn sie bewegt war. Ich weine immer noch, aber ich spüre, wie dumpfe, stumpfe Ergebung über mich kommt. Ich straffe das Bettlaken, das Plumeau, decke Mirabelle zu – nur ihren Körper, nicht ihr Gesicht –, als schliefe sie alleine. Ich fange an, mit ihr zu sprechen. Ich knie mich auf den Boden.

»Mirabelle, ich sehe an deinem Gesicht, daß du so glücklich gestorben bist, wie du gelebt hast. Du wirst in mir und in unseren Bildern weiterleben. Ich werde meinen Kindern und Lorrie von dir erzählen, damit du auch in ihnen weiterlebst und uns allen hilfst, ein besseres Leben zu führen. Ich werde versuchen, wem ich kann zu sagen, was für ein wunderbarer Mensch du warst. Die meiste Zeit deines Lebens hast du im Dunkel verbracht, und wenn du jetzt wieder ins Dunkel gehst, wird es ein Zuhause für dich sein.

Wenn nicht, dann kannst du wieder sehen wie in deinen Träumen. Ich hoffe, daß du mich siehst. Ich hoffe, daß du weißt, wie sehr ich dich geliebt habe und immer lieben werde. Mirabelle, es erstaunt mich, wie ich jetzt empfinde. Ich bin fast gelassen, und ich bin froh, mit dir zusammenzusein und zu wissen, daß ich mein Leben lang bei dir bleibe, egal, was geschieht.«

Ich knie lange auf dem Boden. Schließlich stehe ich auf und ziehe mich an. Dabei spreche ich weiter mit Mirabelle. Ich habe viel zu erledigen, und es ist fast so, als sagte sie mir, was ich tun muß.

Es fällt mir schwer, sie alleine zu lassen. Ich schließe die Tür nicht ganz. Ich gehe zum Schrank, in dem Mirabelle unser Geld für den täglichen Bedarf verwahrt. Ich bin überrascht, als ich entdecke, daß in dem emaillierten Kästchen über sechzehntausend Francs liegen. Ich habe es nie zuvor geöffnet. Was ich mit Bilderverkäufen verdiente und nicht für Malmaterial brauchte, habe ich Mirabelle gegeben, und sie hat es in dieses Kästchen getan. Ich weiß, sie wäre damit einverstanden, wie ich das Geld verwenden will.

Dann sehe ich ganz unten in dem Kästchen ein kleines Kuvert. Ein Wort steht drauf: JACQUES. Ich öffne das Kuvert. Ein Brief ist drin. Ich gehe damit in mein Zimmer, zu Mirabelle. Ich knie mich wieder vors Bett, denke flüchtig daran, wie ich als Kind mein Nachtgebet sprach. Der Brief ist in Großbuchstaben geschrieben. Ich lese:

11. September 1975

Liebster Jacques,
Es ist früh am Morgen, und nach unserem herrlich warmen Bett spüre ich noch die Kälte der Nacht. Ich möchte Dir jetzt, nach unserem wunderschönen Geburtstagsessen, diesen Brief schreiben. Du schläfst. Meine Herzbeschwerden sind ernster, als ich Dir gesagt habe. Ich kann jederzeit sterben. Um Dir gegenüber fair zu sein, scheint es mir richtig, dass ich Dir das jetzt mitteile.

Es ist schwierig für mich, mit der Hand zu schreiben. Ich nehme ein Lineal dazu, damit die Zeilen gerade bleiben. Ich schreibe nicht oft, und Grossbuchstaben fallen mir am leichtesten.

Wenn Du dies liest, bin ich wahrscheinlich tot. Ich glaube nicht, dass Du sonst in dieses Kästchen schauen würdest. Du bist so anständig, Jacques. Ich liebe Dich so sehr.

Sei nicht traurig, wenn ich tot bin. Ich weiss, es wird hart für Dich sein, härter als für mich, aber uns war soviel vergönnt, lass uns das nicht vergessen. Du hast mir alles gegeben, was ich mir nur wünschen konnte. Dank der Zeit mit Dir bin ich fast froh, all die Jahre blind gewesen zu sein, denn so wurde ich für Dich aufgespart, so konnten wir uns kennenlernen und uns lieben.

Wahrscheinlich hast Du erraten, dass ich in manchem noch das kleine Mädchen bin, das nach Hause kam und seine Mutter tot in der Badewanne fand und dessen Vater ebenso tot war, weit fort, in einem schlammigen Schützengraben. Danach wollte ich nicht mehr erwachsen werden. Das Grauen, erwachsen zu sein und zu leiden wie meine Eltern, schien mir unerträglich. Darum wurde ich blind. Ich wollte nicht so leben, wie man gewöhnlich lebt.

Ich wollte »unschuldig« bleiben, wenigstens so unschuldig, wie man es als Vierzehnjährige in Paris sein kann. Und ich war, selbst für mein Alter und meine Zeit, bemerkenswert unschuldig. Meine Unschuld war meine wertvollste Eigenschaft.

Ich habe gelernt, viel auf Vertrauen und Toleranz zu geben. Ich habe entdeckt, dass dies die wichtigsten Voraussetzungen für Unschuld sind. Schuldig kann man nur werden, wenn man seinen tiefsten Regungen misstraut und anderen gegenüber unduldsam wird, sobald ihre Regungen sich von denen unterscheiden, die man selbst hat.

Ich habe viel von den Tauben gelernt. Sie sind so vertrauensvoll, aber die meisten Menschen halten sie für dumm. Mir scheint, viele glauben, dass Unschuldige immer dumm sind oder verrückt.

Als ich Dich traf, Jacques, spürte ich, dass Du um Unschuld kämpftest. Du hast einen Weg gesucht, »klar« und »rein« zu sehen, ohne Verstellung. Wie Du wahrscheinlich weisst, war die Musik sehr wichtig für das, was ich suchte, sehr wichtig auch dafür, dass ich lernte, mir selbst gegenüber tolerant zu sein. Ausserdem hat sie mich Vertrauen gelehrt, Vertrauen zu ihr als Klang.

Ich glaube, wir haben zusammen einen hohen Grad von »Unschuld« erreicht. Wir haben uns darauf verlassen, dass wir einander nicht verletzen würden. Und wir wollten uns gegenseitig Freude schenken, unsere Möglichkeiten steigern, unsere Gedanken miteinander teilen, unsere Gegenwart, unsere Hoffnungen und unsere Tragödien aus der Vergangenheit.

Nach der letzten Nacht und all den anderen wunderbaren Nächten, auch in Anbetracht meines »unfrommen« Wunsches, Dich körperlich zu lieben, könnte meine Rede von der Unschuld grotesk wirken. Aber Du musst wissen, Jacques, ich bin zu der Überzeugung gelangt, dass Sexualität, gemeinsame Leidenschaft ohne Schuldgefühle und Zwang eine sehr hohe Form der Unschuld sind. Ich glaube, das ist nur zum Inbegriff des Mangels an Unschuld geworden, weil die Menschen dieses wunderschöne Erlebnis mit Ritualen der Pflicht, des Besitzes, der Verantwortung belastet haben.

Vielleicht liegt es auch daran, dass die Sexualität mit der Fortpflanzung verbunden ist. Erst als Du Deinen Samen in mich gepflanzt hast, habe ich eine gewisse Toleranz gegenüber den Menschen entwickelt, die den Liebesakt zum Ritual verfälschen. Als ich wusste, dass ich kein Ei für Deinen Samen habe, empfand ich die Tragik. Und da erkannte ich auch die Unermesslichkeit der Sexualität.

Ich glaube, Du bist zu grosser Unschuld fähig, Jacques. Ich hoffe, dass Du Deine Suche danach fortführen kannst; ich bin mir sicher, dass Du es tust. Es würde mir sehr gut gefallen, wenn Du hier wohnen bliebest, wenn Du hier malen und Dich an mich erinnern würdest. Aber das ist natürlich egoistisch und keineswegs unschuldig.

Ich möchte auch, dass Du nach Hause zurückkehrst, zu Deiner Familie. Ich weiss, vorher kannst Du Dich nicht unschuldig fühlen. Du liebst Lorrie und die Kinder immer noch, aber Du hast Deinen tiefsten Regungen misstraut.

Am besten gefiele es mir, wenn Du mit Lorrie in unserer Wohnung leben würdest.

Ich habe mit dem Notar, dessen Namen Du am Ende dieses Briefes findest, die Vereinbarung getroffen, dass Dir alles gehört, was ich zur Zeit meines Todes besitze. Du brauchst nur mit diesem Brief zu ihm zu gehen. Er weiss nicht, wie Du heisst, aber wir haben ausgemacht, dass dieser Brief der »Ausweis« sein soll, kraft dessen Du als Erbe anerkannt wirst. Alle Steuerfragen habe ich bereits mit der Bank geklärt. Sie kümmert sich auch um das, was sonst noch an Verbindlichkeiten anfällt. Die Leute dort sind wirklich nett zu blinden alten Damen.

Wenn Du jetzt nicht zum Notar gehst, bleibt alles auf zwanzig Jahre hinaus zu Deiner Verfügung. Erhebst Du bis dahin keinen Anspruch, so wird es verkauft. Der Erlös ist zum Schutz meiner Tauben im Turm von Saint-Germain-des-Prés bestimmt.

Ich weiss, es ist schrecklich, von solchen Dingen zu sprechen, aber irgendwann muss man es tun. Ich habe es immer vor mir hergeschoben. In diesem Kästchen ist genug Geld für meine Beerdigung. Ich möchte nicht verbrannt werden. Man kann mich in einem schlichten Holzsarg in dem Familiengrab beisetzen, das wir noch gemeinsam besuchen werden. Ich wollte, es gäbe eine andere Möglichkeit, aber wenn nicht, so sei es denn.

Nun beschliesse ich diesen langen Brief, Jacques. Ich werde mit meinen Yoga-Übungen beginnen, und bald werden die Glocken läuten und Dich wecken. Ich schreibe an dem Tisch, an dem wir so viele köstliche Mahlzeiten eingenommen und so viele schöne Stunden verbracht haben. Ich kann Dir nicht genug dafür danken, wie Du mein Leben bereichert hast. Ich habe mich im besten Sinne des Wortes zum ersten Mal erwachsen gefühlt, frei von Angst. Und ich habe mich trotzdem unschuldiger gefühlt, als ich es für möglich gehalten hätte.

Jacques, Du bist ein wunderbarer Maler und ein wunderbarer Mensch. Ich bin so froh, dass es mir vergönnt war, Deine Bilder zu erleben. »Klar« sehen und nicht in die Falle tappen, nur das zu sehen, was da ist, ist ein Beweis der Unschuld. Ich danke Dir dafür, dass Du dies mit mir geteilt hast.

Vergiss nicht, ich liebe Dich auf immer.

Deine Mirabelle

Darunter steht der Name des Notars. Ich lege mich neben Mirabelle aufs Bett und weine wieder. Der Brief ist typisch für sie – alles so liebevoll und klug arrangiert. Ich hebe den Kopf und versuche, mir Mirabelles schönes, stilles Gesicht fürs ganze Leben einzuprägen.

Dann lege ich den Brief wieder in das Kästchen und stelle es in den Schrank zurück. Ich stecke die sechzehntausend Francs ein. Ich gehe in mein Zimmer und bleibe hinter der Tür stehen, den Blick auf Mirabelle geheftet.

»Mirabelle, ich werde tun, was ich kann. Hoffentlich bist du einverstanden mit dem, was ich vorhabe. Wahrscheinlich ist es gesetzwidrig, und manche Leute könnten es für unmoralisch oder verrückt halten, aber in Wirklichkeit ist es unschuldig.«

Ich schließe die Wohnung ab und steige die Treppe runter. Alles scheint unverändert – es schockiert mich. Wenn ich nicht wüßte, Mirabelle liegt oben alleine im Bett, könnte ich nicht glauben, daß sie tot ist.

Ich laufe zur Telefonzelle gegenüber vom Drugstore und rufe bei American Express an. Ich schaffe es, für morgen früh einen Flug nach Minneapolis zu buchen. Ich werde mein Tikket am Flughafen abholen und dort bezahlen.

Dann kehre ich in die Wohnung zurück. Ich mache mir eine Kanne Kaffee, ziehe unseren Tisch aus dem großen Zimmer in meines und stelle ihn vors Bett.

»Mirabelle, ich gehe nach Hause, zu meiner Familie. Ich weiß, das willst du. Ich weiß, du willst auch, daß ich hier bleibe, aber das kann ich nicht ohne dich. Jetzt muß ich erst mal meiner Familie schreiben und ihr sagen, was passiert ist.«

Ich habe das Gefühl, Mirabelle hört und versteht mich. Ihr Lächeln ist so rätselhaft und doch so ausdrucksvoll.

Liebe Lorrie,
bitte teil unsern Kindern mit, was in diesem Brief steht. Mirabelle ist gestorben. Ich bin unsagbar traurig. Aber mich erfüllt auch eine Freude, die über all das hinausgeht. Mirabelle wird für mich nie tot sein; ihre Seele, ihr Geist und was sie mir gegeben hat, wird in mir und meiner Malerei weiterleben.

Ich möchte, daß Du weißt, wie ich im Hinblick auf mich selbst empfinde. Die Bande des Egoismus, die mich immer an mein Ich gefesselt und mich einsam gemacht haben, sind endgültig gesprengt.

Ich fühle mich jetzt der Welt zugehörig, ich kämpfe nicht mehr, ich wehre mich nicht mehr, ich gehöre zu ihr. Und ich bin, wie Mirabelle sagte, auf irgendeine Weise auch unschuldiger.

Ich kann Dir gar nicht sagen, wie sehr ich Dich und unsere Kinder liebe. Es wird mir immer leid tun, daß ich Euch soviel Schmerz bereitet habe. Aber andererseits bin ich auch davon überzeugt, daß es sich zum Guten gewendet hat, daß ich jetzt ein richtiger Ehemann und Vater sein und meine Liebe zeigen kann, nicht mehr nur »Brötchenverdiener« bin.

Ich werde im Laufe der Woche nach Minneapolis kommen und Dich von einem Hotel aus anrufen. Ich möchte mich Dir nicht aufdrängen, nur mit Dir teilen, was sich teilen läßt. Ich werde meine Bilder mitbringen, damit Ihr sehen könnt, was ich gearbeitet habe.

Ich freue mich sehr auf unsere Begegnung und hoffe, daß auch Du Dich freuen kannst.

Ich hätte Dir noch viele andere Gedanken mitzuteilen, aber hier gibt es einiges zu erledigen, und ich möchte soviel Zeit wie möglich mit Mirabelle verbringen.

Ich hoffe, Dich bald zu sehen.

Liebe Grüße
Jack

Als ich mit dem Brief fertig bin, lese ich ihn Mirabelle vor. Vielleicht erscheint das jemandem, der noch nie einen geliebten Menschen verloren hat, makaber, aber mir kommt es ganz natürlich vor. Ich hoffe, daß ich mir mein Leben lang die Freiheit nehmen werde, mit Mirabelle zu sprechen. Ich habe einen Teil des Respekts vor der »Realität« verloren.

Jeder Maler, der die Kunst wirklich entdeckt, kommt an diesen Punkt. Und Mirabelle wußte es auch trotz oder wegen ihrer Blindheit. In ihrer Musik hatte sie's mit Klängen zu tun, nicht mit dem sichtbaren Notentext, durch den die meisten

Musiker blockiert sind. Wenn sie jemandem lauschte, dann hörte sie die Klänge mit Bedeutung, keinen Ersatz für das gedruckte Wort. Ich glaube, deswegen fiel es ihr so leicht, Sprachen zu lernen, einschließlich der Musik. Auch ihre Ohren waren unschuldig.

Das Mittagsläuten beginnt. Ich knie mich wieder vors Bett und lege meine Hände auf die von Mirabelle. So bleibe ich eine Weile – still, mit geschlossenen Augen. Ich höre nicht nur die Glocken, sondern auch den Flügelschlag der Tauben, die vom Turm herabsegeln. Ich frage mich, wie sie es aufnehmen, daß Mirabelle nicht bei ihnen war. Vielleicht haben sie in all den Jahren gelernt, sie zu erwarten, aber erinnern sie sich an sie? Müßte Mirabelle da sein, damit ihre kleinen Gehirne auf die alte Gewohnheit eingestimmt werden, daß sie kommen und sich pflegen und füttern lassen? Ich spiele kurz mit dem Gedanken, Mirabelle zu vertreten, aber dann entscheide ich mich dagegen. Niemand kann Mirabelles Platz einnehmen. Auch bei den Tauben nicht.

Ich hole den alten Matchsack, in dem ich meine Kleider verwahrt habe, als ich auf meinem Dachboden wohnte. Mit diesem Matchsack bin ich aus dem Krieg gekommen und von zu Hause weggegangen. Ich ziehe meinen Stuhl näher ans Bett heran und lege den Sack auf den Tisch. Ich suche meinen kleinen Schraubenzieher.

Dann nehme ich alle Bilder von der Wand. Es sind achtundzwanzig. Neun Bilder habe ich verkauft. Ich wußte nicht, daß ich im letzten halben Jahr soviel gemalt habe. Aber das ist nur der quantitative Aspekt, und ich glaube, wichtig werden diese Bilder durch ihre Qualität.

Ich fange an, die Blauköpfe rauszustemmen, mit denen die Leinwände auf die Keilrahmen genagelt sind. In jedem Keilrahmen sind vierzig, also wird das Ganze eine Weile dauern. Ich spreche mit Mirabelle.

Ich versuche ihr zu sagen, wie schwer es für einen Künstler ist, unschuldig zu sein. Schon der Akt, Menschen glauben zu machen, Farbe, die man auf Leinwand aufträgt, stelle etwas anderes dar – Himmel, Licht, Luft und Raum –, hat wenig mit Unschuld zu tun.

»Ja, du hast recht, Mirabelle. Als wir uns kennenlernten, war ich dabei, mich einer gewissen Unschuld zu nähern. Die Zeit, in der ich Paris durchwanderte, die Stadt auf mich einwirken ließ, war der Anfang meines neuen Lebens. Sie gab mir den Mut, Zeichnungen und Aquarelle zu machen, als Huldigung an die Schönheit, die ich vor Augen hatte.

Aber auch als wir zusammengearbeitet haben und du meine Gefühle freigesetzt hast, war ich noch nicht ›echt‹. Ich habe versucht, Objekte zu schaffen, die andere Menschen zum Erlebnis der Unschuld bringen sollten. Das war keine Unschuld an sich.«

Ich spreche weiter, stemme Blauköpfe aus dem Holz, rolle Leinwände zusammen, schiebe auseinandergenommene Keilrahmen hinein, fülle den Matchsack.

»In meinen Bildern möchte ich die Ehrfurcht und Erregung ausdrücken, die ich angesichts dessen empfinde, was ich sehe.«

Ich verstumme und konzentriere mich eine Weile auf die Nägel. Es fällt mir schwer, Mirabelle und mir selbst klarzumachen, was ich meine. Ich ziehe eine andere Leinwand rüber. Es ist ein Blick von der Rue des Canettes auf die Rue du Four.

»So mußt du das sehen, Mirabelle. Nein, du kannst ja nicht sehen. Erstens bist du tot, und zweitens weiß ich nicht, ob du noch sehen könntest, wenn du lebendig wärst.«

Ich bin wieder kurz vorm Zusammenbruch. Ich hole tief Luft. Ich kann die Leinwände nicht mit zitternden Händen und tränenverschleierten Augen von den Keilrahmen nehmen.

»Ich möchte, daß Menschen meine Bilder betrachten, damit ich meine Freude mit ihnen teilen kann. Ich mache auch einiges mit der Komposition, der Textur, den Lichtern, der Pinselschrift, um dieses Stück Leinwand magisch erscheinen zu lassen, wie ein Fenster zu einer anderen Welt, einer Welt der Phantasie, der Schönheit, der Spannung. Es ist eine kleine Illusion, und ich versuche, ihr Wahrheit zu verleihen.«

Jetzt bin ich ein bißchen näher dran. Ich betrachte die Leinwand, noch halb auf dem Keilrahmen. Habe ich das, was ich hier darstelle, je für real gehalten, oder ist es nur eine Art Autosuggestion, die nichts weiter bedeutet, als daß sie mir Spaß macht? Ist alle Kunst nur Selbsttäuschung, Selbstbefriedigung, Selbstgefälligkeit?

Ich nehme das Bild vom Keilrahmen, drehe es um, streiche es glatt. Mir sagt es etwas, selbst nach über einem Monat. Aber geht es anderen auch so? Das ist das Problem.

»Mirabelle, wenn ich unsere Bilder malte, hatte ich immer dich im Sinn. Ich wollte, daß *du* sie siehst. Es genügte mir nicht, daß ich mir eine Freude damit machen konnte. Ich wollte, daß jedes Bild ein gemeinsamer Ort für uns war. Und weil du mir deine inneren Vorstellungen mitteilen konntest, schien es Wirklichkeit zu werden. Ich spürte, *wußte*, daß uns die Malerei zusammenführte. Dann merkte ich, daß unsere Sicht auch für andere etwas bedeutete. Es begann mit dem Paar, das unser Bild von der Place Fürstenberg kaufte.

Aber wie viele Menschen können diese magischen Dinge sehen? Ich möchte die Kunst mit möglichst vielen teilen und trotzdem mir und dem Gegenstand treu bleiben. Das ist der Pferdefuß, Mirabelle. Ich muß manchmal entdecken, daß ich ein Bild male, um andere anzulocken, als würde ich eine Angelrute beködern. Vielleicht will ich zuviel, vielleicht möchte ich auch nur Ruhm, Geld, Erfolg. Ich glaube es kaum, aber ich weiß es nicht. Auch in diesem Punkt kann ich nicht unschuldig sein. Ich brauche deine Kraft, Mirabelle.

Ich fürchte, wenn ich nach Amerika zurückgehe und mit den anderen lebe, unseren Freunden, die den Erfolg mehr schätzen als alles andere – und Erfolg heißt für sie Geldscheffeln und Anerkanntsein –, werde ich scheitern, wieder ins Unechte verfallen, das Zaubrische verlieren.

Werde ich fortführen können, was wir begonnen haben? Ich weiß es nicht, und das macht mir angst.«

Ich blicke zu Mirabelle hinüber, die still und lächelnd daliegt. Die Wände starren uns an, leer jetzt, ohne Bilder. Zumindest waren sie eine gute Dekoration. Aber wenn an der Malerei nicht mehr dran ist, gehe ich lieber wieder zu MBI. Ich nehme noch eine Leinwand vom Stapel, schaue sie ein paar Minuten an, versuche so zu tun, als hätte nicht ich das Bild gemalt, als sähe ich es zum erstenmal in einer Galerie oder bei jemandem zu Hause. Es gelingt mir nicht. Diese Bilder gehören so sehr zu mir, daß ich sie nicht als Objekte betrachten kann.

»Ach, Mirabelle, du fehlst mir so sehr. In deiner Blindheit hast du mich sehen gelehrt. Und nun, da ich sehen kann, bin ich nicht sicher, ob ich die Kraft habe, alleine weiterzumachen.

Ich weiß, meine Bilder werden Lorrie gefallen. Sie hat schon auf die Fotos so positiv reagiert. Aber *warum* gefallen sie ihr? Weil sie wie ›Bilder‹ aussehen? Wie soll ein Bild denn aussehen? Darüber können sich die Maler nicht einig werden. Es scheint mit der Zeit zu wechseln wie die Mode.

Aber manche Maler haben die Grenzen der Zeit und der Mode überschritten, Mirabelle. Rembrandt, Chardin, Tizian, van Gogh, Monet waren in ihren besten Arbeiten nur sich selbst treu, so treu, daß es fast unmöglich war, in ihre Fußstapfen zu treten. Und jetzt kann ich ihre Bilder betrachten und irgendwie sie werden.

Aber werde ich das je erreichen? Lohnt es sich? Ich habe meiner Familie schon so weh getan – kann ich da einen Traum rechtfertigen, der so hochfliegend ist, daß er einem leicht als Wahn erscheint? Spreche ich überhaupt zusammenhängend, Mirabelle?«

Ich arbeite den ganzen Nachmittag. Meine Kaffeetasse füllt sich mit Nägeln und mein Matchsack mit Bildern. Es ist eine seltsame Vorstellung, daß meine Arbeiten so leicht zusammengerollt und in diesen Sack gepackt werden können wie schmutzige Wäsche. Als sie an der Wand hingen, schienen sie mehr zu sein, gaben sie mir ein Hochgefühl, das ich nie kannte, und jetzt sind sie fast ein Nichts. Ich könnte sie in die Mülltonne stopfen, und sie würden in den Müllwagen geworfen und weggekarrt werden wie jeder Abfall.

Ich höre die Glocken läuten. Es ist 18 Uhr. Ich bin nicht

hungrig, obwohl ich den ganzen Tag nichts gegessen habe. Ich mag nicht an eine Mahlzeit denken, bei der mir Mirabelle nicht gegenübersitzt. Damit würde ich anerkennen, daß sie wirklich nicht mehr ist. Ich habe ihr, glaube ich, noch nicht gesagt, warum ich so besorgt bin um meine Unschuld, um meine Fähigkeit, mit dem Malen, wie sie es mich gelehrt hat, weiterzumachen.

»Mehr als alles andere beunruhigt es mich, Mirabelle, daß ich vielleicht nur für eine kleine Elite arbeite, hauptsächlich für reiche Leute, die genug Zeit und Interessen haben, um Bilder zu betrachten und zu kaufen. Das wäre genau das Gegenteil dessen, warum ich malen will. Wenn Malerei die Menschen nach ökonomischen oder soziologischen Kategorien trennt wie die Musik, das Theater und die Literatur, dann möchte ich nichts damit zu tun haben. Die Leute, die die Welt der Malerei beherrschen, die den Zugang zu Galerien und Museen, die Publikation von Bildern in Büchern oder auf Postkarten steuern, interessieren mich nicht.

Sie verschaffen sich Kontrolle über Bilder, bieten sie feil, werben dafür, verhökern sie wie eine x-beliebige Ware. Sie verschaffen sich Kontrolle über den Markt, so daß alles Einzigartige, das sich selbst und dem Künstler treu bleibt, praktisch keine Chance hat, gesehen zu werden.

Bei fast allen großen Malern war es so. Der Künstler erfährt selten im Lauf seines Daseins, daß Tausende, Millionen von Menschen ein besseres Leben führen dank der Einsichten, die er mitgeteilt hat. Bin ich stark genug, um zu existieren wie van Gogh, ohne ein Bild zu verkaufen, Schuldner und Mündel seines Bruders? Er war ein echter Unschuldiger, Mirabelle. Ich glaube nicht, daß ich unschuldig, vertrauensvoll und tolerant genug bin, um ein so großes Herz zu haben. Verstehst du?«

Ich gebe es auf. Ich weiß selbst nicht, was ich sagen will. Ich mache Licht und nehme die restlichen Leinwände von den Keilrahmen. Es ist dunkel, als ich die letzte zusammenrolle und zu den anderen stecke. Ich lasse den Matchsack vom Tisch gleiten. Er ist schwerer, als ich dachte, aber das schaffe ich schon. Er und die Malkiste werden mein einziges Gepäck sein.

Das letzte Bild, an dem ich gearbeitet habe, ein Blick auf die Place Saint-Sulpice, ist noch so naß, daß ich es nicht einpacken kann. Ich lehne es an die Wand. Auch das erste Porträt, das ich von Mirabelle gemalt habe, lasse ich da.

Dann reinige ich meine Malkiste. Ich mache die Palette mit dem Palettenmesser sauber. Ich schraube alle Tuben fest zu und drücke die Farbe nach oben. Ich wasche sämtliche Pinsel aus, erst mit Terpentin, dann mit Wasser und Seife.

Als ich fertig bin, packe ich alles zusammen und verschnüre meine Malkiste gut, damit sich die Beine im Frachtraum des Flugzeugs nicht lockern und einknicken oder abbrechen.

Inzwischen ist es dunkel. Ich gehe in mein Zimmer und lege mich neben Mirabelle. Ich drehe mich auf die Seite und streichle ihre Stirn, lasse meine Fingerspitzen behutsam auf ihren Augen ruhen, ihrer Nase, ihrem Mund, ihrem Kinn, ihrem Hals. Ich denke daran, wie sie mich »erforscht« hat, und muß wieder weinen.

Schließlich reiße ich mich zusammen und fange an, aufzuräumen. Erst mache ich Licht in allen Zimmern. Eine Weile gehe ich nur herum und freue mich an unserem schönen Zuhause. Dann sammle ich ein, was mir gehört, auch den Smoking und die Lackschuhe, sogar meine Zahnbürste. Ich stopfe die Sachen in einen Müllsack. Ich hole alles Essen aus dem Kühlschrank, alles Verderbliche von den Borden und werfe es in einen zweiten Müllsack. Ich behalte nur die Kleider, die ich auf dem Flug tragen werde.

Ich lasse ein Bad einlaufen und denke daran, daß Mirabelle das jeden Morgen für mich getan hat. Dann steige ich in die Wanne und versuche, mich zu entspannen. Ich wasche mich so gründlich, als wollte ich mich häuten. Ich bin krebsrot und es kribbelt mich am ganzen Körper, als ich den Stöpsel ziehe, die Badewanne saubermache und in meine Kleider schlüpfe.

Ich nehme die, die ich tagsüber getragen habe, und lege die Kleider für den Flug aufs Bett. Ich schaue mich noch mal in der Wohnung um. Dann schnüre ich die Müllsäcke zu. Ich gehe in mein Zimmer.

»Ich bin gleich wieder da, Mirabelle. Muß ein paar Dinge erledigen.«

Ich stecke den Wohnungs- und den Kirchturmschlüssel ein. Ich schnappe mir einen kleinen Handfeger und noch einen Müllsack. Ich gehe ins Musikzimmer und öffne den Schrank, in dem Mirabelle ihre Musik-Skulpturen stehen hat. Ich tue eine nach der anderen vorsichtig in den Sack. Sie sind so leicht wie Mirabelle. Dann lange ich mir ein paar Kerzen, Streichhölzer und das Porträt von Mirabelle her, das ich nicht eingepackt habe. Es ist 22 Uhr, ein Montagabend.

Ich mache die Wohnungstür zu und steige die Treppe runter. Draußen ist nicht viel los. Von dem Bild abgesehen, könnte ich ein Straßenfeger sein, der ein bißchen früh dran ist, oder ein Clochard mit seinen Plastiktüten.

Ich entferne mich an die hundert Meter von der Wohnung. Dann stopfe ich die Müllsäcke mit den Kleidern und den Nahrungsmitteln in eine Tonne am Bordstein. Anschließend laufe ich über den Boulevard Saint-Germain zur Kirche. Ich schaue mich um und steige über den Zaun, der das Pfarrhaus einfriedet. Ich entdecke sofort die Tür zum Turm. Der Schlüssel dreht sich sperrig, aber die Tür geht auf. Ich mache sie hinter mir zu. Es ist stockdunkel. Ich beschließe, noch keine Kerze anzuzünden; ich kann mich die ausgetretene Steintreppe auch hinauftasten.

Es dauert nicht so lange, wie ich dachte. Ich komme zu einer Bodenklappe, stoße sie auf und bin in der Glockenstube. Ich schaue durch die Schallschlitze auf die Autos und die Menschen unten. Ich blicke über den Boulevard hinweg zu dem Haus, in dem unsere Wohnung ist. Ich denke an Mirabelle auf meinem Bett. Durch die Schlitze kommt genug Licht. Ich kann sehen, wo ich bin und was ich tue.

Ich klettere auf den großen Eichenbalken, an dem die Glocken hängen. Ich störe einige Tauben im Schlaf, und sie fliegen hektisch auf, starre Schwungfedern streifen die Wände. Dann beruhigen sie sich. Wie der Mann gesagt hat, der die Kirchtürme saubermachte, liegen mehrere tote Tauben auf dem Glockenboden. Ich tue sie in die Ecke bei der

Bodenklappe. Der Balken ist mindestens einen Meter breit. Die graublauen Glocken zeichnen sich im Dämmer ab. Unter ihnen ist ein schwarzer Schlund. Ich krieche auf den Balken, fege ihn sauber, lasse den Dreck zwischen den Glocken runterfallen.

Als ich fertig bin, krieche ich zurück, bis ich wieder festen Boden unter den Füßen habe. Ich bin naßgeschwitzt – teils Anstrengung, teils Angst. Ich krieche erneut über den Balken und stelle das Porträt von Mirabelle ans andere Ende. Den Sack mit den Skulpturen und den Kerzen tue ich in die Ecke, zu den toten Tauben.

Dann steige ich leise die Treppe runter. Ich trete aus der Tür, schaue mich um, schließe die Tür und sperre sie zu. Ich klettere über den Zaun, eile über die Straße und an Monsieur Diderot vorbei, dann die Rue des Ciseaux entlang und nach Hause.

Ich wasche mich, gehe in mein Zimmer, zu Mirabelle. Ich lege mich neben sie, um mich auf den nächsten Schritt meines Plans vorzubereiten.

»Mirabelle, hoffentlich freust du dich über das, was ich vorhabe. Damit kommen wir am nächsten an das heran, was du wolltest.«

Eigentlich habe ich keine Lust, wieder loszulaufen, aber andererseits möchte ich, so falsch das Ganze wohl ist, alles richtig machen.

Es lehnt noch ein Bild an der Wand, das nasse von der Place Saint-Sulpice. Ich nehme es unter den Arm und achte darauf, daß ich die Farben nicht verschmiere. Ich hole unsere Flasche Poire William aus dem Schrank, die jetzt fast wieder leer ist bis auf die Birne. Ich eile über die Straße, steige über den Zaun und den Turm rauf, lade die Sachen ab und kehre in die Wohnung zurück. Jetzt heißt es nur noch warten. Und ein bißchen Glück werden wir brauchen.

Ich liege im Halbdunkel und spreche mit Mirabelle. Ich gehe alles durch, was wir gemeinsam erlebt haben, von unserem Zusammenstoß am Anfang bis zu unserer letzten wunderschönen Nacht. War das wirklich erst gestern?

Es muß kurz vor vier sein, als ich zu dem Schluß komme,

daß die Zeit jetzt reif ist. Die meisten Touristen und Nachtschwärmer schlafen inzwischen, und die Straßenfeger haben noch nicht angefangen. Es ist die stillste Stunde.

Ich schlage Mirabelle in ein Laken ein, dann in eine Decke. Wie ein Vater, der sein Kind durch die Nacht trägt, tue ich nur einen kleinen Zipfel von der Decke über ihren Kopf.

Ich komme ohne Schwierigkeiten über den Boulevard. Außer mir ist praktisch niemand unterwegs. Ich beeile mich, versuche aber, nicht gehetzt zu wirken. Ich nehme Mirabelle auf den Rücken, als ich über den Zaun steige, husche unters Vordach und öffne die Tür zum Turm. Sie fällt hinter mir ins Schloß. Den schwierigsten Teil habe ich geschafft. Es ist nicht ganz einfach, mit der jetzt ziemlich starren Mirabelle die Treppe raufzukommen, aber ich schaffe auch das.

Ich stoße die Bodenklappe auf und drücke sie hinter mir zu. Ich lege Mirabelle behutsam auf den Glockenbalken. Wieder störe ich ein paar schlafende Tauben. Sie flattern herum, beruhigen sich dann und gurren. Ahnen sie, wer da gekommen ist?

Ich zünde eine Kerze an. Ich krieche vorsichtig über den Balken, zum anderen Ende. Ich stelle die Kerze vor das Porträt von Mirabelle. Das Bild von der Place Saint-Sulpice tue ich ans Balkenende in der Nähe der Bodenklappe. Auch davor zünde ich eine Kerze an. Es besteht keine Gefahr, daß der Balken Feuer fängt. Die Kerzen werden runterbrennen und im geschmolzenen Wachs verlöschen.

Dann rücke ich Mirabelle zurecht, bis sie in der Mitte des Balkens liegt. Ich decke ihr Gesicht auf. Die Kerzen beleuchten sie so, daß es tief verschattet ist. Ihre Augen scheinen offenzustehen und mich zu beobachten. Es sieht so aus, als sei ihr Lächeln auf dem Weg von der Wohnung bis hierher breiter geworden. Ich glaube, sie fängt an, meine Machenschaften ein bißchen komisch zu finden. Während ich alles arrangiere, spreche ich mit ihr.

»Du bist im Turm, Mirabelle, fast im Himmel. Und du bist bei deinen Gefährten, den Tauben. Das scheint mir der richtige Platz für dich.«

Ich lege die toten Tauben um Mirabelle herum, als seien sie

ihr Hofstaat. Neben jede zweite stelle ich eine Musik-Skulptur. Ich könnte fast beschwören, daß ich im flackernden Licht die silbrigen Klänge von Mirabelles Cembalo höre – sie spielt die Stücke, die die Plastiken verkörpern.

Ich stelle noch zwei Kerzen links und rechts von Mirabelle auf. Die letzte zünde ich ihr zu Füßen an. Daneben tue ich die beinahe leere Flasche mit der Birne drin. Ich knie mich für einen letzten Blick auf den Boden. Ich bleibe lange so im Dämmer, vor Mirabelle. Dann wird es Zeit für mich.

»Hoffentlich gefällt es dir, Mirabelle. Ich glaube, es dauert Jahre, bis jemand dich findet. Du bist nicht allzuweit von zu Hause entfernt, und du bist bei denen, die du liebst. Ich wollte, ich könnte bei dir bleiben, aber ich muß gehen.«

Ich stehe auf und blicke auf Mirabelle nieder. Sie kommt mir so schutzlos, so einsam vor, aber ich kann jetzt nichts mehr für sie tun.

»Du wirst die Glocken hören, Mirabelle. Ich kann immer denken, daß du den Glocken lauschst. Niemand sonst wird wissen, was sie bedeuten. Ich vergesse dich nie, Liebste. Adieu, Mirabelle. Du weißt, wie sehr ich dich liebe.«

Ich öffne die Bodenklappe, schließe sie, fange an, die Treppe runterzusteigen. Ich schaffe es kaum, die Knie zittern mir so, und ich weine. Schließlich bin ich unten, gehe durch die Tür und sperre sie hinter mir zu. Ich betrachte den Schlüssel in meiner Hand. Ich werde ihn behalten, als Schlüssel zu allem, was wir hatten.

Ich klettere über den Zaun und laufe über den Boulevard zu unserer Wohnung. Ich nehme noch ein Bad, ziehe meine Kleider für den Flug an, rolle die, die ich getragen habe, zusammen und stopfe sie in einen Müllsack.

Ich gehe durch die Räume, schließe die Fensterläden und Fenster. Ich werfe einen letzten Blick auf Mirabelles schönes Cembalo, dann in ihr rotes Zimmer, dann in meines, wo sie bis vor kurzem gelegen hat. Tränen strömen mir übers Gesicht; ich schluchze. Ich mache alle Lichter aus, nehme meine Bilder, die Malkiste und den Müllsack. Ich gehe aus der Tür und sperre sie zu. Den Wohnungsschlüssel lege ich ganz oben auf den Schaltkasten. Es ist so hoch, daß ich springen muß. Kein Mensch wird ihn dort finden.

Nachdem ich meine verschwitzten Kleider in eine andere Mülltonne gestopft habe, warte ich am Standplatz vor dem Drugstore auf ein Taxi. Es dauert lange, bis eines kommt. Unterdessen wird es heller. Meine Malkiste und mein Matchsack stehen links und rechts von mir. Ich schaue zum Turm von Saint-Germain-de-Prés hinauf. Ich denke an Mirabelle. Ich bilde mir ein, daß ich das milde Kerzenlicht sehe. Ich beuge mich ins Taxi und sage dem Fahrer, daß ich nach Roissy will, zum Flughafen. Er nickt, bedeutet mir einzusteigen. Er steigt aus, will die Malkiste und den Matchsack im Kofferraum verstauen. Ich bleibe draußen, um ihm zu helfen.

Und in diesem Moment beginnt es. Das Morgenläuten. Es sind die Glocken, die Mirabelle wecken. Ich nehme dem Taxifahrer meine Sachen aus der Hand. Er starrt mich an. Ich schüttle den Kopf, schaue immer noch zum Turm hinauf, lausche.

Jemand anderer setzt sich ins Taxi. Ich höre den Glocken zu, bis sie ausgeläutet haben, dann der fernen Antwort von Saint-Sulpice. Ich weiß, ich muß aufbrechen, aber ich brauche noch Zeit. Ich beobachte, wie die Sonne aufgeht.